파혼은
어떻게
하나요?

단글

파혼은 어떻게 하나요? 1

초판 1쇄 인쇄 2017년 4월 17일
초판 1쇄 발행 2017년 4월 24일

지은이 강하다
발행인 오영배
기획 박성인
책임편집 김보나
표지 일러스트 웃는해
표지 · 본문 디자인 권지연
제작 조하늬

펴낸곳 (주)삼양출판사 · 단글
주소 서울시 강북구 도봉로 173
대표 전화 02-980-2112 **팩스** / 02-983-0660
편집부 전화 02-980-2116 **팩스** / 02-983-8201
블로그 blog.naver.com/dan_gul
출판등록 1999년 3월 11일 제9-00046호

ISBN 979-11-283-9103-3 (04810) / 979-11-283-9102-6 (세트)

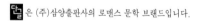 은 (주)삼양출판사의 로맨스 문학 브랜드입니다.

파혼은
어떻게 하나요?

강하다 장편소설

vol.1

달

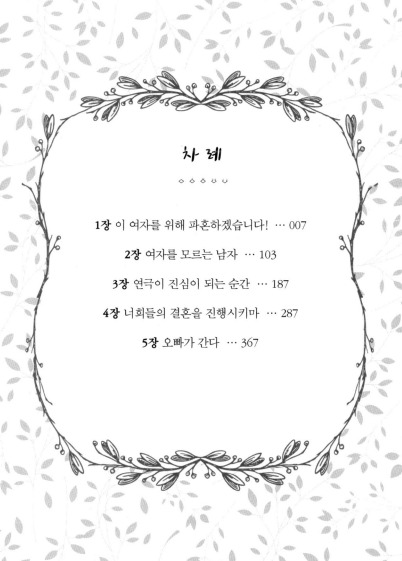

차 례

◇ ◇ ◇ ◇ ◡

1장

이 여자를 위해 파혼하겠습니다!

　모차르트의 클래식 명곡, '피가로의 결혼'이 흐르는 고급 호텔 웨딩홀.

　값비싼 대리석으로 도배된 으리으리한 화장실 안에서, 그녀는 붉은 립스틱을 비장하게 덧발랐다.

　새로 산 원피스는 불편하기 그지없었고 억지로 발을 구겨 넣은 하이힐은 고문과 다름없었다. 하지만 그녀는 정신력 하나로 꿋꿋이 버텨내는 중이었다.

　오직 단 한 가지 목적.

　"계강태…… 이 나쁜 새끼……."

　2주 전, 자신을 버리고 떠난 전 남자 친구를 응징하기 위해서.

　작은 체구와 새초롬한 눈매, 밝은 톤의 늘어진 머리카락이 마치

치즈색 고양이를 연상케 하는 그녀의 이름은 차여울.

올해로 스물여덟이 된 여울은 '적당히 행복하자'라는 좌우명을 품고, 적당히 행복한 삶을 살던 중이었다.

그녀에게는 프리랜서 번역가라는 자유롭지만 안정적이지 않은 직업이 있었고, 대학 때부터 8년을 사귄 남자 친구가 있었고, 그와 함께 쌓아올리던 괜찮은 미래가 있었다.

'강태야, 우리 다다음 주 토요일에 놀이공원 갈까?'

2주 전 금요일, 여울의 8년의 연인 계강태에게 풋풋한 데이트를 신청했을 때.

'아, 미안. 나 그날 결혼해.'

그가 생각지도 못한 폭탄선언을 하지 않았더라면 그녀는 아직까지도 적당히 행복한 여자였을 것이다.

'뭐, 뭘 해?'

그때, 너무 당당해서 화도 나지 않았던 계강태의 태도를 보고 나는 무슨 반응을 보였더라.

'집안 소개로 만난 건데 결혼까지 일사천리로 진행되는 바람에 청첩장을 아직 못 줬네.'

'아니, 뭔 놈의 결혼을 그렇게 벼락 치듯이…….'

'걱정하지 마. 딱 보기에도 괜찮은 여자야!'

'허허…….'

아마 처음에는 기가 차서 실실 웃다가.

'……강태야.'

'응?'

'잠깐 고개 좀 들어볼래?'

'왜?'

대뜸 테이블 위에 물컵을 들어 놈의 관자놀이를 내리쳤을 거다.

빠악— 소리가 절절하게 울릴 만큼 세게.

이후로는 울분으로 인해 제정신이 아니었기에 기억은 잘 나지 않는다. 하지만 분명 그날 강태는 붉은 코피를 터트렸고 여울은 오래 묵혀두었던 사랑을 터트렸다.

그렇게 빵! 소리조차 없이 사라져 버린 8년의 시간. 떠난 그는 도망치듯 새로운 미래로 향했으나 남겨진 그녀는 차마 그러지 못했다.

그래서 첫 주는 하염없이 울다가 둘째 주는 하염없이 화를 내다가 막상 결혼식 날이 되자 새로운 결심을 했다.

"아작을 내 버릴 거야. 이 새끼!"

내가 다른 건 두 눈 뜨고 똑바로 봐도 너 행복한 꼴은 죽어도 못봐. 내 인생 망쳐 놓은 만큼 너의 인생도 제대로 망쳐 주마.

오기라고 해도 좋았다. 극도의 분노로 인해 눈에 뵈는 것이 없어져 버린 그녀는 이미 정상적인 사고를 할 수 없는 상태였다.

"3층…… 3층이라고 했겠다."

여울은 립스틱 뚜껑을 되는 대로 닫아 핸드백 안으로 쑤셔 넣었고, 거친 호흡을 애써 정리했다.

그녀는 이대로 자신을 버린 그 남자에게 다가가 지난 8년 치의 배신감을 활화산처럼 터트릴 예정이다.

그놈 새끼의 일가친척들이 분명 날 뜯어말리겠지만 어디 한번 해보라지. 난 경찰서출두까지 각오하고 온 여자니까.

그녀는 마지막으로 거울을 보며 원피스 매무새를 추슬렀다. 몇 백 만원이 호가하는 고급 브랜드 원피스……를 사고 싶었지만, 재정 문제로 어렵게 구한 동대문 짝퉁.

아까 똑같은 진품 원피스를 입은 예쁜 여자를 보았으나 생각보다 큰 차이는 나지 않았다.

분위기에 눌려 주눅들 뻔했던 어깨가 다시금 당당해졌다.

*　　　*　　　*

"후……."

남자는 잔뜩 화가 난 상태였다.

모델처럼 큰 키, 배우 같은 등빨, 차갑고 도도한 도시 남자의 얼굴이 무색할 만큼 그는 온몸으로 사나움을 표출하고 있다.

화려한 고급 호텔의 2층 웨딩홀, 수많은 인파들과 멀찍이 떨어져서 누군가를 애타게 기다린 지가 벌써 1시간째.

예민하고 꼼꼼한 그는 시간 개념을 상실한 그 여자가 마음에 들지 않는다. 고용인을 잘못 골라도 너무 잘못 골랐다, 라고 생각하며 그는 입술을 잘근 깨물었다.

혹시 내가 보낸 명품 원피스만 챙기고 사라져 버린 거라면 가만 안 둬. 찾아가서 있는 대로 죄다 털어 버릴 거야.

남몰래 가슴속으로 칼을 갈고 있던 그때.

"하언아. 거기 있었구나."

부드러운 중년남성의 목소리가 그의 귀를 파고들었다.

남자의 부름엔 어떠한 적의도 담겨 있지 않았지만 그는 일순 안색을 굳혔다.

발걸음이 가까워질 때마다 소름이 돋는다. 서늘한 손끝이 어깨에 닿자 속이 역해진다.

"곧 예식이 시작될 텐데 손님들께 인사드려야 하지 않겠니?"

"……."

"니가 이렇게 피해 있으면 남들 보기 우스워질게다."

그런 거라면 진심으로 상관없다.

이 자리에 참석한 모두가 개저럼 쌀려나는 내 처지를 알고 있는 이상, 나는 이미 우스워질 대로 우스워진 꼴이니까.

"제 체면까지 걱정하고 계시는 줄은 몰랐습니다. 작은 아버지."

그는 중년 남자에게 싸늘한 목소리로 대답했다. 그 안엔 적의가 가득했지만 남자는 입꼬리를 비틀며 태연히 물었다.

"혹시 아직까지도 두려운 거니?"

"……."

"사람들 상대하는 거 말이다."

"……그럴 리가요."

"역시 넌 형님을 닮아 마음이 여려."

그러나 마지막 한 마디는 도무지 용서할 수 없었다.

그는 웃음기 어린 그 남자의 머리를 바닥에 내리꽂아 버리고 싶은 심정이었다.

허나, 간절한 마음을 실천에 넘기지 못하는 이유는.

몰려 있는 수많은 인파들 중에서 나의 편은 단 한 명도 없기 때문에. 나는 아직까지도 적의뿐인 사람들을 상대하는 것이 두렵기 때문에.

"그런데, 아무리 그렇다 해도 니가 피해자처럼 구는 건 좀 아닌 것 같구나."

"……."

"너 하나 때문에 명성에도 안 맞는 예식을 치러야 하는 설아도 있는데."

날카로운 비난을 끝으로 남자는 싸늘한 걸음을 옮겼다. 그때까지도 두 주먹만 꽉 쥐고 있던 그는 한참이 지나서야 무거운 한숨을 내쉬었다.

"하아……."

힘겹게 들어 올린 시선 끝에 기가 차는 명패 하나가 들어왔다.

[신랑 도하언 / 신부 유설아]

낯 뜨거운 호칭 뒤에 붙어 있는 '도하언'이라는 이름 석 자.

이름의 주인은 불행히도 그였다.

하언의 눈빛이 절로 일그러졌다. 이제 그가 할 수 있는 건 상황을 벗어나게 해 줄 수 있는 유일한 구원자만을 간절히 기다리는 일뿐.

스멀스멀 기어오르는 불안감을 억지로 억누르고 있던 그때.

"악! 이거 놔!"

앙칼진 목소리 하나가 3층 웨딩홀 계단 쪽에서부터 흘러내려왔다.

곧바로 고갤 돌린 하언은 턱시도 차림의 남자에게 맥없이 붙잡혀가는 여자 한 명을 어렵지 않게 발견했다.

처음에는 갑작스러운 소란에 놀라 신경이 쏠린 것이었다. 하지만 저 여자가 입고 있는 원피스는 왠지 하언의 손으로 직접 골라 보내주었던 것과 비슷해서, 그는 도저히 시선을 뗄 수가 없다.

"나 결혼식 파투 내러 온 사람이야! 알아?!"

그때, 그녀의 입에서 고용주와 고용자 간의 은밀한 신호가 터져 나왔다.

그건 그녀가 바로 1시간가량 애태우며 기다려온 파트너라는 걸 뜻했지만, 하언의 표정은 그리 탐탁지 않았다.

'전화상으로 들었던 프로필보단 체구가 작은데…….'

찰나의 의구심은 임박한 예식시간에 쫓겨 스쳐 지나갈 뿐이었디.

하언은 내내 가라앉아 있던 눈빛을 날카롭게 번뜩였고, 이내 비장한 걸음을 옮겼다.

그를 절망 안에서 이끌어 줄 파혼극의 여주인공에게로.

*　　　*　　　*

"어디서 손을 잡아! 이거 안 놔?!"

여울은 온힘을 다해 계강태의 손을 뿌리쳤다. 잠시 주변눈치를 살피던 강태는 다시 걱정스러운 시선을 그녀에게로 고정시켜 물었다.

"아아, 미안. 괜찮아?"

"니가 볼 때는 내가 괜찮아 보이니?"

"으, 응? 아니. 미안해."

"넌 아주 끝까지 착한 척이구나. 가증스럽기도 하지."

분노에 치를 떠는 그녀와 달리 강태는 태연했다.

그는 조금의 흥분한 기색도 없이 여울을 바라보았고 이내 주눅
든 표정으로 물었다.

"왜 그러는 거야? 혹시 내가 놀이공원 같이 못 가준 것 때문에 그
래?"

"하, 놀이공원? 기껏 생각한 이유가 그거야?"

"사실 니가 왜 화를 내는지 모르겠어. 결혼한다는 말은 세 달 전
에 했었는데……."

혼잣말처럼 새어 나온 그의 한 마디에 상황은 새로운 국면으로
접어든다.

분명 2주 전에 일방적으로 그의 결혼 소식을 통보받았었던 여울
은 한껏 흥분한 목소리로 벼락같은 소리를 내지른다.

"세 달 전에 무슨 얘길 해!"

그러자 강태가 순진무구한 송아지 눈을 끔뻑이며 내뱉는 말은.

"그 있잖아. 우리 바다 여행 갔을 때."

"바, 바다 여행?!"

처음에는 그저 뒤죽박죽이었던 머릿속에서 노을 진 바닷가에서
의 추억 하나가 슬며시 떠올랐다.

그때만 해도 여느 커플과 다름없이 달콤하기만 했던 그들은 파
도소리에 취해 제법 낭만적인 대화를 나누었다.

'우리는 언제 결혼할까? 강태 넌 언제 결혼하고 싶어?'

'음…… 나는 세 달 뒤에.'

'세 달 뒤? 왜?'

'그날이 길일이라서, 결혼식을 올리면 행복한 가정을 꾸릴 수 있

대.'

'에이, 몰라. 행복한 가정이라니, 괜히 쑥스럽잖아.'

아아, 그때. 괜히 얼굴 붉히지 말고 물어봤어야 했어.

세 달 뒤 결혼할 상대가 대체 어느 년이냐고.

"그걸 지금 말이라고……."

여울은 주위를 두리번거리며 무기로 쓸 만한 물건을 찾았다.

하지만 흥분한 눈동자에는 아무것도 들어오지 않아서 그녀는 결국 매운 손바닥을 이용해 죄 많은 그를 난타하기 시작했다.

"넌 개념도! 상식도! 대기리도 없지!"

"아! 아아!"

"이제 보니까 세 달 전부터 여자를 숨겨두고!"

"아! 잠깐만! 잠깐만, 여울아!"

하염없이 맞고 있던 강태는 서둘러 그녀의 양팔을 붙잡았다.

여울은 거친 호흡을 몰아쉬며 아등바등 거렸지만 강태는 오히려 더 차분한 목소리로 나름의 해명을 늘어놓기 시작했다.

"아, 혹시 내가 바람 피웠다고 생각하는 거라면 오해야. 난 너랑 안 헤어질 거니까."

"뭐? 지금 뭐라고 했니, 너?"

"어차피 집안끼리 계약처럼 맺는 결혼이라서 서로의 연애사는 터치 안 하기로 했거든."

"하아……."

"참! 그 제안 내가 했다! 난 내 여자 친구랑 헤어지고 싶지 않으니까 강요하지 말라고."

강태는 그 말을 하며 히죽 웃었다.

여울은 눈앞에 이 남자가 어디서부터 돌아버린 건지 짐작되지 않아 다그침을 잠시 멈추고 눈빛을 흔들었다. 그러자 강태는 그녀의 손을 따뜻하게 붙잡고 세상에서 가장 순진한 미소로.

"여울아, 난 너만 사랑해."

세상에서 가장 못된 말을 한다. 지금 상황에선 결코 꺼내지 못할 말인데도 불구하고.

아무래도 그는 경찰청장의 아들로서 이미 모든 것들을 가지고 태어난 대신, 개념이라는 가장 기본적인 능력을 얻지 못한 모양이다.

"여자 친구 좋아하시네."

"응?"

"손 놔, 이 모자란 놈아."

여울은 단 몇 분 만에 강태와는 더 이상의 사람다운 대화가 불가능하다는 사실을 깨달았다.

그녀는 붙잡혔던 두 손을 야무지게 떨궈냈고, 강태를 똑바로 노려보며 한결 단단해진 목소리를 내뱉었다.

"넌 내 인생에서 아웃이야, 개강태."

저 말을 스스로 인정하는 데까지는 참 오래도 걸렸다.

사실 방금 전까지만 해도 그녀의 분노에는 서글픈 미련이 잔뜩 묻어 있었는데, 이젠 8년 동안 쌓아왔던 정나미마저도 깔끔하게 떨어져 나갔다.

마음이 정리되자 그녀의 분위기가 점차 가라앉았다. 그 모습을 물끄러미 내려 보던 강태는 감정을 가득 담아 말했다.

"넌 나 아니면 못 살잖아."

"너 나랑 장기 공유하니?"

"괜히 서운하게 굴지 마. 내가 잘할게."

"우리의 끝을 받아들이렴."

"주변에 남자도 하나 없으면서……."

아, 이게 또 사람 열 뻗쳐오르게 만드네.

"남자 있거든?!"

"없어. 내가 알아……."

뭔데. 그 가없다는 표정.

강태는 여울이 무리하게 애쓰고 있다고 생각하는 모양이다.

하긴, 8년을 함께 붙어 다녔으니 남자라곤 친오빠 한 명뿐인 나의 인간관계를 모를 리가 없겠지.

그러나 여울은 여기서 물러날 수 없었다. 자격지심이라면 자격지심이겠지만 그녀는 이제 다시는 볼일 없을 그에게 가장 미련 없어 보이는 모습을 남겨주고 싶었다.

그래서 그녀는 턱으로 사람이 많은 쪽을 대충 가리키며.

"저기서 기다리고 있네! 내 남자!"

천연덕스러운 거짓말을 우렁차게 내질렀다.

"어디에?"

흔들리는 강태의 눈빛이 그녀가 표시한 방향으로 향했다.

"저, 저기! 머리 올리고, 괜찮은 남자 안 보여?!"

"……우리 형?"

"아, 너희 형이었네. 그, 그 사람 말고! 저기 서 있잖아! 저기!"

"정확히 알려 줘. 누구인지."

"싫어! 안 알려 줄 거야! 니가 알아서 뭐하겠다고, 참나!"

"거짓말이라서 그래?"

"거짓말 아니라고!"

강태는 평소와 달리 집요했다. 그는 어떻게든 여울의 거짓말을 잡아내서 비참하게 만들어 버릴 심산 같았다.

여울은 그의 마수에 순순히 당할 수 없어 두 눈을 번뜩이며 적당한 남자를 찾기 시작했다. 혼자 멀뚱히 서 있는 남자들 중에서 이왕이면 가장 때깔 좋은 놈으로.

바로 그 순간.

"……."

"……."

복잡한 웨딩홀 한가운데 사나운 눈동자 두 개가 그녀의 시선을 사로잡았다.

결코 스쳐 지나갈 수 없는 그 눈은 마치 먹잇감을 노리는 맹수처럼 또렷이 그녀에게 고정되어 있었다.

'아는 사람인가?'

여울은 지나치게 노골적인 아이컨텍을 마주하며 잠시 고민했다.

하지만 마주한 그 남자의 우월한 피지컬은 우연이라도 마주쳤다면 결코 잊혀질 리 없었다.

기럭지는 마치 정장을 입기 위해 태어난 것처럼 시원시원하게 잘 뻗어 있었다. 어깨는 주변 남자들을 압도할 만큼 떡 벌어졌고, 그러면서도 세련되게 슬림한 체형은 파리 런웨이를 누비는 모델과 다름

없었다.

그중에서도 가장 돋보이는 건 돈을 내고 봐야 할 듯한 고귀한 이목구비.

흑연처럼 까만 머리카락, 빛과 윤기가 적절히 섞인 하얀 피부, 정면으로 마주해도 베일 것 같은 콧날, 장미꽃잎을 박아 넣은 듯한 입술.

그리고 세상의 모든 섹시함을 몰아넣은 사납지만 뇌쇄적인 눈매.

"오호."

절로 감탄사가 튀어나오게 만드는 너란 남자는.

"저길 봐 주지 않겠니?"

"어디?"

"너처럼 하찮은 미물과 비교도 안 되는 저 남자가 다름 아닌 내 남자란다. 강태야."

이제부터 내 사랑이 되어 주셔야겠어. 적어도 개강태의 기억 속에서만큼은 말이야.

"흐음……."

강태는 나른한 신음을 흘려보냈다. 그건 썩 탐탁지 않아보였지만, 여울은 전혀 걱정하지 않았다.

다행히 그 남자는 아직까지 여울을 뚫어져라 쳐다보고 있었고, 그 시선은 달달하진 않아도 제법 뜨거웠으니까.

"너랑 같이 있어서 질투하나 보다. 눈빛이 아주 이글이글하지?"

"……."

"그럼 난 이만 가 볼게. 오늘 장가 잘 가고 앞으로 나보다는 덜

행복하게 지내렴."

여울은 강태와의 긴 실랑이를 마치고 이쯤에서 자리를 뜨려 했다. 이 이상 더 하다가는 수상쩍은 기운을 느낀 가짜 애인이 뭘 쳐다보냐며 따질 것 같아서였다.

그러나 다시 여울에게로 향한 강태의 눈빛은 조금 더 짙은 동정심을 띠고 있다.

미심쩍은 반응에 차마 발길을 떼지 못하고 서 있자니.

"저 사람 2층 웨딩홀 예비신랑이야. 여울아."

"뭐?!"

강태는 상상도 하지 못했던 그 남자의 정체를 밝혀낸다.

"뻥!"

"저기 모니터에 띄워진 대문짝만 한 결혼사진 안 보여?"

"아, 아아……."

아깐 보이지 않았지만 이제는 똑똑히 보인다.

커다란 대형 브라운관 속, 이유는 모르겠지만 죽을상을 하고 찍은 저 남자의 결혼사진이. 그리고 그 옆에서 단아한 자태로 서 있는 아름다운 신부의 얼굴이.

왜 하필 골라도 그걸…….

"아! 여울아. 너의 새 남자 친구도 결혼하려나 봐."

"닥쳐! 그런 거 아니야!"

여울은 울기 직전이었다.

그녀는 한 순간에 우스워져 버린 자신의 처지를 어디서 수습해야 할지 감도 잡히지 않았다.

이럴 거면 남자가 있다는 거짓말은 하지 말 걸 그랬다. 아니, 애초부터 이 결혼식장에 찾아오지도 말 걸 그랬다.

이런 놈 엿 먹여서 무슨 부귀영화를 누리겠다고…….

"아…… 망했네."

결국 체념 섞인 혼잣말을 뱉어 내며 냅다 도망칠 준비만 하고 있던 그때.

"어어?"

놀란 듯한 강태의 음성이 갑작스럽게 새어 나왔다. 여울은 힘없는 눈을 들어 그가 바라보는 쪽으로 고갤 비틀었고.

"으, 으응?"

곧 발견하고야 말았다. 그녀가 있는 곳을 향해 돌진하듯 성큼성큼 걸어오는 2층 웨딩홀 예비 신랑을.

"니 남자 친구가 너 잡으러 온다."

"아닐걸?"

당황한 여울은 솔직하게 대답하면서도 뒷걸음질을 쳤다.

저 남자와는 구면조차 아니라는 걸 알고는 있지만, 아무리 생각해도 그의 발길은 그녀 자신을 노리고 있기 때문이었다.

저러다가 와서 한 대 치겠는데?

짐작하기가 무섭게 남자는 어느덧 손이 닿을 거리까지 가까워졌다.

"아…….."

그는 신경질이 가득한 신음을 흘려보냈고 거칠게 팔을 들어 올렸다.

기세가 기세이니 만큼, 꾹 감겨버린 여울의 두 눈.

어쩐지 맞을 것 같아서 단단히 마음의 준비를 하고 있는데, 별안 간 여울의 작은 어깨에 강렬한 손길이 와 닿았다.

그녀는 자석 앞의 클립처럼 끌어당겨졌고 단단한 어딘가에 와락 안기듯 밀착되어 버렸다.

"으앗!"

놀란 마음에 외마디 비명을 터트리며 눈을 뜨자, 부담스러울 만큼 가까운 거리에 놓인 그 남자의 얼굴이 영광스럽게 그녀를 반겼다.

"여기서 딴 놈이랑 뭐하고 있는 거야."

"예?"

"내 애인 해 주기로 했으면 내 옆에 붙어 있어야지."

분명 들리는 언어는 한국말이었지만 어느 것 하나도 이해되지 않았다.

그래서 눈만 끔뻑이고 있는 그녀를 대신해 그 누구의 눈치도 보지 않는 강태가 용감하게 물었다.

"저, 실례지만…… 지금 뭐하시는 거예요?"

그래, 너 지금 나랑 뭐하자는 거니?

그러자 맹수 같은 아우라를 잔뜩 풍기고 있던 그 남자는 미간을 까칠하게 구기며 대꾸했다.

"바쁘니까 시비 걸지 마."

"예……?"

"예식 시작하기 전에 도망치려면 시간 부족해. 가자."

"예?!"

제 귀를 의심할 만큼 난데없는 말이 로켓처럼 스쳐 지나갔다. 여울은 뜨악한 표정을 지어 보이며 그의 얼굴을 올려다보았다.

그러나 그는 그녀를 전혀 의식하지 않은 채 무턱대고 성난 걸음을 옮기기 시작했다. 낯선 하객들의 시선을 한 몸에 받고 있는 그가 향하는 곳은 다름 아닌 자신의 결혼식장 쪽이었다.

너무 당황해서 반항조차 하지 못하고 끌려가던 여울은 온 머리를 굴려 상황을 납득해 보려 애썼다.

내 남자 친구의 결혼식. 의도치 않은 거짓말. 때마침 눈이 마주친 한 남자.

그리고 다소 험하지만 나름대로 로맨틱한 상황극.

"아, 혹시……."

마구잡이로 흔들리던 여울의 눈빛이 돌연 또렷해졌다.

그녀는 멀리서 모든 일을 지켜보던 이 남자가 휘둘리는 자신을 불쌍히 여겨 구원의 손길을 내민 것이라 짐작했다.

게다가 내가 예식을 앞둔 이 남자를 데리고 도망친다니. 예비신랑이라는 신분이 자연스럽게 녹아들 법한 적절한 설정이잖아.

여울은 그가 만든 그럴싸한 거짓말에 혀를 내두르며 감사의 인사를 전하기 위해 고개를 들었다.

"도와주셔서 정말……."

"웃지 마. 표정 관리해."

그러나 남자는 여울의 첫 마디가 꺼내지기도 전에 일방적인 명령으로 입을 막았다.

이쯤에서 그만 해도 되는데, 뭔가 역할극에 깊이 빠져든 모양이었다.

"이, 이제 괜찮아요. 놓아주세요."

이 이상 진행된다면 괜한 오해가 생길 것 같아 여울은 그녀의 어깨를 감싼 손을 조심히 풀어내려 했다.

하지만 그는 놓아주기는커녕 발걸음만 더 빠르게 재촉했고, 그녀의 몸을 기어이 자신의 결혼식장 안까지 이끌어놓았다.

화려한 조명. 아름다운 장식. 그리고 예식을 축하하기 위해 모인 많은 하객들.

한 번도 밟아보지 못했던 버진로드를 걸으며 그녀는 생각했다.

'이렇게까지 디테일하게 신경 써서 도와줄 필요는 없는데.'

그 남자는 결혼식장 한복판에 당도해서야 성난 발길을 멈추었고 여울을 포박하다시피 잡고 있던 손을 놓아주었다.

어리둥절한 눈길로 주위를 둘러보는 여울의 곁에서 그 남자의 결의에 찬 심호흡 소리가 들려왔다.

"하아, 시작한다."

"대체 뭘 시작……."

질문은 끝낼 틈도, 대답을 들을 틈도 없었다. 겨우 벗어났나 싶었던 그의 손아귀는 이번에 그녀의 손을 단단히 붙잡아버렸으니까.

숨을 깊게 들이마신 그 남자는 잡은 손을 치켜 올리며 당당하게 소리쳤다.

"이 사람이 제가 사랑하는 여자입니다!"

"예에?!"

"그러니! 오늘 전 이 여자를 위해 파혼하겠습니다!"

그가 세상의 중심에서 사랑을 외쳤다. 일방적인 고백을 받은 그녀는 그야말로 미쳐 돌아버리기 일보직전이었다.

얼마 전, 우연찮게 보았던 막장 드라마에 그런 장면이 나왔다.

재벌가의 전도유망한 아드님이 평범한 여자와 사랑에 빠져 집안에서 짝지어준 결혼식을 뒤엎고 나와 버리는 장면.

그걸 본 여울은 개고 있던 빨래를 신경질적으로 내려놓으며 버럭 억정을 냈다.

'아, 뭐 저렇게 말도 안 되는 전개가 다 있어! 현실성이라고는 개뿔만큼도 없네!'

그때 했던 섣부른 비평. 현실성이 없다는 맹렬한 비난.

진심으로 경솔한 판단이었다고 생각한다.

그도 그럴 것이, 지금 여울이 처한 현실은 막장 드라마에 나왔던 딱 그 전개대로 진행되고 있었으니까.

"도하언! 너 지금 무슨 말을 하는 거니!"

한복을 곱게 차려입은 중년 여성이 아연실색이 된 얼굴로 소리쳤다.

당황한 여울은 해명은커녕 입만 벌리고 있었지만, 파혼 사태를 일으킨 문제의 예비신랑은 낯빛 하나 바꾸지 않고 침착하게 대답했다.

"파혼하겠다고 말씀드렸습니다."

"파혼?! 너 지금 제정신이야?!"

"아니요. 미쳐 있습니다. 이 여자한테."

"그래! 미쳤겠지! 미쳐도 아주 단단히 미쳤겠지!"

"이해하세요. 작은 어머니. 원래 첫사랑에 빠지면 물불 못 가린다고들 하지 않습니까."

낯 뜨거운 멘트는 분명 여울에게 향하고 있는데 그녀는 도무지 알아먹을 수가 없다.

그는 열렬한 사랑을 표현하고 있는데 먼 나라 이웃나라의 얘기처럼 실감이 나지 않는다.

하지만 단 한 가지. 사태가 걷잡을 수 없이 악화되고 있다는 것만큼은 확실했다.

날카로운 하객들의 눈초리를 무시할 수 없었던 여울은 그에게 붙잡혀 있던 손부터 뿌리쳐냈다. 그러고는 당혹감 가득한 표정으로 질문했다.

"제가 그쪽을…… 미치게 만들었다고요?"

"어. 지금도 사랑스러워서 미치겠어."

"내가?"

"그래, 니가."

그의 애정 표현에는 한 치의 망설임도 없었다. 하지만 그의 눈빛은 미칠 만큼 사랑에 빠진 사람치고는 참 딱딱하고 서늘했다.

결국 참다못한 여울은 제정신이 아닌 듯한 그를 향해 버럭 소리를 내질렀다.

"갑자기 그게 무슨 말이야! 나한테 왜 이래요!"

그러자 그의 미간은 잠깐 신경질적으로 구겨지는가 싶더니, 이내 억지스레 풀어지며 사랑 타령을 이어 나갔다.

"말했잖아. 널 포기할 수 없다고."

"날 왜?!"

"그 이유를 여기서 말해? 넌 우리의 밤일 얘기하고 다니는 거 싫어하잖아."

초면인 남자가 언급하는 이유가 '우리의 밤일'이라면 그 내용은 들어보나 마나 거짓일 게 뻔했다. 하지만 막 던지는 말에서도 짙은 오기가 느껴지는 걸 보면 즉흥적인 미친놈이 아닌 것만은 분명하다.

이유는 전혀 모르겠으니 넌 이주 진지하게 나를 피혼극으로 끌어들이려는 모양이구나.

"일단 말은 할게. 우선 다 벗겨 놓았을 때……."

"아악! 그냥 여기서 아무 말도 더 하지 마!"

여울은 음담패설을 시작하려는 그를 필사적으로 붙잡았다. 하객들 앞에서 결백을 증명할 자신이 없었던 그녀가 유일하게 할 수 있는 발악이었다.

하지만 그 모습이 중년 여자에겐 그저 알콩달콩해 보일 뿐이었는지, 그녀의 두 눈동자에 돌연 분노가 들어찼다.

그녀는 거친 숨을 쉬며 여울을 노려보았고.

"네 이년이 감히 내 얼굴에 먹칠을……!"

표독스러운 목소리와 함께 잔뜩 힘이 들어간 손바닥을 들어 올렸다. 각도로 보나 분위기로 보나 그 손바닥의 종착역은 여울의 뺨이었다.

그렇게 영문도 모른 채 수모를 당하기 직전.

"그만."

경고하듯 낮게 터진 목소리와 함께 중년 여자의 손이 허공에서 멈추었다.

"누구한테 손찌검이십니까. 지금."

서늘하게 이어지는 음성에 흐렸던 초점을 다잡으니, 여울의 눈앞엔 어느새 뻗어 나온 그 남자의 팔뚝이 단단히 버티고 있었다.

놀란 여울은 두 눈을 꿈뻑이다가, 본능적으로 중년 여자의 눈치를 살폈다.

그녀의 거친 시선은 여전히 여울을 향해 있었으나, 때마침 그가 한 걸음 앞으로 나서 준 덕분에 그건 곧 널찍한 등 뒤로 가려지고 말았다.

"도하언! 지금 나랑 해 보자는 거니?!"

중년 여자의 적의가 그에게 옮겨 붙었다. 그러자 그는 입가에 픽, 비웃음을 얹고는 사나운 성깔을 드러냈다.

"감당할 수 있으시겠어요?"

"……."

"저 아직 더 날뛸 수 있는데."

가벼운 말투 속에 서려 있는 지독한 살기.

중년 여자는 그 모습에 더욱 분노한 듯 주먹을 꽉 쥐었다.

그러나 더 이상 시선을 끌고 싶지 않았는지 화를 폭발시키는 대신에 기만하는 것으로 그에게 대응했다.

"하, 여기서 더 날뛸 수 있다고? 내가 아는 넌 지금도 제정신으로 버티기 힘들 텐데?"

"못 믿겠으면 체면 내걸고 시험해 보시든지."

"너 정말 미쳤구나. 뒷감당은 어떻게 하려고 그러니."

"뒷감당이 무슨 의미겠습니까. 이미 사랑에 미쳐버렸는걸."

뿌리를 깊이 박은 나무처럼 그는 어떤 말에도 결코 흔들리지 않았다. 결국 분에 못 이긴 중년여자는 잡혀 있던 손을 신경질적으로 뿌리치며 악의 섞인 말을 덧붙였다.

"지금 속으로는 덜덜 떨고 있을 거 뻔히 아는데…… 제법 애쓰는 구나?"

여울은 그녀의 말이 괜한 고집이라고 생각했다.

뒤에서 상황을 지켜본 결과, 어떤 것도 겁내지 않고 기 싸움에서 승리를 거머쥔 사람은 다름 아닌 이 남자였다.

"알아주셔서 참 고맙네요."

하지만 그가 가볍게 대꾸하며 여울에게 다시 몸을 돌렸을 때.

그녀는 지금 이 순간, 정말 고집을 부리고 있는 사람은 그일지도 모른다는 생각을 어렴풋이 한다.

되돌아온 그의 눈빛이 미약하게 일렁이고 있었으니까.

"나가자."

그 불안감을 깊이 들여다볼 틈도 없이 그는 여울에게 한 손을 내밀며 말했다. 여울은 떠날 때 떠나더라도 일방적인 오해는 수습해야겠다 싶었지만.

"나가자고."

"아니, 그게……!"

"당장."

여울이 무슨 해명을 시작하기도 전에, 그는 억지로 손을 붙잡고 식장 밖으로 이끌었다. 그 태도가 너무 강압적이었던 탓에 그녀는 반항 한 번 하지 못하고 맥없이 끌려가야만 했다.

뜬금없이 이게 무슨 일이야. 나는 그저 괘씸한 개강태의 결혼을 파투 내러 왔을 뿐인데, 왜 생판 모르는 이 남자가 파혼을 해 버린 거야.

여울은 대체 어디서부터 잘못되었을까 되짚어보았다. 하지만 눈앞에 또렷이 드러나는 건 무정한 발길만 재촉하는 그 남자의 뒤통수밖에 없었다.

호텔 가장 외진 자리에 위치한 흡연부스 앞.

그 남자는 주변에 사람이 아무도 없는 것을 확인하고 나서야 뭉개져라 잡고 있던 여울의 손을 놓아주었다. 언제 사랑을 운운했었냐는 듯 거칠기 짝이 없는 태도였다.

"악! 이게 무슨 짓이에요!"

참다못한 여울이 버럭 성질을 내자 그는 그녀보다 더욱 화난 기색을 띠며 그녀를 다그치기 시작했다.

"너야말로 뭐하는 짓이야. 왜 대본대로 안 해?"

"대, 대본?"

"알아서 연습해 오라고 했잖아. 시간도 늦고, 의뢰한 일도 엉망 진창이고. 뭐 하나 제대로 하는 게 없네."

내심 사과나 해명을 기다렸건만 마주한 얼굴에는 일말의 죄책감도 없어 보였다. 여울은 안하무인으로 구는 이 남자를 더 이상 봐줄 수가 없어서, 허리에 두 손을 짚으며 따져 물었다.

"내가 그럼 거기서 뭘 했어야 되는데요!"

"뭘 했어야 되냐고? 그것도 모르면서 결혼식 파투 내겠다고 나선 거야?"

"아니, 내가 파투를 내든 말든 무슨 상관이에요?!"

"무슨 상관이냐니. 내 인생 짊어져놓고 무슨 상관이냐니. 일은 이딴 식으로 처리해 놓고 계약금만 받아 처먹을 생각인가."

"아니, 내가 처먹긴 뭘 처먹었다고……."

아무래도 니와 나 사이에는 보이시 않는 벽이 있는가 보나. 분녕 우리 둘 다 질문과 대답을 번갈아 하고 있는데, 서로 단 한마디도 알아듣지 못하는 걸 보면.

그렇게 치밀어 오르는 답답함에 그녀도 본격적으로 억울함을 표출할 준비를 하고 있는데.

"저기…… 혹시 의뢰 주셨던 도하언 씨?"

흡연부스 안에서 걸어 나온 한 여자가 그에게 아는 체를 했다. 여울은 물론 성난 그의 시선까지 사로잡을 만큼 난데없는 등장이었다.

"뭡니까."

"어머! 맞네! 사진보다 훨씬 잘생기셔서 긴가민가했는데, 여기서 기다리고 계셨네요!"

"그러니까 뭐냐고요, 그쪽은."

그는 그 여자와 일면식이 없는지 까칠하게 추궁했다. 하지만 여울은 가까워지는 그녀가 이상하리만큼 신경 쓰였다.

지금 저 여자가 입고 있는 원피스가 내 것과 똑같아서 그런가. 아니면 내 옷은 동대문 짝퉁이지만 저 여자의 옷은 진짜 명품이라서 그런가.

아, 그러고 보니 아까 스치듯 봤던 사람 같기도 하고.

"늦어서 죄송해요! 긴장도 풀겸 담배 한 대 피운다는 게 그만."

"물어본 질문에 대답이나 하시죠. 누구냐고 세 번째 묻습니다."

"응? 누구냐니…… 아아! 암호 확인하시는구나! 잠시 만요! 첫 대사가……."

그는 딱히 무언가를 확인하려는 것처럼 안 보였지만 그 여자는 가방을 뒤적거려 종이 뭉치 하나를 꺼냈다. 그러고는 가장 첫 장을 펼쳐 연극을 선보이듯 극적으로 소리쳤다.

"나 결혼식 파투 내러 온 사람이야! 알아?!"

이건, 어디서 많이 들어봤다 싶은 말.

잠시 곰곰이 기억을 되짚어보던 여울은 여자의 첫 대사가 바로 강태에게 끌려가면서 제 입으로 멘트와 정확하게 일치한다는 것을 깨닫는다.

우연치고는 기가 막힌 상황에 놀란 눈을 치켜뜨니, 그 여자는 여울을 힐끗 살피다가 다시 그를 향해 뒷말을 이어나간다.

"늦은 건 죄송하지만 의뢰 받은 내연녀 역할은 예전에 맡아본 적 있어요! 파혼이 성사될 때까지 열심히 연기할게요!"

"……."

"저, 그나저나…… 이분도 하언 씨가 보내준 옷을 입고 있는데, 혹시 새로운 대행인은 아니죠?"

아, 이제 알겠다.

지나치게 황당해서 꼭 연극 같다고 생각했던 이전의 상황은 그가 여자주인공까지 섭외해서 벌인 진짜 연극이었구나. 내가 했던 첫 대사와 내가 입고 온 이 짝퉁 옷은 바로 서로를 알아보는 신호인 거고.

그녀가 그를 향해 내뱉는 변명들은 여울이 계속 이해하지 못하고 있었던 파혼극의 전말이 된다.

같은 옷, 같은 멘트, 같은 역할. 이 세 가지 우연이 겹치고 겹치고 겹치니, 놀랍게도 여울과 그 남자의 인연은 결코 마주쳐선 안 됐을 악연으로 변모한다.

"아……."

여울은 작은 탄식을 내뱉었고 조심스럽게 그의 상태를 살폈다. 그는 용케 차가운 표정을 유지하고 있었지만 흔들리는 눈빛을 보니 마음은 벌써 동요해 버린 모양이다.

"그쪽이 애인대행서비스에서 보낸 연기지망생?"

한참을 얼어붙어 있던 그가 진짜 여자주인공에게 꺼낸 질문에 아무것도 모르는 그녀는 씩씩하게 대답했다.

"네! 아까 암호도 외쳤잖아요!"

그러자 그는 잠시 마른침을 삼켰고, 고장 난 로봇처럼 부자연스럽게 여울 쪽으로 고개를 돌렸다.

눈이 마주치니 괜히 피하고 싶어졌다. 잘못한 건 없지만 왠지 이 자리에 있으면 안 될 것만 같았다.

"그럼 너는……."

"예?"

"너는 또 뭐야."

가엾은 남자주인공은 지금껏 짝이라고 믿고 있었던 가짜 여자주인공에게 살벌한 기세로 물었다.

'지나가던 엑스트라인데요.' 라고 솔직하게 대답한다면, 당신은 파혼극을 망쳐버린 탓을 전부 혼란의 장본인인 나에게로 돌리려나.

할 말을 찾지 못한 여울은 고개를 떨구었다. 시선에 걸려 들어온 그의 손이 감정을 억누르듯 꾹 쥐어졌다.

그건 어떻게든 책임을 묻겠다는 결연한 의지와 같아서 여울은 어쩔 수 없다는 표정으로 핸드폰을 꺼냈다. 그러고는 어딘가로 전화를 걸어 태연하게 통화를 시작했다.

"예, 콜택시죠?"

"⋯⋯."

"여기 서울R호텔 정문인데요. 가장 빨리 도착하는 택시 좀 부탁드려요."

사정없이 흔들리는 하언의 눈동자.

그걸 똑바로 마주하고 있는 그녀는 냅다 달릴 준비를 하며 뒷말을 잇는다.

"예, 급해요. 제가 지금 당장 내빼야 하거든요."

서울R호텔 웨딩홀. 신부 대기실.

"설아는⋯⋯ 설아는 어디 있어요?"

"신부님은 안쪽에서 안정을 취하고 계십니다."

"세상에나, 이를 어쩌나."

난처한 기색이 가득한 얼굴이 호들갑스럽게 들어섰다. 한복 차림의 중년 여자는 방금 전 하언과 언쟁을 벌이던 그의 작은 어머니 '켈리 박'이었다.

그녀는 언제 날카로운 성질을 드러냈었냐는 듯, 자상하기 그지없는 얼굴로 홀로 앉아 있는 신부에게 다가섰다.

단아하고 기품 있는 얼굴과 너무나도 잘 어울리는 새하얀 드레스가 초라하게 느껴질 만큼 외로운 모습이 그녀의 눈에도 들어왔다.

켈리 박은 도저히 다가갈 면목이 없었지만 무릎을 꿇다시피 그녀의 곁에 자리를 잡았다. 그리고 웨딩글러브도 미처 벗지 못한 손을 꼭 쥐어 주며 부드럽게 말했다.

"내가 너에게 위로를 건넬 자격이나 있겠니."

"……."

"오늘 벌어진 일은 내가, 내 이름을 걸고 어떻게든 책임질게. 응?"

신부는 시선을 내려트린 채 가만히 듣기만 했다. 무거운 정적이 그들을 찾아오자 켈리 박은 다른 대사를 찾아 머릿속을 뒤적였다. 무슨 말을 해 봤자 수습은 어렵겠지만 집안끼리 엮인 결혼인 만큼 뒤탈은 최소한으로 줄이고 싶었다.

"하언이는 이따가 집에서……."

"작은 어머님."

하지만 그녀의 말이 시작되기가 무섭게, 신부는 조용히 그녀의 호칭을 불렀다. 애절한 켈리 박의 시선이 그녀의 입술에 따라붙었고 신부는 긴 속눈썹을 들어 켈리 박을 지그시 내려다보았다.

"괜찮아요. 저는 신경 쓰지 마세요."

"으, 으응?"

"하언 씨가 애초부터 결혼이라는 걸 감당할 수 있을 거라는 생각 안 했어요. 그 사람이 가진 문제는 저도 충분히 알고 있잖아요."

"그렇지만……."

"정신적 외상은 그 사람이 마음대로 컨트롤 할 수 있는 게 아니었을 거예요. 그러니까……."

그녀는 쉽지 않은 자비를 베풀며 지친 미소를 지어 보였다. 켈리 박은 성녀를 보는 듯한 표정으로 뒷말에 집중했고.

"나가주시겠어요? 분명 아무도 들이지 말라고 했었는데 여기 직원 일 처리 참 미흡하네요."

묘하게 차가운 목소리에 입꼬리를 잠시 굳혔다. 가녀린 몸과 고고한 이목구비가 무색할 만큼 드센 기운이었다.

하지만 그 이질감이 느껴지지 않는 척, 그녀는 능청스럽게 반응했다.

"아, 그래! 정신 사나울 텐데 혼자 있어야지. 천천히 마음 정리하고 나와. 필요한 거 있으면 말하고!"

켈리 박은 치맛자락을 정리하고 서둘러 일어섰다.

신부는 황급히 멀어지는 그녀의 뒷모습을 인사 없이 보기만 했고, 신부대기실 앞에 서 있는 직원에게 문 쪽을 향한 고갯짓을 했다.

켈리 박이 빠져나가기 무섭게 그녀만을 남겨 두고 문이 닫혔다.

다시 주변이 조용해지자 그녀는 의자에서 천천히 몸을 일으켰다.

그녀는 구석에 놓여 있는 테이블 앞에 섰고 그 위에 있던 청첩장을 조심스레 집어 들었다.

[도하언 · 유설아, 하나 되는 자리에 귀하를 초대합니다.]

화려한 카드 위에 적힌 이름의 주인은 분명 그녀 자신이었다. 영향력 있는 문화 계열사 '신우그룹'의 외동딸이자, 대한민국 최고의 IT산업 회사 '옵타티움'을 물려받을 후계자의 약혼녀.

금수저로 태어나 금수저다운 삶을 살고 있는 한국의 패리스 힐튼. '유설아'라는 이름에 따라오는 수식어들은 하나같이 화려하고 독보적이었다. 질투하는 사람들조차도 그녀의 비극을 상상하지 못할 만큼 그야말로 모든 것을 가진 인물이었다.

그런 유설아가 결혼식 당일 모두의 앞에서 버려지다니.

설아는 청첩장을 펼쳤다. 맨 첫줄에 적혀진 '사랑을 위해 살겠습니다.' 라는 글귀가 단연 돋보였다.

"사랑……."

그녀는 가슴에 새겨진 단어를 소리 내어 읽어보고는 그 사람의 얼굴을 떠올렸다. 오늘만 지나면 이제 한 집에서 함께할 줄 알았는데, 어긋나버린 전개로 인해 그 시간은 기약 없이 미뤄지고 말았다.

당신을 내 시야 안에 가두고 은밀하게 탐낼 수 있는 기회는 또다시 아득히 멀어졌다.

당신도 지금 나처럼 아쉬워하고 있을까.

……그랬으면 좋겠는데.

"사랑을 위해 살겠습니다."

설아는 청첩장의 첫 줄을 소리 내어 다시 읽었다. 그녀는 엄지손가락을 비밀스럽게 옮겨 신랑 '도하언'의 이름을 가렸고.

"신부 유설아……."

홀로 남겨진 그녀의 이름 옆에.

"신랑 도유현……."

목숨까지도 바칠 수 있는 그 사람의 이름을 넣었다.

비밀스럽기에 더욱 아름다운 사람. 당신의 달콤한 미소가 떠올라서 심장이 터질 듯 뛰기 시작했다.

"아악! 이거 놔요! 옷 늘어나잖아!"

"절대 못 놔. 나 책임지고 가."

"내가 당신을 왜 책임져!"

"니가 고용된 연기자처럼 구는 바람에 다 개판 됐잖아."

여울의 인생에서 처음으로 책임져달라며 매달리는 남자가 생겼다. 그는 도망치려는 여울의 팔을 꽉 잡고 있었고 그 힘은 그녀가 여자라는 사실을 간과한 것처럼 억셌다.

여울은 눈앞에서 자신을 기다리는 택시로 간절한 손길을 뻗었다. 하지만 한 걸음 앞으로 나아가면 그가 두 걸음 뒤로 끌고 가고, 두 걸음 앞으로 나아가면 다시 네 걸음 뒤로 끌고 가는 바람에 택시는 점점 멀어지기만 했다.

택시기사까지 초조하게 지켜볼 만큼 안쓰러운 광경이었다.

"잠깐! 이러지 말고 대화를 하자! 대화를!"

결국 여울은 방법을 바꿔 도망치려던 걸음을 멈췄다. 그러고는 인상을 잔뜩 구긴 채 뒤를 돌아보니 그 남자는 보다 더 사나운 표정을 하고 그녀를 직시했다.

그렇게 완강하게 주장하고 있는 게 자길 파혼시켜달라는 이야기이니 여울은 더욱 기가 찰뿐이었다.

"자, 우선 내 말을 들어요! 진정하고!"

"진정 못 해. 그냥 말 시작해."

"상대역이 바뀐 건 정말 유감이에요. 왜 나한테 수습해 달라고 하는지, 충분히 이해합니다."

"그럼 수습해. 이해만 하시 말고."

"하지만! 미안하진 않네요. 왜냐하면 우리는 서로 오해가 있었던 거지, 내가 일방적으로 잘못한 게 아니잖아요?"

말끝을 질문 형식으로 둔 건 그를 상식적으로 납득시키기 위해서였다.

그러나 여울이 간과한 사실이 있다면 하언은 지금 잘잘못을 따질 만큼 여유로운 처지가 못 된다는 것이었다.

"미안해할 필요 없어. 앞으로 잘못은 내가 할 거니까."

"뭐, 뭐요?!"

"사과 필요하면 말해. 기꺼이 해 줄게."

"억지 부리지 마요!"

"지금 할까? 내가 죽을 만큼 미안."

하언의 일방적인 통보는 여울이 빠져나갈 출구조차 막아버렸다. 여울은 대화불능인 그 남자 덕에 숨통이 턱턱 막히는 듯했다.

"진짜 미치겠네……."

여울은 한탄스러운 혼잣말을 내뱉으며 고개를 떨구었다. 삽시간에 수척해진 그녀의 낯빛을 보면서도 하언은 전혀 동요하는 기색이 없었다. 그러나 그를 제외한 길거리의 모든 사람들은 억세게 사로잡혀 있는 여울에게 측은한 시선을 보냈다.

"어머, 저 여자 우나 봐."

"무슨 일인지는 몰라도 아까부터 남자가 너무 거칠게 몰아치더라."

"세상에. 얼굴만 잘나면 뭐해. 무서워서 같이 살겠나, 휴우."

하언을 향한 시선들에 따가운 불이 일었다. 세상 혼자 사는 도하언은 아무런 신경도 쓰지 않았지만, 여울은 조성되는 분위기를 따라 한껏 장단을 맞춰 주기로 했다.

"그렇게 사람 숨통 조여오는 거…… 너무 무섭단 말이에요."

그래서 메마른 눈가를 괜히 문지르며 웅얼거리니 그녀의 연기를 눈치챈 하언은 입가에 비웃음을 얹었다.

"연기 잘하네. 그렇게 하면 돼."

"연기라니…… 당신은 항상 그런 식이었어."

그 대사를 내뱉을 쯤에 여울은 필사적으로 슬픈 생각을 했다. 몇 달 전, 급한 카드빚을 막겠다며 오빠가 그녀 몰래 팔아버린 장지갑이 새삼 떠올랐다.

"내 감정 따윈 상관도 없지! 맨날 사람 옥죄기나 하고!"

언성을 높이며 다시 고개를 들었을 때 이미 그녀의 눈가는 축축이 젖어 있었다. 아무리 하언이라도 여자의 뺨을 타고 흐르는 눈물 한 줄기는 심히 당황스러워서, 그는 곧바로 뻐딱한 대구를 내뱉었다.

"왜 울고 그래."

"아파서요. 당신 손톱 때문에 내 팔이 지금 피투성이란 말이에
요…….'"

여울은 일부러 더욱 울상을 지으며 그에게 잡힌 팔을 흔들흔들
흔들었다. 피투성이란 소리에 놀란 하언은 곧장 손아귀의 힘을 풀
어냈고 난처한 눈길로 그녀의 팔을 살폈다.

"피 어디."

바로 그때였다. 산뜩 움츠려 있던 그녀가 덫에서 풀려난 토끼처
럼 엄청난 속도로 달음박질 친 건.

"아……!"

하언은 외마디 탄식을 터트리며 곧바로 팔을 뻗었지만, 그녀는
빛 보다 빠른 속도로 택시에 몸을 싣고 문을 잠가 버렸다.

"기사님! 바로 출발해 주세요!"

"어디 가! 당장 내려!"

쿵쿵쿵!

뒤늦게 정신을 다잡은 하언은 시동을 거는 택시 유리창을 내리
치며 거칠게 소리쳤다. 마주한 그의 눈빛은 잡혔다간 뼈도 못 추릴
듯 난폭했다.

하지만 여울은 다신 붙잡힐 일이 없을 거라는 확신이 있었기에
손까지 흔들며 그를 조롱했다.

"파혼 잘하세요! 꼭 성공하길 빕니다!"

"내리라고! 차 부수기 전에!"

"아저씨, 출발! 출발!"

하언은 간절한 손길로 택시 손잡이를 붙잡았으나 맹렬하게 돌아가는 타이어까지 멈춰둘 수는 없었다.

"나 너 없으면……!"

부아앙—

결국 여울을 실은 택시는 허망하게 시야에서 사라졌고, 홀로 남겨져 버린 하언은 머리를 싸맨 채 분노를 터트렸다.

어디서부터 잘못됐을까. 이 사태를 어찌 헤쳐 나가야 할까. 대체 나는 무엇을 할 수 있을까.

하언은 여울이 30분 동안 해 왔던 고민을 뒤늦게 시작했다. 자그마치 몇 달에 걸쳐 짜놓은 파혼극은 완벽 그 자체였건만, 어긋난 연극의 시작은 예기치 못한 베드엔딩을 맞이했다.

최대한 닮은 사람을 찾아볼까도 생각했으나 작은 아버지의 식구들은 그렇게 헐렁한 성격들이 아니었다.

안 그래도 하언을 못 물어뜯어 안달인 지금, 틈을 보인다면 곧바로 잡아먹혀버리고 말 텐데. 그럼 영원히 지옥 같은 굴레에서 탈출할 수도 없을 텐데.

"어? 여울이 남자 친구다."

혼란에 빠져 있던 그때, 예상치 못한 목소리가 그의 귓가를 파고들었다.

"파혼은 잘하셨어요? 여울이는 어디 있어요?"

"너……."

"아, 혹시 저 때문에 못 가겠대요?"

절망뿐이던 하언에게 일말의 희망을 건네준 건 줄기차게 헛소리를 뱉어대는 구원자, 여울의 전 남자 친구 계강태였다.

희망을 잃었던 하언의 두 눈이 먹잇감의 흔적을 발견한 맹수처럼 살벌한 빛을 냈다. 그는 긴 다리를 저벅저벅 움직여 강태에게 다가갔고, 앞뒤 설명도 없이 무작정 양어깨를 붙잡았다.

"너 그 여자 집 어딘지 알지."

"예? 여울이 집이요?"

"어디야. 그 여자 어디 살아."

긴절한 마음만큼 힘이 들어산 그의 손이 강태의 몸을 뒤흔들었다. 분위기를 보아하니 결코 좋은 일로 그녀를 찾는 건 아닌 듯 보였지만.

"아! 어깨 아파요!"

"당장 말 안 해 주면……."

"말할게요! 말할게요! 따질 거 있으면 저한테 이러지 말고 여울이한테 따지세요!"

그렇다고 해서 의리를 지켜 주기엔 강태의 겁이 너무 많았다. 결국 더 추궁하기도 전에 가는 방법부터 현관문 도어락 비밀번호까지 상세히 터져 나온 대답.

하언의 입가에 희열에 찬 미소가 번졌다.

*   *   *

한가로운 일요일 낮, 서울 근교의 자그마한 아파트. 낡긴 했어도 나름대로 평화로웠던 그곳에 싸늘한 분노의 기운이 휘몰아쳤다.

"아아, 혼자서 삼백오십만 원을 썼어?"

여울은 오늘 날아온 카드 고지서를 꼭 쥐어든 채 눈앞에서 떨고 있던 한 남자를 바라보았다.

"저번 달에 너 생일이었잖아. 그래서 선물 사느라 돈을 더 쓴 것도 있고……."

"기억이 안 나서 그러는데 니가 나한테 뭘 선물해 줬더라?"

"이, 이용권?"

"그래. 이용권. 색종이에 심부름 이용권, 분리수거 이용권, 설거지 이용권 대충 휘갈겨서 줬잖아. 그렇지?"

하지 않는 게 좋을 뻔했던 변명을 덧붙여서 굳이 화를 더 키우는 그의 정체는 여울의 하나뿐인 가족이자 원수 같은 친오빠 차시울이었다.

"누가 들으면 여동생한테 리조트 이용권이라도 끊어준 줄 알겠다, 오빠."

"내 노동력은 리조트보다 더 가치가 있다고 생각해. 동생."

"아아, 내가 아끼고 아낀 만큼 펑펑 쓰고 돌아다니는 너한테 가치가 있었어?"

"조, 조금은?"

지금은 비록 모자란 말만 하고 있지만 여울과 2살 터울인 그는, 큰 키와 다부진 골격, 천재적인 두뇌, 그리고 트렌디하게 잘빠진 얼굴까지 모든 면에서 뛰어난 인물이었다.

세상 혼자 살아가기로 작정이라도 한 양, 부모님의 좋은 유전자란 좋은 유전자는 싹 다 챙겨서 나왔다고 해도 과언이 아니었다.

그런데 그리도 완벽한 사람이 왜 하필 제대로 된 정신머리만 가지지 못한 걸까. 대체 왜 그 좋은 머리로 생각이라는 것만 하지 못하는 걸까.

"생일선물로 준 차시울 이용권 중에서 소원 하나 들어주기 지금 쓸게."

여울은 쇼핑과 유흥뿐인 그의 카드 사용내역을 훑어보며 조심히 거실의 효자손을 집어 들었다. 그녀의 다음 행동을 이미 예측한 시울은 경계심 어린 눈빛으로 슬슬 뒷걸음질을 쳤다.

"그래. 그건 너의 마음이지만 제발 무기는 내려놓지 않겠니?"

"내 소원은 너의 그 헤픈 손모가지를 꺾어 버리는 거란다!"

"엄마야!"

결국 억눌렀던 여울의 분노가 활화산처럼 터져 나오자 시울은 재빨리 화장실 안으로 몸을 숨겼다. 빠르게 문 잠기는 소리에 더욱 광분한 여울은 화장실 문을 부서져라 두드리며 역정을 냈다.

"당장 나와! 돈 헤프게 쓰는 건 손모가지가 잘려봐야 겨우 고친다 그랬어!"

"그건 도박이고! 난 도박은 안 하잖아!"

"넌 지금 그걸 자랑이라고 하지?!"

그렇게 목이 터져라 원망을 쏟아 내던 그때.

쾅쾅쾅—!

누군가 난데없이 현관문을 내리치는 소리가 들렸다. 놀란 기색 가득한 여울의 눈동자가 현관 쪽으로 어긋났다.

"뭐, 뭐야. 갑자기."

"너 때문에 아래층 아줌마 쫓아왔나보다!"

"나 때문? 차시울 너 지금 나 때문이라고 했어?"

여울은 속을 박박 긁어 대는 시울 때문에 곧바로 문을 열어 주지 못하고 실랑이를 계속했다.

쾅쾅쾅—! 쾅쾅쾅—!

그러자 더욱 격해지는 노크 소리는 그녀를 독촉하는 게 분명했다.

"예, 갑니다! 가요!"

여울은 화장실 문을 원망스레 노려보면서도 서둘러 발길을 옮겼다. 만약 소음문제 때문에 아래층 아줌마가 쫓아온 것이라면 그녀의 성질이 더욱 불같아지기 전에 수습하는 것이 최선이었다.

"아이고, 혹시 시끄러워서 올라오신 건가요?"

여울은 도어락을 풀어내기 무섭게 환한 미소를 지어 보이며 문을 열었다.

"문고리 만들어서 열어?"

하지만 막상 등장한 얼굴은 그녀의 입꼬리를 굳혀버리기 충분했다.

"그, 그쪽은……."

사납다 못해 잡아먹힐 것 같은 눈. 위압적으로 으르렁거리는 저음. 불친절한 말투를 내뱉고는 있지만 모양새만큼은 친절한 입술.

절대 잊을 수 없을 만큼 강렬한 그 생김새는 분명.

"파혼남……."

"도망칠 수 있을 줄 알았어?"

"아아……."

"왜 그런 생각을 했어. 나를 두고."

다신 마주할 일 없을 줄 알았던 어제의 그 찰거머리였다.

"여긴…… 대체 어떻게 찾아왔어요?"

현실을 차마 받아들이지 못한 여울이 넌지시 묻자, 하언은 비웃음을 흘리며 대답했다.

"어떻게 왔을 것 같은데."

"그, 그걸 내가……."

"누가 알려 줬을까."

그가 되묻는 순간 선명하게 떠오르는 비굴한 얼굴 한 개.

"으으…… 개강태……."

여울은 일생에 도움이 되지 않는 전 남자 친구의 얼굴을 떠올리며 이를 갈았다. 그런 그녀를 내려다보던 하언의 입가에서 다시 미소가 사라졌다.

"책임져."

"아, 왜 그 말 안 하나 했다."

"난 너 하나 믿고 결혼식도 때려치웠잖아."

"아니, 그게 어떻게 내 책임이 돼요. 저는 그쪽 이름도 몰라요."

그건 책임을 운운할 만한 사이가 아니라는 걸 강조하기 위해 내뱉은 말이었다. 그러나 하언은 그 의도를 뻔히 알면서도 전혀 눈치채지 못한 척 대답했다.

"도하언."

"예?"

"그게 내 이름이야. 이제 당장 날 책임져."

"하아……."

다시 만난 그의 집착은 어제보다 더욱 심해졌다. 도망칠 퇴로도 없는 여울은 지끈거리는 머리를 부여잡으며 흐린 한탄을 흘려보냈다.

"대체 나더러 뭘 어쩌라는 거야, 진짜……."

그러자 하언은 찰나의 빈틈을 놓치지 않고 자신의 본론을 쑤셔 넣었다.

"내 용건에 대해 묻는 건가?"

"아니요. 안 물어봤는데요."

"그래, 자세한 얘기는 안에 들어가서 할게."

"하긴 뭘 해요. 아무것도 안 물어봤다니까."

여울은 재차 그를 밀어냈지만 하언은 무턱대고 집 안으로 들어섰다. 마치 정식초대라도 받은 듯 식탁 의자에 당당히 자릴 잡은 그는 뻔뻔해도 너무 뻔뻔한 모습이었다.

저 근본 없는 자를 당장 끌어내야겠다고 생각한 여울은 입술을 꽉 깨물며 소매를 걷어붙였다. 그때마침 화장실 문이 빠끔히 열렸고.

"누구야? 웬 남자 목소리야?"

문틈으로 고개를 내민 시울이 물었다. 전혀 예상치 못했던 남자의 등장에 당황한 하언은 숨겨 둔 내연남이라도 발견한 것처럼 매섭게 따져 물었다.

"저 남자 뭐야."

그러자 시울은 씨익 웃음을 머금었고 그녀가 해야 할 대꾸를 가로챘다.

"통성명은 찾아온 사람이 먼저 해야지. 넌 대체 뭔데?"

"나?"

"그래. 너."

순간 하언의 입가에 의미심장한 미소가 맺혔다. 묘한 불안감을 느낀 여울은 이어질 말을 어떻게든 막으려 했지만, 그러기도 전에 그의 입술은 기어이 떨어지고야 말았다.

"저 의사 하나 믿고 어제 결혼식장에서 도망쳐 나온 사람."

더할 나위 없이 정확하지만 상황을 모르는 이에겐 충격 그 자체인 하언의 대답.

휘둥그레진 시울의 눈동자가 여울에게로 옮겨왔다. 혼란스러운 오라비의 얼굴을 바라보며 차마 사실임을 인정할 수 없었던 여울은 그저 고개만 푹 숙여버릴 뿐이었다.

평창동에 위치한 모던한 스타일의 대저택.

"외, 외박?! 도하언 그 새끼! 집안 꼴을 이 모양으로 만들어놓고 감히 외박을 해?!"

하언의 외박소식에, 그의 작은 어머니 켈리 박은 버럭 언성을 높였다. 가정 관리사는 괜한 불똥이 튈까 싶어, 조심스러운 목소리로 말을 이었다.

"아침에 돌아오셨어요! 물론 곧바로 다시 외출하시긴 했지만……."

"어디 나간다는 말은 없었어?"

"예? 아, 네. 딱히……."

"물어보나 마나 뻔하지. 그년 만나러 간 게 분명해."

한참 씩씩거리던 켈리 박은 불현듯 누군가를 떠올렸다.

대한민국 최고의 IT산업회사 '옵타티움'을 이끄는 도선웅 회장. 켈리 박의 남편이자 하언의 작은 아버지이기도 한 그는 원하는 바가 있을 때마다 수단과 방법을 가리지 않고 손에 넣는 사람이었다. 그에게는 처리하지 못할 일은 없었고, 그건 이번 사태도 마찬가지일 터였다.

"회장님은 어디 계셔?"

켈리 박은 눈동자를 번득이며 도 회장의 위치를 물었다.

"아, 서재 쪽에 잠시……."

"서재? 언제부터."

"두 시간 되셨어요."

"역시 도하언이 그 난리를 치고 갔는데 회장님 기분이 좋으실 리가 없지……."

하지만 가정 관리사의 대답에 그녀는 금세 심각한 기색을 띠고 만다. 서재의 용도가 무엇인지 알고 있기에 그녀는 등골이 오싹해지는 기분이었다.

잠시 침묵을 지키고 있으니, 머지않아 집 안에는 미세한 소음이 들려왔다. 무언가를 내리치는 타격음, 물건이 부서지는 소리, 억누르다 못해 터져 나오는 신음 소리.

심상치 않은 분위기를 읽은 가정 관리사의 어깨가 움츠러들었다. 켈리 박은 그녀에게 잠시 시선을 두다가 이내 심드렁한 표정으로 명령을 내렸다.

"음악 좀 크게 틀어. 클래식 같은 거."

"네……네!"

가정 관리사는 기다렸다는 듯 서둘러 오디오 쪽으로 움직였다. 켈리 박은 한숨을 지었고, 심란함 섞인 혼잣말을 뱉어 냈다.

"애 잡진 말아야 할 텐데……."

그러나 머지않아 클래식 선율이 은은하게 집 안을 채우자 켈리 박의 두 눈에 이글 있던 긱징은 금세 지워져 버렸다.

"음악 선곡 나이스! 내가 좋아하는 노래야!"

가정 관리사를 향한 그녀의 경쾌한 목소리.

그로써 잔인한 소리들을 흔적도 없이 덮어졌다. 평창동의 대저택은 다시 지나가는 행인들이 보고 감탄할 만큼 고급스러운 공간으로 거듭났다.

"많이 아프니?"

아무도 이 안에 고통이 존재할 거라고는 상상하지 못할 만큼.

"아아……."

흐린 신음을 흘리는 입술 새로 붉은 핏방울이 뚝뚝 떨어졌다. 하얀 손등은 입가를 문질렀고 비틀거리던 다리는 똑바로 자세를 고쳐 섰다. 하지만 아무리 멀쩡한 척하려고 해봐도 전신에는 이미 남아 있는 힘이 없었다.

긴 속눈썹을 반쯤 내리 감은 얼굴에도 붉은 손자국이 선명한 걸 보면, 옷 아래에는 그보다 더한 피멍들이 감춰져 있을 게 분명했다.

"버티기 힘들겠어?"

골프채를 손에 쥔 도 회장은 지독히도 차가운 저음으로 물었다. 그의 시선 끝에 맺힌 고개는 천천히 가로 저어졌지만, 그게 진심이 아니라는 것쯤은 점차 흐려지는 숨소리로 알 수 있었다.

"오늘은 이쯤에서 그만 해야겠구나. 아직 성이 다 풀리진 않았다만……."

도 회장은 생명이 꺼지기 직전에서야 자비를 베풀었다.

그는 들고 있던 골프채를 서재 한편에 던져두었고 탁상 위에 올려져 있던 손목시계를 도로 찼다.

"그나저나…… 설아 쪽에서는 우리 집안과 모든 인연을 끊겠다고 난리더구나."

"……."

"어긋나 버린 계약은 어떻게 수습할 작정이니?"

도 회장은 파혼 사건으로 인해 일그러져 버린 신우 그룹과의 관계를 떠올리며 나직이 물었다. 피를 머금은 입술은 잠시 마른침을 삼켰고 이내 여리지만 부드러운 미성을 흘려보냈다.

"설아는 걱정하지 마세요. 아버지."

"……."

"하언이와의 결혼은 어떻게든 진행하도록 만들겠습니다."

그 말에 도 회장은 흐트러졌던 머리를 똑바로 올리며 무심하게 대답했다.

"그래, 설아가 아직까지 널 따르고 있다는 건 불행 중 다행이구나."

"……."

"하긴, 니가 공을 들여서 묶어놓았으니까. 그렇지?"

날카로운 눈동자가 지칠 대로 지쳐버린 눈동자와 맞닿았다. 피하고 싶지만 피할 수 없는 위압감이 숨통을 짓눌렀다.

"두 사람의 관계는 오늘 중으로 회복시켜 놓도록 하렴. 자리를 마련해서라도."

이윽고 떨어지는 명령에 거부권은 없었다.

"네, 알겠습니다. 아버지."

새이 나오는 대답이 마음에 들었는지 도 회장의 입가엔 산산한 미소가 퍼졌다. 그는 지금껏 고통을 선사했던 존재를 흐뭇하게 바라보다가, 언제 상처 입혔냐는 듯 따뜻한 목소리를 흘려보냈다.

"그날 너를 택한 나의 결정이 틀리지 않았다는 걸 꼭 증명해 주길 바란다."

"……."

"유현아."

잔혹한 기대감 뒤에 따라붙는 이름. 도 회장은 그 이름을 끝으로 천천히 등을 돌렸고 서재 밖으로 발길을 움직였다.

이름의 주인은 그의 뒷모습을 가만히 지켜보다가, 핏자국이 선명한 서재에 혼자 남겨진 후에야 스르륵 무너져 내렸다. 지끈거리는 이마에는 열이 펄펄 끓는다.

이렇게 심한 감기에 걸린 지는 꽤 되었지만 그걸 아는 사람은 이 집안에서 본인 스스로가 유일하다. 그는 이미 꼼짝도 할 수 없을 지경이었지만, 한숨 돌린 시간은 많이 주어지지 않았다.

도 회장의 명령에 명시되어 있던 기간은 '오늘'. 자정이 되기 전에 그는 파혼위기에 놓인 두 남녀를 모두 만나야 한다. 해결점이라도 찾아야 한다.

그는 멀찍이 나뒹굴고 있던 핸드폰을 어렵게 쥐어 잡았고 시간을 확인하기 위해 액정화면을 켰다. 하지만 시간보다 먼저 들어오는 건 수십 통의 부재중 전화였다.

등록은 되어 있지 않지만 누군지는 알고 있다.

질리도록 보아 왔던 그 전화번호는 어제 모든 인연을 끝낼 수 있을 거라고 기대하며 지웠던 번호였으니까.

그는 통화버튼을 누르기 전에 다시 핸드폰 연락처에 전화번호를 등록했다. 그리고 잠시 눈빛을 떨며 망설이다가 하는 수 없이 전화를 걸었다. 잔잔한 컬러링이 시작되고 얼마 되지 않아 마음을 무겁게 만드는 목소리가 귓가로 스며들었다.

"응, 설아야……."

그는 웃고 싶지 않은데도 웃으며 인사를 건넸고.

"보고 싶어, 지금 당장……."

보고 싶지 않은데도 보고 싶다고 말했다.

"아직 우리 둘이 만나는 건 위험해. 하언이도 있어야 할 것 같은데…… 내 연락은 받질 않아서."

역겹도록 뻔뻔하게 본론을 꺼내놓는 지금, 그녀에게 향한 감정은 미안함이 전부였지만.

"고마워. 그래줄 수 있겠어?"

끝내 미안하다는 말은 하지 않았다.

"응, 나도 사랑해. 설아야……."

아직 나는 너에게 더 많은 죄를 지어야 할 것 같으니.

식탁에 덩그러니 놓인 백만 원짜리 수표 다섯 장.

나란히 앉아 어마어마한 액수의 돈을 실물로 보고 있는 남매는 그야말로 할 말을 잃었다.

"이 정도면 계약금으로 충분하지 않나?"

맞은편에 비스듬히 기대앉은 하언은 그들에게 물었으나 둘 중 누구 하나도 제대로 된 대답을 내놓지는 못했다. 그들은 그저 눈을 꿈뻑이며 수표들을 한참 동안이나 더 바라보다가 떨리는 목소리로 되물었다.

"그러니까…… 이게 십 퍼센트라는 거죠?"

"어."

"파혼이 성공적으로 성사되면 나머지……."

"사천오백 더."

"와, 이 사람 진짜 제정신 아니네."

엉터리 삼류연극이라 여겼던 파혼극은, 알고 보니 거금이 내걸릴 만큼 중대한 계획이었다. 처음엔 단순히 이상한 상황에 휘말리는 게 싫어서 거절했던 여울이었지만, 이젠 오천만 원어치의 부담감 때문에 어떻게든 피하고 싶어졌다.

"난 못해요. 그렇게 막중한 일이라면 더더욱."

그래서 진지한 말투로 단호히 거절하자, 시울은 황급히 그녀의 어깨를 붙잡아 흔들었다.

"동생, 어쩜 그렇게 매정하게 굴어?"

"매정하다니?"

"너의 도움이 절실하다잖아. 우리 매제가."

"뭐? 우리 매제?"

여울은 가당치도 않은 호칭을 붙이는 시울을 기가 차다는 눈빛으로 쳐다보았다. 그러나 그는 하언이 오백만 원을 꺼내는 순간부터 이미 제정신이 아니었다.

이번 달에 당장 갚아야 할 카드 값이 삼백오십만 원. 월급으로는 살짝 감당되지 않을 뻔했던 그 액수는, 동생이 데리고 온 구세주 덕에 희망이 보이기 시작했다.

더군다나 일이 성공적으로 끝난 후 들어올 거금 오천만 원이라면, 갑갑했던 아파트 전세 대출까지 모두 한 방에 해결이었다.

"눈 딱 감고 쌍년 한번 되어보자. 내 동생."

시울은 이때껏 본 적 없는 진지한 눈빛으로 여울을 설득했다. 하지만 그녀는 완강하게 고개를 저으며 거절 의사를 한 번 더 강조했다.

"아, 싫어. 파혼이 언제 될지도 모르고, 만약 된다고 하더라도 뒷수습은 어떻게 해. 한동안은 계속 애인인 척해야 할 거 아니야."

그녀의 예리한 지적에 하언이 입술을 떼어 냈다.

"걱정 마. 일주일 이상 너 안 붙잡아."

"뭐요?"

"일이 마무리되면 나는 하와이로 떠날 예정이야. 그와 동시에 모든 사람들과 연락을 끊을 거니까 그 이상 장단 맞춰 줄 필요는 없어."

"오오! 잘됐다! 역시 우리 매제는 꼼꼼하다니까!"

이미 하언의 편이 되어 버린 시울은 혼신의 리액션으로 바람을 잡았다. 그러나 그 말을 들은 여울은 그를 도와주는 일이 더욱 내키지 않아졌다.

파혼을 꾸미는 것도 모자라 가족들과도 연락을 끊고 하와이로 도피해 버리겠다니. 정말 저 혼자밖에 모르는 사람이잖아. 남겨진 사람들은 어떻게 되든 상관없다는 거야?

여울은 이제 보았던 결혼사진 속 신부의 얼굴을 떠올렸다. 싸늘하게 굳어 있었던 하언의 표정과는 달리 단아한 외모의 그녀는 두 볼을 붉힌 채 예쁘게 웃고 있었다.

그건 누가 봐도 결혼을 기대하는 신부의 모습이었던지라, 여울은 그녀를 되새길 때마다 본의 아니게 미안해졌다.

그 예쁜 얼굴로 어제는 참 많이 울었을 거다. 마치 일방적으로 결혼소식을 통보받았던 2주 전의 내 모습처럼.

"역시 안 되겠어요. 정말."

마음을 굳힌 여울은 하언의 눈을 깊게 들여다보며 재차 거절의 의사를 표했다.

"넌 어쩜 그리 정이 없어?!"

하언보다 시울이 먼저 날 선 대꾸를 했고, 여울은 그런 그를 호된 말투로 나무랐다.

"넌 니 여동생을 가정 파탄범으로 만들고 싶어?"

"아직 결혼도 안 했는데 가정파탄은 아니지! 매제도 사연이 있으니까……!"

"사연은 무슨 사연이야! 그리고 매제 소리도 좀 그만해!"

시울은 더 이상 아무 대꾸도 하지 못했다. 그러나 그의 두 눈동
자엔 아쉬움과 불만이 한가득이었다.

여울은 그런 그에게서 시선을 돌려 하언을 바라보았다. 하언 역
시 그녀의 뜻을 받아들이지 못하겠는지 살얼음판처럼 싸늘한 표정
이었다.

"도하언 씨."

그의 이름을 부르자 대꾸 대신 또렷한 초점이 돌아왔다. 짧게 목
을 가다듬은 여울은 이제까지 냈던 목소리 중 가장 단호한 목소리
를 흘려보냈다.

"저는 그날 예쁜 옷 골라 입고, 배신 때린 전 남자 친구한테 해
야 할 말을 했을 뿐이에요. 그게 오해를 불러일으켰다면 미안하지
만……."

"……."

"그렇다고 해서 도하언 씨를 책임져줄 수는 없어요. 정확히 확인
하지 않은 그쪽 잘못도 있는 거잖아요."

깔끔히 정리된 여울의 입장은 반박할 게 없었다. 차근차근 되짚
어보면 멋대로 오해한 것도, 멋대로 끌고 간 것도 도하언이었다. 그
러나 그 사실을 분명 알고 있을 하언의 낯빛은 조금도 납득한 기색
이 아니었다.

마치 무슨 말인지 알아듣지 못하겠다는 듯, 그는 여전히 미간을
좁힌 채 여울에게 물었다.

"돈이 더 필요해?"

"……."

"원하는 액수를 불러. 얼마든지 얹어줄 테니까."

무턱대고 금액만 높이는 그는 여울이 보기에 몹시도 한심했다. 그녀는 답답함 섞인 눈빛으로 그를 노려보며 예리한 질문을 꺼내놓았다.

"도하언 씨는 가진 게 돈 밖에 없어요? 어쩜 그렇게 안하무인이에요?"

"……."

"세상 혼자 사는 것처럼 굴지 마요. 본인 말고 다른 사람들 입장도 좀 생각하고 살아."

순간 그의 눈빛이 엷게 떨려왔지만 더 이상 신경 쓰고 싶지 않았던 여울은 그냥 자리에서 일어나버렸다.

당황한 시울이 그녀의 옷자락을 붙잡아볼 새도 없이 제 방으로 향하는 그녀의 발걸음은 매정하기만 했다.

한동안 침묵만 지키고 있던 하언은 그녀가 방문을 열고 사라지기 직전에서야 입술을 떼어 냈다.

"그래. 돈밖에 없어."

"……."

"난 세상 혼자 살아."

새어 나온 그의 목소리는 미세하게 젖어 있었지만 그가 내뱉는 말들은 하나같이 엇나가기로 작정한 듯 삐딱했다.

대답할 가치를 느끼지 못한 여울은 마저 방으로 몸을 들여놓으며 문을 쾅—! 닫아버렸다.

덩그러니 남아버린 하언은 메마른 얼굴을 쓸어내리며 긴 한숨을 내쉬었다. 무리해서 뻔뻔하게 굴어본다고 해서 얇던 낯짝이 저절로 두꺼워지는 건 아니었다.

하언은 지금 자신의 꼴이 얼마나 우스운지, 생판 모르는 여자에게 인생을 책임져 달라 매달리는 게 얼마나 얼토당토 없는 일인지 누구보다도 잘 알고 있다.

'복잡한 미로 같은 내 삶엔 애초부터 출구가 없었던 걸까.'

가로막힌 벽을 어찌해야 할지 몰라 무기력해지려던 그때.

"저기…… 매제."

시울의 조심스러운 부름이 흘러나왔다. 절망 어린 하언의 눈빛이 그에게 옮겨 붙었다.

"내가 도와줄까?"

"뭐?"

"난 금액만 맞춰준다면 뭐든 해 줄 수 있는데."

혼자선 도저히 수습하지 못할 위기에 처한 그에게 다가온 악마의 유혹.

"나 한 번만 믿어 봐. 오늘 밤 안에 차여울 마음 돌려놓을게."

식탁 위 수표부터 챙기려하는 손은 전혀 믿음직스럽지 못한데도, 촉박해진 마음은 될 대로 되라는 심정으로 동요해 버린다.

"정말 가능해?"

물으나 마나한 질문으로 확신을 구하는 나는 사고회로가 망가진 모양이다. 그것도 아주 제대로.

늦은 저녁.

하루 종일 방에 박혀 있던 여울이 어슬렁어슬렁 거실로 나왔다. 그녀는 습관처럼 냉장고로 향하려다 말고, 앞 베란다에서 커다란 캐리어를 꺼내 오는 시울에게로 관심을 두었다.

"오빠 어디 가?"

"아니, 가긴 어딜 가."

"그런데 캐리어는 왜 꺼내?"

"응. 어디 좀 파견근무 보낼 사람이 있어서."

"직장 사람?"

"그건 아니고 뭐, 비즈니스 파트너랄까."

여울의 물음에 시울은 알 수 없는 대답만 했다.

그러고는 캐리어를 열어 소파 위에 개어둔 옷가지들을 집어넣기 시작했다. 그건 별다를 것 없는 평범한 짐 챙기기였지만 여울의 신경을 거슬리게 만드는 점이 딱 하나 있었다.

"잠깐."

"응?"

"그런데 왜 내 옷을 챙겨 넣어?"

예리한 여울의 물음에 시울은 씨익 웃어 보였다. 사고를 칠 때마다 저런 장난스러운 미소를 짓는다는 걸 아는 여울은 본능적으로 불안해졌다.

"여울아, 우리 집 대출금 엄청 남은 거 알지."

"나는 알지. 돈을 흥청망청 쓰고 다니는 오빠는 모르는 것 같지만."

"아니야, 동생. 사실 나도 그 문제로 골머리를 앓아왔단다. 그래서 결국 어쩔 수 없는 선택을 하고 말았어."

"어쩔 수 없는 선택?"

의미심장한 단어가 섞여들었다. 그가 사고를 쳤다는 게 조금 더 분명해지는 순간, 여울의 촉은 최선을 다해 빠르게 돌아가기 시작했다.

내 옷을 챙기는 걸 보면 분명 나와 관련이 있는 사고 같은데. 통보 형식으로 말하는 걸 보면 이미 엎질러진 물인 듯싶고.

"오빠, 무슨 선택을 했는지는 모르겠지만 아까 전에 도하언하고 얽히는 일이면 죽을 줄 알아."

"응?"

"그것만 아니라면 난 전부 용서해 줄 의향이 있어."

여울은 간절한 바람이 섞인 자비를 내비쳤다. 그러자 시울은 가볍게 웃었고 알아서 방어 자세를 취하며 말했다.

"그렇다면 이 오빠는 용서받지 못하겠구나."

"……뭐?"

"아까 낮에 널 파혼극에 가담시키는 조건으로 계약금 받았어. 참고로 위약금은 두 배니까 그냥 순순히 장단 맞춰 주는 게 좋을걸."

"지, 지금 뭐라고……."

"아, 혹시나 해서 말하는 건데 계약금은 이미 비밀통장에 넣어뒀으니까 뺏을 생각일랑 접어. 동생."

일방적인 통보 형식으로 쏟아진 시울의 대답. 그 안엔 그녀가 피하고자 했던 것들이 모두 들어 있었다.

마치 그는 여울에게 절망만 선사하기 위해 태어난 존재처럼 그녀가 감당하지 못할 사건사고만 잔뜩 저질러놓았다.

"이, 이, 이 미친놈이! 무슨 짓을 한 거야!"

결국 폭발해 버린 여울은 시울의 몸을 마구 난타하기 시작했다. 내리꽂히는 그녀의 주먹은 누구 하나가 죽어나가야 멈출 기세였다.

"돈 때문에 여동생을 팔아치워?! 니가 그러고도 오빠야?!"

"앗! 발로 차지 마! 아파!"

"법 쪽에서 일하는 새끼가 어찜 그렇게 사리분산을 못하냐!"

"그냥 일주일만 동참해 주면 되잖아! 이미 계약금 받았는데 어쩔 거야!"

시울은 어차피 저질러진 일, 될 대로 되라 싶은 마음으로 당당하게 소리쳤다. 여울은 그런 그를 분노에 가득 찬 눈으로 노려보다가 거칠게 멱살을 거머쥐었다.

"사고 친 주제 어디서 소리를 질러!"

그 순간, 그가 입고 있던 트레이닝 저지 주머니에서 종이 뭉치 하나가 바닥으로 툭 떨어졌다. 돌돌 말려져 있는 그건 낮에 식탁에서 보았던 수표가 분명했다.

"저거 수표지!"

"악! 안 돼!"

시울은 떨어진 수표 쪽으로 재빨리 손을 뻗었다. 그러나 독수리의 발톱처럼 날아든 여울의 손이 그보다 반 박자 빨리 수표를 낚아챘다.

"이게 어디서 뻥을 쳐! 통장에 넣었다며!"

"내놔! 내놓으라고!"

시울은 빼앗긴 계약금을 되찾기 위해 필사적으로 달려들었으나 여울이 거칠게 발길질을 하는 바람에 다가갈 수조차 없었다.

그녀는 뭉쳐진 종이를 펼쳐들었고 그 액수를 확인했다. 하나, 둘, 셋, 넷, 다섯. 아까 그가 내밀었던 건 분명 다섯 장이 끝일 텐데 지금은 어째서인지 두 장이 더 추가되어 있다.

칠백만 원이라는 거금을 손 안에 쥔 여울의 낯빛이 하얗게 질려왔다.

"칠, 칠백만 원?"

"이백은 순전히 내 꺼다! 내가 흥정한 거니까!"

"흥정은 무슨! 칠백만 원 받으면서 부담스럽지도 않았냐?! 간 큰 새끼야!"

"악!"

여울은 마지막으로 시울의 등짝을 내리친 뒤 제 방으로 들어갔다. 그리고 머지않아 헐렁한 카디건을 걸쳐 입으며 여전히 화만 목소리로 물었다.

"도하언 그 사람 전화번호 뭐야!"

"우리 매제 전화번호는 왜!"

"좋은 말할 때 당장 안 내놔?!"

"무슨 짓을 하려고!"

나는 도하언에게 아무 짓도 하고 싶지 않지만. 더는 엮이고 싶지도 않지만.

"계약금 돌려주고 올 거야!"

"차여울!"

"도하언은 내가 직접 끊어내고 올 테니까 그런 줄 알아!"

♩ ♪ ♫ ♩ ♪ ♫ ─

재킷 안주머니 속 하언의 핸드폰이 요란하게 울렸다.

인적이 많은 거리를 쫓기는 듯 빠르게 걷고 있던 그는 잠시 걸음을 멈추고 핸드폰을 꺼내 들었다.

~~받을 생각은 없었다. 오늘 정신적으로 유난히 피곤했던~~ 그는 어느 누구도 상대하지 않을 생각이었다. 그러나 핸드폰 액정에 떠오른 이름 세 글자는 하필 그가 결코 피할 수 없는 인물이었다.

"유설아……?"

버려진 예비신부가 도망친 예비신랑에게 전화를 걸었다. 그것도 파투나 버린 결혼식 바로 이튿날에.

굳이 통화를 하지 않아도 용건은 알 수 있었다. 그래서 피하고 싶었고 그대로 끊어버리고 싶었다.

하지만 하언에게는 그럴 자격이 없었고 그렇게 해서도 안 됐다. 결국 그는 체념 섞인 한숨과 함께 통화버튼을 눌렀다.

"왜."

인사조차 생략한 채 차가운 목소리로 본론부터 추궁하니.

─지금 당장 'Club HERA'로 와. VIP 5호실.

설아 역시 하언 못지않게 싸늘한 태도로 대뜸 명령부터 내렸다. 어제의 파혼극은 조금도 신경 쓰지 않는 듯, 그녀의 목소리에는 감정조차 담겨 있지 않았다.

"싫어. 나한테 오라 가라 하지 마."

하언은 그런 그녀에게 싫은 내색을 적나라하게 내비쳤다. 그의 반응에선 적개심까지 느껴질 정도였지만 설아는 그저 옅은 비웃음을 흘릴 뿐이었다.

―못 오겠니? 역시 아직까지 사람 무서워하는구나, 너.

"개소리도 정도껏 해. 듣기 거슬려 죽겠으니까."

―거슬리는 건 니 연극 수준이야. 사람들 사이에 섞이지도 못하는 주제 사랑타령이라니…… 개연성이라곤 하나도 없잖아.

그녀는 태연하기 그지없는 목소리로 하언의 약점만을 노렸다. 상대방이 뜻대로 움직여 주지 않는다면 이유를 설명하는 대신 복종할 수밖에 없는 상황을 만들어 버리는 사람.

그녀는 그런 사람이었기에 하언은 늘 숨통이 조여 오는 기분이었다. 언제나 벗어나려 발버둥 쳐보지만 결국 만신창이가 되는 쪽은 하언이었다.

"너랑 섞이기 싫은 거라는 생각은 못 해?"

―그래? 나만 안 섞이겠다고 약속하면 올 수 있는 거네?

이번이라고 해서 다를 건 없었다. 그는 지금 분명 반항을 하고 있지만.

"난 너한테 좋은 모습 못 보여 줄 텐데……."

―…….

"그렇게나 못 볼 꼴 당하고 싶다면 찾아가서 해 줄게."

모양새는 결국 말 잘 듣는 아이처럼 순응하는 꼴이 되어 버렸다.

고심해서 고르는 못된 말들이 우스워질 만큼.

─노력이 참 가상해. 보답으로 너의 사랑타령 믿어 줄게.

듣지 않는 게 차라리 나을 뻔했던 그녀의 대답.

전화는 곧바로 끊어졌다. 그러나 하언은 핸드폰을 도로 넣어 두지 못했다. 어김없이 휘둘리는 자신의 처지에 하언은 그야말로 미쳐버릴 것만 같았다.

"하……."

거리 한복판에 선 하언은 머리를 붙잡고 흐린 신음을 흘렸다. 오늘은 신경안정제를 먹지 않아서 그런지, 현기증과 두통은 평소보다 강렬하게 그를 덮쳐 왔다.

불안감이 찾아오면 멀쩡하던 이성도 중심을 잃은 자전거처럼 흔들린다. 그땐 금방이라도 죽을 것처럼 숨이 가빠지고 주변의 모든 것들이 위협적으로 다가온다.

지금 이순간도 마찬가지다. 하언은 수많은 인파들의 웅성거림과 웃음소리가 두려워서 소름이 끼칠 지경이다.

그는 시선을 바닥으로 내리꽂은 채 아무도 없는 조용한 곳으로 발길을 옮겼다. 그건 마치 도피와 비슷했지만 엄연히 말하면 다른 의미였다. 도피해버리는 것도 방공호 같은 존재가 있어야 가능한 일이니까.

세상천지에 혼자뿐인 나는 머무를 곳이 없어서 도피하지도 못한다. 그냥 같은 자리에서 끝도 없이 발버둥 치기만 할 뿐.

♩♪♫♩♪♫ㅡ

순간, 하언의 핸드폰 벨소리가 또 한 번 울렸다.

망설임 없이 핸드폰을 꺼내 든 하언은 발신자 확인도 하지 않고 통화버튼을 눌렀다. 불안감이 발작하고 있는 지금, 머릿속을 환기시킬 수 있는 것이라면 무엇이든 붙잡고 매달려야 했다.

　　제발 누구라도 좋으니 나를 붙잡아주길. 되살아나려하는 나쁜 기억들을 누가 제발 멈춰주길.

　　"여보……."

　　강렬한 두통 때문에 하언은 '여보세요'라는 첫 마디도 끝마치지 못했다.

　　─어디서 여보 타령이야! 이 인간이 아직까지 정신을 못 차렸네!

　　하지만 이어지는 쨍한 목소리는 흐트러져 있던 하언의 이성까지도 바짝 움츠러들게 만들었다.

　　"너……."

　　─내가 분명 파혼극에 안 끼어든다고 했지! 그런데 왜 좋은 말로 할 땐 말귀를 못 알아들어! 어?!

　　제대로 된 자기소개를 들은 적이 없어 이름은 흐릿하지만 존재감만큼은 확실한 그녀는.

　　'나 결혼식 파투 내러 온 사람이야! 알아?!'

　　'당신을 왜 책임져! 내가!'

　　'세상 혼자 사는 것처럼 굴지 마요.'

　　이 커다란 목소리로 숱한 위기를 선사했던 사람.

　　'도망칠 수 있을 줄 알았어?'

　　'책임져.'

　　'난 너 하나 믿고 결혼식도 때려치웠잖아.'

그럼에도 불구하고 지금 이 순간 하언이 가장 매달리고 있는 사람.

출구를 찾을 수 없을 정도로 꽉 막혀 있던 현실에 빛 한 줄기가 떨어졌다. 우연이 만나 악연이 된 그녀는 하언의 불안감 그 자체였으나, 어떻게 보면 지옥 같은 삶에서 벗어날 수 있는 단 하나의 열쇠이기도 했다.

물론 어디까지나 손에 꽉 쥐고 있을 때의 이야기지만.

"너 어디야."

마음이 급해진 하언은 동아줄과 같은 존재의 행방부터 물었다.

─나 있는 곳은 왜!

돌아온 그녀의 반응은 차마 손을 뻗지도 못할 만큼 날이 서 있었다.

"지금 나한테……."

─너한테 뭐!

"나한테……."

나한테 와달라고. 나를 붙잡아달라고.

누군가에게 매달리는 말은 간단하고 쉬웠지만 그 말을 해야 하는 상대는 결코 호락호락한 여자가 아니었다.

지나치게 붙잡고 늘어졌다간 하언이 찾지 못할 곳으로 영영 숨어버리고도 남을 성격이었다. 그래서 어떻게 하면 자연스럽게 불러낼 수 있을까, 고심하던 그때.

─그러는 넌 어딘데!

놀랍게도 그녀가 먼저 하언의 위치를 물었다.

─내가 지금 당장 너한테 갈 테니까 어디 있는지 말해!

당장 그에게 달려오겠다는 말을 그녀가 직접 꺼냈다.

딱 좋은 타이밍에 절호의 찬스를 얻은 하언은 휘둘리던 이성을 단단히 붙잡았다.

"역삼동 'Club HERA'로 와."

여울은 현재 그의 위치를 물었지만 하언은 앞으로의 목적지를 불렀다. 혼자선 도저히 감당할 수 없는 자리이자, 그녀의 존재가 꼭 필요한 공간이었다.

자신에게 중요한 역할이 있다는 것조차 알지 못하는 여울은 그저 당찬 목소리로 대답했다.

─알았어! 딱 기다려! 내가 금방 갈 테니까!

호의라곤 전혀 없는 그 대답을 들으며 하언은 남몰래 안도의 한숨을 내쉬었다. 이제 되었다. 열쇠는 다시 내 손에 들어왔으니 앞으로는 그냥 놓아주지 않을 생각이다.

적어도 미로 같은 내 삶의 출구에 도달할 때까진.

"도하언 이리 오겠대. 이제 됐어?"

하언과의 통화를 마친 설아가 짧게 물었다. VIP룸 소파베드에 길게 누워 있던 유현은 고개를 그녀 쪽으로 돌렸고, 흐린 미소를 입가에 머금었다.

"고마워. 설아야."

그러나 설아는 그와 마주 웃어 주지 않았다. 그와 단둘이 있고 싶은 지금, 하언을 불러 달라는 유현의 부탁은 그녀에게 썩 내키지 않는 내용이었다.

"우린 언제쯤 단둘이 있을 수 있는 거야?"

설아는 불만스러운 마음을 에둘러 표현했다.

그러자 유현은 하얀 손을 앞으로 뻗었고 다가오라는 손짓을 했다. 순한 양이 되고 싶지는 않지만, 묘한 그의 눈동자는 마주친 이상 버틸 수 없게 만들어 버린다.

결국 홀리듯이 유현에게로 다가간 설아는 그의 머리맡에 살며시 내려앉았다. 유현은 기다렸다는 듯 그녀의 무릎 위로 머리를 두었고, 긴 속눈썹을 지그시 내리깔았다. 그러고는 입술을 부드럽게 움직여 나긋한 목소리를 흘려보냈다.

"쓰다듬어 줘."

그 모습은 지나치게 탐욕적이어서 설아는 날 선 기분에도 불구하고 순순히 손길을 건넬 수밖에 없었다.

그의 머리카락이 손끝에서 흐트러질 때마다 매혹적인 향기가 퍼져 나온다. 은은하지만 강렬한 자극을 선사하는 그 향은 오직 설렘만을 남겨 두고 모든 이성을 앗아가는 듯하다.

어느새 구겨졌던 미간이 온화하게 풀어진 그녀는 한결 나긋해진 음성으로 물었다.

"우리가 힘든 걸까, 아니면 원래 사랑이라는 게 힘든 걸까?"

"글쎄…… 사랑을 안 해 봐서 모르겠어."

"치, 일부러 짓궂은 말 하지 마."

설아는 유현의 머리카락을 장난스레 헝클였다. 그러자 유현은 감았던 눈을 열어 그녀의 얼굴을 물끄러미 바라보기 시작했다. 그의 시선이 닿은 곳에 발그레한 물이 들었다.

재어보지 않아도 알 수 있다. 그녀가 뜨거워지고 있다는 것을. 하지만 확인은 필요했다. 내가 그녀를 조금만 불안하게 만들어도 되는지.

"왜 그렇게 쳐다봐?"

때마침 설아가 붉어진 얼굴을 내려 그에게 물었다. 유현은 대답 대신 손을 뻗었고 그녀의 뺨을 조심스레 매만졌다.

"손이 차네."

설아는 그의 손길을 느끼며 다정한 손바닥에 지그시 입을 맞췄다. 그건 농도 짙은 사랑의 표현이었으나, 유현은 온도를 조금 더 올려야겠다고 생각했다. 아직 식히기엔 너무 미지근하니까.

그는 누워 있던 몸을 일으켰고 관능적인 목소리로 속삭였다.

"키스하고 싶어."

"……."

"해도 돼?"

단도직입적인 질문과 입술 위로 내려앉은 애타는 시선.

그것은 마치 본능과 비슷해 보였지만 이 순간 유현에게는 오로 지 차가운 이성뿐이었다. 그는 철저한 계산에 따라 그녀를 자극하 고 그녀가 가장 좋아하는 시선을 내비치는 중이다.

"그냥 하면 되잖아……."

끝내 마음이 동해 버린 설아에게서 수락이 떨어지면, 그는 그녀 가 가장 선호하는 각도로 고개를 틀어 쉽게 달아오르는 부위로 혀 끝을 밀어 넣어버린다. 숨결이 진하게 뒤섞였고 간절한 손길이 서로를 옭아맸다.

부드럽다가도 정신이 아득해질 만큼 강렬하게 파고드는 유현 때문에 설아의 이성은 부서져 버릴 것만 같았다.

더 이상 참지 못할 지경이 된 그녀는 유현의 와이셔츠 옷깃을 힘주어 붙잡았다. 그의 몸을 탐하는 거친 욕망의 표현이었다.

"가까이…… 좀 더 가까이 와."

설아는 달뜬 음성으로 보채며 유현의 와이셔츠 단추를 하나하나 풀어내기 시작했다. 쇄골에 닿는 그녀의 손은 그를 녹여버릴 듯 뜨거웠다.

"설아야……."

"……."

유현이 이름을 불러도 대답하지 못하는 걸 보니 그녀는 딱 알맞은 온도로 달궈진 상태였다. 지금이라면 조금 식어버리게 만든다고 해도 별 탈 없을 것이다.

"잠깐…… 잠깐만……."

유현은 집요하던 입술을 떼어 냈고 파고드는 그녀의 손길을 저지했다.

"왜 그래…… 뭔가 문제야?"

조금 더 사랑을 느끼고 싶던 그녀는 애절한 목소리로 물었다. 그러나 유현은 그녀가 너무 뜨겁게 달아올라도 곤란했기에, 이쯤에서 중요한 본론을 꺼내놓기로 했다.

"하언이 말이야……."

"도하언? 갑자기 도하언은 왜."

"어떻게 할 생각이야?"

유현의 직접적인 질문에 설아는 순간적으로 눈동자를 식혔다. 그녀는 잠시 그를 마주했고 넌지시 되물었다.

"넌 내가 어떻게 했으면 좋겠는데?"

파혼하지 않았으면 좋겠어. 어서 그 사람이 원하는 대로 되었으면 좋겠어. 제발 너에게서 풀려났으면 좋겠어. 이젠 누굴 이용하지도, 누군가에게 이용당하고 싶지도 않아.

유현에게는 많은 바람이 있었다. 그러나 대부분은 그녀에게 털어놓을 수 없는 바람들이었다.

결국 이번에도 유현은 거짓을 지어내야 했다.

그는 그녀의 머리를 부드럽게 쓰다듬으며 시간을 벌었고, 이내 가장 허울 좋은 말을 떠올려 입 밖으로 뱉어 냈다.

"……그냥 니가 내 것이 되었으면 좋겠어."

설아는 그 대답의 의미를 곱씹었다. 유현의 여자가 되고 싶은 마음은 그녀도 마찬가지였지만, 문제는 혼인조차 비즈니스의 일환으로 이뤄지는 그녀의 삶이었다.

그러니 더럽고 비겁하더라도 그 남자를 내세워 들어가는 수밖에. 물론 법적으로는 다른 남자의 여자가 되겠지만, 적어도 당신의 공간에서 함께 머물 수는 있잖아.

"결혼이 틀어질 일은 없어."

"설아야……."

"도하언은 내가 컨트롤 할게."

설아는 유현에게 확신을 심어주듯 선명한 목소리로 대답했다.

그건 유현이 바라던 바였지만 새까만 속마음까지 전부 비쳐버릴까 싶어 일부러 고개를 끄덕이지 않았다.

그러나 그것이 불안의 표현이라고 여긴 설아는 조금 더 적나라하게 그를 향한 마음을 드러낸다.

"아무런 걱정하지 마. 나는 너한테서 절대 멀어지지 않아."

"……."

"누구든 내가 너의 것이 되는 걸 막으려한다면…… 직접 그 숨통을 끊어 버릴 거니까."

순간 유현의 머리에 날카로운 기억 하나가 파고들었다.

'설아야…… 이거 니가 그랬어?'

'응. 왜?'

'대체 왜…… 아직 어린데 왜…….'

'거의 매일 아침마다 너한테 안기는데, 거슬리잖아. 아무리 고양이 새끼라도.'

'…….'

'설마 지금 저거 하나 죽었다고 우는 건 아니지?'

그의 눈빛이 옅게 떨려 왔다. 그녀가 노리는 것은 분명 그가 아닌데 어쩐지 그의 숨통이 끊어질 것처럼 뒤틀린다.

그의 목을 끌어안은 두 팔도, 다정한 손길도 어쩐지 죽음으로서만 벗어날 수 있는 덫처럼 느껴진다.

"이제 마음이 좀 놓여?"

설아가 물었다. 끔찍하기 그지없는 그의 감정에 대해.

'웃어야 해.'

유현의 이성은 그에게 적절한 반응을 요구했지만 아무리 애써도 입꼬리는 들어 올려지지 않았다. 오히려 증오 섞인 표정으로 변해 갈뿐.

그 어둠이 들킬까 싶어 유현은 서둘러 그녀의 목덜미 사이로 고개를 파묻었다. 설아는 억지스레 찾아온 온기조차 간절히 품어주었고 그의 몸을 하염없이 어루만졌다.

"괜찮아, 괜찮아. 아무것도 겁낼 필요 없어……."

사랑이 가득 담긴 그녀의 손끝이 하얀 와이셔츠 속에 숨겨진 그의 피멍들을 짓누른다. 손길이 다정해지면 다정해질수록 유현의 고통 또한 점점 더 지독해진다.

"아……."

아물지 않은 상처가 지분거려지자 그는 결국 흐린 신음을 흘렸다.

"못 참겠어?"

희열에 젖은 목소리로 내뱉는 그녀의 질문.

"응……."

유현은 조금 더 목덜미에 얼굴을 묻으며 대답했다. 그건 오늘 그녀를 만난 이후, 처음으로 털어놓은 진실이었다.

역삼동 Club 'HERA'.

"도하언!"

혼잡한 거리 끝에서부터 여울의 대찬 음성이 터져 나왔다. 살짝 고갤 돌린 하언은 어렵지 않게 그녀를 찾아냈고, 인사를 대신해 삐딱한 첫 마디를 건넸다.

"왜 이리 늦어."

"우리 집부터 여기까지 지하철로 몇 정거장인지 알아요?"

"알고 싶지 않은데. 딱히."

"아, 괜한 시비 걸지 마요! 나는 할 말만 빨리 하고 갈 거니까!"

여전히 도망치기 급급하기만 한 여울은 곧바로 가방에서 무언가
를 꺼내 내밀었다. 둘둘 말려져 있는 그건 아무리 생각해도 거금 칠
백만 원이었다.

"이게 돈이냐, 쓰레기냐."

"쉿! 사사로운 거 따지지 말고 똑바로 들어요. 나는 그쪽이 더 이
상 매달리지 않았으면 좋겠어요."

"……."

"아무리 내가 절실하더라도 그쪽한테는 이미 사랑스러운 예비
신부가 있잖아요?"

"……."

"그러니까 나를 포기하고 새 삶을 찾으세요, 도하언 씨!"

마지막 문장에 힘을 준 건 어떻게든 그를 끊어내겠다는 의지를
거세게 피력하기 위해서였다. 그러나 여울이 오길 기다리는 동안
어떻게든 그녀를 꽉 쥐고 있겠다는 의지를 키워온 하언은 결코 물
러나지 않았다.

"최여우."

"차여울이거든요. 내 이름?"

"아, 그래. 차여울."

그녀의 이름을 낮게 부른 하언은 일단 그녀의 팔부터 붙잡았다.

또다시 포획되어 버린 여울은 잠시 당황하는가 싶었지만, 주눅들어 보이지 않기 위해 일부러 태연한 척 대꾸했다.

"손 좀 놔주실래요? 정말 불쾌하네요."

"너 천사백만 원 있어?"

"어, 얼마요?"

"위약금. 계약금의 두 배인데 갚을 수 있나 싶어서."

"하참……."

"이래 봬도 내가 사업가 마인드거든."

말도 안 되는 계약 조건에 대해서는 익히 알고 있었다. 안 그래도 그녀는 사채업자보다 더 악독한 하언에게 화가 나있던 참이었다.

"그런 조건의 계약이 어디 있어. 고소할 거야, 당신. 나 법조계 높은 곳에 아는 사람도 있어요."

그래서 두 눈을 번뜩이며 협박조로 말하니 하언은 입가에 피식, 비웃음을 얹었다.

"니 오빠잖아. 법조계 사람."

"그, 그걸 어떻게……."

"그럼 난 니 오빠를 고소하면 되는 건가?"

이제 보니 하언이 잡고 있는 여울의 약점은 위약금 천사백만 원이 아니었다. 그녀의 하나뿐인 혈육이 약점 그 자체였고, 그건 곧 어마어마하게 깊은 함정이었다.

그녀는 울화처럼 치미는 시울의 존재를 떠올리며 잠시 이를 악물었다. 모든 게 마음에 들지 않아 죽겠다는 표정이었지만 딱히 반박할 말이 없어 곤란한 듯 보였다.

그런 그녀에게 꺼내지는 하언의 목소리는 커다란 인심이라도 베푸는 양 너그러웠다.

"오늘 협조하는 거 봐서 계약 내용은 수정해 줄게."

"네? 오늘 뭐요?"

"지금 당장 널 데리고 가야할 자리가 있거든."

그가 데리고 가겠다는 자리는 분명 그녀를 불편하고 난처하게 만들 것이 뻔했다. 순순히 따라나섰다간 하언과 끊어지기는커녕 더 깊이 얽혀버릴지도 모를 일이었다.

"잘하면 위약금 자체를 없던 걸로 해 줄 수도 있고."

"후우……."

"따라올 거야, 말 거야?"

그러나 그 모든 위험을 알고 있는 여울이 해야 할 대답은 정해져 있었다. 불길한 희망이라도 사면초가인 지금 상황에서는 덥석 믿어 볼 수밖에.

"오, 오늘 한 번뿐이라면 뭐……."

"……."

"대신 앞으로는 진짜 나한테 매달리지 말아요! 위약금도 싹 없애 주고!"

싫어. 니가 내 파혼 책임져줄 때까진 절대 안 놓을 거야.

"알았으니까 잘 따라와. 위약금은 너 하는 거 봐서 결정하지."

하언은 본심을 천연덕스럽게 숨겨버리고 마음에도 없는 대답을 했다. 거짓말로 사람을 꼬여내는 짓은 하언 역시 내키지 않았지만,

그녀를 한시라도 빨리 약속 장소로 끌고 가려면 별다른 방법이 없었다.

"어디로 가면 되는데요?"

하언의 거짓말을 그대로 믿어버린 여울은 한결 경계를 푼 목소리로 물었으나, 그는 대답대신 그녀의 팔을 붙든 채 발길을 옮겼다. 사나운 두 눈이 고정되어 있는 곳은 으리으리한 클럽의 입구 쪽이었다.

"혹시 클럽 가는 거면 줄부터 서야 되는 거 아니에요?"

여울은 입구에서부터 늘어진 긴 행렬을 훑어보며 물었다.

"난 줄 같은 거 안 서는데."

돌아오는 대꾸는 도하언답게 뻔뻔했다. 그의 눈에는 입구와 가까워질수록 따갑게 내리꽂히는 시선들이 안 보이는 모양이었다.

"아, 잠시! 거기! 못 들어옵니다!"

그때, 클럽 입구를 지키고 있던 정장 차림의 남자가 두 사람을 향해 고함을 질렀다.

성큼성큼 가까워지는 남자를 본 여울은 잠시 멈칫하려했지만, 하언은 그의 존재를 무시한 채 걸음을 재촉할 뿐이었다.

"너희 둘! 못 들어온다고!"

남자는 막무가내인 하언을 더욱 노골적으로 저지했다. 하언은 앞길이 가로막히고 나서야 겨우 그 자리에 멈춰 섰고, 눈앞에서 걸리적거리는 남자를 사납게 내려다보았다.

"내가 어딜 못 들어가."

그의 서늘한 목소리는 질문이라기 보단 따지는 것에 가까웠다.

여울을 붙잡은 그의 손에 순간적으로 힘이 실리는 걸 보면 그는 순순히 물러나긴커녕 제대로 한 판 붙을 기세였다.

"여기 이 여자 입장 안 되니까 딴 데 가서 놀아!"

그의 성질머리를 알지 못하는 남자는 삿대질과 함께 언성을 높였다. 그 무례한 손가락이 콕 집어내는 것은 다름 아닌 여울이었다.

"예? 저요?"

"그래, 너요. 그런 꼬라지로는 입장 못 해. 여기가 어딘 줄 알고……."

여울의 몸을 아래위로 훑어보는 남자의 시선엔 멸시가 가득했다.

그녀는 그제야 미처 의식하지 못했던 자신의 옷차림을 살폈다. 후드티에 까만 레깅스, 그리고 대충 올려 묶은 머리.

애초부터 돈만 돌려주고 집에 갈 생각이었던 여울은 화려하게 차려입은 다른 입장객들에 비해 확실히 초라한 모습이었다.

"행색이 너무 추레한가……."

머쓱해진 여울은 작게 중얼거리며 하언의 눈치를 살폈다.

부탁한 자리에 같이 가주기는커녕 입장조차 하지 못하게 생긴 지금, 그녀는 이대로 위약금을 물어내게 될까 봐 걱정스러웠다. 하지만 그가 내뱉는 말을 예상 밖이었다.

"니가 뭐가 추레해."

"예?"

"짝퉁 정장 입은 놈도 여기 서 있는데."

날이 선 하언의 눈동자가 남자의 전신을 아래위로 훑었다. 그건 방금 전 그녀가 남자에게 받았던 시선과 판박이였다.

'혹시 내 편 들어주고 있는 건가?'

여울은 잠시 생각했지만 이내 머릿속을 깨끗이 비워버렸다. 오늘 이후로는 다신 엮이지 않을 사람이니 같은 편으로 묶이고 싶지도 않았다.

하언은 안주머니에서 지갑을 꺼내 남자에게 던지듯 내밀었고 까칠한 목소리를 내뱉었다.

"안에 명함 있으니까 알아서 구경해."

"왜. 대기업에 취직이라도 하셨어?"

남자는 코웃음을 치며 지갑을 열었다. 그녀가 변변찮으니 그녀의 남자 역시 그저 그런 놈일 거라 넘겨짚는 모양이었다.

하지만 지갑에서 딸려 나온 빳빳한 명함 한 장이 그의 정체를 드러내는 순간, 그의 얼굴은 귀신이라도 마주한 듯 하얗게 질리기 시작했다.

"도하언. 옵타티움 대표이……."

남자는 명함에 써진 글씨를 다 읽지도 못하고 겁에 질린 눈빛으로 하언을 마주했다.

"액세서리가 이 정도인데 아직도 초라해 보여?"

한 순간에 뒤바뀐 분위기. 하언의 얼굴에 우월한 비웃음이 엷었다.

믿기지 않는 일이 일어났다.

"들어오시죠. VIP룸으로 안내해드리겠습니다."

도하언이 명함 하나 건넸을 뿐인데, VIP전용 통로가 개방되고 경호원이 따라붙는 어마어마한 전개가 펼쳐졌다.

"이쪽 손잡이 붙잡고 계단 조심히 오르세요."

"고, 고마워요."

"혹시 부축이 필요하십니까?"

"아니요, 아니요! 괜찮아요. 고맙습니다."

여울은 태어나서 처음으로 받아보는 귀빈대접이 당황스러웠다. 그래서 얼굴까지 붉힌 채 어색한 감사인사만 남발하고 있으니 그 모습을 시켜보던 하언이 비웃음을 띠며 말했다.

"아예 절을 하지 그래? 고마운 게 그렇게나 많으면."

언제 그녀의 자존심을 추켜 세워주었냐는 듯 그의 목소리엔 조롱하는 기색뿐이었다.

심기가 불편해진 여울은 두 눈에 날을 세우고 하언을 흘겨보았다. 그녀는 작은 꼬투리라도 잡아서 받은 조롱을 배로 되돌려줄 생각이었다.

"오늘 아주 특별한 코냑이 들어왔습니다. 조금 전의 결례를 보답하는 의미에서 선물해드리려고 하는데, 룸으로 가져다드릴까요?"

"술 필요 없어."

"그럼 시간도 마침 저녁시간이니 로브스타 코스요리는 어떻습니까?"

"애피타이저 나오기도 전에 나갈 거야. 개차반처럼 굴든 말든 여기 다신 안 올 거니까 애쓰지 마."

하지만 대접을 받는 그의 태도는 몹시 익숙해 보였다. 꼭 태어나길 귀빈으로 태어난 사람처럼.

그리고 마침내 도착한 VIP룸 5호실 앞. 에스코트를 마친 경호원들이 물러나자 여울은 하언에게 넌지시 물었다.

"대체 도하언 씨는 뭐하는 사람이에요?"

"뭐하는 사람 같은데."

"글쎄, 뭐…… 금수저 냄새가 좀 나는 것 같기도 하고."

그 말을 들은 하언의 반응은 딱히 수긍하지도, 그렇다고 해서 부인하지도 않았다.

"좋겠네. 금수저 애인 둬서."

그저 특유의 뻔뻔한 표정으로 기가 찬 대꾸만 내뱉을 뿐.

"능구렁이처럼 굴지 말아줄래요? 사람이 어쩜 이렇게 마이웨이야?"

"궁금하면 나중에 알려 줄게. 낯짝에 철판 까는 법."

"나중은 무슨. 다시 한 번 짚고 넘어가는데 오늘이 우리의 마지막 만남이에요. 알았어요?"

"알 것 같기도 하고 모를 것 같기도 하고."

여울은 자꾸 애매모호하게만 구는 하언을 탐탁지 않은 시선으로 흘겨보았다. 하언은 그런 그녀에게서 고갤 돌렸고 VIP룸 5호실의 문고리를 붙잡으며 말했다.

"문 열기 전에 당부 하나할게."

"무슨 당부요."

"이제부턴 그냥 니가 싸이코패스라고 생각해."

"싸이코패스? 내가?"

쉽게 이해할 수 없는 말을 들은 여울의 미간이 더욱 구겨졌다. 하지만 아랑곳 않고 이어지는 그의 목소리는 제법 진지했다.

"인간적으로 대하는 순간 넌 인간 취급도 못 받을 거야."

"누가 날 인간 취급도 안 하는데요?"

"이해는 포기하고 동정은 절대 하지 마. 무조건 공격하고 그럴 자신 없으면 아예 안 보이는 사람처럼 무시해."

"아니, 그러니까 누굴……."

"문 연다. 표정 관리해."

여울은 제치 못했지만 히인은 된 한 가지도 내답해 주시 않았나.

남을 무시하는 태도야 이미 진절머리가 났지만 이번엔 미묘하게 분위기가 달라서 신경 쓰였다. 의식적으로 그녀의 눈을 피하고 있는 그는 마치 무언가를 숨기고 있는 듯 보였다.

솟구치는 의문들은 하나도 풀리지 않았으나 여울은 닫힌 문을 향해 시선을 두었다. 어차피 진실은 이 문 너머에 있을 테니 실랑이를 벌일 시간에 확인부터 하는 편이 나았다.

철컥—

문고리 돌아가는 소리 뒤에 비밀스러운 VIP룸 5호실의 내부가 드러났다.

젖혀지는 문을 따라가던 여울의 눈동자가 정면에 머물렀다. 그리고 이내 눈앞에 펼쳐진 광경을 본 그녀는 경악을 금치 못했다.

VIP룸의 까만 소파를 침대 삼아 이뤄지고 있는 격렬한 키스. 바라보기에도 민망한 그 장면에서 적극적으로 남자를 리드하는 여자는 분명 낯익은 얼굴이었다.

그것도 하필 결혼식장에서 사진으로만 보았던, 정색하고 있는 도하언 옆에서 단아한 자태를 뽐냈던.

"예비신부⋯⋯."

여울의 입술 새에서 흐린 탄식이 새어 나왔다.

충격적인 광경에 얼어붙어버린 그녀는 문을 도로 닫아두지도, 예비신부의 얼굴에서 시선을 떼어 내지도 못했다.

그때, 뒤에서부터 뻗어 나온 따듯한 손이 그녀의 눈을 가렸다. 여울의 오른쪽 귀 끝에 여린 숨결이 닿았다.

등에 닿는 온기의 주인은 확인할 필요도 없이 하언이었다. 품 안의 남자를 탐하느라 정신없는 그녀를 보며 가장 가슴이 무너질 사람.

"문이 열렸으면 멈춰."

그러나 엉켜있는 그들을 향해 터져 나온 하언의 목소리는 낮고 서늘했다. 분명 같은 것을 보았을 텐데도 그에게는 놀란 기색조차 없었다.

순간 여울의 뇌리에 흐린 그의 목소리가 스쳐 지나갔다.

'이해는 포기하고 동정은 절대 하지 마.'

'아예 안 보이는 사람처럼 무시해.'

방금 전까지만 해도 알아들을 수 없었던 그의 당부는 이제야 본래의 의미를 되찾는다.

"기다려. 앉아서 구경하고 있든지."

미처 가려지지 못한 여울의 귓가로 흘러들어온 예비신부의 첫 마디는 상식선에서 너무 벗어난 나머지, 이해는커녕 동정조차 불가능하다.

그러니 아무것도 못 들은 것처럼 어떤 반응도 하지 않고 무시할 수밖에.

가시방석에 앉는 기분이란 이런 걸까.

Club HERA VIP룸 5호실. 차가운 적막만이 감도는 이곳은 전쟁터와 다름없었다.

분명 이 안엔 네 남녀가 모여 있는데, 오고가는 건 불편한 시선이고 주고받는 긴 복잡한 감정뿐이있다.

여울은 맞은편에 앉은 예비신부를 바라보았다.

그녀는 결혼식장에서 도망친 하언의 죄질을 감안하더라도 이해 가지 않을 만큼 태연했다. 죄책감이든 원망이든 둘 중 하나는 가질 법한데 하언을 보는 그녀의 눈빛은 마치 아무 상관없는 타인 같았다.

'대체 뭐하는 여자일까.'

잠시 고민하던 여울에게 낯선 눈빛이 느껴졌다.

시선을 살짝 옆으로 틀자 곧바로 마주하게 된 사람은 예비신부와 격렬한 키스를 나누던 문제의 내연남이었다.

이목구비의 선이 유달리 고운 그 남자는 여울을 향해 부드러운 눈인사를 건넸다.

하얀 피부 때문인지, 아니면 아직 온도가 다 식지 않은 붉은 입술 때문인지. 순결과 퇴폐 사이 그 어디쯤 되는 묘한 분위기가 그에게서 넘쳐흘렀다.

"하언아, 같이 온 분은 누구서?"

그는 여전히 눈동자를 여울에게 고정시킨 상태로 나긋이 물었다. 하필이면 지금 이 순간 가장 피하고 싶은 질문이었다.

당황한 여울은 하언이 쓸데없는 소릴 늘어놓기 전에 서둘러 입술을 떼어 냈다.

"아, 나는……."

도하언과 전혀 상관없는 사람입니다.

똑바로 해명하는 건 마땅히 해야 하는 일이었다. 하지만 그녀는 뒷말을 잇기 망설여졌다. 이들 앞에서 진실을 밝히는 순간, 기만당한 하언의 꼴이 더 우스워지지 않을까 싶어서였다.

물론 나도 그런 것까지 신경 써 줄 상황은 아니지만 그래도 기본적인 사람의 도리가 있지.

입장만 난처해하고 있던 그때, 하언의 입가에서 옅은 비웃음이 새어 나왔다.

"알아서 뭐하게."

안 하느니만 못한 짧은 대꾸에는 상대를 향한 적개심이 가득했다. 그러나 유현은 조금의 날도 세우지 않고 차분한 대답을 꺼내놓았다.

"니가 누굴 데리고 온 건 오늘이 처음인 것 같아서."

"데리고 오든 말든 상관할 바 없잖아."

"특별한 사이야?"

"신경 끄라고."

"혹시 결혼식장에 왔다던……."

"도유현. 난 너 상대하러 온 거 아니야. 그러니까 그만 물어."

모든 일의 화근이 된 결혼식 얘기가 나오자마자 하언은 대화를 단절시켜버렸다.

파혼이 성사될 때까지 가짜 내연관계를 유지하겠다는 마음엔 변화가 없었지만, 이 자리에서 대뜸 발표했다간 여울이 학을 떼며 싫은 내색을 할 게 뻔했다.

그는 아직 의아함이 가시지 않은 유현에게서 아예 시선을 거둬내고 설아를 재촉했다.

"넌 용건이나 빨리 지껄여. 시간 끌지 말고."

그러자 존재감만으로도 위협적인 그녀는 여유 가득한 미소를 띠었다.

"어젯밤은 재미 좀 봤어?"

"……."

"결혼식 때려치우고 나가서 외박까지 했다는 소문이 자자하던데."

하언의 외박은 사실이었지만 그건 여울과 전혀 상관없는 이야기였다. 그러나 확신에 찬 설아의 눈길이 여울에게 옮겨 붙은 탓에, 여울은 그야말로 환장할 지경이었다.

"아, 저, 그게……."

해명을 하려고 해도 역시 뜻대로 꺼내지진 않는다. 이래도 불편하고 저래도 불편한 이 자리를 어서 떠나고만 싶다.

아무리 생각해도 이곳에서 내가 도울 일은 없을 것 같은데, 이 남자는 왜 날 여기로 끌고 온 걸까. 대체 내게 뭘 바라는 걸까.

원망 섞인 의문과 함께 테이블 밑 손끝만 만지작만지작 거리고 있던 그때.

"유설아."

설아를 호명하는 하언의 낮은 목소리가 들려왔다.

"왜?"

그녀는 지체 없이 대꾸했지만 싸늘한 시선을 여울에게서 거둬가진 않았다. 그 눈동자를 바라보던 하언은 한 번 더 그녀를 호명했다.

"유설아."

"말해. 듣고 있어."

"유설아."

"할 말 하라고 하잖아."

팽팽하게 이어지는 신경전.

"누가 이름을 부르면 아무리 개새끼라도 쳐다는 본다."

그 끝에 이어지는 하언의 말은 결코 무시하지 못할 만큼 날카로웠다. 그제야 설아는 그에게로 눈길을 돌렸고, 가소롭다는 듯 대꾸했다.

"내가 얘한테 해코지라도 할까 봐 겁나?"

"겁내는 것처럼 보여?"

"얼굴 기억해 뒀다가 보복하는 건 철없을 때나 했던 짓이지. 요즘엔 안 그래. 긴장 풀어."

"난 철없을 때도 그런 짓 안 했어. 개과천선이라도 한 것처럼 말하지 마."

두 남녀의 대화는 마치 검투와 같았다. 손에 칼만 안 들었지, 오고가는 시선과 음성은 충분히 서늘하고 날카로웠다.

"조만간 우린 다시 결혼식장에서 보게 될 거야. 비참한 꼴로 개처럼 끌려 들어올걸."

먼저 선전포고를 한쪽은 앞날에 대한 확신이 가득한 설아였다. 하언의 입가에 짙은 조소가 맺혔다.

"말 예쁘게 하네."

"여유는 지금 실컷 누려둬. 어차피 그 삼류연극의 끝은 베드엔딩이겠지만."

"왜. 주인공이 너인 것 같아서?"

한 치의 물러섬도 없는 팽팽한 신경전.

"하아, 둘 다 그만해. 싸우려고 만난 거 아니잖아."

그걸 잠시 멈춘 사람은 긴 한숨을 내쉬며 둘 사이에 끼어든 유현이었다. 설아는 그의 손길이 어깨에 닿자마자 입술을 닫았지만 하언은 더욱 살벌한 기세로 반응했다.

"그럼 둘이 붙어먹는 거 구경시켜 주려고 불렀어?"

"아니. 니가 저지른 파혼, 뒷감당은 가능한 일인지 물어보려고 불렀어."

"……."

"대체 무슨 생각으로 그랬던 거야? 어떤 사태가 벌어질지는 니가 제일 잘 알고 있잖아."

그리 말하는 유현에게선 어떠한 적대감도 찾을 수 없었다. 조심스러운 목소리와 흔들리는 눈빛에는 하언을 향한 걱정만이 담겨 있어서, 그를 지켜보던 여울은 저도 모르게 경계를 낮출 뻔했다.

"그걸 몰라서 물어?"

그러나 오히려 이전보다 사나워진 기색으로 되묻는 하언은.

"결혼은 나랑 하고, 살림은 너랑 차리고……."

"……."

"난 유설아 바지사장 노릇 하기 싫어. 남의 호적 더럽히지 말고 니들끼리 놀아."

이내 충격적인 파혼의 이유를 가감 없이 꺼내놓았다.

상상도 못한 내용에 놀란 여울은 곧바로 하언의 표정을 살폈다. 하지만 그는 5호실의 문이 열렸을 때처럼 태연할 뿐이었다.

"도유현, 그냥 내가 너 책임지고 도와줄까?"

"……뭐?"

"작은아버지의 허락은 내가 대신 받아 줄게."

"그만 둬. 가능할 리 없잖아."

"정 안 되겠다싶으면 '옵타티움' 경영권 내걸지, 뭐. 그럼 그 인간은 오늘 당장이라도 너희 신혼집 준비해 줄걸?"

"하언아……."

하언의 강수는 유현의 어두운 본심을 꿰뚫고 있기에 가능한 일격이었다. 그는 본격적으로 여울을 파혼극에 끌어들이기 앞서, 최대한 전세를 자신 쪽으로 기울여놓을 생각이었다.

예상대로 줄곧 차분하기만 하던 유현의 눈빛은 외면할 수 없이 흔들렸고, 하언은 그런 그에게 서늘한 눈초리를 휘며 공격을 이어 나갔다.

"어때? 지금 이대로 집에 가서 얘기할까?"

이미 벼랑 끝에 서 있는 유현이 더욱 아슬아슬하게 몰아붙여졌다. 그는 숨통을 겨눈 칼날에 질식해버릴 지경이었다.

그 순간.

"역시 20년쯤 지나면 어떤 상처든 아물기 마련인가 봐."

"……."

"이젠 부모 회사도 팔아먹을 줄 알고."

유현의 곁에서 똬리를 틀고 있던 뱀은 드디어 이빨을 드러내기 시작한다. 악의를 잔뜩 머금은 하언의 눈총사가 돌연 설아에게로 내리꽂힌다.

그는 이때까지 중 가장 사나운 모습이었지만 그녀는 태연하기만 한 음성으로 뒷말을 이어 나갔다.

"난 니가 지금까지 쓸데없는 고집만 부리길래, 어떻게든 지켜보려는 건 줄 알았지."

"……."

"TV에 많이 나오잖아. 주인의 죽음을 받아들이지 못한 개가 혼자 빈 집을 지키고 있는 장면."

"……."

"니 모습이 딱 그거랑 똑같아서 볼만 했는데…… 정신 차렸다니깐 아쉽네."

그 말을 듣고 있는 하언은 아무런 대꾸도 하지 않았다. 그저 뿌리채 흔들리는 이성을 붙잡기 위해 애쓸 뿐.

굳건한 모습으로 버텨왔던 그는 지금 습관처럼 차오르는 불안감 때문에 무너져 내릴 것 같다. 잊으려 할수록 선명해지는 그들의 얼굴은 제대로 된 호흡조차 불가능하게 만든다.

'나한텐 아무도 없었어. 처음부터 아무도 없었어.'

하언은 동요하는 마음을 잠재우기 위해 그들의 존재 자체를 부인했다.

돌아가지도 못할 과거를 붙잡는 것보다 지독히도 외로운 현실에 안주하는 편이 낫다는 건, 오랜 시간 고군분투하며 배워 온 불변의 진리였다.

"유설아. 너 한 마디만 더 하면……."

"……."

"내가……."

하지만 한 번 솟구친 불안이 가라앉을 때까지는 생각보다 많은 시간이 필요했다.

하언은 멋대로 흐려지는 목소리를 감추기 위해 제대로 시작하지도 못한 말을 끝내버렸다. 이대로라면 상황은 다시 불리해져 버릴 텐데 그는 주변을 둘러싼 모든 것이 두려웠다.

그럴 리 없다는 건 알지만, 그는 지금 죽음을 느끼고 있다. 말도 안 된다는 건 알지만 곧 숨이 멈추고 삶이 끝나버릴 것 같다.

'하필 이 타이밍에…….'

하언은 덜덜 떨리는 손끝으로 제 허벅지를 꽉 쥐었다.

그건 설아가 눈치채지 못할 발버둥이었으나 곁에 있는 여울에게는 적나라하게 비쳐보였다.

미세하게 들리는 하언의 숨소리에선 이전에도 얼핏 느낀 적 있었던 불안이 요동치고 있었다. 그건 도저히 외면하지 못할 만큼 강렬하고 위태로웠다.

"도하언 씨…… 괜찮아요?"

보다 못한 여울은 잔뜩 힘이 들어간 그의 팔 위로 손을 뻗었다.

"건드리지 마."

하지만 하언은 단호한 말로 그녀를 막았고 입술을 꽉 깨물었다. 그런 그를 지켜보던 설아의 입가에 흥미로운 미소가 얹혔다.

"뭐야, 설마 아직도 현실을 못 받아들인 거야? 아까도 말했듯이, 20년이나 지난 일이잖아."

무심히 꺼내진 서두는 하언의 숨마저 멈추게 만들었다.

여울은 태연하던 그가 왜 이리도 순식간에 허물어지는지 알 수 없었다. 흔들리는 그의 눈동자에 어린 감정이 왜 분노가 아닌 공포인지도 이해하지 못했다.

하지만 심상치 않은 하언의 상태를 두고 볼 순 없어서 그녀는 용기내어 설아의 이야기를 멈추려 했다.

"이제 그만 좀……."

그러나 애초부터 그의 아킬레스건을 끊어 놓는 게 목적이었던 설아는 기어이 잔혹한 말을 이어 붙였다.

"그렇게 죽은 가족들한테 매여 살 거면 그때 구해 주지 그랬니."

"……."

"너 혼자만 살겠다고 기어 나오지 말고."

결국 어떻게든 버티고 있어보려 했던 하언의 시선이 밑바닥으로 굴러 떨어졌다. 그 모습을 본 설아는 조금 더 노골적인 비웃음을 띠었다.

"봐 봐. 어차피 또 이렇게 만신창이 될 거면서 누굴 기만하려 들어. 감히."

"⋯⋯."

"이제 알겠어? 넌 발버둥 쳐 봤자 소용없어. 아무리 애를 써도 바뀌는 건 없을 거고, 지금 너의 현실에서도 벗어나지 못할 거야."

이어지는 저주 섞인 말들은 하나도 동의할 수 없는 것들이었다. 아니, 어떻게든 동의하지 않아야 할 것들이었다.

"왜냐하면 넌⋯⋯ 혼자잖아. 가엾게도."

하지만 그녀가 꺼내놓은 근거는 도저히 반박하지 못할 사실이라서, 하언은 고개조차 내저을 수 없었다.

그래, 바뀌는 건 없어. 나는 벗어나지 못할 거야. 라는 체념만 순순히 해버릴 뿐.

끝장이었다. 또다시.

발악한 만큼 꼴만 더욱 처참해지고 말았다.

이젠 맞설 힘도 없어진 그에게는 이 자리에서 도망치듯 벗어나는 것밖에 가능한 선택지가 없었다.

그래서 마지못해 두 다리에 힘을 주고 일어서려던 그때.

쾅―!

테이블 내리치는 소리가 요란하게 터져 나왔다. 흐트러졌던 정신을 바짝 붙잡아버릴 만큼 갑작스러운 소란이었다.

모두의 시선이 향한 곳엔 미간을 잔뜩 구긴 채 자리에서 벌떡 일어선 차여울이 있었다.

씩씩대는 거친 호흡, 분노에 휩싸인 표정, 어느 때보다 날카롭게 곤두선 눈빛.

여울은 이글이글 타오르는 시선으로 설아를 노려보았다.

무기력해진 하언과 달리 오히려 기운이 거세진 그녀는 마치 폭발하기 직전의 활화산과 같았다.

여울은 입술을 움직이기에 앞서 크게 숨을 들이마셨고 이내 대찬 고함과 함께 내뱉었다.

"듣다듣다 이렇게 상도덕 없는 년은 또 처음 보네!"

그것도 천하의 유실아에게 그 누구도 감히 뱉어낸 적 없는 욕실을 넣어서.

"……상도덕 없는 년?"

거슬리는 단어를 되묻는 설아의 눈빛은 살벌하기 그지없었다. 하지만 여울은 조금도 주눅 들지 않고 더욱 언성을 높였다.

"물어뜯을 게 없어서 가족사를 붙잡고 물어뜯어?! 니가 그러고도 인간이야?!"

"……."

"건드리지 말아야 할 부분은 건드리지 말아야 하잖아! 사람 앞에 앉혀두고 이게 뭐하자는 짓이야!"

"하……."

"니가 무슨 자격으로 이 사람을 깎아내려! 이 못된 년아!"

설아를 향해 삿대질까지 하며 날뛰는 여울은 작은 체구가 무색할 정도로 패기로웠다.

그걸 지켜보고 있는 하언과 유현은 놀라움을 넘어 경악해 버린 나머지, 차마 뜯어말릴 생각도 하지 못했다.

설아는 긴 머리를 쓸어 올렸고 특유의 조소를 머금은 채 물었다.

"그럼 너는 무슨 자격이 있는데?"

그 질문은 분명 너도 아무 상관없는 것 같으니 빠지라는 경고였다. 그러나 마른침을 크게 한 번 꾸울꺽 삼켜 넘긴 여울은 아무도 예상 못 한 대답을 버럭 내질렀다.

"보면 모르겠냐! 내가 니 결혼 파투 낸 여자다!"

순간 하언의 눈동자가 그 누구보다 크게 일렁였다.

모든 것을 체념해버렸던 그는 지금 상황을 뒤엎어버린 것에 대한 고마운 마음보다 저 여자가 제정신인지 의심스러워졌다.

"차여울, 너……."

하언은 흐린 목소리로 그녀를 불렀다. 그러자 여울은 고개를 돌려 그를 마주했고 든든한 손길을 내밀었다.

"가자! 내 사랑!"

그 손끝을 물끄러미 바라보는 하언은 아까 전 유현에게 받았던 질문을 그대로 묻고 싶다.

뒷감당은 가능하냐고, 대체 무슨 생각으로 이러는 거냐고, 어떤 사태가 벌어질지는 아냐고.

혼자 욱해서 저러는 거라면 동조해 주는 게 더 위험한 상황인데. 저 여자와 달리 사리분간이 확실한 나는 분명 그걸 알고 있는데.

화려한 천장의 조명 때문인지, 시야에 담긴 그녀의 얼굴은 유독 빛이 나서.

"……넌 미쳤어."

하언은 그녀의 손을 붙잡아버렸다. 똑같이 미쳐 버린 사람처럼.

"난 미쳤어. 난 미쳤어. 난 미쳤어⋯⋯."

Club 'HERA'와 제법 떨어진 건물의 1층 주차장.

여울은 벽에 제 머리를 쿵쿵 찧으며 자책하는 중이었다. 하언은 그런 그녀를 물끄러미 지켜보았고 일단 발뺌을 했다.

"나는 너 안 끌어들였다."

그러자 여울은 휙 뒤를 돌아 그를 노려보았다. 아까와 달리 원망이 가득한 눈빛이었다.

"그러니까 그 자리에 날 왜 데려갔어요?!"

"⋯⋯."

"진짜 이해가 안 가서 그래! 말해 봐!"

여울의 다그침에 하언은 시선을 어긋 냈다. 결코 되새기고 싶지 않은 기억들 때문이었다.

'전복된 차의 일가족은 전부 즉사한 것으로 보입니다!'

'그래도 모르니 다시 한 번 체크해!'

'여기 살아 있습니다! 남자아이에게서 미세한 호흡이 느껴집니다!'

그날 옅은 의식으로 들은 목소리는 아직까지 선명하다. 떠오를 때마다 아무것도 못 하고 겨우 숨만 내쉴 만큼 고통까지도 여전하다.

그래서 데려갔어. 내가 악몽에 휩쓸려가지 않도록 붙잡고 있을 기둥이 필요했어.

짧은 대답에는 두터운 신뢰가 필요했다. 사람을 잘 믿지 않는 그는 미간을 좁히며 대답을 회피하기 위한 질문을 던졌다.

"너야말로 왜 나선 거야?"

"뭐, 뭐요?"

"나도 이해가 안 가니까 알아듣게 설명해 봐."

이제 흔들리는 것은 여울의 눈동자가 되었다. 그녀는 잠시 입술을 깨물고 있다가, 이내 고개를 틀어버렸다.

'너희 남매가 우리 등골 휘게 만드는 거 알고는 있니?'

'너무 내 원망마라, 얘. 원래 부모 없는 게 서러운 거야.'

나도 그 취급 받아봐서 그랬어요. 부모도 없는 주제에, 여동생까지 달고 있다는 죄로 매일 구박받던 우리 오빠가 생각나서 그랬어요.

그녀 역시 그 대답을 쉽게 내뱉기엔 아직 하언에 대한 동질감이 충분치 못하다. 그래서 결국 아무런 설명도 해 주지 못했다.

"우리 둘 다 미쳤던 거지, 뭐……."

그녀의 한숨 섞인 말을 끝으로 두 사람 사이엔 한동안 무거운 침묵이 흘렀다. 그들은 방심한 새 활짝 벌어져 버린 상처를 다시 꽉 동여매두었다.

"이제 뭐 어쩔 수 없죠."

엉망이 된 현실을 먼저 받아들인 건 여울이었다. 그녀는 하언을 바라보았고, 체념이 가득한 목소리로 말했다.

"파혼극 장단 맞춰 줄게요. 어차피 일주일이면 된다고 했으니까."

"……진심이야?"

"그럼 이 상황에서 내가 뭘 어떻게 하겠어요?"

여울의 신경질적인 대꾸를 들은 하언은 남몰래 안도의 한숨을 내쉬었다.

출구 없는 밀실에서 벽을 깨부술 망치 하나를 찾아낸 기분이었다. 하지만 그는 기쁜 내색을 드러내기보단 진지하고 단호한 태도로 말했다.

"이제 무를 수도 없을 거야."

"알아요."

"나 원망해도 소용없어. 알지?"

"안다고요."

"다시 밀하시만 난 닐 놓아주려고 했어. 그런데 니가 스스로……"

"알았어! 내 무덤 내가 판 거 인정할 테니까 일 끝나면 계약금이나 제대로 줘요!"

세 번의 확인 작업과 세 번의 확답.

이쯤이면 되었다. 이제 그녀에게는 더 이상 도망칠 퇴로가 없다. 결국 뜻하던 바를 이룬 하언은 입가에 의미심장한 미소를 얹었고, 더 의미심장한 말을 꺼냈다.

"그럼 내일 당장 집 앞으로 데리러 갈게. 짐 챙겨서 나와."

"짐? 짐은 왜요?"

"나랑 살림 차려야지."

2장

여자를 모르는 남자

아직 찬 기운이 가시지 않은 이른 아침.

여울은 커다란 가방을 짊어진 채 다 죽어 가는 표정으로 아파트 단지 입구에 서 있었다.

새초롬한 두 눈은 똑똑히 뜨고 있었지만 초점은 전혀 맺혀 있지 않았고, 붉그스름한 입술 새로 호흡은 이어지고 있었지만 딱히 생기가 어려 있진 않았다.

마치 도살장에 끌려온 소처럼. 그녀는 결국 현실로 닥쳐와 버린 운명의 순간을 실감하지 않으려 애쓰는 중이었다.

"매제 올 때가 다 되었는데 소식이 없네. 출근시간이라 차가 막히나?"

그런 그녀의 마음을 아는지 모르는지. 휴대폰으로 시간을 확인한 시울이 초조한 듯 중얼거렸다. 그건 별 의미 없는 혼잣말이었으나, 안 그래도 예민해져 있던 여울의 신경엔 순간적인 날이 섰다.

"왜. 빨리 보내 버리고 싶어?"

"에이, 그럴 리가. 앞으로 우리 여울이 없이 혼자 지낼 생각하면 벌써부터 눈시울이 붉어진다."

"나 없다고 친구들이나 불러들이지 마. 특히 여자 사람."

"안 불러, 안 불러. 그 아이들이 먼저 찾아와서 문을 열어달라고 하면 또 모를까."

"뭐?"

"하하, 농담이야. 농담."

천연덕스럽게 대꾸하는 시울의 눈가엔 가벼운 웃음기가 가득했다. 심란한 여울의 마음과는 전혀 상관없다는 듯 무사태평한 모습이었다.

여울은 그에게 좀 더 매서운 엄포를 놓으려 크게 숨을 들이마셨다. 그러나 무슨 목소리를 내뱉기도 전.

빵빵—

요란한 클랙슨 소리가 그녀의 뒤편에서부터 터져 나왔다.

고개를 돌리자 놀란 눈동자에 어렵지 않게 비쳐 들어오는 건 이 근방에선 본 적이 없던 고급세단 한 대였다.

차창은 짙게 선팅되어 있었지만 운전석에 누가 앉아 있는지 정도는 눈치로 알아차릴 수 있었다.

애초부터 그 남자의 무거운 존재감은 얇은 필름 따위로 가릴 수 있는 것이 아니었다.

"……왔구나. 도하언."

가라앉은 음성으로 그의 이름을 흘려보내니, 마치 화답이라도 하는 것처럼 운전석 창문이 내려갔다.

가장 먼저 스타일 좋게 세팅된 까만 머리카락이, 드센 성질머리가 적나라하게 담긴 서늘한 눈동자가, 마른 장밋빛의 매끈한 입술이 햇살 아래 차례로 드러났다.

다시 보아도 얼굴만큼은 부담스러우리만큼 잘 빚어졌구나, 라고 생각하며 여울은 하언을 마주했다. 살짝 좁혀진 하언의 미간이 안 그래도 불편했던 그녀의 마음을 너욱 불편하게 만들었다.

"매제! 왜 이렇게 늦었어! 기다렸잖아!"

미묘한 날이 서 있는 분위기 속에서도 반가운 인사를 건네는 사람은 역시나 시울이었다.

그는 살갑기 그지없는 걸음으로 성큼성큼 세단 곁에 다가섰고, 매끈한 본넷을 톡톡 두드리며 말을 걸었다.

"차 완전 좋네. 이번 달 말에 소개팅 있는데 그때 빌려야겠다."

"쓸데없는 소리 하지 말고 저 여자나 태우지 그래?"

"워어, 까칠하긴. 기껏 도와줬더니 이러기야?"

"도와주긴 뭘 도와줘. 결국 그쪽이 한 건 하나도 없잖아."

돌아오는 하언의 반응은 몹시도 매정했다.

하지만 딱히 틀린 말은 아니었기에, 시울은 능글맞은 웃음으로 불리한 대답을 대신하고 서둘러 여울을 재촉했다.

"동생! 빨리 타! 매제가 기다린다!"

"내가 저놈의 매제 타령을 진짜……."

여울은 이를 꽉 문 채 으르렁거리면서도 세단을 향해 무거운 발걸음을 떼어 냈다. 시울은 그녀를 전장에 나가는 장군을 모시듯 에스코트했고 조수석 문까지 친히 열어 주었다.

"가거라, 동생. 그냥 마음 편히 먹고 다녀와."

"니 일 아니라고 태평하게 말하지 말아줄래?"

"강태한테 실연당하고 나서 사랑의 파괴자로 거듭났다고 생각하면 되잖아."

"닥쳐. 널 파괴해 버리기 전에."

원치 않는 파혼극에 휘말려버린 여울은 그저 사나웠다. 어쩌다 보니 하언을 도와주게 되었으나 아직까지도 내키지는 않는다는 태도였다.

하언은 핸들을 붙잡은 채 그녀의 안색을 살피다가, 그녀가 조수석에 몸을 들이자마자 낮은 목소리로 물었다.

"준비는 잘 해 뒀어?"

"하룻밤 새에 무슨 준비를 해요."

"여행 가듯이 나오진 않았을 거 아니야."

"시간이 되어서 억지로 나왔어요. 지금 내 머릿속엔 아무 생각도 없어요."

돌아오는 여울의 대답에선 의무감 따윈 기대도 할 수 없었다. 그건 앞으로 헤쳐 나가야 할 문제들을 생각하면 충분히 걱정스러운 일이었으나, 지금으로썬 딱히 다잡을 도리가 없었다.

"문 닫아. 출발하게."

에라, 모르겠다. 될 대로 되라.

하언은 착잡해지려는 심기를 애서 정리하며 짧은 명령을 내렸다. 그 말이 끝나기가 무섭게 시울은 조수석 문을 붙잡았고 한 치의 미련도 없는 작별 인사를 고했다.

"잘 다녀와! 무슨 일 생기면 힘내고!"

"저걸 확 그냥……."

"일주일 뒤에 오천만 원과 함께 보자! 동생!"

시울의 손에 의해 차문이 닫히고 여울은 결국 하언의 차 안에 갇혀버렸다. 하언의 옷깃에서 흐리게 느껴지던 머스크 향이 본격적으로 그녀의 코끝을 자극했다.

아직 출발도 하기 전인데 벌써부터 집에 돌아가고 싶다. 뭘 시작하지도 않았는데 이쯤에서 모든 걸 끝내버리고 싶다.

"나 이제 어떻게 되는 거예요?"

한숨 섞인 목소리로 여울이 묻자 하언은 엑셀 위로 발을 옮기며 뻔뻔하게 대답했다.

"일주일동안 나랑 연애하면 돼."

달콤한 단어가 무색하리만큼 서늘해지는 등골.

분명 이곳은 한적한 일차선 도로 위일 뿐인데 어쩐지 저 끝에 낭떠러지가 보이는 듯하다. 하지만 이미 멈출 타이밍을 놓쳐버렸다는 것을 누구보다 잘 아는 여울은 눈을 질끈 감아버릴 뿐이었다.

며칠 묵은 감기가 더욱 심해졌다.

정오가 다 되도록 침대를 벗어나지 못하고 있던 유현은 갈증이 극에 다다르고 나서야 겨우 눈을 떴다.

흐트러진 머리카락 사이로 비쳐 들어오는 햇빛은 따사롭기보다는 날카로웠다.

유현은 미간을 구기며 나른한 신음을 흘리다가, 침대 머리맡에 놓아두었던 휴대폰을 들어 시간을 확인했다.

[PM 6:00 K호텔 라운지, 저녁 식사]

커다란 디지털시계 숫자보다, 작은 글씨로 떠오른 일정 알림이 가장 먼저 눈에 들어왔다.

지금의 그는 저녁 식사는커녕 물 한 모금도 넘기기 힘들 지경이지만 쉽게 취소해 버릴 수는 없는 약속이었다. 하루쯤 미뤄두는 건 몰라도.

유현은 무거운 몸을 억지로 일으키곤 딱딱한 바닥에 두 발을 내디뎠다. 기온이 그리 낮지 않음에도 불구하고 온몸에 오한이 일었다.

그는 입고 있던 무지 티셔츠를 벗어 두고 방 안에 딸린 드레스 룸으로 걸음을 옮겼다.

정갈하게 개어져 있던 옷가지들 중 적당한 옷을 골라 입고, 늘어져 있던 머리카락을 매만지니 적어도 겉모습만큼은 평소처럼 멀쩡해 보였다.

다시 드레스 룸을 빠져나온 유현은 느린 걸음으로 방문 앞에 다다랐다. 그는 숨까지 멈춘 채 바깥의 기척을 살폈고 계단 쪽에서 들려오는 켈리 박의 목소리에 잠시 문고리 잡기를 망설였다.

"도하언 그놈 때문에 골프 클럽도 창피해서 못 나가게 생겼어. 이걸 어쩔 거야. 정말."

"사모님, 그럼 이번 주말 약속은 취소시킬까요?"

"아니. 우선은 가만히 둬. 성우물산 사모님도 온다고 해서 나만 불참하긴 좀 그래."

다행히도 허영 가득한 그녀의 음성은 계단을 따라 내려가는 중이었다.

유현은 멀어질 대로 멀어진 켈리 박의 발소리에도 한동안 미동도 않고 있다가, 완벽한 정적이 찾아오고 나서야 조심스레 문을 열었다.

딱히 피해야 하는 사람은 아니었지만 곧이 마주하고 싶지는 않았다. 그래 봤자 돌아오는 건 차갑기 그지없는 눈짓이 전부일 테니.

맞은편 방에서 지내는 하언조차 집에 없어 텅 비어 있는 저택의 2층. 유독 공허한 복도를 따라 간이 주방으로 향하면서도 유현은 주변의 모든 상황을 의식했다.

마치 악어 떼의 서식지에 숨어 살고 있는 금붕어처럼 자신의 기척을 지우는 그는, 몹시도 필사적이었다.

이 모든 일이 고작 냉장고에서 생수 한 병을 꺼내오기 위한 과정이라고 생각하면 처지가 우스워진다. 하지만 우스운 것도, 서러운 것도, 비참한 것도 적응이 되면 담담해지기 마련이다.

메마른 표정으로 아무런 감정 없이 발걸음만 재촉하고 있던 그때.

"어머, 저거 도하언 차 아니야?!"

아래층에서 켈리 박의 찢어지는 듯한 외침이 터져 나왔다. 유현은 복도의 커다란 유리창 너머로 눈길을 옮겼고, 커다란 대문을 지나 드넓은 정원 한복판에 멈춰 서는 까만 세단을 확인했다.

"어머! 어머! 쟤 미쳤나 봐! 잔디 새로 깐 지 얼마 되지도 않았는데!"

푸른 잔디 위에 무참한 바퀴자국을 내놓고서도 태연히 운전석 문을 열고 나오는 사람은 말할 것도 없이 도하언이었다.

유리창에 더욱 가까이 다가선 유현은 막 나가기로 작정한 듯한 그의 모습을 물끄러미 내려다보았다.

나와 같이 외면당하는 처지인데, 그는 매사에 거침이 없다. 저리 날뛸수록 내리꽂히는 시선들은 더욱 날카로워질 텐데, 그런 것 따윈 아무렇지 않은 듯 자신의 존재감을 폭발시킨다.

"도대체 뭘 어쩌려는 거야……."

유현은 조금도 이해되지 않는 하언을 향해 흐린 혼잣말을 내뱉었다.

결혼식 당일에 파혼을 선언한 것도, 며칠이나 잠적해서 온 집안 식구들의 심기를 들쑤셔놓은 것도, 유현이 생각하기엔 대책 없고 무모하게만 느껴질 뿐이었다.

그러나 그 무엇보다 미쳤다고 여겨지는 건, 잔뜩 성이 나 있는 하언이 조수석 문을 여는 순간 곧바로 시선 끝에 걸려 들어오는 한 사람의 존재.

유현은 어젯밤 유설아를 상대로 하언만큼이나 무모하게 굴었던 그녀를 알아보았다. 작은 체구를 지닌 그녀는 오늘만 사는 사람처럼 대책 없이 씩씩했었다.

"저 여자가 왜……."

일그러진 그녀의 표정을 내려다보며 그는 도하언이 정신을 놓았다고 생각했다. 그게 아니라면 도하언의 마음속에 사랑이 없는 것이라 확신했다.

아무리 사랑을 해본 적 없는 유현이라도, 만약 그런 사람이 있다고 상상해 봤을 때. 이토록 끔찍한 지옥에 사랑하는 사람을 끌어들이는 짓만큼은 하지 않았을 테니까.

"집에 차 한 대 없어? 안전벨트를 못 풀어?"

"못 푸는 게 아니라 신싸 안 풀린나고요!"

"손 치워봐. 더 고장내지 말고."

배려라곤 찾아볼 수 없는 하언이 조수석 안으로 불쑥 몸을 들였다. 갑작스럽게 다가온 그의 얼굴에 놀란 여울은 시트에 바짝 몸을 붙였고 애먼 곳으로 고개를 돌렸다.

차창으로 보이는 풍경은 드라마에서나 보아 왔던 저택의 드넓은 정원. 차가 움직이자마자 저도 모르게 잠들었던 여울은 눈앞에 펼쳐진 낯선 공간이 심히 당황스러웠다.

하언은 어차피 제집이니 상관없을지 몰라도 여울은 이제부터 뭘 어째야 할지 감도 잡히지 않았다.

"아, 와 버렸어. 나 이제 어떡해……."

"그래, 이제 어떡할래. 안전벨트 고장 났잖아."

"이건 어쩌면 내리지 말라는 신의 계시일 지도 몰라요. 나 다시 우리 집에 데려다주면 안 돼요?"

"안 돼. 그리고 내 귀에다 대고 말하지 마. 시끄러워 죽겠어."

하언은 먹통이 되어 버린 안전벨트를 힘주어 당겼다. 하지만 잠금장치는 풀릴 기미도 보이지 않았고, 오히려 그의 손만 쓰라릴 뿐이었다.

결국 멀쩡히 푸는 방법을 포기한 하언은 못마땅한 표정으로 여울에게 말했다.

"그냥 벨트를 늘려 줄게. 빠져나와."

그러면서 아무 생각 없이 안전벨트 쪽으로 손을 뻗으니 놀란 여울이 휘둥그레진 눈으로 버럭 언성을 높였다.

"악! 지금 어딜 만져요!"

"벨트."

"거기서 조금만 더 손 뻗으면 내 가슴이잖아!"

"그럼 니가 직접 늘려서 나오든가."

괜한 오해를 사고 싶지 않았던 하언은 곧바로 손길을 거둬내고 한 발 뒤로 물러섰다. 여울은 섬세함이라곤 찾아볼 수 없는 그를 흘겨 주곤 이내 안전벨트를 머리 위로 벗겨 내기 시작했다.

"으차차, 됐다."

"……."

"아니, 안 됐다. 나 머리카락 걸렸어!"

아무래도 이 조수석엔 지박령이라도 서려 있는 모양이다. 붙들린 그녀의 몸을 쉬이 놓아주지 않는 걸 보면.

하언은 보다 착잡한 표정으로 조수석 헤드레스트와 하나가 된 여울의 머리카락을 바라보았고 한숨 섞인 핀잔을 내뱉었다.

"가지가지 한다. 그렇게 머리털은 치렁치렁하게 늘어트리고 다녀?"

"비꼴 여유 있으면 어떻게 좀 해 봐요! 머리카락 다 뽑히겠네!"

"그냥 이참에 뽑아버려. 그럼 앞으로 어디 걸릴 일은 없을 거 아냐."

하언은 퉁명스레 대꾸하면서도 서둘러 도움의 손길을 건넸다. 하지만 엉킨 부위를 매만지는 그의 손끝은 전혀 조심스럽지 못해서 여울은 두피가 벗겨져나가는 기분이었다.

"악! 아파! 아파!"

"침아."

"살살 좀 해! 잡아 뜯지 말고!"

"뭉텅이로 엉킨 건 잡아 뜯어야지, 한 올 한 올 풀까?"

그렇게 쓸데없는 사건사고들로 괜한 실랑이를 벌이던 그때.

"으앗!"

버둥거리던 여울의 손이 시트 조절 버튼을 눌러 버렸다.

조수석 등받이는 한 순간에 뒤로 홱 젖혀졌고, 덕분에 무게 중심을 잃은 하언의 몸은 여울의 품으로 맥없이 무너져 내리고 말았다.

가까운 거리에서 마주 닿는 숨결. 밀착된 가슴 사이로 전해지는 서로의 온기.

우연한 사고치고는 로맨틱한 장면이 연출되었다. 작정하고 연기하는 것보다 나을 만큼 진하고 뜨거운 포옹이었다.

"아……."

"떠, 떨어져요. 뭐하는 거예요."

"내가 달라붙었어? 니가 붙잡고 넘어간 거잖아."

"나도 안 붙잡았거든요?"

물론 당사자들의 반응은 전혀 달콤하지 않았다.

아직 익숙해지지도 않은 존재가 품에 들어오는 건 서로에 대한 불편함만 가중시킬 뿐이었다.

그러나 그런 상황이 먼발치에선 전혀 보이지 않는지, 막 현관문을 박차고 나온 켈리 박은 아연실색이 된 채 소리를 질렀다.

"대낮부터 정원 한복판에서 뭐하는 짓이야! 낯 뜨겁지도 않니?!"

딱히 낯 뜨거울 짓은 안 했지만 여울은 그 어떤 변명도 섣불리 내놓을 수 없었다.

켈리 박의 앙칼진 목소리를 듣는 순간, 여울은 자신의 뺨에 내리꽂힐 뻔했던 그녀의 손바닥을 기억해 버렸다.

무언가 단단히 오해를 불러일으킨 모양인데 가만히 있으면 도하언이 알아서 변명해 주겠지. 본인이 무턱대고 날 여기까지 데려왔으니 이런 일들은 어떻게든 책임져주겠지.

여울의 믿음엔 간절한 바람이 섞여 있었다.

일렁이는 그녀의 눈동자가 하언을 마주하자 그는 시트를 짚으며 상체부터 일으켜 세웠다. 그러고는 켈리 박 쪽으로 삐딱하게 고개를 돌리며,

"낯 뜨거울 짓 안 했는데요."

당당한 대답을 내뱉었다.

"……아직."

쓸데없는 수식어까지 덧붙여서.

"뭐, 뭐?"

의미심장하게 들리는 하언의 말에 가장 당황한 건 여울이었다. 그러나 하언은 조금의 흔들림도 없는 시선으로 그녀를 내려다보더니, 이내 작정하고 달려들 듯 그녀의 몸 위로 덮쳐 올랐다. 아래에서 보니 더욱 드넓은 그의 가슴팍이 거대한 장막처럼 여울의 시야를 덮었다.

"도하언! 너 당장 그만 안 둬?!"

켈리 박이 내지른 고함은 여울이 하고 싶었던 말이었다.

그러나 하언은 비웃음을 입가에 머금은 채 조수석 문손잡이를 잡았고, 차체를 더욱 가까이 밀착시키며 내뱉했다.

"작은 아버지도 여기선 못 그만 둬요."

쾅—!

돌이킬 수 없는 한 마디를 마지막으로 문은 닫혀버렸다.

감당하지 못할 상황에 이성이 혼미해진 여울은 사색이 된 채 어떤 반응도 내비치지 못했다.

하언은 어긋났던 고개를 무심히 내려 제 두 팔 사이에 놓여 있는 여울의 얼굴을 바라보았다. 집안 어른 앞에서 여울을 덮쳐 올라놓고서, 서늘한 두 눈동자엔 조금도 민망해하는 기색이 없었다.

"하던 거 마저 하자."

알아들을 순 있지만 뜻을 짐작할 순 없는 말이 하언의 입술 새로 새어 나왔다. 여울은 마른침을 삼켜 넘기며 떨리는 목소리를 정리했고 흐리게 되물었다.

"뭘……?"

이 자세로 뭘 하려는 건데? 아니, 그보다 우리가 하던 짓이 뭔데?

얼떨떨한 여울의 표정을 확인한 하언은 괜한 걸 묻는다는 듯 미간을 구겼다. 그리고 서서히 고개를 끌어내리기 시작했다. 여울의 하얀 목덜미 쪽으로.

"으어어……."

충격과 공포에 휩싸인 여울은 몸을 바짝 움츠리며 두 눈을 질끈 감았다. 그러자 머지않아 귓불을 스치는 숨결과 함께 부드럽게 닿아오는 건.

"머리 가만히 놔둬. 안 그러면 진짜 다 뽑힌다."

배려심 따윈 팔아먹었는지 속 뒤집어질 만큼 섬세하지 못한 도움의 손길이었다.

"이, 일을 이렇게 꼬아 놓고…… 뭐가 어쩌고 저째?"

"꼬인 건 니 머리털이야. 가만히 있으라고."

"어쩔 거야! 이제 어쩔 거야! 악! 머리!"

"아, 결국 뭉텅이로 뜯겼네. 내가 안 했다. 너 혼자 이런 거야."

"아아악! 짜증 나! 아아악!"

문득 하나뿐인 나의 혈육, 차시울이 보고 싶다. 내 머리가 도하언과 함께 돌아버린 모양이다.

[오빠 밥은 잘 챙겨 먹었어?]

[회사야?]

[어제 다려놓은 와이셔츠 입고 출근했지?]

휴대폰 메신저 창에 고정된 여울의 눈빛이 울적해졌다.

낯설고 두려운 마음을 해소하기 위해 절절하게 보낸 메시지는 벌써 세 통째나 되었지만 그리운 오라비의 답신은 돌아오지 않았다.

일이 바쁜 건지 아니면 이참에 인연을 끊어 버리기로 작정한 건지.

"이 새끼…… 봐놓고서 일부러 씹는 거 아니야?"

여울은 불만 가득한 미간을 구기며 중얼거렸다. 때마침 그녀 곁으로 다가온 하언은 와이셔츠 끝 단추를 풀어헤치며 말을 걸었다.

"겉옷 벗어. 가방도 내려놓고."

"싫어요. 아직 적응 안 됐던 말이에요."

"무슨 적응. 시차적응?"

"비꼬지 말아줄래요? 안 그래도 불편해 죽겠구만."

툴툴거리는 여울의 목소리는 현재 그녀의 기분만큼이나 까칠했다. 하언은 그걸 보면서도 별 반응을 내비치지 않았고 무심한 대꾸만 툭 내던졌다.

"난 편한데, 왜."

당연히 그러시겠지. 지금 여기는 도하언 니 방이잖아.

여울은 본인 때문에 고생하는 사람을 나 몰라라 하는 그가 마음에 들지 않았다. 그러나 상대할 정신도, 힘도 없어서 그녀는 결국 한숨과 함께 시선을 돌려버렸다.

뒤늦게 비쳐오는 방 안 풍경이 더욱 그녀를 낯설게 만들었다. 가진 게 돈밖에 없다던 말을 증명이라도 하듯, 하언의 방 한 칸은 그녀의 집 크기와 맞먹을 정도였다.

게다가 영어 원서가 가득 꽂혀 있는 책장도, 남다른 귀티를 자랑

하는 원목 당구대도 하나 같이 심상치 않은 가격대를 예상케 하는 것들 뿐.

"뭐, 집이 좋긴 하네."

"말했잖아. 나 잘 산다고."

하언은 여울의 감탄사를 흘려듣지 않고 대꾸했다. 그건 미묘하게 재수 없는 모습이었지만 여울도 인정할 수밖에 없는 부분이었다.

하지만 크기나 부티와 상관없이 그 안엔 여울이 제 한 몸 편히 쉬게 할 곳이 없었다. 어딜 둘러봐도 불편하게 느껴질 뿐이라서 그녀는 벌써부터 지치는 기분이었다.

울적해진 여울은 하언의 방에 놓인 커다란 침대를 보며 힘없이 물었다.

"잠은 저 침대에서 자요?"

"그럼 당구대 위에서 잘래?"

"우리 둘이? 말도 안 돼!"

"당연히 말도 안 되지. 저 문 너머에 드레스 룸 따로 있어."

그리 대답하는 하언의 턱 끝이 세련된 미닫이문을 가리켰다. 방 안의 방이라고 해도 될 정도로 격리된 공간이었지만 만족하기에는 그의 존재감이 너무나도 불편했다.

"드레스 룸이라고 해봤자……."

"걱정 마. 니 방보다 크니까."

"아, 그 말 뜻이 아니라 꼭 단칸방에 살림 차려놓은 거 같잖아요."

"전우끼리 하는 합숙이라고 생각해. 군대생활 해봤잖아."

하여간. 호시탐탐 사람 성질 못 건드려서 안달이지.

여울은 팔자 좋게 농담이나 던지고 있는 하언을 날카로운 눈초리로 흘겼다. 그러다 문득 알싸해지는 아랫배를 느끼고는 서글픈 혼잣말을 중얼거렸다.

"긴장하니까 화장실 가고 싶어…….."

"2층 복도 끝에 화장실 있어. 다녀 와."

"그 무서운 아줌마랑 마주치면 어떡해요? 아까 집 안에 들어올 때도 나 엄청 째려보던데."

"2층엔 그 여자가 꼴 보기 싫어하는 사람 밖에 없어서 절대 안 올라올걸."

하언의 말은 썩 믿음직스럽지 못했지만 여울에겐 별다른 선택지가 없었다. 그녀는 조심스러운 손길로 문을 열었고 건너편에 보이는 방문을 확인했다.

"바로 앞에 저기?"

"어."

"저기 맞죠?"

"어."

하언은 여울의 반복되는 물음에 지체 없이 대답했다.

그러나 와이셔츠 소매 끝에 묻은 얼룩에 온 신경을 집중시키고 있던 그는, 그녀가 가리킨 '저기'가 어떤 '저기'인지 미처 확인하지 못했다.

"다녀올게요. 무슨 일 생기면 곧바로 튀어나와요."

여울은 발꿈치를 든 채 살금살금 복도로 나섰다.

그녀는 두 걸음마다 한 번씩 멈춰 서서 주변 동태를 살폈고, 잠잠하다 싶으면 또다시 두 걸음을 재촉했다.

덕분에 열 걸음 앞에 있는 문까지 도착하는데 걸린 시간은 약 오분가량이나 되었다. 그녀는 조용히 문고리를 잡아 돌리고 작게 열린 문틈 새로 재빨리 작은 몸을 집어넣었다.

쾅—

"휴우······."

문을 닫자마자 여울의 입술에선 안도의 한숨이 흘러나왔다.

어쩌다 화장실 가는 것조차 험난한 인생이 되어 버렸는지. 일주일이라는 기한이 정해져 있지 않았더라면 도하언의 인생이고 뭐고 이대로 도망쳐버릴 뻔했다.

여울은 바짝 조여 왔던 심장을 추스르고 제정신을 되찾기 위해 노력했다. 그러나 물기가 전혀 없는 나무 바닥과 건조하다 못해 메마른 공기는 그녀를 더욱 혼란스럽게 만들었다.

뭔가 이상하다 싶어 고개를 들어보니, 그녀의 눈에 들어오는 건 당황스럽게도 침대였다.

"······으응?"

화장실에 왜 침대가 있는 걸까, 의아해하던 그때.

"안녕하세요."

미처 신경 쓰지 못했던 구석 쪽에서 나긋한 목소리가 새었다. 놀란 여울이 홱 고개를 돌리자 켈리 박보다 더 껄끄러운 존재가 그녀를 반겼다.

"다, 당신은······."

"또 보네요. 우리."

바람이 불면 살랑살랑 나부끼듯한 머리카락, 투명한 빛을 띠는 하얀 피부, 순수함인지 공허함인지 구별되지 않는 묘한 눈빛.

흐리게 맺힌 미소까지도 기억 속에서 생생한 저자는 분명……

"불륜남!"

"아, 그렇게 기억하고 있었구나."

"불륜남이 왜 여기에!"

단번에 유현을 알아본 여울의 눈빛이 금세 적개심으로 물들었다. 물론 그에게 개인적인 원한은 없지만, 하언의 예비신부와 부도덕한 관계라는 사실을 알고 있는 이상 곱게 보이진 않았다.

유현은 그런 그녀를 물끄러미 바라보다가 보다 짙은 웃음기를 머금었다.

"제 방에 여자 들어온 거 처음인데……"

"뭐, 뭐요? 방?"

"뭐 찾으러 온 거예요, 아니면 저 보러 온 거예요?"

"아니, 화장실……"

……에 볼일 보러 온 건데 무슨 헛소리냐고 말하려 했으나 이미 눈치챘다시피 이곳은 화장실이 아니었다.

하언의 방보다 황망해 보일 뿐, 구색은 다 갖추어진 이 공간은 영락없는 누군가의 침실이었다.

"잘, 잘못 들어왔네요. 그럼 이만."

여울은 두 번이나 여길 화장실이라 답해 주었던 하언을 원망하며 슬며시 문고리를 붙잡았다. 비록 유현의 눈길은 여전히 그녀에게 따라붙어 있었으나 철저히 외면해 줄 생각이었다.

그러나 문을 열고 한 발을 빼내는 순간.

"도망쳐요."

조용히 꺼내진 그의 한 마디는 결코 무시하지 못할 만큼 의미심장했다. 여울은 문득 발걸음을 멈추었고 다시 유현에게로 고갤 돌렸다.

"……뭐?"

"지금이 마지막 기회일 지도 몰라."

"……."

"내가 너라면 이대로 도망치겠어."

그의 목소리는 숨소리처럼 느껴질 만큼 작고 흐렸지만 여울은 어쩐지 그가 거친 고함을 내지르는 것처럼 여겨졌다. 그저 주변 상황 때문에 그러지 못하고 있을 뿐.

분명 믿지 못할 사람인데. 인간성을 의심해 봐야 할 만큼 상도덕 없는 사람인데.

유현에게서 느껴지는 묘한 분위기에 홀린 여울은 감정적으로 동요하기 시작했다.

"왜 그런 소릴……."

그래서 저도 모르게 이유를 물어보려던 그때.

"여울아, 이리 와."

열 발자국 앞에서 그녀의 이름이 사납게 터져 나왔다.

"여울……아?"

목소리는 분명 도하언의 것이었지만 성을 떼어버린 호칭은 어울리지 않게 살아왔다. 유현에게 휩쓸려갈 뻔했던 여울의 이성이 전부 하언에게로 되돌아왔다.

하언의 입꼬리는 매끄럽게 올라가 있었지만 딱딱하게 굳은 눈가는 살벌한 기운을 띠고 있었다.

"화장실 간다면서 왜 거기 들어가 있어?"

"네? 여기가 화장실이라면서요."

"내가 언제. 2층 복도 끝이라고 했잖아."

"여기도 복도 끝……."

"반대편이야. 그러니끼 이번엔 제대로 찾아가."

여울의 대꾸를 자른 하언은 시선을 유현에게로 옮겼다. 그건 금방이라도 달려들어 숨통을 물어뜯을 기세라서, 여울은 어쩐지 이 자리를 벗어나고 싶어졌다.

"어…… 저쪽이 화장실이라고 했죠? 다녀올게요."

여울은 고래싸움이 시작되기 전에 화장실 쪽으로 종종 걸음을 옮겼다. 유현은 멀어지는 그녀의 뒷모습을 물끄러미 바라보다가 그녀가 화장실 안으로 들어서고 나서야 입을 열었다.

"하언아, 제삼자는 끌어들이지 말자."

그의 목소리는 어린아이를 달래는 어른처럼 성숙하고 차분했다. 그런 점이 가장 마음에 들지 않았던 하언은 노골적인 비웃음을 띠며 말했다.

"나한테 제삼자는 너야. 그러니까 신경 꺼."

"사랑하는 사람이라며. 그럼 지켜 줘야 하는 거잖아."

"왜. 지금은 안 지키고 있는 것처럼 보여?"

"하언아."

"내 이름 그만 식으로 한심하게 부르지 마. 다시는 쟤한테 쓸데 없는 말 지껄이지도 말고."

하언의 대답에선 적대감이 강하게 느껴졌다. 하지만 그건 유현이 아닌, 그를 조종하는 도 회장을 향한 것이었다.

그걸 알고 있는 유현은 아버지와 상관없이 그 여자를 걱정하는 거라고 해명하고 싶었지만, 그러기에는 도무지 기력이 받쳐주질 않았다.

"괜한 시간 낭비 하지 마. 아버지는 신경도 안 쓰실 거야."

결국 체념 어린 목소리를 내뱉은 유현은 방 안으로 등을 돌렸다.

"신경은 그 인간이 쓰는 게 아니야. 내가 쓰이게 만드는 거지."

이어지는 하언의 대답은 끝까지 무모했다. 유현은 잠시 멈칫했지만 별다른 대꾸 없이 방문을 닫아버렸다.

최대한 반응을 보이지 않는 것. 그건 이곳에서 홀로 살아남는 동안 어렵게 터득한 방어법이었다.

"하아……."

긴 한숨을 토해 내고 천천히 들이키니 낯선 냄새가 코끝에 닿았다. 얼마나 머물러 있었다고, 공허한 방 안에는 그새 그 여자의 흔적이 남았다.

도망치라는 나의 말에 눈빛을 파르르 떨던 모습은 마치 아무것도 모른 채 붙잡혀 온 길고양이 같았는데.

'22년 전엔 나도 그랬으려나…….'

그는 가물가물한 과거를 헤집어 보았으나 거짓말처럼 아무것도 떠오르지 않았다. 삶이 일그러지기 시작한 순간은 물론 어제의 일도, 방금 전의 일도.

정말 아무것도 기억나지 않았다. 뇌가 죽어 버린 사람처럼.

"회장님, 이제 오셨어요?"

하루 종일 수심 깊은 얼굴로 현관 앞을 서성이던 켈리 박은 늦은 저녁이 되어서야 돌아온 도선웅 회장을 기다렸다는 듯 맞이했다.

도 회장은 인사에 화답하는 대신 외투를 벗어 건넸고 뱀과 같이 매서운 눈매로 2층을 훑었다.

"하언이 차가 밖에 있던데. 돌아온 건가?"

"왔죠. 왔긴 왔는데…… 하참, 기가 막혀서."

"왜."

"그 계집애랑 같이 들어왔어요. 결혼식장에 손 붙잡고 데려왔던 개."

켈리 박은 여울의 존재를 보고하며 본격적으로 한탄할 준비를 했다.

그녀는 새로 깐 잔디에 무참히 바퀴자국을 내놓은 것부터, 대낮부터 차 안이 흔들리도록 문란하게 뒹굴었던 것까지. 오늘 하루 동안 겪어야 했던 그들의 만행을 전부 쏟아낼 작정이었다.

"안하무인도 그런 안하무인이 없어요. 어찌나 몰상식하던지 차를 정원 한복판으로 끌고 들어와서……."

"저녁 식사하지."

"예?"

그러나 도 회장은 그녀의 첫 마디가 다 꺼내지기도 전에 흥미 없는 표정으로 걸음을 옮겼다. 대기업의 총수답게 존재자체만으로 지독한 독기를 품는 그에게서는 일말의 감정적 동요조차 찾아볼 수 없었다.

"아니, 도하언 하는 짓을 좀……."

켈리 박은 고집스럽게 뒷말을 이어가려 했지만 이미 도 회장은 제법 멀어진 후였다.

그의 인간미 없는 성격에 대해선 누구보다 잘 알고 있는 그녀였다. 어지간한 일은 신경도 쓰지 않고, 변변찮은 인물은 상종도 않는 태도는 도 회장의 천성과 같았다.

하지만 이번 사태는 쉽게 넘길 문제가 아닌데, 대체 저 고삐 풀린 망아지를 어찌 붙잡을 생각인 건지.

켈리 박은 답답한 기색이 역력한 한숨을 내쉬었다. 그러다 구겨진 미간의 주름을 의식적으로 펴내고 곁에 있던 가정관리사에게 물었다.

"저녁 준비는 끝났어?"

"네, 오늘 아침에 선물 받은 다금바리 사시미로 준비했습니다."

"회장님이 제일 좋아하시는 걸로 준비했네. 10분 뒤에 식사 시작할 예정이니까 미리 테이블 세팅해 둬."

명령을 마친 켈리 박의 눈동자가 슬쩍 2층을 살폈다. 평소에는 아무런 인기척도 없는 공간이었지만 오늘은 미묘하게 소란스러운 것 같아, 그녀의 심기가 더욱 불쾌해졌다.

"배고파! 배고프다고!"

방바닥에 주저앉은 여울의 원성이 거세졌다.

몇 시간 전, 화장실에 다녀왔을 때 이후로 줄곧 방에 갇혀 있던 그녀는 한 끼도 제대로 먹지 못해 아사 직전의 상태였다.

"일주일 안에 굶어죽게 생겼네……."

여울은 꼬르륵 소리를 내며 울부짖는 배를 감싸주고 우는 소리를 했다. 그러자 컴퓨터 앞에 앉아 밀린 회사 업무를 처리하고 있던 하언이 까칠한 목소리로 대꾸했다.

"그러니까 나가서 밥 먹자고 했잖아."

"말이 쉽지! 또 누구 마주치면 어떡해!"

"2층에도 주방 있다니까. 거기 쓰는 사람 나랑 도유현 밖에 없어."

"그 불륜남이 제일 마주치기 싫어!"

여울은 낮에 겪었던 유현과의 껄끄러운 만남을 떠올리며 고개를 내저었다.

하언은 유현에 대해 신경 쓸 거 없는 사람이라고 설명했지만, 여울은 특유의 묘한 분위기로 사람을 홀리는 그가 켈리 박보다 더 불편했다.

'도망쳐요.'

'지금이 마지막 기회일 지도 몰라.'

의미심장한 말을 절절하게 내뱉던 음성. 그 순간의 진심 어린 눈빛.

여울이 기억하는 그는 확실히 간단한 상대가 아니었다.

비록 하언과 부딪힐 때마다 먼저 돌아서는 건 유현이었으나, 그건 패배했다는 느낌보다 불필요한 언쟁을 삼가는 것에 가까웠다.

"그냥 밥 좀 가져다주면 안 돼요? 여기로."

"방 안에 음식 냄새 배는 거 싫어."

"씨…… 나 그냥 확 집 나가 버린다?"

"그럴 수 있으면 주방에 가서 밥을 먹고 오지 그래."

"정말 이기적이네요. 그쪽이랑은 무슨 말이 안 통해."

여울은 새초롬하게 나온 입술을 삐죽거리며 불평했다. 순간 모니터에만 고정되어 있던 하언의 눈이 탐탁지 않은 기세로 여울에게 고정되었다.

"그쪽?"

"뭐요."

"호칭이 너무 남남 같다는 생각 안 드나?"

"그럼 그쪽을 그쪽이라고 부르지 뭐라고 불러요. 똑같이 성 떼고 '하언아'라고 불러줄까?"

"아니. 여보, 자기, 달링 중에 하나 골라."

"어머, 미쳤나 봐."

선택지로 듣기만 했을 뿐인데 여울의 팔뚝에 소름이 우수수 돋아났다. 뻔뻔한 그는 낯빛 하나 안 바꾸고 애정 어린 호칭을 부를 수 있을지 몰라도, 그리 천연덕스럽지 못한 여울은 절대 무리였다.

하지만 그런 여울의 태도가 마음에 안 들었는지, 그는 보다 미간을 좁히며 말했다.

"그런 식으로 굴면 이 집 사람들 어느 누구도 못 속여. 적어도 연인사이처럼은 보여야 할 거 아니야."

그건 충분히 일리 있는 얘기였지만 허기에 예민해진 여울은 순순히 수긍해 주고 싶지 않았다. 그래서 한 번 더 완강하게 거부하려 했으나, 생각해 보니 이건 충분히 이용해먹을 수 있을 법한 그의 요구사항이었다.

여울은 도톰한 입술에 의미심장한 미소를 머금은 채 생색내듯 말했다.

"좋아요. 정 그렇다면 원하는 걸로 불러줄게."

"잘 생각했어."

"단, 앞으로 내 밥 삼시 세끼는 꼬박꼬박 이 방으로 가져다줘요."

"뭐?"

"나랑 살림 차리자며. 살림의 기본은 의식주 해결인 거 몰라?"

제집 냉장고에서 먹을 거 들고 오는 일이 그리 어려운 부탁은 아니라고 생각한다.

하지만 일평생 그 흔한 친구 하나 없이 혼자 유아독존으로 지내왔던 하언에겐 누군가를 책임진다는 것이 낯설고 당황스러웠다.

고민하는 그의 얼굴에서 불편한 심기가 그대로 전해졌다.

"선택해. 자기? 아니면 그쪽?"

그것마저 간파한 여울이 쐐기처럼 박아 넣은 질문.

차마 후자를 선택하지 못하는 그는, 생판 모르는 여자에게 원치도 않는 애칭을 듣기 위해 결국 의자에서 몸을 일으켰다.

잔잔한 클래식 음악이 흐르는 다이닝 룸.

"회장님. 정말 아무 말씀 안 하실 거예요?"

켈리 박은 굳은 도 회장이 식탁에 앉기 무섭게 보채듯 물었다. 그는 이번에도 별 반응을 보이지 않았고, 묵묵히 컵을 들어 물 한 모금을 삼켜 넘겼다.

"이틀 뒤에 우리 혜수도 귀국하는데, 저러고 있으면 정서 상 얼마나 안 좋겠어요."

"······."

"지금 그 계집애랑 위에 있다니까요?! 저 꼴을 어떻게 봐요!"

답답해진 켈리 박은 결국 요란하게 언성을 높였다.

순간 도 회장의 눈빛은 보다 가라앉았고, 그건 함께 식탁에 앉아 있던 유현의 눈에도 선명하게 비쳤다.

"어머니."

보다 못한 유현은 나서서 켈리 박을 불렀다. 곱지 않은 켈리 박의 시선이 도 회장을 벗어나 그에게로 날카롭게 내리꽂혔다.

"너무 걱정하지 마세요. 문제가 더 커지지 않도록 제 선에서 해결할게요."

"니가? 무슨 수로?"

"조만간 하언이랑 제대로 얘기를······.

"내 말도 개 무시하는 도하언이 니 말이라고 들어줄 것 같니?"

돌아오는 그녀의 반응에는 불신이 가득했다.

하지만 이런 것쯤 눈치채지 못한 척 연기할 수 있는 유현은 그저 부드럽기만 한 목소리를 이어 나갔다.

"하언이도 조금만 생각을 해 보면 얼마나 무모한 행동을 하고 있는지 알게 될 거예요."

바로 그때.

"뭘 모르네. 사랑은 원래 무모한 건데……."

태연한 목소리 하나가 다이닝 룸으로 흘러들어왔다. 세 사람의 눈동자가 거의 동시에 불청객 쪽으로 틀어졌다.

"저녁준비가 끝난 줄도 몰랐는데 벌써 드시고 계시네요?"

그러자 강렬한 존재감을 자랑하며 다가와.

"아, 괜찮으니까 식사 계속 하세요. 저는 위에 올라가서 먹겠습니다."

놀랍도록 뻔뻔한 멘드와 함께 식탁 위 나금바리 섭시를 들어 올리는 그는, 굶주린 아기 새를 위해 1층까지 날아온 아빠 새.

"저녁식탁에 맛있는 거 올라왔네요."

"너, 너……."

"우리 여울이가 좋아하겠어요."

이유 있는 망나니 도하언이었다.

그는 항상 아무런 반응이 없었다.

권위적인 명령을 내릴 때마다 대놓고 코웃음을 쳐도, 허울 좋게 쥐어준 이사 자리를 같잖게만 여길 때도, 그 잔혹한 눈동자 앞에서 아무리 무례한 언동을 일삼아도.

그는 전혀 신경 쓰이지 않는다는 듯 소름 끼치도록 태연했다. 마치 한 입 거리도 안 되는 어린 짐승을 내려다보는 맹수처럼, 그 매서운 얼굴엔 오직 기만뿐이었다.

그런 도 회장의 모습이 끔찍이도 싫었던 하언은 언제나 최선을 다해 그의 눈 밖에 어긋나려 노력했다.

반응해. 분노해. 그리고 날 두려워 해.

간절히 바라는 주문을 끊임없이 되뇌며, 모두가 휘어잡으려고 하는 자신의 삶을 악착같이 지켜왔다.

"하언아."

"……."

"이런 행동은 우습게 보이는구나."

그러다가 가끔 이렇게 한 번씩 그가 자신을 거슬려하고 있다는 확신이 들 때.

하언의 가슴속에는 알 수 없는 희열이 일었다. 이대로 저 날카로운 얼굴에 주먹을 꽂아버리고 싶다는 생각을 할 만큼.

"아아, 작은아버지도 다금바리 좋아하셨던가?"

"……."

"양보하세요. 평소에 더 좋은 것도 잘 찾아 드시지 않습니까."

도 회장을 내려다보는 하언의 입가에 가벼운 웃음기가 맺혔다. 도 회장은 독사와 같은 눈동자로 하언을 주시하다가, 이내 아무 일 없다는 듯 식탁 위로 시선을 옮기며 대답했다.

"……그래, 맛있게 들거라."

하언은 그가 애써 침착함을 유지하려는 중임을 알고 있었다. 그의 무례한 행동이 의도적인 도발이라는 것을 영악한 도 회장이 모를 리 없었다.

켈리 박은 그런 그를 이해하지 못하고 분에 찬 언성을 높였다.

"회장님! 맛있게 들라니요! 저 건방진 놈을 당장……!"

하지만 하언은 별다른 대답 없이 흥분하는 그녀에게서 등을 돌렸다. 불은 물로, 물은 불로 상대하는 법은 도 회장에게 배운 처세술이었다.

"야! 도하언! 너 어디 가! 그거 들고 이리 안 와?!"

켈리 박은 자리를 박차고 일어나 하언의 뒤를 쫓으려 했다. 그래 봤자 소용없다는 걸 누구보다 잘 아는 유현은 서둘러 그녀를 붙잡았다.

"고정하세요. 어머니."

"뇌! 이기!"

하언이 도발을 하는 것도, 흥분한 켈리 박이 날뛰는 것도, 유현과는 전혀 상관없는 일이었다. 하지만 그로 인한 도 회장의 분노는 전부 유현이 감당해야 할 몫이었다.

유현은 도 회장의 심기를 살피며 더욱 간절한 목소리로 애원했다.

"제발…… 고정하세요."

"도유현, 너는 중간에서 뜯어 말리지도 못한 주제……!"

"……."

"어휴, 말해서 뭐해."

다행히도 켈리 박은 평소보다 빨리 분노를 가라앉혔고, 불결한 것이라도 닿은 양 차갑게 유현의 손을 내쳤다.

"그럴 줄 알았어. 해결은 무슨."

유현은 켈리 박의 비난을 들으며 허공으로 떨어진 손길을 거두었다. 그녀는 툴툴 거리면서도 다시 의자에 몸을 앉혔다.

그때까지도 도 회장은 아무런 반응이 없었다. 그저 입 안에 담은 밥알들을 무표정한 얼굴로 잘근잘근 씹어주고 있을 뿐.

지독한 한기가 느껴지지만 이건 평소의 모습이다. 그는 확실히 어떤 감정의 동요도 없다. 그 사실을 확인하고 나서야 유현은 뒤늦게 젓가락을 들었다.

차갑게 굳은 손가락엔 아무런 힘도 들어가지 않아서, 결국 그는 한 시간가량 이어지는 식사 시간 동안 어떠한 음식도 입에 넣지 못했다.

하지만 그건 차라리 잘 된 일이었다. 어차피 꾸역꾸역 삼켜봤자 전부 게워냈을 테니. ·

"잘 먹었어요. 어느 횟집 거예요? 비린내도 안 나고 괜찮네요."

다금바리 한 접시의 출처도 모른 채 속 편한 저녁 식사를 마친 여울은 적당히 채워진 배를 문지르며 말했다. 하언은 매만지던 휴대폰을 내려놓았고 무심하게 대꾸했다.

"다 먹었으면 문밖에 내놔. 일하는 사람이 치워줄 거야."

"그쪽은 몇 점 먹지도 못해서 어떡해요? 날 거 싫어하면서 왜 회를 가져왔대."

그 말은 엄연히 하언을 걱정하기 위해 뱉어낸 말이었다. 하지만 그는 돌연 까칠한 눈빛을 띠며 엄포를 놓듯 말했다.

"자기."

"응?"

"자기라고 불러. 그쪽 말고."

그건 여울의 부탁대로 밥을 대령해 준 하언의 정정당당한 요구였다.

　약속한 대로라면 순순히 애칭대로 불러줘야 했으나, 역시 여울에게 '자기'라는 단어는 무리였다. 잠시 고민하던 여울은 아주 자연스럽게 주어를 빼버렸다.

　"그럼…… 이제 뭐하나?"

　"뭐가 뭐해."

　"식사도 끝냈고 이 방에서 나갈 방법은 없고…… 아, 포켓볼 칠래요?"

　그녀가 턱 끝으로 당구대를 가리키며 묻자, 하언은 심드렁한 표정으로 자리에서 일어났다.

　"저건 사구야. 그리고 난 잘 거야."

　"벌써? 아직 아홉시인데?"

　"며칠 동안 밖에서 잤더니 피곤해."

　그는 드레스 룸 앞으로 걸음을 옮겨 무거운 미닫이문을 밀어젖혔다. 그 손길을 따라 화려하고 드넓은 드레스 룸 내부가 여울의 눈앞에 펼쳐졌다.

　"와, 정말 내 방보다 크네."

　딱 봐도 값비싸 보이는 옷들이 정갈하게 정리된 옷장. 각종 명품 액세서리들이 즐비하게 늘어져 있는 유리 진열대.

　여기 있는 물건들만 팔아도 집 한 채는 살 수 있을 게 분명했다. 그녀가 알고 있는 몇몇 브랜드만 해도 직장인 몇 달 치 월급은 훌쩍 넘었다.

역시 돈 밖에 없는 남자는 옷장 클래스부터가 다르구나, 라고 생각하며 그녀는 진열대 안 시계들을 구경했다. 그 언젠가 시울이 사달라고 졸랐던 이태리 장인의 명품 시계가 단연 돋보였다.

"어, 이 시계 우리 오빠 위시리스트에 있는 건데."

"그 양아치?"

"예. 그 양아치가 또 한 사치하거든요. 이거 가진 사람 대한민국에선 다섯 명뿐이라더니, 그중 하나가 여기 있었네."

여울이 귀한 시계를 향해 반가운 기색을 표하자, 그 사이 옷장 구석에서 두터운 이부자리 하나를 꺼낸 하언은 발로 건성건성 이불을 펴며 대답했다.

"그건 나도 선물 받은 거라 곤란하고. 하는 거 봐서 집에 가기 전에 다른 시계 몇 개 줄게."

"됐어요. 나 시계 갑갑해서 안 차요."

"너희 집 양아치 갖다 주면 되잖아."

"차시울 걔도 시계 안 차. 괜히 돈 쓸 궁리하느라 나대는 거지."

"그럼 너희 아버지 드리든가."

하언이 아무 생각 없이 뱉은 말에 여울의 눈동자가 잠시 일렁였다.

그녀의 주변엔 전부 가족사를 알고 있는 사람들뿐이라, 누군가에게 '아버지'라는 단어를 들은 게 참 오랜만이었다.

그동안 암묵적인 금기어처럼 감춰지고 있었는데, 이렇게라도 아빠 있는 사람 취급 받으니까 좋네.

"알았어요. 그럼 비싼 걸로 챙겨 줘요."

여울은 가볍게 웃으며 대답했다. 그 사이 드레스 룸 안에 잠잘 곳을 마련한 하언은 제 방 쪽으로 몸을 돌리며 말했다.

"알람 맞춰놓지 말고 자. 내일 아침에 깨우러 올 테니까."

본인은 당연히 넓고 푹신한 침대에서 자겠다는 의지가 담긴, 뻔뻔한 굿나잇 인사였다.

"응? 내가 여기서 자는 거였어요? 그쪽…… 아니, 나 침대에서 자고 싶은데?"

"안 돼. 난 지금껏 바닥에서 자 본 적이 없어."

"니는 바닥에서 자면 허리 아파서 안 돼요."

"내일 아침에 마사지사 불러 줄게. 잘 자."

"잠깐! 그럼 가위바위보라도 해!"

여울은 한 치도 물러서지 않고 하언에게 정정당당한 승부를 요청했다. 이것저것 요구하는 게 많은 그녀가 탐탁지 않았던 하언은 짜증스러운 반응을 보였다.

"싫어. 그냥 내가 침대에서 잘 거야."

"그건 안 되지. 사나이답지 못하게."

"여긴 내 방이고 저건 내 침대인데 왜……."

"안 내면 바닥, 가위바위보!"

여울은 거듭되는 하언의 고집을 무시한 채 무작정 가위를 쥔 손을 뻗었다. 막무가내로 던져진 구호에 휘말린 하언은 얼떨결에 오른손을 내밀었다.

딱히 뭔가를 낸 건 아니었지만 어정쩡하게 펴져 있는 그의 손바닥은 누가 봐도 보자기에 가까웠다.

"예스! 내가 이겼으니까 할 말 없죠?"

"이거 낸 거 아니야. 다시 해."

"그런 게 어디 있어. 사나이는 단판승이지."

"너는 사나이도 아니잖아. 그러니까 다시 하자고."

줄곧 태연하던 하언의 눈동자가 당황스러운 기색으로 떨려 왔다. 그러나 여울은 장난스러운 웃음기와 함께 살랑살랑 손을 흔들며 뒷걸음질을 쳤다.

"잘 자요. 불은 내가 끌게."

"야. 이거 아니라고."

"안녕."

"잠깐만……!"

쾅—

여울의 손에 의해 매정하게 닫힌 미닫이문. 드레스 룸에 덜렁 남아버린 하언은 머리카락을 짜증스레 흩트렸다.

밥을 챙겨다주는 것부터 시작해서 잠자리를 내주는 것까지, 여울이 그에게 끼치는 영향은 생각보다 훨씬 막대하고 귀찮았다.

물론 지금 상황에서 더 아쉬운 쪽은 나니까 최대한 감수해야겠지만…….

생각이 딱 거기까지 미쳤을 때 드레스 룸 바깥에서 '탁!'하는 경쾌한 소리와 함께 시야가 깜깜해졌다.

아직 이부자리에 제대로 눕지도 못한 그는 일방적인 그녀가 더더욱 마음에 들지 않았다.

"……별 수 있나, 뭐."

그러나 아까도 납득했다시피 더 아쉬운 쪽은 하언이라서, 결국 그는 체념 섞인 한숨을 내쉬며 더듬더듬 이부자리를 찾았다.

밀폐된 드레스 룸이 지독히도 어두웠던 탓에 그가 처한 현실이 눈에 안 보이는 것이 차라리 다행이라면 다행이었다.

하언은 평소 잠을 청하던 것처럼 천장을 바라보고 똑바로 누웠지만 머지않아 등이 배겨왔다. 그래서 몸을 옆으로 돌리니 이번엔 어깨가 아리고, 살짝 몸을 뒤트니 이번엔 허리가 쑤시고.

"진짜 짜증 나네."

짜증이 난 하언은 베개를 부여잡은 채 엎드려 누웠다.

이 자세가 체질적으로 맞았던 건지, 아니면 뒤척임에 지친 몸이 자포자기해 버린 건지.

불쾌함으로 가득 찬 그의 정신이 금세 몽롱해졌다. 아무래도 나쁜 꿈을 꿀 것 같은 기분이지만…… 피곤해 죽겠는데 뭐 어때.

선잠이 든 하언에게선 사나운 인상이 무색할 정도로 새근새근한 숨소리가 흘러나왔다. 가장 편안하게 풀어진 이목구비는 깨어 있을 때와 달리 온화하고 부드러웠다.

그렇게 세상에서 가장 달콤한 잠에 점점 더 깊이 빠져들고 있던 그 순간.

"아무래도 안 되겠어!"

알람보다 더 시끄러운 목소리와 함께 벌컥, 드레스 룸 문이 열렸다.

"아……."

강제로 깨어난 하언의 미간이 언제 풀어졌었냐는 듯 이전보다 더 매섭게 구겨졌다.

"뭐야."

무시무시한 그의 한 마디 뒤엔 욕이 달라붙지 않은 게 기적이었다.

그러나 여울은 그런 하언의 심기와 상관없이 드레스 룸 안으로 저벅저벅 걸어 들어왔고, 겨우 적합한 취침자세를 찾았던 그의 몸을 요란하게 뒤흔들며 말했다.

"저기 있으니까 밖에 인기척이 너무 잘 들려서 불안해."

"……."

"내가 여기서 잘래요. 미안 미안. 침대로 가 주세요."

하언은 결국 피로감에 무거워진 몸을 일으켰다. 짜증이 가득 난 만큼 아무 말 없이 걸음을 옮기자.

"침대 차지한 거 축하해요."

속 뒤집어지는 말과 함께 짝짝짝 박수 소리가 들려왔다.

하언은 분노를 드러내는 대신 지친 한숨을 내쉬었다.

이 순간 굳이 노발대발 반응하지 않는 건, 오늘이 겨우 하루째였기 때문이었다.

남은 기간은 앞으로 6일.

"아, 문 닫고 가요."

"……."

"너무 꽉 닫진 말고. 무서우니까."

그래, 제멋대로인 이 여자에 대한 모든 화는 6일 뒤에 몰아서 내자.

맑은 공기가 감도는 오전.

새벽같이 피부 관리를 받고 온 켈리 박이 집 안에 들어섰다. 그녀는 마중 나온 가정관리사에게 두르고 있던 머플러를 풀러 주었고, 신경질 섞인 목소리로 물었다.

"도하언 쟤 때문에 하도 스트레스를 받아서 그런지 피부가 푸석푸석해졌대. 아줌마가 봐도 그래?"

"아니요. 20대처럼 탄력 있고 좋으세요."

"20대는 너무 기색적이다. 뭐, 피부 나이 검사 받아보면 30대 초반정도는 되지만."

켈리 박은 두 볼을 살살 어루만지며 자신만만한 표정을 지어 보였다.

그녀를 화나게 하는 상황은 근본적으로 달라진 게 없지만, 그래도 효과 좋은 케어를 받고 오니 대부분의 스트레스는 해소된 기분이었다.

"오늘 아침은 전복죽이랬지?"

켈리 박은 다이닝 룸으로 가벼운 발걸음을 옮겼다. 얼핏 느껴지는 전복의 향은 까다로운 그녀의 입맛도 부드럽게 자극했다.

"저, 그게……"

그러나 순간 경직된 가정 관리사의 표정은 심히 난처해 보였다. 무언가 이상하다는 걸 눈치챈 그녀는 고개를 갸웃하며 되물었다.

"왜? 뭐 잘못 됐어?"

"아침에 도하언 이사님이 냄비째로 가지고 올라가셔서……"

"뭐?!"

이어지는 대답에, 쫀득쫀득하게 펴고 온 피부가 단번에 일그러졌다. 켈리 박은 매서운 눈초리로 2층을 노려보았고 당장이라도 그의 멱살을 잡아 챌 듯 두 팔을 걷어붙였다.

"이제 더 이상 못 참겠어! 내 저것들을 그냥!"

"잠깐, 잠깐만요! 사모님! 이사님 아까 데리고 오신 여자 분이랑 외출하셨어요!"

"외출?! 집안을 이 꼴로 만들어놓고 팔자 좋게 무슨 외출!"

"그게…… 얼핏 듣기론 쇼핑을…….'

안 그래도 열 뻗치는 상황 속에 골 때리는 보고가 이어졌다. 지금 누구보다 불쾌한 켈리 박은 행복한 표정으로 백화점을 누비고 있을 그들의 모습에 피가 거꾸로 솟을 지경이었다.

"어머, 참 행복하시겠어요."

상냥한 미소를 띤 점원이 여울에게 진심 어린 말을 건넸다. 여울은 뭐라 대답해야 할지 몰라 어색하게 웃었고 다시 진열대 안으로 시선을 두었다.

아침밥을 소화시키기도 전에 하언에게 붙잡혀 나온 이곳은 대형 백화점의 명품 쥬얼리관. 하언은 일언반구 설명도 없이 무작정 반지 하나를 사 주겠다 말했다.

이곳은 결혼반지로 유명할 만큼 고급스러운 브랜드라 처음엔 연거푸 사양했지만, 그는 고르지 않으면 놓아주지 않을 기세로 막무가내였다.

그래서 영문도 모른 채 반지를 보고 있긴 하나, 문제는 고른다고 끝나는 게 아니라는 것이었다.

"반지 같은 거 뭐가 예쁜지 잘 모르겠는데……."

"대충 골라."

"이거?"

"싫어."

"그럼 이건 어때? 로즈골드."

"난 그 색깔 싫어."

반복되는 선택과 반복되는 반대. 아무리 사 주는 사람의 마음도 중요하다고는 하지만, 계속 싫다고만 하니 이건 뭐 어쩌라는 건지.

여울은 보다 신중한 눈빛으로 진열장 안을 들여다보았다. 비슷비슷한 듯 미묘하게 다른 디자인들은 저마다 개성이 있어서, 역시 무엇이 사 주고 싶은 마음을 불러일으키는 반지인지 찾기 힘들었다.

"흐음, 어려워라……."

"대충 대충 고르라니까."

"아, 저 끝에 저 반지 예쁘다."

"별로."

"진짜 사람 지치게 하네! 나 사 주는 거라며! 아, 그냥 나 이걸로 할래. 이거 사 줘."

결국 반복되는 상황에 지친 여울이 리본 모양의 테가 인상적인 반지로 마음을 굳혔다. 이건 그녀 역시 마음에 들지 않았지만 어차피 별다른 선택지도 남아 있지 않았다.

그러나 하언은 이번에도 단번에 고개를 저었다.

"이게 예쁘다고? 눈 떼 버려, 그냥."

"예쁜데 왜 그래? 난 리본 좋아한단 말이에요."

"내가 싫어해."

"그게 무슨 상관이야. 어차피 내가 받을 선물인데 내 맘에 들면 장땡이지."

"넌 왜 그렇게 니 생각 밖에 안 하냐. 나한테 이 반지가 어울릴 거라고 생각해?"

여울을 다그치던 하언의 입에서 의미심장한 말이 새어 나왔다. 여울이 당황한 눈동자로 그를 올려다보자, 아차 싶었는지 그는 애먼 곳으로 시선을 돌렸다.

"이게 왜 그쪽한테 어울려야 하는데요?"

"……자기라고 부르라니까."

"설마 이거 우리 커플링이에요?"

눈치 빠른 여울이 정곡을 찔렀다. 은근슬쩍 같은 반지를 살 생각이었던 하언은 하는 수 없이 그녀에게 이실직고 했다.

"그래. 커플링이야."

"진짜?"

"그러니까 나한테도 어울릴 만한 걸로 골라."

커플링을 맞추겠다고 미리 밝히지 않은 건, 어디까지나 부담을 느낀 여울이 극구 사양할 것 같았기 때문이다. 애칭으로 부르는 것도 어려워하는 그녀이니, 커플링까지 맞추자고 했다간 기겁하고 도망갈 지도 모른다.

하언은 여울의 부담을 덜기 위해 괜한 설명을 덧붙였다.

"그냥 구색 갖추는 거야. 끝나고 나서 팔면 어차피 돈 되잖아."

그러나 되돌아온 그녀의 반응은 뜻밖이었다.

"푸핫! 커플링을 누가 이런 데서 해!"

갑자기 터진 저 웃음은 완연한 비웃음. 하언의 미간이 다른 의미로 구겨졌다.

"왜. 뭐가."

"하하하. 결혼반지면 또 몰라. 고작 커플링을 여기까지 끌고 와서 맞추냐."

"기분 나쁘게 왜 자꾸 웃는데."

여울이 내비치는 은근한 무시는 하언을 당혹스럽게 만들었다. 그래서 점점 더 짜증을 내비쳤더니 그런 그를 달래기 위해 점원이 나서서 편을 들었다.

"아니에요. 가끔씩 커플링으로도 나가요. 며칠 전에도 여자 친구 백일 선물로 다이아 박힌 반지 맞춰 가신 남성분이 계셨던 걸요."

"그 사람, 그게 첫 연애래요?"

"아…… 네, 그런 것 같긴 했는데……."

"하하, 역시 돈 있는 모태솔로들은 위험해. 스케일을 무턱대고 키우잖아."

여울은 8년 전, 연애 첫 날부터 다이아 반지 매장으로 그녀를 데려갔던 돈 많은 모태솔로 계강태를 떠올리며 하하 웃었다.

'이런 건 결혼반지로 하는 거야!'

부담스러운 마음에 극구 반대하며 뜯어말렸더니.

'나중에 결혼반지로 쓰면 되잖아.'

라고 대답했던 그의 모습도 오랜만에 새록새록 떠올랐다.

"순진했던 건지, 아니면 그냥 바보였던 건지……."

추억에 젖은 여울은 8년 전 느꼈던 감정을 중얼거렸다.

"내가 왜 바보야."

"……네?"

그러자 옆에 서 있던 돈 많은 모태솔로가 잔뜩 기분 상한 내색을 했다.

"나중에 결혼반지로 쓰면 되잖아."

"……."

아…… 도하언, 너도 이 나이 먹도록 연애해본 적 없니?

"인기 많았어. 나."

백화점 안 양식 레스토랑.

언짢은 표정의 하언이 메뉴판을 훑어보는 여울에게 힘주어 말했다.

"예예. 알아요."

하지만 여울은 그에게 눈길도 주지 않은 채 고개를 끄덕였고, 곁에 서 있는 웨이터에게 주문했다.

"저는 토마토 스파게티요. 하언 씨는?"

"문란하게 놀았다고. 진짜."

"음…… 저 사람도 그냥 같은 걸로 주세요."

"내 말이 안 믿겨?"

"아, 콜라 두 잔도!"

여울의 주문을 받은 웨이터는 카운터 쪽으로 물러갔다.

하언은 그의 뒷모습을 잠시 바라보는가 싶더니 다시 여울에게 적극적인 해명을 늘어놓았다.

"프롬 때 내가 인기투표 1위였어. 물론 참석하지 않아서 왕관은 못 받았지만……."

"프롬? 그게 뭔데요?"

"미국 고등학교 졸업 파티."

"오호, 미국에서 공부했었구나. 나도 미국 늘러가고 싶다."

"그게 중요한 게 아니잖아. 대학 때도, 대학원 때도 온 여자들이 나한테 말 못 붙여서 안달이었다고."

"으흥."

몰아치는 하언의 음성 뒤에 이어지는 건 수긍하는 기색이라곤 전혀 없는 리액션이었다. 그게 무시보다 더욱 기분 나빴던 하언은 미간에 짙은 짜증을 섞어냈다.

"나 우습게 알지 마."

"우습게 안 적 없는데?"

거짓말. 지금도 우습게 알고 있으면서.

하언은 더 이상 주장해 봤자 제 꼴만 우스워질 것 같아 그대로 입을 닫아버렸다. 여울은 그런 하언을 장난스러운 눈빛으로 바라보았고 이내 어르고 달래는 듯한 음성으로 말했다.

"알았어요. 알았어요. 딱 봐도 인기 많게 생겼어."

"진짜라고."

"진짜겠지. 그러니까 나도 개강태 앞에서 그쪽이랑 사귀는 척했 던 거잖아요, 누가 봐도 잘나보여서."

"……그쪽이라고 하지 말라니까."

하언은 여울의 호칭을 지적하면서도 목소리를 살짝 누그러트렸 다.

그의 성격이 원래부터 단순한 편은 아니었지만, 여울에게 휘말리 다보면 사사로운 것에도 크게 반응해버리기 일쑤였다.

그는 이제부터라도 평정심을 지키겠다고 결심하며 테이블 위에 놓인 찬 물을 들이켰다. 그러나 머지않아 이어진 여울의 뒷말은 그 다짐을 무색하게 만들기 충분했다.

"그리고 딱 봐도 모태솔로일 것 같아."

"뭐?"

"연애 한 번 못 해 본 건 사실이잖아요. 안 그래요?"

반짝 빛나는 여울의 눈동자에는 원인을 알 수 없는 확신이 가득 차있었다. 하언은 딱 잡아뗄까 하다가 그게 더 자존심에 어긋나는 일인 것 같아 솔직하게 고백했다.

"그래. 연애 같은 건 한 적 없어."

"역시."

"그런데 입은 삐딱하게 붙어 있어도 말은 똑바로 해. 나는 못 한 게 아니라 안 한 거야."

그의 목소리는 사뭇 단호하고 엄했다. 그러나 여울은 여전히 도 톰한 입술을 틀어 올린 채 회의적인 반응을 보였다.

"지금까진 안 했겠지. 그런데 막상 하려고 해도 못 할걸."

"왜 그렇게 생각하는 건데."

하언은 까칠하게 따져 물었지만 여울은 어깨를 으쓱해 보일 뿐이었다.

지금껏 본인이 이성을 가까이 하지 않는 것일 뿐, 막상 마음먹고 다가간다면 거부당할 리는 없다고 확신했던 그는 무척이나 혼란스러워졌다. 그래서 인상만 잔뜩 구긴 채 애꿎은 물컵만 꽉 쥐고 있자니.

"토마토 스파게티, 콜라 두 잔 나왔습니다."

쟁반을 들고 다가온 웨이터가 준비된 음식을 세팅했나.

자신의 인기를 증명하느라 주문도 잊고 있었던 하언은 여울이 시켜놓은 메뉴를 보며 강한 불만을 드러냈다.

"나 토마토랑 콜라 둘 다 안 먹는데. 누가 멋대로 시키래."

"주문할 때 딴청피우고 있길래, 배가 너무 고파서 대충 시켰어요."

"아침에 전복죽 한 냄비 다 먹지 않았나?"

"그거야 그렇지만…… 죽은 원래 빨리 꺼지잖아."

"난 너보다 적게 먹었는데도 배 안 고파. 여자치고 너무 많이 먹는 거 아니야?"

하언은 음식접시가 놓이기 무섭게 포크를 쥐어드는 여울을 타박했다. 그녀는 뾰로통해진 표정으로 하언을 흘겼고, 일부러 그의 귀에 다 들리는 혼잣말을 중얼거렸다.

"봐 봐, 그러니까 연애를 못 하지. 여자한테 못 하는 말이 없어."

"내가 뭐."

"저기요, 이 사람 진짜 매너 없죠?"

여울은 모든 세팅을 마치고 돌아서려는 웨이터에게 동조를 구했다. 그러자 둘의 눈치를 살피던 웨이터가 난처한 듯 웃으며 대답했다.

"하하, 저는 많이 먹는 여자 좋은데요. 복스럽잖아요."

그건 하언이 듣기에 자신이 했던 이야기와 완벽하게 일치했다. 뉘앙스가 달랐던 건 인정하지만 어쨌든 웨이터도 그녀를 많이 먹는다고 말한 사실은 변함이 없었다.

그래서 내심 그녀가 본인의 먹성을 인정하고 자신에게 했던 무례한 말을 사과하길 바랐는데.

"딩동댕, 정답. 이렇게 말하니까 얼마나 듣기 좋아."

"뭐?"

"좀 보고 배워요, 도하언 씨."

여울은 뜻밖에도 만족스럽다는 반응을 보였다. 마치 웨이터는 하언과 전혀 다른 말이라도 해준 것처럼.

아무리 생각해도 이해되지 않는 그녀의 잣대.

여심도 여자도 알지 못하는 하언은 진심으로 혼란스러워졌다.

"옷 마음에 들어?"

설아의 매끄러운 손가락이 새 코트를 입고 있는 유현의 어깨를 쓸어내렸다.

전신 거울을 물끄러미 바라보던 유현은 의식적으로 입꼬리를 들어 올렸고 의식적으로 다정한 목소리를 냈다.

"마음에 들어. 너는 어떻게 생각해?"

"나도 괜찮은 것 같아. 넌 뭘 입어도 잘 어울리지만."

유현은 그녀의 말이 사실이 아니라는 걸 잘 알고 있었다. 그녀는 수수한 옷을 좋아하는 유현의 취향을 알면서도 늘 화려한 옷만 골라 주었으니까.

이번에 그녀가 고른 코트도 마찬가지였다. 지나치게 멋을 낸 디자인은 전혀 그의 마음에 들지 않았다.

그러나 굳이 내색할 필요는 없었다. 어차피 그녀의 눈과 마음을 충족시켜주는 짓이 유현이 해야 할 일이었다.

"다른 것도 볼래?"

설아는 매장 안을 살피며 물었다. 유현은 거울을 통해 그녀의 시선을 확인했다. 신상품 몇 개가 눈에 띄는가 싶긴 했지만 딱히 흥미는 없어 보였다.

"아니, 됐어. 괜찮아."

유현은 그녀가 원하는 대답을 알아서 꺼내주곤 입고 있던 코트를 벗으려 했다.

"입고 가. 그냥 계산해 달라고 하면 되니까."

클러치 속 신용카드를 꺼내 든 그녀가 그를 저지하며 카운터 쪽으로 걸음을 옮겼다.

"입고 오셨던 옷은 쇼핑백에 넣어드리겠습니다."

"괜찮아요. 폐기해 주세요. 그래도 되지?"

갑자기 옷을 사 주겠다고 할 때부터 짐작은 했지만, 설아는 오늘 유현이 입고 온 베이지색 카디건이 마음에 들지 않았던 모양이었다.

"응."

유현은 자신이 아끼는 카디건을 그녀가 좋아하지 않는다는 이유로 포기했다.

그의 카디건은 점원의 손에 의해 쓰레기처럼 봉투 속에 구겨 넣어졌고, 유현은 아무 말 없이 매장 밖으로 시선을 돌려 버렸다.

백화점 안 전면 유리 너머로 푸른 하늘이 비쳐 들어왔다.

수많은 명품들보다 절실하게 갖고 싶은 그건, 감히 가져선 안 될 마음을 품게 만들었다.

'여기서 나가고 싶어.'

아무래도 아직 끝나지 않은 감기 기운 때문인 것 같다. 그는 열이 다 떨어지지 않은 몸을 끌고 다니는 일이 무척이나 힘겹다.

"괜찮아? 안색이 안 좋아 보여."

계산을 마치고 다가온 설아가 평소보다 창백한 유현의 얼굴을 매만지며 물었다.

"괜찮아. 설아야."

유현은 급히 그녀의 손길을 피했으나 뜨거운 열은 이미 전해져 버리고 난 후였다. 차분하던 설아의 표정이 순식간에 심각해졌다.

"괜찮긴 뭐가 괜찮아. 열이 심하잖아."

"정말 괜찮아. 이 안이 더워서 그래."

"어디 아픈 거지? 왜 나한테 말 안 했어? 그래서 어제저녁 약속도 취소했던 거구나."

아픈지는 며칠이나 되었지만 이리 반응해 준 사람은 그녀가 처음이었다. 이건 고마운 일이라는 걸 이성으로는 알고 있는데, 마음은 뜻대로 움직여 주지 않았다.

"호텔로 가서 누워 있자."

아마 순순히 받아들이기엔 쏟아지는 그녀의 마음이 지나치게 무겁게 느껴져서인 것 같다.

"아니야, 너 바쁠 텐데……."

"오후 스케줄은 별거 아니니까 상관없어."

지금 유현은 은근슬쩍 코트 안으로 들어와 그의 허리를 매만지는 손길을 밀쳐두고 싶을 뿐이다.

"그럼 호텔은 나 혼자 가도 되니까, 넌 스케줄 다녀 와."

그녀에게 바칠 체력이 단 하나도 없었던 유현은 본심이 들키지 않도록 아쉬운 미소를 띠며 말했다. 설아는 더욱 몸을 가까이 붙였고, 보다 농도 짙은 목소리를 냈다.

"아픈 사람을 어떻게 혼자 보내."

"……."

"넌 내가 아플 때 혼자 내버려 둘 거야?"

강요 섞인 질문이라는 건 알지만 도저히 원하는 대답을 꺼내둘 수 없었다. 그래서 이번엔 허리에 닿은 그녀의 손마저도 떼어 내려던 그때.

"같이 좀 가요!"

멀리 떨어진 곳에서부터 익숙한 목소리가 들려왔다.

살며시 고개를 들어 올리니, 위층으로 향하는 에스컬레이터에 몸을 싣는 하언과 여울의 모습이 곧바로 유현의 눈에 비쳐졌다.

하언과는 마주친다고 해도 본 척 만 척 서로 외면해 버리겠지만, 문제는 그의 곁에 있는 여울의 존재였다.

유현은 어제보다 더 작아 보이는 저 여자가 유설아를 감당할 수 있을 거라고 생각하지 않는다. 이미 한 번 그녀의 심기를 건드렸던 만큼 더 잔혹하게 물어뜯기면 모를까.

"왜. 아는 사람 있어?"

미묘하게 바뀐 유현의 눈빛을 알아챈 설아가 고개를 돌리려 했다. 그러자 유현은 할 말을 정리해 두지 않은 입술을 서둘러 떼어 냈다.

"우리 지금 여기서 나가자."

"지금?"

"여기선 어차피 제대로 쉴 수도 없으니까……."

불안함을 담아 마주한 설아의 눈동자엔 의아함이 서려 있었다. 유현은 혹시나 부자연스러운 대화가 드러날까 싶어, 부드러운 손길로 그녀의 머리카락을 쓰다듬었다.

"편한 곳으로 가자. 멀어도 좋아."

"어디까지 멀리."

"글쎄…… 내일 중으로 돌아올 수 있다면 어디든."

"아프다며, 왜 갑자기 멀리 떠나고 싶어 해?"

그리 묻는 설아의 목소리는 의구심이 아니었다. 그 누구도 상상할 수도 없을 만큼 온화한 모습이었다. 유현은 온전히 자신에게 집중된 그녀의 시선을 느끼며 흐린 대답을 속삭였다.

"니가 자꾸 만지니까 그렇잖아……."

그는 그녀의 얼굴을 들어 올렸고 주변 시선 따위 상관없이 진하게 입을 맞췄다.

어느 때보다 뜨거운 그의 숨결. 어느 때보다 필사적인 그의 손길.

물론 그에게서 새어 나오는 공허함이 사라진 건 아니었지만 그녀는 이거면 되었다고 생각했다. 그녀가 붙잡고 있는 이상, 그는 감히 사라질 수 없을 테니.

아직 백화점을 벗어나지 못한 하언의 휴대폰이 울렸다.

잠시 걸음을 멈추고 액정을 확인하자 '도유현'의 이름이 붙은 메시지 하나가 그의 심기를 불편하게 만들었다.

[오늘 백화점에서 너랑 그 여자 봤어. 우선 설아가 눈치채기 전에 빠져나오긴 했는데 앞으론 처신 잘해.]

사실 걱정되는 건 도 회장뿐이면서 남을 위하는 척 보내온 가식적인 내용. 하언의 눈동자가 싸늘하게 굳었다.

막장으로 치달아야 할 파혼극이 자꾸 멈칫하고 있는 건, 불꽃이 붙으려 할 때마다 나서서 잠재우려 하는 유현 때문이었다.

그는 신경 끄라는 무심한 답장을 보내려다 말고 휴대폰을 집어넣어버렸다. 어차피 말해도 소용없을 테니 무시해버리는 게 답이었다.

"저기요, 도하언 씨!"

때마침 그를 부르는 여울의 목소리가 백화점 복도를 울렸다. 과하지 않은 커플링을 맞추기 위해 저렴한 액세서리 코너를 살펴보던 그녀는 한 이니셜 반지 매장 앞에 멈춰 서 있었다.

"이런 건 어때요? 나는 강태랑 맞췄던 건데."

"이름 새겨주는 건가?"

"응. 가격도 얼마 안 해."

하언은 여울의 곁으로 다가가 샘플로 놓인 반지들을 훑어보았
다. 심플한 디자인은 마음에 들었지만, 빛깔조차 투박한 도금반지
라는 점이 그의 심기를 거슬렀다.

"싸구려잖아."

"우리 사이에 좋은 반지 맞출 필요 없잖아요."

"금방 닳아버릴걸."

"어차피 며칠만 쓰고 버릴 건데, 뭐."

철저한 계약관계인 여울의 대답은 매정하고도 깔끔했다.

질 떨어지는 상품은 취급하지 않는 하언이었으나, 이번만큼은
왠지 납득해버릴 수밖에 없었다.

"하긴."

"난 11호하면 될 것 같은데 그 손은 몇 호?"

"모르겠는데. 재본 적 없어."

"응? 며칠 전에 결혼식까지 올릴 뻔했잖아. 그때 결혼반지 맞춰
보지 않았어요?"

여울이 의아한 표정으로 묻자 하언은 설아가 멋대로 주문했던
자신의 결혼반지를 떠올렸다.

그가 끼우기엔 조금 작았던 그 반지는 이제 보니 유현에게 딱 맞
았을 지도 모른다는 생각이 든다. 물론 그땐 결혼할 생각도 없었던

만큼 신경 쓰지 않고 넘어갔지만.

"내 거 아니었어. 그거."

하언은 기만당한 기분에 미간을 좁히며 대꾸했다.

여울은 잠시 이해되지 않는다는 표정을 지어 보였으나, 머지않아 유현의 존재를 떠올리곤 중얼거렸다.

"아아, 그 불륜남이 있었지."

"……."

"괜찮아요. 그런 나쁜 것들 때문에 상처받을 필요 없어."

"딱히 상처 안 받았는데."

"힘내!"

"힘낼 것도 말 것도 없다고."

하언은 쓸데없이 기운을 북돋아주려는 여울에게 심드렁한 반응을 내비쳤다. 그리고 다시 반지 디자인을 살펴보려는데, 이번엔 가만히 늘어져 있던 그의 손가락에 여울의 손길이 조심스레 와 닿았다.

"뭐 하는 거야."

예기치 못한 스킨십에 당황한 하언은 서둘러 손을 빼내려했다. 하지만 여울은 그런 그를 더욱 힘주어 붙잡으며 말했다.

"강태 손이랑 비교해 보게요. 그럼 더 큰 치수인지, 작은 치수인지는 알 수 있잖아."

늘 그렇듯 그녀의 갑작스러운 행동에는 이유가 있었고, 그건 하언 스스로도 충분히 납득 가능했다.

그래서 하언은 곧바로 거부하지 못했지만.

"흐음, 비슷한가······."

그녀의 작은 손이 커다란 그의 손을 꼬옥 붙잡은 순간, 하언의 살 갗엔 알 수 없는 소름이 일어난다. 그의 손가락 사이사이를 파고드는 감촉은 한 번도 느껴 보지 못했던 종류의 자극이었다.

"좀 더 뼈가 굵은 것 같기도 하고."

"······."

하언은 태연한 척하려 했으나 오랜 시간 누군가에게 붙잡혀진 적 없었던 그의 손은 좀처럼 진정하지 못했다.

깃털을 쥐고 있는 것처럼 손끝이 간질간질했고 피가 펄펄 끓을 듯이 뜨거워졌다. 그래서 여울이 고민하는 동안 그는 괜히 다른 곳을 바라보다가, 괜히 미간을 좁히다가.

"이거······."

"18호? 아니다, 뼈 때문에 20호 정도 껴야 하나."

"이거······ 놔."

결국 뿌리치듯 그녀에게서 벗어나 버렸다.

반지 치수 알아맞히기에 여념이 없던 여울의 손이 영문도 모른 채 매정하게 떨구어졌다.

"갑자기 왜 그래요?"

여울은 두 눈을 동그랗게 뜨고 사납게 인상을 구긴 하언에게 물었다. 그러자 잠시 머뭇거리던 그는 아직까지도 잡혀 있는 것만 같은 손을 옷깃에 쓰윽 문질러 닦으며 대답했다.

"소름 끼쳐."

지나치게 군더더기 없었던 그의 대답.

"······뭐?"

하언을 바라보는 여울의 눈동자가 옅게 떨려 왔다. 여울이 듣기에 방금 내던져진 하언의 말은 폭언에 가까웠다.

하지만 하언은 그런 걸 넘겨짚을 수도 없이 혼란스러웠던 상태였던지라, 구겨진 여울의 표정을 보면서도 배려심 없는 대답을 이어 나갔다.

"벌레 기어 다니는 느낌이야."

"······."

"니가 만지니까 기러웁증 생겼다고."

이 말을 좀 더 로맨틱하게 표현하자면 '몽글몽글한 느낌이야. 니가 만지니까 손끝이 짜릿했어.'쯤 되었을 것이다.

그러나 그런 멘트를 구사하기에는 하언의 뇌구조 자체가 로맨스와 거리가 멀었다. 덕분에 여울은 더욱 미간을 좁혔고 보다 불편한 기색을 드러냈다.

"왜 그런 말을 해?"

"화내는 거야?"

"아니, 서운해 하는 거야. 날 피부병이라도 걸린 사람처럼 취급하잖아."

갑작스러운 반말은 하언을 당혹스럽게 만들었으나 지금은 그걸 따질 때가 아니었다. 하언은 그녀가 다르게 이해해 버린 의미를 제대로 고쳐 주어야 했다.

"그런 뜻이 아니라······."

"됐어. 나 반지 안 맞춰."

하지만 여울은 그에게 해명할 시간도 주지 않고 등을 돌렸다. 잔뜩 토라진 그녀의 발길은 금방이라도 떠나버릴 기세였다.

"왜 사람 말을 안 들어. 아직 얘기 안 끝났어."

하언은 그녀를 서둘러 붙잡았고 있는 힘껏 돌려세웠다. 강제로 붙들린 여울은 매서운 목소리로 버럭 소리를 쳤다.

"아프잖아! 넌 나 왜 만지는데!"

너? 나보다 나이도 어린 걸로 아는데, 너?

그는 불현듯 솟구치는 짜증을 꾹 참아 냈다. 그녀를 저리 만든 원인제공자가 본인이니 만큼 최대한 달래기부터 해볼 생각이었다. 그러나 이미 빈정이 상할 대로 상해 버린 여울의 성질은 만만치 않았다.

"그러니까 연애를 못 하지!"

"뭐?"

"모태솔로인 거 티 내는 것도 아니고! 어쩜 그렇게 정 떨어지는 말만 골라서 해?!"

얘기를 듣고 있던 하언은 다시 시작된 그녀의 모태솔로 타령이 거슬렸다. 자꾸 여자의 '여' 자도 모르는 숙맥 취급하는데, 누누이 말했다시피 안 만나는 것일 뿐 못 만나는 게 아니었다.

"모태솔로 아니라고."

"태어나서 한 번도 연애해 본 적 없다면서!"

"없어. 없는데……."

"흥, 그게 모태솔로지 뭐야."

대쪽 같은 하언의 자존심이 그녀의 콧바람 한 번에 휘청거렸다.

그는 인상을 확 구겼고 보다 으르렁대는 음성으로 엄포를 놓았다.

"한 번만 더 모태솔로라고 해라."

"모태솔로."

오케이, 이제 나도 더 이상 니 비위 안 맞춰.

결국 평점심을 잃은 하언은 여울을 사납게 노려보았다. 그러고는 조금 전 했던 말실수를 일부러 힘주어 반복했다.

"그럼 소름 끼치는 걸 어쩌라고. 넌 니 손에 벌레가 기어 다녀도 버티고 있을 자신 있어?"

"지금 내가 벌레라는……!"

"내 말 아직 안 끝났어. 마저 들어."

하언은 그녀가 화를 낼 틈마저 막아버렸다. 덕분에 여울은 울긋불긋 열꽃이 번진 얼굴로 쏟아지는 하언의 말을 듣고 있어야 했다.

"애초부터 말도 없이 손잡은 건 너였어. 나한테 허락 받지도 않았잖아."

"허락은 무슨……."

"난 쓸데없이 예민해서 니가 내 손 만지는 거 간지러워. 특히 손가락 안쪽 파고들 땐 느낌 이상해서 미칠 것 같다고."

"……."

"넌 니 손이 얼마나 작고 부드러운 지 알기나 해?"

"……응?"

하지만 이상하게도 그의 말이 이어지면 이어질수록 여울의 분노는 점차 가라앉는다. 찡그려져 있던 미간은 의아한 듯 풀어지고 날카롭게 번뜩이던 눈동자는 호기심으로 일렁거린다.

"니 말대로 지금까지 난 연애를 못…… 아니, 안 해봤으니까 여자랑 이딴 식으로 손잡는 건 처음이야."

"……."

"너는 남자 손 주물럭대는 게 아무렇지 않을지 몰라도 나는……."

"……."

"나는 소름이 끼쳐. 아, 역시 이 말 밖에 안 떠오르잖아."

솔직한 감정을 모두 쏟아낸 그는 될 대로 되라 싶은 심정으로 시선을 어긋냈다.

무슨 소릴 이렇게 열심히 해 댄 건진 몰라도, 그녀를 서운하게 만든 말들이 한 번 더 되풀이 됐던 것 같아 후사가 두려워졌다.

그런 그를 지켜보던 여울은 이내 '으흥'하는 알 수 없는 감탄사를 내뱉었다.

썩 좋은 반응은 아니었지만 그렇다고 해서 아직까지 화난 것처럼 보이지도 않았기에, 하언은 이대로 그녀와의 말다툼을 종료할 생각이었다.

그러나 그가 신경을 다시 반지 쪽으로 돌리기가 무섭게 여울은 장난스러운 목소리로 물어 왔다.

"그럼…… 아까 부끄러웠다는 소리예요?"

"뭐?"

생각지도 못한 해석에 놀란 하언의 눈동자가 다시 그녀에게로 옮겨 붙었다. 그는 아까보다 더욱 험악하게 인상을 쓴 상태였지만 그보다 더 여울의 눈길을 사로잡는 건 빨갛게 달아오른 그의 두 뺨이었다.

"부끄러워하는 거 맞네. 우와, 맨날 뻔뻔한 모습만 봐서 생각도 못 했어."

"부끄러워하긴 누가……."

"하긴. 여자랑 생전 손 한번 못 잡아 봤으면 놀라서 소름이 돋을 만도 하지."

여울은 드디어 오해를 풀었지만 어쩐지 미묘하게 신이 나 있었 다.

"웃지 마. 짜증 나니까."

그게 탐탁지 않았던 히언이 사납게 대꾸했더니 그녀는 그에게로 얼굴을 가까이 가져다대며 물었다.

"왜요? 이젠 내 얼굴도 부끄러워서 못 보겠어요?"

"부끄러워하는 거 아니라고."

"알았어. 알았어. 그럼 이제 예고하고 손잡을게."

"그게 무슨 미친 소리……."

"자아, 손잡는다?"

아이를 어르고 달래는 듯한 다정한 음성이 도톰한 여울의 입술 새로 흘러나왔다.

그녀는 느린 속도로 조심스럽게 제 손을 뻗었고 다시 한 번 그의 커다란 왼손을 붙잡아 올렸다.

"네 번째 손가락만 만져볼게요. 간지러우면 벌레 같다고 쏘아붙 이지 말고 주먹을 쥐어요."

여울이 예고를 건네자마자 아직 닿지도 않은 그녀의 손가락이 시야에 크게 들어찬다. 갑작스레 붙잡힐 때보다 더 강렬한 소름이 그의 온몸을 스쳐 지나간다.

"만진다. 만진다. 만진다."

"……."

"자, 만졌다."

그녀의 손길이 닿은 건 그의 왼손 네 번째 손가락이었지만, 이상하게도 간지러워지는 건 왼쪽 가슴이었다.

하지만 주먹을 쥐는 일이 더욱 부끄러웠던 그는.

"어때요? 아직도 막 간지러워요?"

놀리는 게 분명한 여울의 질문에 차라리 눈길을 돌려 버렸다. 특유의 부끄러운 기색을 가득 담아서.

며칠째 폭풍이 가라앉지 않는 평창동 저택.

켈리 박은 이마에 얼음팩을 놓아둔 채 끙끙 앓고 있었다.

안하무인으로 행동하는 하언과 그가 데리고 들어온 낯선 여자한 명 때문에, 안 그래도 얼마 없던 그녀의 인내심은 폭발하기 일보직전이었다.

켈리 박은 상황이 어디서부터 꼬여 버린 건지 고심했다.

하지만 아무리 생각해도 모든 사단의 원인은 결혼식 당일 파혼을 선언해 버린 도하언 때문이었다.

원활하게 진행되던 신우그룹과의 계약도, 만족스럽기만 하던 귀부인으로서의 삶도. 도하언 하나로 인해 전면중단 되고 말았다.

"어후, 속 끓어!"

켈리 박은 별 도움도 되지 않는 얼음팩을 신경질적으로 치워버렸다. 그녀의 곁을 지키던 가정 관리사는 서둘러 얼음팩을 주워들었고 움츠러든 목소리로 물었다.

"시원한 메밀차라도 한 잔 내어드릴까요?"

"지금 그걸로 될 것 같아?"

"그, 그래도……."

"신경 쓰이게 하지 말고 에스테틱 예약이나 잡아 놔. 이왕이면 오늘 저녁 중으로."

"아, 네! 사모님!"

바로 그때.

삐이이—

요란한 초인종 소리가 집안을 메웠다. 짜증 가득한 켈리 박의 눈동자가 날카롭게 인터폰 쪽으로 향했다.

"뭐야! 도하언이야?!"

"제가 확인해 보겠습니다!"

가정 관리사가 인터폰을 향해 종종 걸음으로 달려가자 켈리 박은 그녀를 따라 나서며 두 팔을 걷어붙였다.

저 현관문을 열고 들어온 사람이 하언일 경우, 그녀는 모든 분노를 활화산처럼 폭발시킬 참이었다. 하지만 인터폰 속 얼굴을 확인한 가정 관리사는 전혀 생각지도 못한 반응을 보였다.

"어머! 저게 누구야! 아가씨잖아!"

"누구?"

대문이 열리고 캐리어를 든 장신의 여인이 들어섰다. 어지간한 남자보다 큰 그녀는 일 년에 몇 번 보지도 못하는 반가운 얼굴이었다.

"엄마! 정원 잔디가 왜 이래?!"

역시 내 편 아니랄까 봐, 그녀는 아무도 신경 쓰지 않는 정원의 바퀴자국을 알아봐준다. 내내 죽상이던 켈리 박의 표정이 언제 그랬냐는 듯 화사해졌다.

"혜수야!"

"엄마!"

"우리 딸! 왜 이제 왔어!"

저 멀리 겉모습만 으리으리한 감옥이 보이기 시작했다.

세상에서 가장 편한 자세로 앉아 스무디를 먹던 여울은 허리를 곧추세웠고, 긴장한 목소리로 중얼거렸다.

"어떡하지. 저길 또 들어가야 되나?"

"안 들어가면 뭐 어떡할 건데."

전전긍긍하는 여울과 달리 하언의 대꾸는 무척이나 태평했다. 능숙한 운전솜씨로 저택 앞까지 다다르는 동안 그녀를 신경 써주는 기색도 없었다.

여울은 입술을 매정한 그를 향해 삐죽이며 불평했다.

"내가 해코지 당할까 걱정되지도 않아요?"

"걱정 안 해."

"왜? 어차피 일주일 뒤에 안 볼 사람이라서?"

"아니, 해코지는 당해도 내가 당할 거라서."

방금 따라붙은 하언의 말은 무미건조했기에 더욱 진심처럼 느껴졌다.

어쩐지 낯간지러워진 여울은, 제 왼손 네 번째 손가락에 끼어진 반지로 시선을 내렸다. 그러자 하언은 한 번 더 어른스러운 목소리로 그녀를 타일렀다.

"걱정은 내가 하라고 하면 그때 시작해. 알았어?"

"하여간 말은 잘해……."

여울은 민망함을 감추려 괜히 툴툴거렸다. 그러나 하언의 이니셜이 새겨진 반지를 보자 그가 정말 걱정 따윈 안 해도 되게끔 지켜줄 것 같아서, 그녀는 내심 기분이 좋아졌다. 불안감이 하얗게 눌러가버릴 만큼.

그 사이 하언의 차는 저택 앞에 무사히 다다랐다.

차고로 향하는 커다란 대문이 양옆으로 열리자마자 그는 액셀을 짓밟았고 이번에도 어김없이 정원 한복판에 멈춰 섰다. 이전의 바퀴자국이 미처 가시지도 않은 잔디 위에 전보다 깊은 상처가 났다.

"왜 자꾸 정원으로 끌고 들어가요?"

여울이 황당하다는 듯 묻자 돌아온 하언의 대답은 매우 간단했다.

"열 받으라고."

"와, 심술보 한번 엄청 나다."

여울은 막나가는 그에게 경의를 표하며 조수석 안전벨트를 풀었다. 그리고 차에서 내리기 위해 문고리를 잡아당기려던 순간.

"드디어 왔네! 도하언 너 이 새끼 미쳤냐!"

찢어질 듯한 고함이 저택 현관 쪽에서부터 터져 나왔다.

놀란 여울의 눈동자도, 일그러진 하언의 눈동자도 전부 소리의 근원지를 향해 옮겨갔다.

"누……구?"

"거기 그년 타있지! 당장 끌고 내려! 당장!"

머지않아 그들의 시야에 들어오는 건 얼핏 봐도 180cm는 되어 보이는 여성이었다. 그녀는 잔뜩 흥분한 기색으로 팔을 휘둘렀고, 여울이 타고 있는 조수석 문을 부술 듯 두드렸다.

"내려! 내리라고!"

"뭐, 뭐예요?! 이 여자?!"

"내리라는 말 안 들려?!"

"나 어떡해!"

지금껏 보아 온 사람들과 달리 공격적인 그녀의 태도에 여울은 당황한 기색을 내비쳤다. 하언은 짜증이 배인 손끝으로 머리를 쓸어 올렸고 나직이 그녀의 이름을 불렀다.

"차여울."

"예?"

여울은 그의 눈을 마주했다.

이 순간 그녀는 아까처럼 그가 마음을 가라앉혀주기를 바라는 중이었다. 하지만 잠시 호흡을 정리한 하언이 내뱉은 말은 절망적이었다.

"이제 약간 걱정해도 돼."

"뭐, 뭐요?"

"쟨 미친 애니까."

넌 그걸 지금 말이라고 하고 앉아 있니?

허망한 말을 마친 하언은 운전석 문을 열고 몸을 내렸다.

걱정하라는 말을 유언처럼 남긴 걸 보면 딱히 무슨 계획이 있어 보이진 않았지만, 사납게 내뿜는 기운 만큼은 장신의 여자 못지않았다.

"도혜수, 너 다음 주에 온다고 하지 않았나?"

하언은 특유의 뻔뻔함을 살려 삐딱하게 물었다.

그러자 막 미국에서 귀국한 그의 사촌, 도 회장과 켈리 박의 친딸 도혜수는 분노를 감추시 못하고 윽박실렀다.

"지금 그게 문제야?! 설아 언니도 내동댕이치고 결혼식장에서 도망쳤다며! 그것도 모자라서 집 안에 저 계집애를 끌고……."

"계집애라니. 형수님이라고 불러야지."

"뭐, 뭐?"

"아니다, 믿기진 않지만 민증 상으로는 일단 여자니까 새언니라고 불러야하나?"

"도하언 너……!"

하언의 도발은 온전히 그녀의 관심을 여울에게서 돌리기 위함이었다. 난폭하지만 단순한 혜수는 켈리 박만큼이나 맞서기 쉬운 상대였다.

아니나 다를까, 아까까지만 해도 여울을 못 잡아먹어 안달이던 혜수는 오로지 하언에게 모든 화를 표출했다.

"정신 나갔구나! 설아 언니가 불쌍하지도 않아?!"

그러자 하언은 비웃음을 흘리며 조수석 옆으로 다가섰고 더욱 강한 공격을 퍼부었다.

"걘 남자 많아. 니 인생이나 걱정하는 게 어때."

"이, 이, 이 새끼가 진짜……."

"하긴, 네 살이나 많은 사촌오빠한테 새끼, 새끼 거리는 인성으로
는 아무도 못 만나겠지만."

"니가 나한테 인성을 따져?! 니가?!"

혜수의 흥분이 극에 치달았을 때, 하언은 살며시 조수석 문을 열
었다. 초조하게 상황을 지켜보며 숨어 있던 여울은 잠시 머뭇거리
는가 싶었지만.

"한 번만 더 말 놓으면 니 방에 살림 차린다."

"그게 무슨 개풀 뜯는……."

"그러니까 얌전하게 굴어. 신경 건드리지 말고."

표면적으로는 혜수를 상대하면서도 남몰래 커다란 손을 여울 쪽
으로 내밀어주는 하언을 보니, 언제까지고 움츠려 있을 수만은 없
었다.

스무디를 단단히 챙겨 든 여울은 조심스레 차에서 몸을 빼냈다.
아까 반지 치수 잴 때는 온갖 부끄러움을 타면서 예민하게 굴던 하
언이 기다렸다는 듯 여울의 손을 붙잡았다.

긴장감 때문인지, 아니면 스무디를 꼭 쥐고 있었기 때문인지. 마
주 닿은 그의 온기는 유달리 따뜻하고 간지러웠다. 그래서 저도 모
르게 힘이 풀린 손이 스무디 컵을 떨어트려버리니.

"앗, 내 스무디……."

"놔둬. 또 사 줄게."

하언은 자신의 옆으로 여울을 끌어당기며 빠른 걸음을 옮겼다. 혜수와 대적할 때는 차분하던 그였지만, 역시 빨리 방으로 대피하는 게 상책이라고 생각하는 모양이었다.

"이, 이것들이 진짜⋯⋯."

씩씩거리는 혜수의 숨소리는 금방이라도 달려들 것처럼 격했다. 여울은 겁먹은 내색을 드러내지 않기 위해 입술을 꼭 깨물었다.

타다다닥―!

그러나 그들의 뒤편에서 시작된 달음박질 소리는 스무디를 떨어 뜨린 경소에서 잠시 멈춰 있고, 이내 불길한 고함으로 터져 나왔다.

"이 반바지만한 년! 이거나 처먹어라!"

쌔한 기분이 등골을 스쳤다. 운동신경 빠른 여울이 홱 고갤 돌리 자 금방이라도 얼굴을 후려칠 듯이 날아오고 있는 건.

"으, 으악⋯⋯!"

화려한 승률의 여자 테니스 선수가 던진 반쯤 남아 있는 스무디 컵이었다.

"으앗⋯⋯!"

여울의 외마디 비명이 정원에 울렸다. 그녀는 눈을 질끈 감았고 겁을 집어먹은 어깨를 잔뜩 움츠렸다.

스무디 컵이 날아오는 시간은 굉장히 짧았지만 그 사이 여울의 머릿속에는 수천 가지 생각이 스쳐 지나갔다.

내가 왜 이렇게 되어 버렸을까, 하는 한탄부터 앞으론 어떻게 버 텨야 하나, 내가 멀쩡히 돌아갈 수는 있을까, 하는 걱정까지.

하지만 그중 어느 것도 답을 찾을 수는 없어서 그녀는 더욱 불안한 마음이었다.

타악ㅡ!

그러나 플라스틱 컵이 둔탁하게 부딪치는 소리가 나고, 단 몇 방울의 물기만 그녀의 얼굴에 떨어졌을 때.

살며시 떠본 눈앞엔 유독 커다란 그늘이 드리워져 있었다. 흐린 정신으로 알아본 그건 다름 아닌 하언의 단단한 가슴팍이었다.

"아……."

그녀의 정수리 위에서 낮은 신음이 샜다. 여울은 살며시 고개를 들어 올렸고 제 앞을 가로막은 하언의 얼굴을 바라보았다.

차가운 스무디로 축축해진 그의 목덜미가 유독 선명하게 눈에 들어왔다.

"……도하언 씨?"

여울은 흐린 목소리로 하언의 이름을 불렀다. 그 부름에 답하듯 느리게 끌어내려진 시선엔 온갖 짜증이 가득했다.

하지만 그보다 선명하게 전해져오는 건 은은하게 번져 있는 온기였다. 서늘한 눈매가 무색하리만큼 그녀와 맞닿은 그의 시선은 따듯하기만 하다.

"자기."

"네?"

"자기라고 불러."

하언은 혜수가 듣지 못하도록 나직하게 속삭였다. 그건 그럴싸한 파혼극을 위한 요청이었지만 순간 여울의 심장은 쿵! 요란하게 내려앉았다.

"아……."

"……."

"아! 자, 자기야! 괜찮아?!"

여울은 갑작스러운 떨림을 감추기 위해 다급히 소리쳤다. 그러자 하언은 축축이 젖은 뒷목을 문질러 닦으며 눈썹을 구긴 채 뒤를 돌았다.

그의 살벌한 눈빛이 정확히 노리는 사람은 다름 아닌 혜수였다.

"오, 오빠 왜 그걸 막아 주고 그래!"

혜수의 언성은 여전히 높았지만 표정엔 당황한 기색이 역력했다. 하언은 그런 그녀에게로 천천히 걸음을 옮겼고, 스무디 범벅이 된 손을 치켜 올렸다.

그건 마치 뺨을 내리치려는 것처럼 보여서, 여울은 황급히 그를 저지하려 했다.

"자, 자기야! 잠깐만!"

"……혜수야."

그러나 막상 새어 나온 하언의 목소리는 난데없이 부드러웠다. 혜수는 몸을 뒤로 빼며 경계심을 내비쳤으나 그는 손을 마저 뻗어 그녀의 정수리를 쓰다듬었다.

"팔을 그렇게 휘두르면 안 되지."

"……."

"새언니 놀라잖아."

다정히 쓰다듬는 그의 손길을 따라 끈적한 스무디가 혜수의 머리카락에 엉겨 붙었다. 혜수는 두 주먹을 꽉 쥔 채 부들부들 떨었지만 더 이상 발악하진 않았다.

하언은 그제야 만족스러운 웃음기를 머금고 다시 여울에게로 몸을 틀었다.

"여울아, 괜찮아?"

혜수의 시선을 의식하느라 더욱 살갑게 흘러나온 목소리. 여울은 그의 마음이 그저 연기일 뿐이라는 걸 알지만.

"아…… 예, 뭐……."

그럼에도 불구하고 볼이 붉어져 버렸다. 꼭 진짜 사랑이라도 하는 것처럼.

여울의 아지트와 다름없는 하언의 방.

"아, 옷 다 버렸네. 그러게 넌 왜 그걸 떨어트려서……."

막 샤워를 마치고 돌아온 하언은 젖은 머릴 수건으로 털며 신경질을 냈다.

혜수 앞에서는 예쁜 짓만 하더니, 여울과 단둘이 남게 되자 평소보다 더 까칠해진 모습이었다.

그에게 은혜를 입은 여울은 오늘 밤만이라도 짜증을 받아줘야겠다고 생각하며 상냥하게 물었다.

"내 옷 빨면서 같이 빨아 줄까요?"

"이게 그렇게 간단한 문제인 줄 알아?"

"복잡할 건 또 뭐야. 물빨래 안 되면 드라이클리닝 해요."

"너나 해. 그딴 거."

돌아온 하언의 반응은 그야말로 심술궂은 어린아이 같았다. 아까 전에 보여 준 다정함엔 진심이 없었다는 걸 증명이라도 하듯 삐딱하기 그지없었다.

"이리 줘 봐. 옷."

여울은 하언이 벗어둔 티셔츠를 향해 손을 내밀었다. 하지만 그는 들은 체도 하지 않고 쓰레기통 안에 티셔츠를 집어넣어 버렸다.

"진짜 버리게?"

"그럼 얼룩진 걸 그대로 입고 다녀?"

그의 날 선 반응은 설렘이라 착각할 정도로 뛰던 여울의 심장을 다시 기라앉히기에 충분했다.

결국 비위 맞추기를 포기한 여울은 똑같이 인상을 구겼고 쓰레기통 앞으로 저벅저벅 걸어가 그의 티셔츠를 도로 꺼냈다. 그 모습을 바라보는 하언의 미간이 이해 안 된다는 기색으로 찡그려졌다.

"쓸데없이 뭐하는 짓이야. 이리 내."

"나 얼룩 감쪽같이 없앨 수 있어요."

"필요 없어."

"어허, 심술은 그만."

하언은 짜증이 담긴 손끝을 여울에게로 뻗었으나 여울은 물러서지 않고 그의 손길을 저지했다.

그러고는 아이를 어르고 달래는 듯한 말투로.

"착하지, 우리 하언이."

그의 모든 것을 멈춰놓는 주문 한 마디를 내뱉는다.

"……뭐?"

"응?"

"방금 뭐라 그랬어."

까칠하던 눈동자는 물론, 미지근한 숨결까지도 차갑게 얼려버린 하언이 추궁하듯 되물었다. 달라진 분위기는 느꼈어도 그 의미까지는 파악하지 못했던 여울은 대수롭지 않게 대답했다.

"나 얼룩 잘 지운다고요."

"그거 말고 다른 말……."

"다른 말? 다른 말 뭐?"

마주한 여울의 눈동자는 무얼 일컫는 지 전혀 모르겠다는 눈치였다. 그녀는 이어질 하언의 대답을 기다리는 듯했으나, 하언은 한동안 입술조차 움직이지 않고 그녀를 응시할 뿐이었다.

"방금 뭐라고 하지 않았어요?"

여울은 한 번 더 정확히 물어보았다. 그러자 하언은 이내 시선까지 돌려버리며 흐린 목소리만 흘려보냈다.

"……아무 말도 안 했어."

일렁이는 눈동자 안에는 분명 농도 짙은 감정들이 배어있었다. 그러나 이렇게 뻔히 비치는 것도 애써 숨기려는 걸 보면 어지간히도 들키고 싶지 않은 모양이었다.

"그럼 나 씻고 올게요. 이 옷도 어떻게든 수습해 보고."

결국 흐지부지하게 마무리 된 대화를 뒤로한 채, 여울은 살며시 몸을 틀어 방문 앞으로 다가섰다.

머지않아 문이 열렸다 닫히는 소리가 들렸고, 그렇게 하언은 넓은 방 안에 덩그러니 홀로 남겨졌다.

그녀는 이미 시야에서 사라졌지만, 가라앉은 하언의 눈동자는 그녀가 머물렀던 자리에서 한동안 떠날 줄을 몰랐다.

큰 의미도 없이 흩뿌려진 말이라는 걸 알면서도 자꾸만 이명처럼 맴돈다.

'착하지, 우리 하언이.'

너무 오랜 시간 끈질기게 재생되어서 빛 바래질대로 바래진 그녀의 목소리가.

고속도로를 질주하던 승용차 안에서 여울의 것보다 성숙한 목소리로 꺼내진 그 말은, 꿈에서 보았을 땐 악몽이었고 우연찮게 떠올랐을 땐 발작이었나.

머릿속에 있는 걸 마음대로 지울 수 있는 기술이 생긴다면 가장 먼저 그 기억부터 지워버리고 싶을 만큼, 하언에게는 고통스럽기만 한 과거의 단면이었다.

하지만 불행하게도 그는 그날의 차창 밖 풍경도, 멀미나는 방향제 냄새도 똑똑히 기억하고 있다. 그것도 마치 오늘 아침에 겪었던 일처럼 생생하게.

'형이 먼저 내 장갑 뺏어갔어요!'

'내가 언제!'

'야! 내 거잖아!'

'엄마! 하언이가 나한테 또 야라고 불렀어요!'

그때 그와 함께 뒷좌석에 앉아 있던 아이는 지금 생각해 봐도 어지간히 미웠다. 한 살 터울밖에 안 되는데도 늘 당연하다는 듯 그의 물건을 빼앗아가서, 그는 어린 마음에 분을 가라앉히지 못했다.

'너 같은 거 진짜 싫어!'

'아! 엄마! 하언이가 자꾸 너라고 해요!'

'맨날 이르기나 하고!'

그 아이는 상황이 불리해질 때면 제 편이 되어 줄 어른을 찾았다. 그러면 조수석에 앉아 있던 여자는 뒤편으로 고개를 돌려 씩씩대는 두 아이를 타일렀다.

'쉿, 아빠 운전하시잖아. 얌전히 앉아 있어야지.'

'그래도 형이……!'

'착하지, 우리 하언이.'

그 말을 내뱉는 여자의 목소리는 엄하면서도 다정했다.

그는 아직 부아가 나 있었으나 더 이상 심술을 부릴 수가 없어 뾰로통한 입술을 꾹 다물고 말았다.

'옳지, 우리 아들 예뻐라.'

표정이야 어찌 됐든 잠잠해진 그에게 여자는 대견하다는 미소를 건넸다.

그리고 그 순간.

쿵ㅡ!

아까 전부터 급격히 피곤해하던 운전석의 남자는 기절하듯 핸들 위에 머리를 처박았다.

빠아아앙ㅡ!

고막을 찢어발기는 클랙슨 소리와 함께 승용차는 한순간에 방향을 잃어버렸다.

뒷좌석에 앉은 그가 겁에 질린 비명을 내지르기도 전에 세상의 모든 것은 암흑으로 뒤덮였고, 모든 것은 끝이 났다.

그들과의 인연도, 그들에 대한 기억도.

당시엔 지나치게 갑작스러워서 상황을 파악할 수가 없었다. 하지만 시간이 지날수록 모든 상황이 부자연스럽게 느껴져서 차마 이해하지 못했던 것 같다.

그날, 내겐 무슨 일이 일어났던 걸까. 어쩌다 그렇게 되어버린 걸까.

한동안은 미친 듯이 의문스러워하기도 했으나 알려줄 수 있는 사람들은 재가 되어 사라진 지 오래였다.

그래서 그만 관두어버렸다. 혼자만 지니고 있는 기억을 끝없이 의심하고 있자니, 멀쩡하던 정신마저 미쳐버릴 것 같아서.

"윽⋯⋯."

강렬한 어지럼증이 하언의 머리를 강타했다.

그는 이마를 감싸 쥔 채 침대 위에 몸을 앉혔고 다급히 협탁 서랍을 열었다. 필사적으로 손을 뻗은 그가 붙잡는 건 다름 아닌 알약통이었다.

벌써부터 근본 없는 극한의 공포가 찾아온 건 아니었다. 그들에 대한 기억을 잠재우기 위한 발버둥일 뿐.

'하언 씨, 증상이 나아지고 있으니 너무 약에 의존하지 마세요.'

지난주, 주치의에게 받았던 조언이 떠올랐다. 그러나 실천으로 옮기기엔 하언의 마음이 지나치게 갈급했다.

그는 떠올라 버린 그들의 존재가 자신을 죽고 싶게 만들기 전에 어떻게든 저 혼자뿐인 현실로 도망치고 싶었다.

그러나 손바닥 위에 알약들을 털어놓기 직전.

"자, 이거 봐. 얼룩이 완전 감쪽같이 지워졌죠?"

방문을 열고 뿌듯한 표정으로 들어온 여울은 허물어지려는 그의 이성은 바짝 움츠러들게 만들었다.

하언은 그녀의 시선이 닿기 전에 들고 있던 약통을 집어넣었고 서둘러 협탁 서랍을 닫아버렸다. 그 행동은 누가 봐도 어색해서 그를 바라보는 여울의 눈엔 의아한 빛이 어렸다.

"응? 뭐해요?"

그녀가 가볍게 질문하자 하언은 되는 대로 시선을 어긋 냈다. 그리고 마른침을 삼켜 넘기다가, 여린 숨을 흘려보내다가, 결국 떨리는 시선을 여울에게 건네며.

"아무것도 안 했어."

아무도 속아 주지 않는 거짓말을 한다.

언제나 누구에게나 늘 그래 왔듯이.

두 남자만 지내고 있는 2층에서 여자의 목소리가 간간히 섞여 들어왔다.

얼음이 담긴 컵에 주스 한 잔을 담아오던 혜수는 날 선 눈동자로 2층을 노려보았고, 아직 분이 가시지 않은 목소리로 툴툴거렸다.

"꼴 보기 싫어 죽겠네. 진짜 미친년 아니야?"

그녀는 자신보다 몇 뼘은 작았던 여울을 기억해냈다.

하언이 내내 가리고 있었던 탓에 얼굴을 제대로 보진 못했지만, 그를 방패 삼아 숨어 있던 그녀의 모습은 적잖이 짜증스러웠다.

하지만 그보다 신경에 거슬렸던 건 여울을 위해 화를 내주던 하언의 태도였다.

그녀의 큰아버지가 돌아가신 후로 하언은 줄곧 혜수와 함께 살아왔지만, 지금껏 단 한 번도 살갑게 굴었던 적은 없었다.

어린 시절부터 너는 너대로 나는 나대로. 마치 같은 핏줄이 아닌 것처럼 쌀쌀맞아서 그녀는 쉽사리 다가갈 엄두도 내지 못했다.

그런데 그런 도하언이 누군가의 편을 들어주다니.

보고도 믿기지 않는 광경에 놀라 스무디 범벅이 되는 순간에도 얼어붙어 있었으나, 정신이 들기 시작하니 오히려 원망스럽게 느껴지는 건 어울이었다.

혜수는 천하의 도하언을 제 편으로 만든 그 여자가 몹시도 얄밉다.

"성깔 더러운 하언 오빠를 대체 어떻게 구슬린 건지……."

혜수는 컵을 쥔 손에 힘을 더했다. 그 상태로 한참을 2층 계단만 노려보고 서 있자, 에스테틱 샵에 갈 준비를 마친 켈리 박이 안방에서부터 걸어 나왔다.

"우리 혜수 안색이 왜 그래?"

"응?"

"아까 정원에서 한바탕 소란이 일었다고 하던데, 무슨 일 있었어?"

있었다. 그것도 아주 모멸감 느껴지는 일이.

"어, 그게 말이야……."

혜수는 곧바로 켈리 박에게 스무디 사태를 일러바치려 했다. 그러나 본론을 꺼내기도 전에 켈리 박은 상대할 수 없는 도하언의 무시무시한 패기가 그녀의 뇌리를 스쳐 지나갔다.

조금 전 있었던 일을 말하면 켈리 박은 금세 광분하겠지만, 하언은 오히려 차갑게 무시해 버릴 것이다. 그걸 본 여울은 켈리 박마저도 우습게 알지 모르는 일이었다.

"벼, 별일 아니야. 하언 오빠가 또 정원으로 차 끌고 들어오길래 내가 난리 쳤거든."

"또?! 어휴, 저걸 그냥……!"

"됐어. 저 지랄 맞은 성격 무턱대고 건드렸다간 집안 꼴만 더 망가져."

혜수는 켈리 박을 달래며 하언의 횡포를 잠재울 방법을 고심했다.

그녀의 아버지도 회장이라면 하언을 짓누를 수 있겠지만, 이런 상황을 알려봤자 쓸데없는 일로 귀찮게 한다며 쓴소리만 안 들어도 다행이었다.

'하지만 저대로 가만 놔두기는 싫고…… 뭘 어떡해야 하지?'

다시 2층으로 눈길을 둔 혜수가 심각하게 머리를 굴리고 있던 그때.

"그래도 도하언이 니 성질을 받아주긴 했나 보네?"

"응?"

"쟤 상대로 난리 칠 수 있는 건 설아 밖에 없는 줄 알았더니."

켈리 박의 입에서 구세주 같은 이름이 흘러나왔다.

줄곧 어두침침하던 혜수의 눈빛이 반짝 빛을 되찾았다.

도쿄 시내의 호텔 스위트룸.

이른 아침부터 완벽한 메이크업을 끝낸 설아는 침대 머리맡에 등을 기대고 앉아, 유현이 깨어나기를 기다리고 있었다.

갑작스럽게 떠나온 여행길에 지친 건지, 아니면 어젯밤 나누었던 사랑에 지친 건지. 하얀 이불 속에 파묻힌 유현은 그녀의 기척에도 눈을 뜨지 못했다. 유달리 붉은 뺨을 두어 번 쓸어내려 봤지만, 속눈썹만 옅게 떨려올 뿐이었다.

"열이 더 심해졌네……."

설아는 걱정스러운 혼잣말을 중얼거리며 어젯밤 꺼두었던 휴대폰의 전원버튼을 눌렀다.

근처에 괜찮은 병원이 있다면 다시 한국으로 돌아가기 전에 링거액이라도 맞춰 줄 생각이었다. 그러나 휴대폰이 켜지자마자 수없이 찍혀 있는 부재중 전화가 그녀의 시선을 사로잡았다.

연락이야 너무 많은 곳에서 일방적으로 도착하니 신경 쓸 거 없겠지만, 그중 도하언의 사촌 동생 혜수의 이름은 모른 척 넘어가기 힘들었다.

[언니! 우리 집 발칵 뒤집혔어! 폰 켜면 연락 줴!]

어젯밤 그녀가 보내놓은 문자는 몹시 다급한 기색이었다. 분명 도하언이 벌이고 있는 파혼극 때문일 것이다. 그 이야기는 딱히 하고 싶지 않지만 어차피 피할 수도 없는 주제였다.

"하아, 귀찮게."

설아는 짧은 한숨을 내쉬며 통화버튼을 눌렀고 서둘러 침대에서 일어났다. 단조로운 통화 연결음을 들으며 스위트룸을 빠져나가는 그녀의 걸음은 오직 잠자는 유현을 위해서였다.

끼이익, 달칵―

허나 그 배려가 무색하게도, 유현은 스위트룸의 문이 닫히자마자 기다렸다는 듯 눈꺼풀을 들어 올렸다.

일어난 지는 한참 되었고 그만큼 목이 타들어 간 지도 오래되었다. 하지만 설아를 상대할 기력이 없어서 그는 깨어난 내색을 하지 못했다.

"아……."

유현은 흐린 신음과 함께 이불을 거둬내고 침대 위를 벗어났다.

설아가 들어오기 전에 옷부터 챙겨 입으려 옷장 문을 열었더니, 어제까지만 해도 무향무취였던 옷가지들에서 장미 향기가 났다.

"향수 싫은데……."

유현은 설아가 없는 틈을 타 짙은 회의감을 드러냈다. 그녀의 향기가 밴 옷을 몸 위에 걸칠 땐 입술까지 깨물었다.

그러나 그가 할 수 있는 건 딱 거기까지였다.

사실 어제 산 코트에 붙은 화려한 장식도 떼고 싶고, 향기 묻은 옷들도 세탁하고 싶었으나.

'설아의 심기를 거스르는 짓은 하지 말거라. 유현아.'

그것은 그의 권한 밖이었다. 서럽고 비참하게도.

유현은 조심스레 옷장 문을 닫고 거울을 보며 옷매무새를 정리했다. 열이 번진 얼굴은 아픈 기색이 역력했지만 찬물로 대충 씻어낸다면 괜찮아 보일 터였다.

그는 화장실로 걸음을 옮기기 위해 살며시 몸을 비틀었다. 그 순간 스위트룸 문이 다시 열리고.

"아, 일어나 있었네."

차가운 눈빛의 설아가 그에게 아침 인사를 건넸다. 유현은 미묘하게 가라앉은 분위기가 불안해, 일부러 더 다정한 눈웃음을 지어 보였다.

"방금 전에 깼어. 어디 다녀왔어?"

"그냥, 통화 좀 하러."

"어제 갑자기 스케줄 취소한 것 때문에?"

"우리 아빠 아니었어. 스케줄 취소한 건 신경 쓰지 말래도."

설아는 가볍게 말했지만 그와 시선을 오래 마주하지 않았다. 겉옷을 입고 가방을 챙겨 드는 그녀의 손은 경직되어 보이기까지 했다.

"왜 그렇게 서둘러. 무슨 일 있어?"

보다 못한 유현은 설아를 뒤에서 감싸 안으며 물었다.

"처리해야 할 게 생겼는데 별건 아니야."

"회사 일이야?"

"왜. 회사 일이라고 대답하면 또 스케줄 취소한 걸로 잔소리하게?"

그녀의 대답에는 엷은 웃음기가 어려 있었다.

"아니, 서둘러 가려는 거 보니까 아쉬워서⋯⋯."

유현은 그 목소리에 겨우 마음을 놓았으나, 설아의 두 눈동자에 서슬 퍼런 독기는 유현은 절대 알아차릴 수 없는 것이었다.

3장
연극이 진심이 되는 순간

일반인은 접근조차 불가능한 '옵타티움' 본사 마지막 층.

회의를 마치고 집무실로 돌아가는 도 회장은 평소처럼 싸늘한 표정이었다.

"이중 계약 문제는 최대한 빨리 해결하겠습니다. 그쪽의 요구가 그리 까다로운 편은 아니니 신경 쓰지 않으셔도 됩니다. 회장님."

오늘 그의 심기를 건드리는 안건을 보고했던 법무실장은 허리도 온전히 펴지 못했다.

그건 뒤를 따르는 나머지 직원들도 마찬가지였지만 도 회장은 별다른 대꾸를 하지 않았다. 마치 사태가 어떻게 돌아가든 아무 관심도 없는 것처럼 그는 그저 냉랭할 뿐이었다.

"오늘 중으로 처리를 끝내고 보고 드리겠습니다."

어느덧 집무실 앞에 다다른 법무실장은 한 번 더 결연한 의지를 내비치며 문을 열어 주었다.

집무실 안으로 발걸음을 들이기 직전, 도 회장은 그에게 무슨 말을 하려는 듯했으나.

"회의가 지금 끝나셨나요?"

안에서 들려온 예상치 못한 음성에 다시 정면으로 시선을 고정시켰다.

모두가 두려울 만큼 어려워하는 도 회장을 느닷없이 찾아오는 사람. 모두가 똑바로 바라보지 못하는 도 회장을 여유롭게 마주하는 사람.

"설아 왔구나."

도 회장은 그녀의 이름을 나직이 입에 담았다. 그녀의 존재를 알고 있는 직원들은 전부 90도로 허리를 숙였다.

한 나라의 여왕 버금가는 대접을 받으며, 설아는 싸늘한 미소를 띠웠다.

"약속 잡기 번거로우실까 봐 제가 알아서 찾아왔어요."

"……."

"저한테 하실 말씀이 있으시잖아요. 그렇죠?"

어쩌면 무례하게 들릴 수도 있는 말이었다. 그러나 그 의미를 알고 있는 도 회장은 오히려 부드러운 표정을 지어 보였다.

"그래, 부르기도 전에 와 주어 고맙다."

대답을 마친 그는 뒤편을 향해 나가보라는 고갯짓을 했다. 그 명령을 단번에 알아들은 비서실장은 조용히 집무실을 빠져나갔다.

드디어 설아와 도 회장 둘만 남은 공간.

"집안에 새 식구를 받으셨다면서요?"

먼저 본론을 꺼낸 쪽은 설아였다. 도 회장은 헛웃음 치듯 입꼬리를 들어 올렸고 이내 휴대폰을 꺼내 들며 대답했다.

"아무래도 하언이가 와 줘야 이야기 진행이 수월할 것 같구나."

"예?! 날 여기 혼자 두고 어딜 가요!"

하언을 다그치는 여울의 눈빛에 불안감이 어렸다.

그러니 정장 재킷을 걸쳐 입는 하인은 별다른 동요가 없었고 오히려 다른 때보다 가라앉은 목소리로 말했다.

"어디 나가지 말고 여기 숨어 있어."

"숨긴 뭘 숨어! 온 집안 식구들이 나 여기 있는 거 뻔히 아는데!"

"내 방은 절대 안 들어와."

"하아…… 그건 도하언 씨가 있으니까 안 들어온 거고. 나 혼자 남겨진 거 알면 그 키 큰 여자부터 당장 쳐들어오지."

여울은 근심 가득한 표정으로 이마를 짚었다. 지난 밤 여울을 공격하려다 된통 혼이 난 혜수는 하언이 사라졌다는 걸 눈치챈 즉시 보복하러 오고도 남을 사람이었다.

"그럼 문 잠가 놔."

하언은 재킷 매무새를 다잡으며 간단히 대답했다. 딱히 틀린 해결책은 아니었지만 성의가 없어도 너무 없었다.

"자기 일 아니라고……."

여울은 야속한 그에게 원망을 담아 중얼거렸다. 때마침 모든 준비를 마친 하언이 그녀의 어깨를 툭 두드리며 말했다.

"이젠 자기라고 잘 부르네."

니 일 아니라고 농담이 아주 술술 나오지?

드레스 룸을 나서 방문 앞으로 향하는 하언의 모습은 무척이나 얄미웠다. 여울은 그런 그를 앙칼지게 흘겨보다가 다시 애원을 하며 종종걸음으로 따라붙었다.

"진짜 안 가면 안 돼요? 걔가 저 문 부수고 들어오면 어떡해?"

"부수지 말라고 해."

"그게 말이야? 나 진짜 그 여자 상대할 자신이……."

"아, 맞다."

별안간 그의 걸음이 우뚝, 멈추었다. 덕분에 넓은 등판에 얼굴을 부딪친 여울은 제 코를 부여잡은 채 신음 소리를 냈다.

"아, 진짜……."

"뒤돌아 있어."

"뭐요?"

"잠깐 뒤돌아 있으라고. 꺼낼 거 있으니까."

하언은 갑작스러운 요구와 함께 여울의 몸을 돌려세웠다. 그녀는 인상을 구기면서도 순순히 따라주었고 그러면서도 툴툴거림은 멈추지 않았다.

"꺼낼 거 그냥 꺼내면 되지. 무슨 꿀단지 숨겨 놓은 것도 아니고."

드륵―

머지않아 침대 머리맡 협탁 서랍이 열리는 소리가 들렸다. 하언은 그 안에서 무언가를 꺼내는 듯했고, 이내 열 때보다 서둘러서 서랍을 닫았다.

"저금통이야?"

"신경 꺼."

"나가자마자 열어 봐야지."

"까분다."

하언은 알약을 정장재킷 안주머니에 넣어 두고 뒤돌아 선 여울의 어깨를 두드렸다.

"잘 있어. 나 간다."

"정말? 이렇게 가 버리세?"

그의 인사를 받은 여울에 다시 불안감이 맺혔다. 그녀는 문손잡이를 잡는 하언을 애타게 바라보다가, 그가 문을 열기 직전 황급히 옷자락을 붙잡았다.

"그럼 나도 데려가요! 금방 준비 끝나!"

"거기가 어딘 줄 알고 따라 와."

"못 데려가는 곳이면 근처 카페에서 얌전히 기다릴게!"

"뭐?"

그리 반응하는 하언의 얼굴은 결코 허락해 줄 분위기가 아니었다. 하필 그가 상대해야 하는 사람은 도 회장과 유설아라서, 이렇게 집을 나서는 것 자체가 커다란 함정일지 몰랐다.

그래서 혹시라도 내게 무슨 일이 생길 수도 있으니 하루 동안 감감무소식이거든 그냥 도망쳐 버리라고 당부할 생각이었는데.

"우선 잠바 입는다. 응?"

그에게서 살며시 손을 떼어 내고 무작정 드레스 룸으로 향하는 여울은 벌써부터 겁먹은 기색이 역력했다. 여기서 불안한 말까지 덧붙인다면 더욱 혼란스러워할 게 분명했다.

"차여울. 잠깐만."

하언은 차분한 음성으로 그녀를 멈춰 세웠다. 까만 남방에 막 한쪽 팔을 끼워 넣던 여울은 눈동자를 빛내며 가볍게 대꾸했다.

"응? 왜?"

그러자 하언은 당구대로 걸어가 큐대 하나를 집었고, 여울에게 다가가 비장한 표정으로 건네주었다.

고대의 검이라도 하사하는 듯한 엄숙함에 그를 향한 여울의 얼굴이 의아한 표정을 띠었다.

"자, 이거 들어."

"이걸…… 왜?"

"도혜수가 방문을 부수고 들어오면 이걸로 상대해. 적어도 비길 수는 있을걸."

"뭐? 정말 나 안 데려가게?"

강제로 손에 들린 큐대를 허망하게 쳐다보던 여울이 날카롭게 따져 물었다. 하언은 아무런 걱정도 없어보이도록 일부러 매정한 대답을 했다.

"어딜 따라오려고 해, 자꾸. 니가 병아리야 뭐야."

"나 혼자 있기 진짜 무섭다고!"

"큐대가 널 지켜줄 거야."

초조해진 여울은 점점 언성을 높였지만 하언은 그대로 뒤를 돌아 멀어질 뿐이었다.

"아아…… 그럼 대체 언제 올 건데!"

"너 밥 줄 때 되면."

"지금이야! 나가지 말고 지금 밥 줘!"

"그만 삐약삐약 거리고 둥지 잘 지켜."

"도하언……!"

쾅—

결국 짧은 인사와 함께 방문은 매정히 닫혀버렸다. 그가 사라진 자리를 바라보는 여울의 눈동자가 급격히 떨려 왔다.

그녀는 어떻게든 불안감을 가라앉혀보려 하언이 순 규대를 꽉 쥐었지만, 정작 침몰하듯 가라앉는 건 그녀의 얼굴빛뿐이었다.

"저 매정한 인간……."

미련 없이 떠나던 하언의 뒷모습을 떠올리며 여울은 문 앞에 주저앉았다. 바깥의 모든 소리가 그녀의 청각을 자극했다. 그야말로 두려워서 돌아버릴 지경이었다.

"다녀왔습니다."

1박2일 동안의 일본 데이트를 마치고 온 유현이 집 안으로 들어섰다. 감기가 나을 새도 없이 혹사당했던 그의 몸 상태는 똑바로 걷는 것조차 힘겨울 만큼 악화되어 있었다.

갑작스럽게 약속이 잡힌 설아와 공항에서 헤어지지 않았더라면, 집에 도착하기도 전에 정신을 잃어버리고도 남았다.

"호호, 정말 그 사모님이 그런 말을 하셨어요?"

마침 켈리 박은 거실을 돌아다니며 통화를 하고 있었다. 그녀와 눈이 마주친 유현은 고개를 숙여 예의 바른 인사를 건넸고, 어제 전했어야 했던 말을 뒤늦게 꺼내놓았다.

"일본 미팅이 잡혀서 잠시 다녀왔습니다. 미리 말씀 드리지 못해서 죄송해요, 어머니."

"아…… 네? 아니, 누가 말을 걸어서. 그래서요? 그래서 뭐라고 하셨는데요?"

물론 쌀쌀맞은 시선만 건네는 켈리 박은 애초부터 궁금했던 기색도 없었다. 그래도 유현은 한동안 그 자리에 서서 돌아오지 않을 대꾸를 기다리다가, 켈리 박의 몸이 그에게서부터 틀어지고 나서야 천천히 발걸음을 옮겼다.

아쉬움보다 더 짙은 외로움이 떠나는 그의 다리를 무겁게 붙잡았다.

그때.

"어? 오빠!"

집안에서 유일하게 그를 반겨주는 사람의 목소리가 들렸다. 고개를 정면으로 들어 올리니 다음 주 중에 귀국하기로 했던 혜수가 시선 끝에 담겨왔다.

"혜수야, 예정보다 일찍 왔네?"

"웅! 오빠가 나 보고 싶어 할까 봐 일찍 왔지. 혹시 아닌가?"

"보고 싶었어. 요즘 메일 답장 많이 못 해 줘서 미안해."

지친 기색은 역력했지만 혜수를 대하는 유현의 표정은 유달리 편안해 보였다.

그도 그럴 것이, 이 집안과 피 한 방울 섞이지 않은 그를 유일하게 가족처럼 대해 주는 사람은 혜수 뿐이었으니까.

혜수는 두 팔을 뻗어 유현을 어깨를 붙잡았고 그의 몸을 걱정스레 살펴보며 물었다.

"아유, 오빠 왜 이렇게 안색이 안 좋아?"

"어?"

"몸도 뜨끈뜨끈 하네. 열나는 거 아니야?"

"괜찮아. 그냥 피곤해서 그래."

유현은 그녀를 안심시키기 위해 일부러 부드러운 미소를 지어 보였다. 그러나 혜수는 믿지 못하겠다는 표정으로 손을 뻗어 그의 이마를 짚으려 했다.

하지만 손끝이 미처 닿기도 전에 켈리 박의 목소리가 건조하게 흘러나왔다.

"유현아. 우리 혜수한테 가까이 가지 마."

"네?"

"너 감기 걸렸잖아. 옮으면 어쩌려고 그러니."

순간 유현의 눈동자가 남몰래 일렁였다.

모르는 거라고 생각했는데 알고 있었구나. 알아차리지 못한 게 아니라 모르는 척했던 거구나.

유현은 혜수에게만 붙은 '우리'라는 단어의 의미를 잘 알고 있었다. 켈리 박의 시선이 왜 지금 와서야 그의 상태를 살피는지 역시 누구보다 잘 알고 있었다.

"엄마도 참……."

"아니야, 정말 옮기라도 하면 큰일이잖아."

하지만 이 모든 걸 알면서도 내색하지 않는 건 오로지 곁에서 난처해할 혜수를 위해서였다. 유현은 감히 건네려했던 손길을 거두었고 2층 계단을 향해 발걸음을 움직였다.

그의 뒤에 따라붙은 혜수의 시선에 안쓰러움이 어리자, 뒤늦게 자신의 냉정했던 태도를 의식한 켈리 박이 감흥 없는 질문을 던졌다.

"유현아, 주치의 불러줄까?"

"괜찮아요, 어머니."

왠지 그럴 자격은 안 되는 것 같아요.

이어질 뻔했던 뒷말은 가까스로 삼켜냈다.

유현은 난간을 붙잡은 팔에 의지해 계단을 오르기 시작했고, 그들의 시야에서 벗어나자마자 지친 몸을 휘청였다.

온몸을 휘감은 오한과 현기증은 한 걸음 내딛는 것도 고통스럽게 만들었다. 필사적으로 참아왔던 아픔이 터져 버린 마음 새로 콸콸 흘러넘치는 듯했다.

그는 흐려지는 정신을 다잡고 나약해지는 걸음을 재촉했다. 적어도 이 계단을 오를 때까지만. 나의 방 문고리를 붙잡을 때까지만. 마음껏 고통스러워해도 되는 침대 위에 다다를 때까지만.

'딱 그때까지만 버텨보자. 그동안 계속 해 왔던 일이잖아.'

유현의 주문은 스스로에게 가하는 고문과 비슷했다. 그러나 그걸 감당하기에 그의 몸은 이미 예전부터 한계였던 터라.

"아……."

결국 그는 마지막 계단을 오르기가 무섭게 무너지고 말았다. 그 와중에도 1층까진 소리가 닿지 않도록 고요하게.

같은 시간, 계단 맞은 편 하언의 방.

"응?"

귀를 쫑긋 세운 채 문 밖의 동태를 살피고 있던 여울은 잔뜩 신경을 곤두세웠다.

분명 2층으로 올라오는 발소리를 듣긴 했는데 복도에 도착하지 못하고 끊겨버린 지금.

그 뒤로 인기척은 다가오지도 않고 멀어지지도 않았다. 아무리 숨죽이고 기다려 봐도 문 앞의 불청객은 부자연스럽게 멈춘 채 미동조차 없었다.

"뭐야, 오는 거야 마는 거야?"

여울은 하언이 쥐여 주었던 당구 큐대를 더욱 꽉 쥐어 잡고 조금 더 귀를 가까이 붙였다. 그저 조용하기만 한 복도에서 아주 미세하고 흐린 숨소리가 섞여 들려왔다.

밖에 있는 건 확실한데 어째서 움직이진 않는 건지, 긴장감이 의구심으로 바뀌려던 그 순간.

"……요."

숨소리보다 미약한 목소리가 들려왔다.

"죄송……해요."

처음엔 그저 뜻 없는 웅얼거림인 줄 알았으나, 다시 들려온 말은 마음이 패일만큼 안타까운 사과였다.

이것은 분명 그 남자의 음성이었다. 묘한 분위기 때문에 결코 상종하고 싶지 않은 사람이자, 하언이 서슬 퍼런 날을 세운 채 경계하던 사람.

여울은 문고리를 꽉 붙잡았다.

이 문은 열지 말아야 할 문이고 그 사람은 마주치지 말아야 할 사람이니, 그녀는 하언이 올 때까지 이대로 가만히 숨어 있는 것뿐이었다.

"하아……."

하지만 그러기에는 새어나오는 호흡이 금방이라도 끊어질 듯 희미했고, 도저히 외면하지 못할 만큼 아픔이 서려있었기에.

달칵―

결국 동정심에 이끌린 그녀는 문고리를 돌려 밖을 확인하고야 말았다. 그리고 바깥에 나온 순간 보이는 힘없이 늘어진 그 남자의 몸에, 그녀의 심장이 철렁 내려앉았다.

뚝―

차가운 물방울이 얼굴선을 따라 흘러내렸다. 자신도 모르게 정신을 놓아 버렸던 유현은 가까스로 눈꺼풀을 들어 올렸다.

축축한 감촉이 이마에서 느껴졌고 영문도 모른 채 턱 밑까지 끌어올려진 두꺼운 이불이 갑갑했다.

유현은 조심스러운 손길로 이불을 거둬내고 몸을 일으켰다. 이마 위에 얹혀 있던 무언가가 허벅지 위로 툭 떨어졌다.

"손수건……?"

축축이 젖어 있는 손수건은 분명 낯선 사람의 것이었다. 덕분에 조금 정신을 차리고 주변을 살펴보니 그는 자신의 방 안 러그 위에 얌전히 눕혀져 있는 상태였다.

"내가 왜……."

아픈 와중에도 의아해하고 있던 그 순간.

철컥―

방 문고리가 돌아가는 소리와 함께 인기척이 들어섰다. 문득 유현의 머릿속에 몇몇 얼굴들이 스쳐 지나갔지만, 그중 어느 누구도 이 방에 들어올 만한 사람은 없었다.

그래서 다소 경계 어린 시선으로 문을 바라보니.

"엇, 일어나 버렸네."

전혀 예상치 못했던 존재가 넌쳐란 표정으로 등장했나.

그동안 한집에서 사는 줄은 알았으나 좀처럼 상대할 일은 없었던 그녀는 분명.

"여울……."

유현은 예전에 하언에게서 얼핏 들었던 이름을 혼잣말처럼 중얼거렸다. 그러자 여울은 곧바로 미간을 좁혔고 적대감 가득한 말을 쏘아붙였다.

"성 빼고 부르지 말아 줄래요?"

"……."

"손수건 갈아 주러 왔는데 딱히 그럴 필요는 없겠네."

문을 제대로 닫기도 전에 발길을 돌리려는 그녀는 조금도 상종하지 않겠다는 뜻이 다분했다.

뒤늦게 상황을 파악한 유현은 고맙다는 말이라도 건네려 했으나, 이미 복도로 나선 여울은 문까지 닫아버리기 일보직전이었다. 결국 유현은 떨어진 손수건만 붙들고 사라지는 그녀만 물끄러미 바라보았다.

아직도 기억한다. 그녀가 나를 어떻게 불렀는지.

'불륜남!'

'불륜남이 왜 여기에!'

그건 충분히 억울했지만 해명할 길은 없었기에 당연한 감사 인사도 접어놓을 생각이었다.

그런데 그때.

"어, 어, 어, 누구 온다……!"

닫히려던 문이 다시금 벌컥 열렸다. 멀어져가던 발걸음이 갑작스레 가까워졌고, 떠났었던 작은 몸이 방 안으로 되돌아왔다.

초점을 잃었던 유현의 눈동자가 다시 또렷함을 되찾았다. 그러자 아까와 달리 잔뜩 당황한 표정의 여울은 거칠게 문을 닫아버리고 겁먹은 눈동자로 유현을 바라보았다.

"나 좀……."

"야! 도하언 없다며! 넌 죽었어! 도하언 오기 전에 끝장 날 줄 알아라!"

물론 그 절박한 목소리는 제대로 꺼내지기도 전에 가로막혀버렸지만.

쿵쿵쿵쿵—!

잔뜩 성난 발소리가 계단을 따라 복도로 진입했다. 놀란 유현은 그저 멍하니 앉아 있었지만 여울은 필사적으로 문고리를 매만졌다.

"이거 잠그는 거 어디 있어. 뭐야."

"이년! 이 죽일 년!"

"아, 제발. 문 어떻게 잠가……!"

안타깝게도 유현의 방 문고리엔 애초부터 잠금장치가 없었다. 그 사실을 알려 주는 건 그리 어려운 일이 아니었으나 문제는 설명할 시간이 부족하다는 것이었다.

"옳지, 문 열려 있…… 뭐야! 이 방에 없잖아!"

혜수 특유의 우렁찬 고함이 고요하던 2층을 뒤흔들었다.

그제야 하언의 방문을 활짝 열어놓고 왔음을 깨달은 여울은 한탄하듯 입술을 깨물었다.

이럴 때를 대비해 하인은 문 꼭 걸어 잠그고 방 안에 꼭 박혀 있으라고 했는데, 심상치 않은 기운을 무시하지 못해 나와 본 게 잘못이었다.

아무리 사람이 죽을까 봐 걱정 되어도 손수건만큼은 갈아주지 말고 내버려 둘 걸 그랬다.

"후우……."

여울은 머리카락을 쓸어 올리며 잠기지 않는 문고리를 붙잡은 채 그대로 주저앉았다.

하지만 제정신이 아닌 상태에서 움직이다 보니 무릎 두 개가 문에 쿵 부딪치고 말았다. 그건 신경을 곤두세운 혜수가 도저히 무시할 수 없을 만큼 수상쩍은 소리였다.

"뭐야. 거기?"

아니나 다를까, 하언의 방을 수색하려던 혜수는 유현의 방 쪽으로 날카로운 시선을 돌렸다.

계단을 오르는 도중 거칠게 문을 닫는 소리가 들리긴 했는데, 생각해 보니 그것이 언제나 차분한 유현의 기적일 리는 없었다.

"오호라, 그 안에 들어 있구나!"

확신이 선 혜수의 걸음이 유현의 방 쪽으로 틀어졌다. 두렵다 못해 머릿속이 하얗게 질려 버린 여울은 죄 많은 두 무릎을 바닥에 꿇어버렸다.

"망했다……."

그렇게 자포자기한 심정으로 한숨 섞인 탄식만 내뱉고 있는데.

톡톡—

그녀의 어깨에 조심스러운 손끝이 닿았다. 피부에 배어 있는 듯한 부드러운 향기가 한 박자 늦게 코끝을 스쳤다.

이질적이면서도 편안한 온기에, 여울은 홀리듯이 고개를 돌렸다. 그러자 어느새 지친 몸을 똑바로 일으켜 세운 그 남자는 어깨에 둘렀던 이불을 펼치며 속삭인다.

"꽉 안기면 숨겨질 것 같은데……."

"……."

"급하면 들어올래요?"

쿵쿵—!

노크치곤 격한 소리가 방 안을 메웠다.

"너 우리 오빠 방에서 안 나와?! 이게 진짜 미쳤나 봐!"

곧이어 분에 찬 혜수의 고함이 터져 나왔고 문이 부서질 듯 뒤흔들렸다.

"이 문 안 잠기거든?! 그렇게 붙잡고 있어 봤자 소용없어! 니가 나한테 힘으로 될 것 같냐!"

혜수는 엄포를 놓듯 말했지만 그 정도는 여울도 이미 알고 있었다.

그녀의 살벌한 눈빛과 커다란 키를 생생히 기억하고 있는 여울은 벌써부터 오금이 저려오는 기분이었다.

그런 여울을 달래주려는 건지, 유현은 품 안에 감춰 둔 그녀에게 다정한 목소리로 속삭였다.

"허리 끌어안아도 되니까 내 쪽으로 더 붙어요."

"그래도 그건 좀……."

"이제 문고리 놓을 건데 혜수가 의심하면 안 되잖아요."

틀린 말은 아니었으나 말처럼 쉬운 일도 아니었다.

뜨거운 그의 체온 때문인 건지, 아니면 이불 안에 갇혀 있다는 답답함 때문인 건지. 오늘따라 유현의 존재는 유독 껄끄럽게 다가왔다.

그러나 별달리 피할 수 있는 방법은 없어서 두 눈을 꾹 감고 그의 허리를 붙잡았더니, 유현은 이불을 감싸 쥔 팔로 그녀를 단단히 밀착시켰다.

뜨거운 체온보다 옷에 진하게 배인 장미 향이 그녀의 정신을 혼미하게 만들었다.

"이제 문 열 거예요. 겁먹지 말아요."

친절한 예고를 건넨 유현은 문이 열리지 않도록 버티고 있던 손에 힘을 풀었다. 그러자 기다렸다는 듯 열어젖혀진 문 너머에서 잔뜩 성이 난 혜수가 전의를 불태우며 등장했다.

"역시 여기 있었구나!"

"……혜수야."

"오, 오빠?!"

당연히 여울을 맞닥뜨릴 줄 알았던 혜수는 난데없는 유현의 등장에 당황한 기색을 표했다. 하지만 머지않아 정신을 차리고는 날카롭게 방을 훑어보기 시작했다.

"오빠 이 방에 있었어? 그 여자는?"

"여자라니?"

"난쟁이 반바지만한 년! 여기로 들어온 거 아니야?!"

그녀는 매섭게 캐물었지만 유현은 시종일관 태연한 표정만 내비칠 뿐이었다. 그 연기는 굉장히 자연스러웠으나 이불 안에 숨겨진 여울은 그 상황을 알 리 없었다.

그래서 긴장을 풀지 못하고 유현의 허리를 더욱 꽉 끌어안았더니, 평온하기만 하던 유현의 시선에 잠시 당황감이 어렸다.

"오빠! 걔 봤냐고 못 봤냐고!"

"어, 어?"

"도하언이 데리고 온 년 말이야! 이 방에 들어왔잖아!"

"아…… 무슨 말을 하는 건지 모르겠어, 혜수야. 그 사람이 여기 들어올 리가 없잖아."

유현은 품 안의 여울을 잔뜩 의식하면서도 능숙한 거짓말을 했다. 오랜 시간 동안 설아를 상대로 마음을 숨겨왔던 그는 혜수 앞에서 이불 속 감추는 일쯤이야 별것도 아니었다.

혜수는 그래도 탐탁지 않은 눈빛을 풀지 못하고 있다가 한 번 더 추궁하듯 물었다.

"정말 아무도 안 들어왔어?"

"응."

"그럼 문고리도 오빠가 붙잡고 있었던 거야?"

"옷 갈아입고 있었거든."

"흐음……."

조금의 어색함도 없는 대답을 듣고 있던 혜수가 유현의 몸을 감싼 이불 위로 시선을 두었다. 그 안에 어떤 의심이 서려 있는지 눈치챈 유현은 이불 끝을 더욱 꽉 감싸 쥐며 말했다.

"나 아직 옷 제대로 못 입었어."

"응?"

"그러니까…… 잠시 나가줬으면 좋겠는데."

"아, 아! 그랬구나! 난 또 왜 이불을 뒤집어쓰고 있나 했네."

다행히도 체구가 작은 여울은 겉보기에 위화감 없이 감춰져 있었다.

혜수는 그제야 등을 돌려 방을 나섰고 고집스레 붙잡고 있던 문고리를 순순히 놓아주었다.

"갑자기 쳐들어와서 미안. 그런데 그년 어디로 갔는지 알아?"

"모르겠어. 난 마주친 적도 없어서."

"혹시 나중에 도하언보다 그년이 먼저 들어오거든……!"

"혜수야, 우선 옷부터 입을게. 저녁 먹을 때 보자."

혜수는 말을 다 끝마치지 않았지만 유현은 문을 닫아버렸다. 그 손길은 매정했으나 유현의 미소가 평소와 다름없이 친절했기에 혜수는 저항 없이 내쫓겨주었다.

"그년 발견하면 연락해! 알았지?!"

문밖에서 들려오는 외침을 마지막으로 그녀 특유의 기운찬 발소리는 방에서부터 멀어졌다. 유현은 그러고도 한동안 기척을 살피다가 2층에 적막이 찾아들고 나서야 이불을 벗겨냈다.

"후우!"

여울은 그제야 억눌러왔던 숨을 한꺼번에 토해 냈다. 그새 뜨거운 열기는 두 뺨을 불그스름하게 달구어놓았고, 땀에 젖은 얼굴엔 그녀의 긴 머리카락이 엉겨 붙어 있었다.

유현은 그걸 물끄러미 내려다보다가 습관처럼 손을 뻗었다.

"많이 더웠어요?"

부드러운 손길이 흐트러진 머리카락을 쓸어내렸다. 화들짝 놀란 여울은 그제야 그를 끌어안았던 팔을 풀고 한 걸음 뒤로 물러났다.

"왜 갑자기 얼굴을 만지고 그래요?"

"아, 미안해요……."

유현은 순순히 손길을 거둬냈지만 여울의 눈빛엔 이미 경계심이 가득했다. 하지만 새삼스러울 것은 없었기에 고갤 돌려 버리려던 그때.

"……도와줘서 고마워요."

누그러진 그녀의 목소리가 조심스레 흘러나왔다. 유현의 눈동자는 다시 그녀의 위로 내려앉았다.

"그쪽 아니었으면 큰일 날 뻔했어요. 큐대로도 못 이길 것 같았는데."

"큐……대요?"

"아, 그런 게 있어요. 어쨌든 나중에 기회가 되면 신세는 갚을게요."

커다란 여울의 눈동자는 이제야 겨우 그를 피하지 않았다. 마음껏 마주한 그녀의 시선은 지금껏 보아 왔던 상대해 왔던 사람들의 것과 전혀 다른 분위기를 지니고 있었다.

어둡지도 않고 복잡하지 않고, 무엇보다 아무리 오래 마주하고 있어도 두렵지 않고.

그 이유가 뭘까, 곱씹어 볼 새도 없이 여울은 이내 문 쪽으로 몸을 틀었다.

"그래도 친한 척은 하지 마요. 앞으로 마주할 일도 별로 없겠지만."

마지막 인사처럼 꺼내진 말은 다시 가시가 돋쳐 있었다. 문을 여는 여울의 손길은 처지가 처지이니만큼 조심스러웠지만, 방을 나서는 그녀의 발걸음엔 조금의 망설임도 없었다.

유현은 떠나려는 뒷모습을 물끄러미 바라보다가 여울이 문을 닫기 직전 다급히 입술을 떼어 냈다.

"도유현이에요. 내 이름."

"네?"

"다음부터는 불륜남 대신 도유현이라고 불러 줘요."

"……."

"나 그렇게 나쁜 사람 아니에요."

세상에 나쁜 사람이라고 광고하는 나쁜 사람이 어디 있겠냐만은, 갑작스럽게 꺼내진 유현의 자기소개는 무척이나 당황스러웠다.

여울은 동그란 눈동자를 깜빡이며 그를 바라보았고, 이내 문을 닫으며 중얼거렸다.

"……안 친하게 지낼 거라니까 그러네."

철컥—

그 말을 끝으로 문이 닫혀버린 유현의 방에는 다시금 적막이 찾아들었다. 밖에서는 조심스러운 발소리가 이어졌으나 그건 이내 하언의 방문이 닫히는 소리와 함께 끊어져 버렸다.

지금껏 인기척을 경계해오던 유현이었지만 이번에는 처음으로 아쉬운 마음이 스며들었다.

진심으로 그를 걱정하는 게 느껴져서인지. 아니면 방금 전까지 맞닿았던 체온이 아직도 생생하게 남아 있어서인지.

이유는 모르겠지만 그는 굳이 자신의 감정을 막아두지는 않았다. 그저 그녀가 언젠가 또 이곳을 찾아왔으면 좋겠다, 라고 비밀스레 바라볼 뿐.

숨통을 짓누르는 침묵이 감도는 집무실.

메마른 표정으로 들어선 하언은 소파에 등을 기대고 앉았다.

그들을 훑어보는 눈빛은 삐딱했고 풍기는 분위기에는 벌써부터 예리한 날이 서 있었다.

"생각보다 일찍 왔구나."

그런 하언에게 부드러운 목소리로 말을 건넨 건 도 회장이었다. 그의 가식적인 미소가 마음에 들지 않았던 하언은 싸늘하게 대꾸했다.

"용건부터 꺼내시죠. 우리가 그렇게 서로 반겨줄 상황도 아닌데."

"용건이라면 너도 짐작하고 있지 않니?"

"전혀요. 안타깝게도 제가 독심술을 부릴 줄 몰라서."

늘 그렇듯 하언에게는 적의가 가득했다. 그런 그를 지켜보던 설아는 입꼬리를 비틀어 웃었다. 그 미소엔 하언을 기만하는 기색이 역력해서 하언의 심기가 날카로워졌다.

"요즘 소꿉놀이에 푹 빠져 있다는 소리 들었어."

"……."

"하인 씨는 가끔 널 이렇게 놀라게 하더라. 세상 혼자 사는 줄 알았는데 짝꿍도 만들 줄 아네?"

설아는 그녀의 이름을 직접적으로 언급하지 않았지만 그것이 여울을 지칭한다는 것은 쉽게 파악할 수 있었다.

하언은 생각보다 빨리 전해진 소문의 경로가 의아했지만 어차피 염두했던 일이니 대수롭지 않게 반응했다.

"시위하는 거야. 날 놓아달라고."

"누가 들으면 내가 하언 씨 구속이라도 하는 줄 알겠어."

"누가 들으면 안 하는 줄 알겠네. 나를 조만간 개처럼 끌고 가겠다고 한 사람이 누구였더라?"

이미 악의가 가득한 두 사람은 가볍게 부딪혔을 뿐인데도 맹렬한 불꽃이 타올랐다. 둘을 지켜보던 도 회장은 자세를 고쳐 앉았고 침착한 목소리를 꺼냈다.

"감정싸움은 미루고 하언이 말대로 본론에 집중하는 게 좋겠구나. 우선 하언이에게 묻고 싶은 게 있는데……."

"……."

"대체 왜 이런 연극을 하고 있는 거니?"

준비할 새도 없이 꺼내진 도 회장의 질문엔 불신이 가득했다. 하언의 성격을 충분히 알고 있는 도 회장은 그가 타인을 받아들이는 데 어려움이 있다는 사실을 간과하지 않았다.

그건 설아 역시 마찬가지였다. 하언을 바라보고 있는 두 사람 중 어느 누구도 그와 여울의 관계가 진짜라고는 생각하지 않는다. 하지만 그럴수록 하언은 더욱 태연한 표정으로 대답했다.

"그동안의 제 모습을 보면 지금의 사랑 타령이 연극처럼 보일 수도 있겠네요."

"……."

"하지만 살다보면 도저히 엮일 수밖에 없는 인연도 있는 법입니다. 저한텐 그 여자가 그래요."

도 회장과 설아의 눈동자가 진지한 하언의 목소리를 따라 가라앉았다. 하언은 그들의 귀가 자신을 향한 틈을 타 쐐기를 박듯 뒷말을 이었다.

"어느 날 갑자기 단단히 엮여버렸는데, 그걸 도저히 풀어내지 못하겠어서 차라리 내 인생으로 받아들일 생각입니다."

"……."

"여기까지, 이해하는 데 문제 있으십니까?"

지금의 얘기는 완전한 거짓말이 아니라고 생각한다.

그에게 차여울이란 여자는 어느 날 갑자기 우연찮게 엮여 들어왔고, 풀어 보려 했으나 좀처럼 풀어지지 않았다.

그래서 차라리 인생을 내건 계획의 여주인공으로 받아들였더니, 마치 몇 번 호흡을 맞춰본 파트너처럼 제법 잘 맞는다고 생각한다.

사람을 깊게 받아들이는 게 어려운 그로서는, 무심하지만 맡은 바 최선을 다하려 하는 그녀가 차라리 다행이었다.

"어느 날 갑자기 시작된 사랑치곤 스케일이 크네."

하언에게 대꾸하는 설아의 목소리는 건조했다.

아직 온전히 믿는 것 같아 보이진 않았지만 그렇다고 해서 아까처럼 무조건적으로 불신하지는 않았다.

아마도 그녀는 이해하기 때문일 것이나. 이미 그런 사랑을 하고 있는 여자이니까.

이제 남은 사람은 사랑 따위 마음속에 존재하지도 않는 도 회장 뿐이었다.

하언은 어느 정도 해결된 설아에게서 시선을 돌려 도 회장을 바라보았다. 서늘한 그의 눈동자는 지독히도 검어서 무슨 생각을 하고 있는 건지 도통 알 수가 없었다.

"폐쇄적이기만 하던 니가 다른 사람을 받아들였다니, 그것참 기쁜 소식이구나."

그런 도 회장이 꺼낸 대답은 무미건조한 축하의 말이었다. 공격적인 어조는 아니었지만 그 안에 진심 따윈 없다는 것을 하언은 충분히 알고 있었다.

그래서 아무런 반응 없이 바라보기만 하는 하언에게 도 회장은 마저 입을 떼었다.

"괜찮다면 그 아이와 내일 저녁 식사를 가질까 하는데, 너의 생각은 어떠니?"

그의 제안은 미처 예상치 못한 부분이기에 순간 담담하기만 하던 하언의 눈빛이 옅게 떨려 왔다.

"왜 갑자기 그런 자리를 만드시는 겁니까."

"안 될 이유라도 있니?"

"저야 괜찮지만 비위 약하신 작은아버지께서 식사나 제대로 하실 수 있을까 걱정되어서요."

하언의 조롱에도 도 회장은 조금의 낯빛도 바꾸지 않은 채 차분히 답했다.

"나는 오랜 시간 동안 하언이 널 지켜봐 왔다. 수많은 사람들이 너의 곁에 다가갔지만 넌 그 누구에게도 마음을 열지 않았어."

"……."

"하지만 그런 널 변화시킨 아이라면 나도 만나 보고 싶구나. 분명 굉장히 특별한 가치를 지녔을 테니 말이야."

그의 어조는 몹시 부드러웠지만, 느껴지는 악의는 굉장히 색이 짙었다. 그건 여울을 향하고 있었고, 그 사실을 아는 하언은 어떻게든 도 회장과의 자리를 거절해야 했다.

그러나 하언이 경계 어린 눈빛으로 입술을 떼어 내기도 전에.

"……설아와의 결혼문제는 그 아이를 만난 다음에 결정 내리도록 하마. 그럼 내일 가질 만남을 조금 더 호의적으로 생각해 줄 수 있겠니?"

언제나 하언보다 높은 위치에서 모든 것을 주무르는 도 회장은 도망칠 수 있는 퇴로를 막아버렸다.

파혼극의 개연성을 위해서는 여울을 등 뒤로 숨길 수도 없었고 무조건 막아둘 수도 없었다.

결국 하언은 짧게 심호흡을 가다듬었다. 하고 싶지 않은 대답을 강제로 해야 하는 지금, 조금이라도 불안한 기색을 드러냈다간 잡아먹히는 건 시간문제였다.

"네, 그럼 내일 저녁에 뵙는 거로 알고 있겠습니다."

하언은 평소보다 어두운 목소리로 대답하고 자리에서 먼저 일어섰다. 만족스러운 결과를 얻은 도 회장은 살짝 입꼬리를 들어 올려 미소 지을 뿐, 딱히 대답이 없었다.

"감당할 수 있으려나 모르겠네."

하언이 걸음을 옮기려는 순간 들려온 설아의 혼잣말.

그는 이것 역시 고집스러운 대답을 해야 하나 잠시 고민했지만 이내 아무것도 못 들은 척 발길을 재촉했다.

그녀의 말은 애초부터 그를 염두에 둔 것이 아니라는 걸, 누구보다 잘 알고 있으니.

"나 왔다."

그녀를 버려두고 훌쩍 외출을 떠났던 하언이 돌아온 건 해가 다 저문 저녁이었다.

굶주림에 지쳐 침대에 늘어져 있었던 여울은 벌떡 몸을 일으켰고, 방문을 열고 들어서는 그에게 반가운 기색을 표했다.

"이제 왔네!"

"어."

"나 배고파요!"

"알아."

오늘 하루, 험난한 시간을 보내고 왔던 하언은 여울이 보기에도 평소보다 저기압이었다.

드레스 룸으로 향하는 뒷모습도, 가라앉은 숨소리도 지쳐 있는 기색이 역력했다. 그래서 돌아오자마자 너무 밥 타령부터 한 건 아닐까, 눈치만 살피고 있는데.

"자, 받아."

하언이 가방과 함께 들고 있던 커다란 종이봉투를 여울에게 건넸다. 여전히 무심하긴 했지만 까칠하진 않은 목소리였다.

"이게 뭐야?"

여울은 호기심 어린 눈을 반짝이며 제법 무게가 나가는 봉투를 받아 들었다. 손잡이를 벌려 안을 확인하니 고급스러운 용기에 담긴 도시락 몇 개가 그녀의 시선을 사로잡았다.

"저녁밥 사 온 거예요?"

"어."

"오호, 초밥이네?"

"생선 좋아하는 것 같아서. 그리고 그거 제일 잘하는 일식집까지 일부러 찾아가서 사 온 거야."

비록 시종일관 툭툭거리고 있긴 해도 그는 나름 신경 써서 메뉴를 골라온 모양이었다. 어울리지 않게 세심한 남자였고 은근히 자상한 구석이 있는 남자였다.

"나 맛있는 거 먹여주고 싶었구나? 먹여 살리는 거 하나는 똑바로 하네요."

여울은 가볍게 웃으며 은근슬쩍 고마움을 드러냈다. 그러자 하언은 그녀를 따라 입꼬리를 들어 올리며 의미심장한 얘길 흘려보냈다.

"입에 좋은 게 들어가야 너도 그만한 일을 하지."

"일?"

순간 눈치가 빠른 여울의 신경은 예민하게 곤두섰다.

지금껏 지내본 바로는 갑자기 무엇을 사 주거나, 잘해 주는 경우엔 꼭 그만한 이유기 기다리고 있기 마련이있다.

"이번엔 또 뭔 일을 벌이려고 그래요?"

여울은 초밥 도시락을 품 안에 꼭 안아 든 채 조심스레 물었다. 사실 내일 여울이 감당해야 할 일은 고작 이런 초밥 따위로 완화시킬 수 있는 문제가 아니었지만 하언은 일부러 대수롭지 않은 표정으로 말문을 열었다.

"그냥 내일 저녁때 만나야 할 사람이······."

바로 그때.

똑똑—

하언의 본론이 미처 꺼내지기도 전에 가벼운 노크 소리가 울렸다. 하언과 여울의 눈이 동시에 문 쪽으로 옮겨붙었다.

"누구야."

어차피 이 집 안에 있는 사람들 중 달가운 사람은 없었다. 그래서 적대감을 가득 지닌 채 추궁하듯 캐묻자.

"아······."

당황감 섞인 목소리가 문틈으로 새어 들어왔다. 비록 숨소리보다 흐린 음성이었지만 하언은 단번에 불청객의 정체를 알아차릴 수 있었다.

그는 문 앞으로 성큼성큼 다가가 망설임 없이 방문을 열어젖혔다. 아니나 다를까. 날이 선 하언의 시선에 비춰 들어오는 사람은 역시나 유현이었다.

"넌 무슨 일이야."

하언은 곧바로 미간을 좁히고 경계 어린 첫 마디를 내뱉었다. 그가 돌아왔다는 사실을 미처 모르고 있었던 유현은 잠시 눈빛을 떠는가 싶더니, 이내 차분히 가다듬어진 목소리로 대답했다.

"여울 씨한테 이거 돌려주러 왔어."

유현은 손에 고이 접에 들고 있던 물건을 하언에게로 내밀었다. 하얗고 긴 손가락에 들려 있는 건 다름 아닌 하언이 즐겨 쓰는 손수건이었다.

한순간에 심기가 불편해진 하언은 추궁하듯 물었다.

"내 손수건을 왜 니가 가지고 있는데."

"이거 너 손수건이었어?"

"차여울이 이걸 너한테 줬어?"

"아, 그게⋯⋯."

지금껏 이마에 얹혀 있던 손수건이 여울의 것인 줄로만 알고 있었던 유현은 눈에 띄게 당황한 얼굴이었다.

그의 눈동자는 잠시 하언의 뒤에 서 있는 여울에게 머물렀고, 이내 잔뜩 난처해 하고 있는 그녀를 알아차렸다.

하언 몰래 도리도리 저어지는 고개는 제발 아무것도 말하지 말아 달라는 간절한 뜻을 담고 있다.

사실 유현은 열 오른 이마에 젖은 손수건을 내줬던 일과 걱정스러운 마음으로 한 번 더 제 방에 찾아준 일에 대해 제대로 고맙다는 인사를 전하고 싶었는데.

그녀는 지금 하언의 앞에서 그 모든 일들을 없었던 것처럼 묻어주기를 바라고 있다.

짧은 한숨을 내쉰 유현은 여울에게서 눈동자를 거두었다. 다시 직시한 하언은 여전히 경계가 가득한 상태였다.

유현은 잠시 마른침을 삼키며 목소리를 정돈했고 평소처럼 차분한 어조로 말했다.

"복도에 떨어져 있었어. 집안에서 못 본 물건이라서 여울 씨 손수건인 줄 알았던 거니까 괜한 오해는 하지 마."

"복도?"

"니가 흘리고 간 거 아니면 청소하는 분이 떨어트렸나봐. 잘 챙겨둬."

거짓말이 가장 쉬운 유현은 급조된 변명을 뱉어내면서도 어색함이 없었다. 진실을 알고 있는 여울조차도 전혀 위화감을 느끼지 못할 만큼 그는 능숙하게 하언을 가라앉혔다.

여울은 딱히 반박하지 않는 하언을 지켜보며 남몰래 숨을 돌렸다.

옷장을 뒤져서 유현에게 손수건을 갖다 바친 일은 아무리 생각해도 납득시킬 자신이 없었는데, 그게 도유현의 입에서 나왔더라면 그야말로 큰일 날 뻔했다.

유현은 안도감 어린 여울의 표정을 확인하고는 천천히 등을 돌렸다.

하고 싶은 말을 하나도 전하지 못한 지금, 아쉬움이야 잔뜩 남아 있지만 무턱대고 다가서며 이기적으로 굴고 싶진 않았다.

"아, 그리고 하언아."

하지만 아무리 그래도 그 말은 꼭 해야겠다.

"니가 외출하자마자 혜수가 여울 씨 찾아서 올라오더라."

"……."

"데리고 온 건 너니까 되도록이면 혼자 두지 말고 곁에 있어 줘. 아무리 같은 층이라도 내가 지켜 주는 건 한계가 있잖아."

이런 충고를 할 주제도 자격도 안 되지만, 환영받지 못하는 사람으로서 이 집안에 머무르는 일이 얼마나 고된지는 누구보다 잘 알고 있으니까.

"그럼 난 가 볼게."

짧은 인사까지 마친 유현은 발걸음을 옮겼다. 이대로 방에 돌아가면 늘 그래 왔던 것처럼 신경 쓰던 모든 것들을 내려놓을 생각이었다.

그러나.

"지키지 마."

낮게 터져 나온 하언의 한 마디는 갈고리처럼 유현을 붙잡았다. 잠시 걸음을 멈춘 유현은 뒤를 돌아 대꾸하려 했지만 그러기도 전에 하언은 뒷말을 이어 나갔다.

"걱정하는 척 신경 쓰지 말고, 무슨 일 생기더라도 넌 관심 꺼."

"……."

"아무리 위급하고 위험해 보여도 너는 애 근처로도 다가오지 마."

하언을 잘 알고 있는 유현은 그 반응이 낯설었고, 유현에 대한 경계심이 다소 누그러진 여울은 예민한 그의 상태가 의아했다.

그래서 두 사람 모두 하언에게로 눈길을 옮겨둔 그 순간.

"차여울은 내 여자야."

고요함의 틈새로 그 어느 때보다 단호한 목소리가 흘러나왔다. 놀란 여울의 눈빛이 물결치듯 일렁이자, 하언은 진심처럼 보일 만큼 흔들림 없는 대답을 한다.

"내 여자는 이미 내가 목숨 바쳐서 지키고 있어."

* * *

이튿날 저녁. 일언반구 설명도 없이 백화점으로 끌려온 여울은 정신이 없었다.

"이건 어떠세요? 이번 컬렉션에서 가장 뜨거운 반응을 얻은 신상이에요."

"예? 아……."

"지금 머리색이 밝으시니까 중요한 자리라면 전체적으로 톤다운 시켜주는 것도 나쁘지 않을 것 같은데."

"저기 그게……."

지금껏 백화점 명품관은 차갑고 도도한 점원들만 있는 줄 알았는데, 오늘의 점원들은 유독 상냥하고 친절했다.

마치 귀빈을 모시듯, 그녀들은 여울의 눈빛과 행동 하나하나까지도 세심히 신경 써 주었다.

여울은 민망해하면서도 가장 마음에 들었던 하얀 원피스를 가리켰다. 지난번 병원에서 차례를 기다리며 잡지를 봤을 때, 가장 예쁘다고 생각했던 옷이었다.

"저기, 이거 입어볼 수 있나요?"

"아, 당연하죠! 요즘 제일 잘 나가는 상품인데 눈썰미가 좋으시네요!"

하지만 그때, 시종일관 흥미 없는 표정으로 서 있던 하언이 오른손을 들었다. 점원들은 모두 그에게 주목했고 불안한 낌새를 느낀 여울은 눈빛을 떨었다.

"난 그거 별로인데."

또 시작되었다. 저놈의 별로 타령. 사 주는 사람이 하언인 지라 크게 반박할 처지는 못 되었으나, 잡지 속의 원피스가 너무나도 갖고 싶었던 여울은 곧장 미간을 구겼다.

"맨날 내 맘에 드는 것만 별로래."

"너무 길이가 짧아서 허벅지 다 드러나잖아."

"난 다리가 예뻐서 짧은 게 잘 어울려요."

"그래도 안 돼. 내가 싫어."

"치, 보수적이긴."

까탈스럽게 굴던 하언은 옷걸이에 걸려있던 까만 슬랙스를 골라

들었다.

"이거 어때."

"그거?"

발목까지 오는 길이의 슬랙스는 겉보기에 성숙하고 여성스러워 보였다. 하지만 여울의 취향과는 무지 거리가 멀다는 것이 문제라면 문제였다. 여울은 입술을 삐죽이며 툴툴거렸다.

"이런 옷은 입어봤자 다리만 더 짧아 보인단 말이에요."

그러자 하언은 엄포를 놓듯 강한 어조로 말했다.

"최대한 어른스럽고 깅하게 보이아 해."

"대체 어딜 데려가려고 그래?"

"가보면 알아. 어쨌든 귀엽거나 예쁘기만 하면 안 된다고."

그리 말하는 하언의 목소리는 고집스러웠다. 다른 사람도 아닌 도 회장을 상대해야 하는 지금, 그는 조그마한 여울이 혹시라도 얕보이게 될까 봐 걱정이었다. 하지만 여울의 입가에는 순간 장난스러운 미소가 얹혔다.

"어머, 혹시 지금 저 원피스 입은 내가 너무 귀엽고 예뻐서 문제라는 얘기에요?"

말의 뉘앙스만 따져보면 그녀의 말이 맞았지만 하언에게 절대 그런 뜻은 없었다.

"헛소리하지 마. 안 어울릴 게 뻔히 보이니까 말려 주는 거야."

"에이, 거짓말."

"정 현실에 부딪혀보고 싶으면 직접 입어 보든가."

그래서 곧바로 퉁명스럽게 받아치는 그를 보며 여울은 두 눈을 반짝였다.

"알았어요! 입어 볼게요! 언니, 저 원피스 좀 보여 주세요!"

"뭐? 안 된다고 했잖아."

"난 입어 보라는 소리밖에 못 들었는데? 입어 보고 진짜 별로면 하언 씨 말 대로 성숙하게 입어 줄게요."

매번 이런 식으로 휘둘려왔던 하언은 그녀가 고른 원피스를 건네주려는 점원을 저지하려 했다.

그러다 문득, 눈부시게 새하얗고 우아한 저 원피스가 자유분방한 스타일의 여울과 어울리지 않을 거라는 생각이 스쳤다. 굳이 나서서 싫은 내색을 하지 않더라도, 입어보고 거울을 확인하는 순간 스스로 깨닫게 될지도 모르는 일이었다.

"좋아, 얼른 갔다 와."

관대한 목소리로 허락을 내린 하언은 피팅룸 앞 의자에 걸터앉았다. 신이 난 여울은 생글생글 미소 지었고 점원과 함께 피팅룸 안으로 사라졌다.

기다리는 시간 동안 하언은 휴대폰을 만지작거렸다.

태어나서 처음으로 여자의 변신을 기다려보는 지금, 그의 마음은 기대감 하나 없이 평온하기만 했다.

무심한 눈으로 메일을 확인하고. 중요한 내용이 담긴 문자들에는 간단한 답장을 하고.

그렇게 무료한 시간을 보낸 지 얼마나 지났을까.

"음, 길이가 너무 짧나?"

피팅룸 쪽에서 여울이 나오는 기척이 들려왔다. 반응은 예상했던 대로 탐탁지 않았다. 하언은 들고 있던 휴대폰을 다시 안주머니에 집어넣으며 옆에 서 있던 점원에게 말했다.

"저쪽에 걸려있는 슬랙스 하나 준비해 주세요. 다음엔 그거 입혀 보게."

때 이른 부탁을 한 그는, 여울이 과하다 싶을 정도로 소녀스러운 원피스를 소화하지 못했을 것이라 확신했다.

그녀는 곧 거울에 비친 자신의 모습을 통해 현실과 이상의 괴리감을 느끼게 될 것이다.

"언니, 이 옷…… 눈의 요정 같은 걸로 변신할 것 같지 않아요?"

"아니요, 예쁘게 잘 어울리세요. 남자 친구분도 좋아하실 거예요."

"흐음, 그러려나."

아니, 절대.

하언은 그리 생각하며 피팅룸 입구로 시선을 두었다.

또각또각 거리는 워커 소리가 점차 그에게로 가까워졌다.

"저기…… 어때요?"

그리고 이내 눈앞에 드러나는 실루엣은 그의 모든 오감을 얼어붙게 만든다.

그녀의 작은 체구를 사랑스럽게 감싸주는 A라인 디자인과 분홍빛 피부를 한층 더 생기 있게 살려주는 새하얀 컬러. 그리고 곱게 뻗은 다리를 예쁘게 돋보이게 만들어주는 플레어 치마까지.

하언이 기대조차 하지 않았던 그 원피스는 마치 여울을 위해 만들어진 옷처럼 그녀와 더할 나위 없이 잘 어울렸다.

어리게만 보였던 이목구비는 도자기로 빚은 베이비돌처럼 아기 자기했고, 너무 밝아서 튀어 보이던 머리카락은 화사한 원피스 위에서 더욱 탐스러웠다.

"정말 나랑 별로 안 어울려요?"

여울은 이렇다 할 반응이 없는 하언에게 움츠러든 목소리로 물었다. 그제야 자신이 잠시 혼을 빼놓고 있었다는 걸 깨달은 하언은 어렵사리 입술을 떼어냈다.

"딱히."

"딱히?"

"딱히 안 어울리지 않아."

너무 꼬아버린 그의 대답은 한 번에 알아듣기 힘들었다.

그래서 미간을 구긴 채 그 의미를 곱씹고 있는데, 점원 한 명이 다가와 여울에게 옷 하나를 내밀었다.

"이 바지도 입어보세요. 남자 친구분이 강력하게 추천하셨어요."

그건 아까 하언이 미리 준비시켜둔 슬랙스였다. 역시 하언의 마음을 돌리지 못했다고 생각한 여울은 체념 어린 한숨과 함께 옷을 받아들었다.

하지만 그 순간.

"그건 됐고, 지금 입고 있는 원피스에 어울리는 백이랑 구두 세팅 해주세요."

하언이 특유의 도도한 음성으로 전혀 예상치 못한 주문을 내렸다. 여울은 물론 슬랙스를 건넸던 점원까지 의아해질 만큼 갑작스러운 심경 변화였다.

"뭐야, 너무 짧아서 안 된다더니 왜 갑자기 마음이 바뀌었어요?"

답이 뻔한 질문을 던지는 여울의 입가엔 의미심장한 미소가 가득했다. 하언은 방금 전 심장 깊숙한 곳에서부터 끓어올라온 기분을 숨겨볼까 했지만 얼굴에서 느껴지는 온도는 이미 뜨거웠다.

괜히 어깃장을 내봤자 눈치 빠른 그녀는 믿어주지도 않을 게 분명했다. 그러니 차라리 솔직하게 지금의 감정을 털어놓는 것이 좋겠다, 그렇게 생각하며 하언은 돌직구를 내뱉었다.

"니가 예뻐서."

짧은 한마디가 여울의 가슴에 화살처럼 박혀 들었다.

머지않아 피를 대신해 그녀의 얼굴을 불그스름하게 물들인 건 하언과 같은 온도를 지닌 짙은 홍조였다.

그 여자가 아니면 안 되겠다. 그 여자가 없으면 안 되겠다. 그 여자를 이렇게 보내선 절대 안 되겠다.

라고, 강태는 생각했다.

여울로부터 혼자서만 납득하지 못한 이별을 통보받은 게 벌써 3주 전.

시간이 약이라는 말이 무색할 정도로 여울의 빈자리는 나날이 커져가기만 했다. 8년간 함께 했던 시간이 자꾸 떠올라 밤새 잠 한숨 못 잔 것도 여러 날이었다.

마음 같아선 그녀가 떠나기 전으로 시간을 돌리고 싶지만 그럴 수 있는 방법은 없었다. 하지만 그렇다고 해서 이대로 놓쳐버릴 자신도 없었기에.

"후우, 준비는 이 정도면 됐으려나."

98% 부족한 순정남 강태는 여울을 위해 야심 찬 촛불 이벤트를
기획했다.

오늘 밤, 강태는 그녀의 현관문 앞에 하트 모양으로 초를 켜두고,
장미꽃 아흔아홉 송이가 든 바구니를 품에 안은 채 감동적인 고백
을 할 계획이다.

"여울이가 좋아해야 할 텐데……."

대대적인 준비를 마친 강태는 손목시계를 확인했다. 시간은 벌
써 자정에 가까웠지만 프리랜서 번역가인 그녀의 생활패턴 상으로
보았을 땐 더할 나위 없이 좋은 타이밍이었다.

아마 그녀는 심야 예능 프로를 무료한 표정으로 보고 있을 거다.
그러다 이별 후유증을 앓는 모든 사람들이 그러하듯 문득 오랜 연
인을 떠올릴 것이고, 아무리 끝이 개차반이었어도 조금은 보고 싶
어 할 거다.

그러니 이때 초인종을 누르고 나의 이 낭만적인 모습을 드러내
야 한다.

비록 결혼식을 올려버리긴 했지만 그녀가 돌아오는 조건이 파혼
이라면 기꺼이 무를 각오도 되어있다.

"후우……."

망상을 마친 강태는 긴 심호흡을 했다. 그는 잔뜩 차려입은 정장
매무새를 가다듬었고 포마드로 고정시킨 머리를 정돈했다.

그리고 나서 떨리는 손을 뻗어 초인종을 누르니.

띵동—

커다란 초인종 소리와 함께 현관 쪽으로 다가오는 인기척이 들려왔다. 질질 슬리퍼를 끄는 이 걸음은 여울의 것이 분명했다.

"흠흠!"

순간 잔뜩 긴장해버린 강태는 목을 풀며 자세를 바로잡았다. 처음엔 당당하게 고갤 들고 서 있을 생각이었지만, 진실성이 떨어져 보일까 봐 걱정스러웠다.

잠시 고민하던 그는 촛불로 만들어진 하트 한가운데서 두 무릎을 꿇었다. 그녀에 대한 간절함과 애절함이 한결 사는 것 같아서 이편이 더욱 마음에 들었다.

머지않아 굳게 닫혀있던 현관문 잠금장치가 열리고, 녹슨 쇳소리와 함께 익숙한 향기를 지닌 실루엣이 모습을 드러냈다.

강태는 두 눈을 꼭 감은 채 장미꽃 아흔아홉 송이가 담긴 꽃바구니를 로맨틱하게 내밀었다. 그리고 3주 가까이 간직하고 있었던 진심을 구구절절하게 토해내기 시작했다.

"여울아! 니가 떠난 다음부터 진짜 아무것도 못 하겠어! 니가 원한다면 집안에서 쫓겨난다고 해도 결혼 파투 내버릴 수 있어! 내 인생의 여자는 오직 너 하나야!"

"어머."

짧지만 거창한 고백이 끝난 뒤 새어 나오는 감탄사는 반가움에 차있었다. 아직 표정을 확인하진 않았지만 들려오는 숨소리로 미뤄봤을 때 그녀는 웃고 있는 게 분명했다.

흘러가는 모든 것은 좋은 징조뿐이었다.

"나도 내 인생에서 이렇게 낭만적으로 고백해준 남자는 너 하나야."

"으, 응?"

"우리 강태, 귀하게 자란 멍청이인 줄만 알았는데 알고 보니 상남자네."

딱 한 가지 쟁반 위의 옥구슬처럼 곱디 곱던 그녀의 목소리가 평소와 달리 유독 낮다는 것만 빼면.

이질감을 느낀 강태는 감았던 눈을 뜨고 정면을 확인했다. 치즈색 고양이를 연상시키는 외모에 도톰한 입술은 여울의 것과 비슷하지만, 성별과 분위기는 전혀 다른 그 사람이 손을 흔들며 인사했다.

"안녕."

"시, 시, 시…… 시울이 형!"

"뭘 그렇게 놀라. 누가 보면 내가 죽었다 살아난 줄 알겠어."

차시울. 여울의 친오빠이자 강태가 본능적으로 두려워하는 인물.

생각지도 못한 존재에 놀란 강태는 하얗게 질린 얼굴로 그 자리에 얼어붙었다.

시울은 장난기 어린 미소로 강태를 바라보고 있었으나, 그는 원래 기쁠 때나 슬플 때나 각종 사기를 칠 때나 그리 웃는 사람이었다.

그래서 잔뜩 긴장한 채 오들오들 떨며 시울을 마주하고 있자, 그는 두 눈을 날카롭게 빛내며 본격적으로 강태를 추궁해왔다.

"여울이 내버리고 다른 여자랑 결혼했다고 들었는데…… 헛소문이었나?"

"예, 예?"

"아니면 우리 사랑스러운 여울이를 세컨드로 두겠다는 심보?"

"아, 아니요. 그게 아니고⋯⋯."

"아니긴 뭐가 아니야. 맞는 것 같은데."

살가운 표정과 달리 말투에는 가시가 가득했다. 강태는 잠시 마른침을 삼켰고 시울에게서 시선을 회피해 버렸다.

강태의 개인적인 상황이야 어찌 되었든, 그는 지금 여울의 친오빠에게 따귀를 한 대 얻어맞아도 이상하지 않을 상황이었다.

그러나 아주 잠깐 동안의 침묵 뒤에 이어진 말은 굉장히 의외였다.

"밥 먹었어?"

"예⋯⋯?"

"나 지금 밥하기 귀찮아서 저녁밥 안 챙겨 먹었거든."

"그, 그래서요?"

"보쌈 시켜줘. 그럼 내가 너에게 합당한 자비를 베풀어 줄게."

의미심장한 미소가 시울의 입가에 얹혔다. 눈치 빠른 사람이라면 그 안에 어린 영악함을 먼저 발견했을 테지만, 안타깝게도 계강태는 그리 현명한 사람이 아니었다.

"합당한 자비라면⋯⋯."

"시간을 되돌릴 수 있는 기회?"

시울은 독심술이라도 쓰는 사람처럼 강태의 마음 깊숙한 곳에 자리 잡은 소망을 정확히 짚어냈다.

순간 강태의 얼굴에는 3주 만에 후련하고 밝은 미소가 얹혔다.

"알, 알겠습니다! 둘이 먹는 거라면 중자면 될까요?!"

"나 혼자 먹을 거니까 대자 시켜. 너도 같이 먹을 거면 중자 추가하고."

"예! 형!"

"아, 그리고 앞집 아줌마 화내기 전에 싹 다 치우고 들어와라."

"예! 알겠습니다! 형!"

꽃바구니를 안은 채로 서둘러 촛불을 끄는 강태는 매우 들떠 보였다. 그는 여울을 되찾는 일을 도와주겠다는 지원군이 그녀의 친오빠라는 사실에 굉장한 희망을 걸고 있는 듯했다.

시울은 그런 강태를 조용한 시선으로 내려다보았고 남몰래 교활한 눈웃음을 지었다.

여동생이 사라지고 집안 살림을 도맡게 되긴 했는데, 귀찮아서 손을 델 엄두도 내지 못하고 있던 지금. 좋은 노예가 제 발로 찾아온 건 몹시도 반가운 일이었다.

"강태야, 형아가 밀린 설거지를 해야 하는데 너무 귀찮아서 걱정이야."

"놔두세요! 제가 들어가서 할게요!"

"어머, 정말? 기뻐라."

옳지, 착하다. 노예 2호.

앞으로도 우리 여울이가 돌아오기 전까지 나의 수발을 들어주렴.

잠실 근처에 위치한 호텔.

"미쳤나 봐! 지금 누굴 만나러 간다고?!"

쟁쟁하게 터진 여울의 고함이 로비를 가득 메웠다.

꽤나 커다란 소리에 당황한 하언은 재빨리 그녀의 입을 틀어막
았고 낮은 목소리로 다치듯 말했다.

"소리 낮춰. 근처에 있으면 어쩌려고 그래."

"읍읍!"

"당황스러운 거 알아. 하지만 내가 어쩔 수 없는 상황이었어. 그
러니까 오늘만 순순히 따라와."

변명이 섞여 들어있지만 결론은 강압적인 명령이었다.

그걸 받아들일 수 없는 여울은 억지로 하언의 손을 떼어냈고 다
시 한 번 언성을 높였다.

"옵타티움 회장이랑 삼자대면을 어떻게 해!"

"목소리 좀…… 낮추라니까."

"이러려고 나한테 비싼 옷 사준 거예요?"

"말했잖아. 대우가 좋으면 그만한 일을 해줘야 한다고."

"허참, 이럴 줄 알았으면 아예 받지도 않았지!"

여울은 분에 찬 눈빛으로 하언을 노려보았다. 약속장소인 호텔
에 도착하고 나서야 도 회장과의 만남이 잡혀있다는 걸 들은 그녀
는 순간 눈앞이 깜깜해지는 듯한 느낌이었다.

미리 말을 해 줬으면 마음의 준비라도 해놨을 텐데. 심기일전이
라도 다져놓았을 텐데.

그렇게 부질없는 원망만 하고 있는 여울에게 하언은 독심술이라
도 쓰는 듯 담담하게 대답했다.

"어제 미리 말해 뒀으면 넌 잠도 제대로 못 잤을 거야."

"그래도⋯⋯."

"어차피 준비해도 못 이길 상대라면, 또렷한 정신이라도 챙겨가는 게 낫지 않겠어?"

말이나 못 하면 밉지라도 않지.

여울은 이 모든 상황이 마음에 들지 않았으나 퇴로가 없는 자신의 처지는 누구보다 잘 알고 있었다. 그래서 별수 없이 인상만 잔뜩 구기고 있자, 하언은 그녀의 미간을 툭 건드리며 말했다.

"인상 펴. 기껏 예쁜 날인데 미운 표정 짓지 말고."

또 다시 들려온 예쁘다는 말은, 심술 난 그녀의 마음까지도 사르르 녹여버리는 달콤한 주문이었다.

눈치 없이 붉어지는 두 뺨을 눈치챈 여울은 서둘러 고개를 돌렸다. 모든 여자가 예쁘다는 칭찬에 약해지겠지만 지금 이 순간만큼은 절대 휘말려선 안 된다.

하지만 그게 단단히 토라진 거라고 오해한 하언은 한 발짝 더 가까이 다가오며 말했다.

"끝나고 맛있는 거 사 줄게. 이번만 참아."

"⋯⋯."

"어?"

본인도 미안하긴 한 건지, 평소의 까칠함이 사라진 그의 목소리는 어울리지 않게 나긋했다.

여울은 어쩐지 어르고 달래지는 기분이 들어 더 이상 아무런 신경질도 내지 못했다. 그래서 못 이기는 척 고개를 끄덕여야 할지,

말아야 할지 고민하던 그 순간.

"하언아, 너도 지금 도착한 모양이구나."

로비 입구 쪽에서부터 지독히도 차가운 음성이 흘러나왔다. 이름의 주인보다 여울의 시선이 먼저 소리의 근원지로 옮겨붙었다.

독사와 같이 매서운 눈매, 속내를 알 수 없을 만큼 무미건조한 시선, 등골이 오싹해질 만큼 압도적인 분위기.

단 한 번도 제대로 마주친 적은 없지만 그녀는 본능으로 알아차릴 수 있었다.

"각, 큰아버지……."

그 사람이 바로 도선웅 회장이라는 것을.

호텔 스카이라운지에 위치한 고급 레스토랑 VVIP룸.

거대한 침묵으로 뒤덮인 공간에서 여울은 흐려지는 정신을 바짝 붙들었다.

그도 그럴 것이, 앞에 앉아 있는 상대는 도하언과 엮이기 전까지만 해도 전혀 만날 일 없었던 거물급 인사 도선웅 회장이었다.

여울은 신문에서나 봤던 그를 두고 무슨 말을 해야 할지, 어떤 표정을 지어야 할지, 감도 잡히지 않았다. 그래서 고개를 푹 숙이고 테이블 위에 놓인 은수저만 물끄러미 바라보고 있으니.

"이름이 차여울이라고 했나?"

도 회장이 먼저 위엄 있는 첫 마디를 건넸다. 세상에서 가장 부담스러운 통성명이었다.

"네? 아, 네."

"꽤나 대견한 집안에서 자랐던데."

"저희 집안이요?"

"부모님을 일찍부터 여의고 여러 가지로 고생이 많았겠어. 그 와중에도 친오빠가 서울중앙지방법원 판사라니, 내 마음이 다 대견하더구나."

"아……."

집안에선 개념 없는 망나니 시울이지만 역시 대외적으로는 든든한 자랑거리였다. 그렇거나 시울과 여울 남매를 무시해오던 고모도 그가 판사 시험에 합격하고 나서부터 태도가 돌변했었으니까.

그래서 여울은 오빠에 대한 칭찬을 듣는 것이 항상 기쁘고 자랑스러웠다. 그러나 어쩐지 이번에는 등골이 싸했다.

설명할 수 없는 찜찜함이 자꾸 그녀의 기분을 불쾌하게 만든다. 하언은 그런 그녀를 대신해 혼란의 근원지를 정확하게 짚어낸다.

"뒷조사 한번 살벌하게 하시네요. 작은아버지."

"……."

"이름도 제대로 모르는 사람의 신상 정보를 어떻게 하면 그렇게 낱낱이 파헤칠 수 있는 겁니까."

그래, 바로 도 회장의 무시무시한 정보력이 문제였다.

분명 그는 여울의 이름도 제대로 들어 본 적 없는 사람일 텐데, 가족관계와 오빠의 직업까지 꿰뚫고 있다는 사실은 돌이켜볼수록 소름이 끼친다.

"기분 나빴다면 미안하구나. 하지만 우리 집안에 얽혀 들어올 작정이었다면 어느 정도 각오는 되어 있을 거라고 본다."

도 회장은 진심 따위 없는 사과를 내뱉으며 물 한 모금을 들이켰다. 그 와중에도 서늘한 시선은 정확히 여울을 주시하고 있어서, 그녀의 어깨는 한층 더 움츠러들었다.

"작은아버지."

그럴 때마다 하언은 낮은 목소리로 그를 불렀다. 여울을 겁주던 도 회장의 눈동자가 하언에게로 틀어졌다.

"이 여자는 저와 얽혀 있는 사람입니다. 당연하다는 듯이 그 집안으로 끌고 들어가지 마시죠."

뒤따르는 도빌은 도 회장의 관심을 세 쪽으로 끌어오기 위한 하언의 배려였다.

지난번, 설아의 눈이 여울을 직시했을 때도 그랬었고, 혜수의 눈이 번뜩이며 노려볼 때도 그랬었다. 그는 항상 여울의 앞을 지키고 서서 적대감 어린 총구를 자신의 쪽으로 돌려놓았다.

여울은 그의 노력을 헛되이 만들지 않기 위해서라도 위축되었던 눈빛을 풀어냈다.

"하언아."

긴장된 공기 속에서 도 회장은 하언의 이름을 불렀다. 그 목소리는 지독히도 차가워서 데여 버릴 지경이었다.

"너무 긴장하지 않아도 된다. 난 니가 마음에 둔 여자를 직접 만나 보고 싶었을 뿐이야. 그럴 자격 정도는 되잖니."

"그래서 이렇게 보여드리러 왔잖습니까. 식사 끝나기 전까지는 마음껏 만나보세요."

"그러기엔 니가 중간에서 너무 경계를 하고 있어서 제대로 대화를 할 수가 없구나."

"……."

"괜찮다면 잠깐만 끼어들지 말아줄 수 있겠니?"

그리 묻는 도 회장의 입꼬리는 올라가 있었지만 그건 분명한 협박이었다.

하언은 미간을 살짝 좁혔고 적대감을 내비치려 했다. 하지만 그 언젠가 시울은 이런 상황을 두고 그런 말을 했었다.

상대가 강할수록 공격은 신중히 해야 한다고. 무턱대로 달려들었다간 상대가 준비해 둔 덫에 걸려들기 십상이라고.

여울에게 지금의 도 회장은 상상도 할 수 없을 만큼 강한 상대였다. 그러니 그가 먼저 무기를 꺼내 들기 전까진 섣불리 공격해선 안 된다.

"하고 싶은 말씀이 있으시다면 무엇이든 하세요. 저도 함께 대화를 나누려고 온 거니까요."

그녀의 눈빛은 옅게 떨리고 있었으나 새어 나오는 목소리는 태연했다. 순간 하언의 불안한 시선은 그녀에게로 옮겨 붙었지만 그녀는 일부러 눈을 마주치지 않았다.

"넌 생각했던 것보다 훨씬 강직한 성격이구나. 하언이가 마음에 들어 할 만해."

도 회장이 부드러운 목소리로 말을 이었으나, 여울은 부정도 긍정도 내비치지 않고 가만히 보기만 했다.

"12년 전에 부모님이 화재로 돌아가셨다고 하길래 심리적으로 불안할 줄 알아."

하언이 전혀 모르는 가족사가 강제로 끄집어내져도 불쾌해 하지 않고.

"고모네 집안에서 자랐지만 썩 좋은 대접을 받았던 것도 아니고, 그렇다고 해서 주변에 기댈 수 있는 다른 친척들이 있었던 것도 아니고……."

과거의 아픈 기억들이 낱낱이 파헤쳐져도 흔들리지 않고.

"너희 오빠가 판사라고는 하지만 널 책임질 만큼 현명하고 굳센 사람은 못 되더구나."

"……."

"지금도 교활한 사람들에게 농락이나 당하고 있지 않으면 다행이라고 본다."

가장 소중한 사람의 가치가 함부로 깎아내려져도 그녀는 흥분하지 않았다. 오히려 그러면 그럴수록 눈동자를 차분히 가라앉힐 뿐.

"방금 하신 그 말씀, 어려운 환경에서도 잘 자랐다는 칭찬으로 듣겠습니다."

"말귀도 잘 알아듣는 아이네. 마음에 들어."

그 효과가 먹혔던 건지 도 회장은 만족스러운 반응을 보였다. 분위기가 이대로만 흘러가준다면 큰 타격 없이 이 자리를 마무리 지을 수도 있을 것 같았다.

"아, 그러고 보니 하언이와도 공통점이 참 많아."

하지만 고통은 미처 신경 쓰지 못한 곳에서 흘러나왔다.

"……그만하시죠."

도 회장의 말을 무턱대고 끊어 놓는 사나운 음성.

싸늘한 한기의 주인은 하언이었다. 그는 자신에게 향하는 것도 아닌 대화를 지나치게 경계하고 있다.

영문 모를 적개심에 당황한 여울은 조심스레 하언의 안색을 살피려했다.

"원래 무슨 일이든 감당할 수 있는 사람과 감당할 수 없는 사람이 있기 마련이지만, 하언이 니가 감당할 수 없는 쪽이 될 줄은 몰랐다."

그러나 때마침 터진 도 회장의 뒷말은 그가 감추려했던 표정까지 적나라하게 드러냈다.

"그만 하시라고요."

"비슷한 일을 겪고도 이 아이는 이렇게 단단한데……."

"……."

"넌 왜 그렇게 부서져 버린 거니, 하언아."

파르르 떨리는 속눈썹과 꽉 다문 입술은 마치 비명을 참으려는 사람의 모습과 같다. 그는 지금 도 회장의 말 한 마디 한 마디에 조각조각 잘려나가고 있다.

"아무래도 돌아가신 형님이 널 너무 나약하게 키운 모양이다."

"……."

"응석을 받아 줄 사람이 없으면 제대로 무리 속에 섞이지도 못하잖니."

여울은 그제야 깨닫는다. 애초부터 그가 공격하고 있었던 건 자신이 아니라 하언이었다는 것을.

"당신이 그 말을 하면 안 되지……."

분을 이기지 못한 하언은 테이블 위에 놓인 나이프를 꽉 쥐어들었다.

위협을 느낀 도 회장의 경호원들은 곧장 그에게 다가가려 했지만, 그러기도 전에 도 회장은 손을 들어 그들을 저지했다.

"놔둬라. 사랑하는 여자 앞에서 패륜을 저지를 만큼 개념 없진 않을 테니까."

이어지는 도 회장의 얼굴엔 관대한 미소가 가득했다. 그러나 상황이 뒤틀리고 있다는 걸 느낀 여울은 살며시 그에게로 손을 뻗었다.

"하언 씨…… 괜찮아요?"

순간 하언의 일렁이는 눈빛은 여울을 향했다가 다시 도 회장을 향했다가, 결국 애먼 곳으로 달아나버린다.

드륵—

의자가 뒤로 밀려나는 소리와 함께 하언의 몸은 자리에서 벗어났다. 레스토랑 입구 쪽으로 성큼성큼 멀어지는 그의 뒷모습은 여울이 보기에도 확실히 만신창이었다.

"하, 하언 씨!"

여울은 서둘러 그의 뒤를 따르려 했다. 하지만 한 걸음을 떼어 내기도 전에 도 회장은 가라앉은 음성으로 그녀를 붙잡았다.

"하언이가 없는 틈에 하나만 물어보자. 넌 하언이에 대해 얼마큼 알고 있니."

"……."

"정말 제대로 알고 나서서 도와주는 거 맞아?"

관계 자체를 의심하는 그 질문은 차마 여울이 대답할 수 있는 것이 아니었다. 잠시 고민하던 여울은 마른침을 삼켰고, 애써 아무것도 듣지 못한 척 멈췄던 발을 움직였다.

"나는 멋모르는 니가 험한 꼴에 휘말리진 않을까 걱정이구나."

등 뒤에서 들려오는 협박이 빈말은 아닐 거라고 생각한다. 느껴지는 독기로 봐선 도 회장이 직접 험한 꼴로 만들지만 않아도 다행이다.

그러나 여울은 그것 역시 아무렇지 않게 흘려 넘겼다. 지금 그녀의 머릿속을 가득 채운 건 오직 하언에 대한 걱정뿐이었으니까.

인적이 없는 호텔 비상구.

"하언 씨! 대체 어디 가요!"

하언을 향한 여울의 외침이 쟁쟁하게 울렸다. 그녀는 하언의 빠른 걸음을 필사적인 달음박질로 따라잡았고 자꾸만 멀어지려는 팔을 붙드는 데 성공했다.

"좀 멈춰봐! 갑자기 나가 버리면 어떡해요!"

여울은 그의 몸이 자신을 향하도록 온 힘을 다해 돌려세웠다. 다시 마주한 하언의 눈동자는 이때까지 보아 왔던 것 중 가장 위태로운 빛을 띠고 있었다.

"왜 그러는 건데, 응?"

"……잡지 마."

"하언 씨가 갑자기 이러니까 나도 무서워지잖아. 제발 좀 진정해요!"

여울의 다그침을 받는 하언은 똑바로 서 있는 것도 힘들어 보였다. 금방이라도 넘어갈 듯이 거친 호흡은 그가 얼마나 혼란스러워하고 있는지 여실히 드러내고 있었다.

"……같아."

"네?"

"이대로 죽을 것 같아……."

하언은 알 수 없는 혼잣말을 중얼거리며 안주머니에 손을 넣었다. 이내 찰그락 거리는 소리와 함께 딸려 나오는 건 하얀 약통이었다.

"그건 무슨……."

여울의 질문이 끝날 새도 없이 하언은 손바닥을 펼쳐 알약을 쏟아 냈다. 무슨 약인지는 알 수 없었으나 뭐든 저렇게 삼켜 버리면 독약이 될 것이 분명했다.

"안 돼. 그거 먹지 마!"

"놔, 이거."

"먹지 말라고! 이게 뭔데 먹어!"

"놓으라고……!"

그를 말리는 여울만큼이나 필사적인 하언은 거칠게 그녀의 손을 뿌리쳤다. 하지만 약통까지 뚜껑이 열린 채 떨어져 나가는 바람에, 하얀 알약들은 바닥에 흩뿌려지고 말았다.

"하아……."

주워 담을 수도 없는 알약들을 바라보는 하언의 입술 새로 절망 섞인 한숨이 새어 나왔다.

그는 파르르 떨리는 손끝으로 얼굴을 감싸 쥐었고 그대로 벽에 기댄 채 스르르 무너져 내렸다.

가쁜 숨을 애써 몰아쉬는 그의 모습은 꼭 덫에 걸린 채 숨통이 끊어지길 기다리는 짐승과 같았다.

"아무도 없었어……."

머지않아 하언은 신음보다 더 흐린 목소리를 흘려보냈다.

"나한테는…… 처음부터 아무도 없었어."

한 번에 이해할 수 없었지만 어쩐지 여울의 가슴을 아리게 만드는 말이었다.

"하언 씨."

여울은 그런 그의 앞에 무릎을 굽혀 앉으며 나직이 이름을 불렀다. 바닥으로 떨어졌던 하언의 시선은 그제야 겨우 그녀를 마주했다.

"아무도 없었을 리가 없잖아요."

"……."

"예전에도 분명 하언 씨 곁엔 누군가가 있었고, 하언 씨를 잘 지켜 주고 있었을 거예요."

그녀는 지금 운명을 달리한 하언의 가족들에 대해 말하고 있는 것이다. 그걸 알고 있는 하언의 눈빛은 지금까지와 다른 기색으로 떨려 온다.

"무슨 일로 먼저 떠나셨는지는 모르겠지만, 아무리 그리운 사람이라도 잊는 것보다는 가슴에 품고 사는 게 훨씬 덜 아파요."

왜냐하면 나도 그랬으니까.

아무리 엄마 아빠가 보고 싶어서 죽을 것 같아도, 하루하루 잊혀져 가는 게 더 고통스러워서 차라리 매일 되새기기로 했으니까.

"그러니까 그렇게 아프면 차라리 마음껏 그리워해요."

이어지는 충고는 여울이기에 가능한 말이었다. 도 회장도 알아차렸듯이 외로움에 대한 그들의 상처는 많이 닮아 있어서, 여울은 하언이 어떤 마음으로 혼자가 되길 바라는지 알고 있었다.

하지만 하언은 그녀의 속뜻까지 미루어 짐작하기에 많이 불안정한 상태였다. 그는 자신에게 향한 여울의 눈빛에 악의가 없다는 걸 알면서도, 도 회장에게 그랬던 깃처럼 경기하듯 밀어내기 바쁘나.

"니가 나에 대해서 뭘 안다고 그딴 소릴 해."

"하언 씨……."

"억지로 끌려와서 마지못해 붙어 있는 주제에 다 아는 척 멋대로 지껄이지 마."

어쩌면 지금 아무것도 모르면서 멋대로 지껄이는 건 나일 수도 있다는 생각이 들지만.

"나는 다 필요 없어……."

"……."

"오히려 내 옆에 누가 있는 게 더 걸리적거리고 짜증 나."

오래전에 혼자 남겨진 나는 한참을 고통스러워하다가, 이제야 겨우 외로움뿐인 삶에 적응했으니까.

"그러니까 너도 그냥……."

부탁이니 제발 다가오지 말아 줘. 내 곁에서 영원히 머물러줄 것처럼 굴지 말아 줘.

"내 눈앞에서 꺼져 버려."

'나를 두고 이대로 돌아가.'

억지로 내뱉는 모진 말과 전혀 다른 속마음은 금방이라도 흘러 나올 것처럼 혀끝을 괴롭혔다. 하지만 진심을 고집스럽게 삼켜낸 그는 딱딱하게 굳은 시선으로 여울을 직시했다.

마주한 여울의 시선은 조금의 흔들림도 없었다. 분명 마음이 상했을 텐데도 얼굴빛은 아까보다 태연했다.

하언은 그녀가 지금 어떤 생각을 하고 있는지, 어떤 감정을 느끼고 있는지 문득 궁금해졌다. 그 궁금증은 후회와 비슷했지만 그 사실은 애써 외면하기로 했다.

얼마 동안 무거운 침묵이 흘렀을까.

하언을 붙잡고 있던 여울의 손이 스르륵 떨어졌다. 순간 하언의 눈빛은 미세하게 떨려왔지만 그는 일부러 고개를 숙여 모든 감정을 숨겼다.

굽혔던 무릎을 펴고 일어나는 그녀는 아무래도 곁을 떠나가려는가 보다. 꺼져 버리라는 말까지 들었으니까 정말 이대로 영원히 눈앞에서 사라져 버리려나 보다.

"우리 계약된 기간, 이제 사흘 남았나?"

발걸음을 옮기기 직전, 여울이 주저앉은 하언을 내려다보며 물었다. 평소 대화할 때처럼 가벼운 말투였다.

하언은 무슨 대답을 하는 대신, 다시 고개를 들어 일그러진 시선으로 그녀를 마주 보았다. 그러자 여울은 비상계단 출구 쪽으로 몸을 돌렸고 끊어졌던 뒷말을 이어 붙였다.

"지금까진 내가 뭘 해야 할지 감이 잘 안 잡혔는데…… 이젠 확실히 알겠어."

불안한 한 마디를 마친 여울의 걸음이 비상계단을 빠져나갔다. 그 뒷모습은 무슨 일이라도 저질러버릴 것처럼 비장해서, 하언은 서둘러 그녀를 붙잡으려 했다.

"대체 뭘 하게……!"

쾅―!

그러나 여울은 그의 손이 닿기도 전에 문밖으로 빠져나갔고, 문은 그의 목소리기 닿기도 진에 닫히버렸다.

하언은 그제야 온 힘이 빠져 버린 몸을 일으켜 그녀를 따라나섰다.

난데없이 들이닥쳤던 공황발작은 어느새 흔적도 없이 사라져 있다. 지금 그의 머릿속에는 멋모르고 불구덩이에 뛰어드는 차여울에 대한 걱정만이 가득하다.

도 회장이 만든 지옥 같은 새장을 벗어나고 싶어서 벌여놓은 파혼극.

끼어들어온 건 그녀였으나, 그대로 붙잡았던 건 도하언 본인이었다. 그 당시 자유가 절실했던 그는 새장을 부수는 일이 가능할 줄 알았고, 그래서 차시울의 앞에서도 당당하게 '털끝 하나 피해 입히지 않겠다'고 맹세했었다.

하지만 모든 바람을 무너트릴 만큼 커다란 절망에 부딪혀버린 지금, 그는 허물어진 마음을 무리하게 다잡으며 도 회장과의 식사 자리로 되돌아왔다.

마침 한 발 앞서 도착한 여울은 작은 몸으로 도 회장을 똑바로 마주하고 있었다.

"도 회장님. 감히 제가 한 말씀 올려도 될까요?"

강단 있는 목소리로 먼저 말문을 연 건 여울이었다. 스테이크를 썰고 있던 도 회장은 손길을 멈추지 않고 그녀에게 시선을 옮겼다.

"얼마든지."

순순히 내뱉어지는 허락은 상대를 우습게 알기에 가능한 것이었다. 눈치 빠른 여울은 그 사실을 분명 알고 있을 텐데, 조금도 기죽지 않은 눈빛으로 말을 이었다.

"아까 도하언 씨에 대해 얼마나 아냐고 물어보셨죠?"

"……."

"솔직히 말씀드리자면 저는 아무것도 몰라요. 어떤 사연이 있는지 순순히 말해 줄 사람도 아니고 제가 얘기해 달라 조르는 성격도 아니거든요."

하언은 위험한 발언을 서슴지 않는 그녀 곁으로 저벅저벅 걸음을 옮겼다. 그녀가 무엇을 하려는 건지 짐작조차 하지 못한 그는 그저 혼란스럽기만 했다.

"그래서 전 별 도움도 못 되고, 딱히 필요도 없어요."

"……."

"옆에 붙어 있어 봤자 걸리적거리고 짜증 나기만 할지도 몰라요."

연달아 그녀가 꺼내놓는 말은 방금 전 하언이 퍼부었던 막말이었다. 막상 들을 때는 아무런 반응도 보이지 않더니, 역시 한 마디도 빼놓지 않고 가슴에 담아둔 모양이었다.

마음이 급해진 하언은 주먹이 꽉 쥐어진 여울의 손을 단단히 감싸 쥐었다. 제발 그만하고 나의 뒤에 숨으라는 필사적인 외침이었다.

하지만 여울은 기다렸다는 듯 차갑게 굳은 하언의 손을 부드러이 맞잡아주었다. 이성이 녹아내릴 만큼 따뜻한 손길이었다.

"차여울……"

갑작스러운 온도에 이성마저 멈춰 버린 하언은 그녀를 차마 뿌리치지 못했다.

그러자 여울은 마주잡은 손을 도 회장의 눈에 잘 들어오는 높이까지 들어 올렸고, 모든 불안을 잠재울 만큼 단단한 목소리로 말했다.

"하지만 이 사람이 절 이렇게 붙잡고 있잖아요."

"……"

"아무리 못된 말로 감춰 봐도 이걸로 느낄 수 있어요. 이 사람은 지금도 저 없으면 안 돼요."

우리는 분명 시작부터 거짓인 관계인데, 계약대로라면 사흘 뒤에 물거품처럼 지워질 사이인데.

자꾸 그렇게 말하니까 정말 넌 언제까지고 내 곁에 있어줄 것 같다. 우리 사이가 기한 없이 계속 이어질 것만 같다.

"그러니까 앞으로 괜히 겁줘서 쫓아내려고 하지 마세요."

"……"

"저는 회장님이 걱정하시는 험한 꼴, 같이 휘말려 주려고 여기 있는 거예요."

하지만 이 달콤한 말들은 전부 계약관계에서 이뤄지는 거짓일
뿐이었다.

그걸 알고 있는 하언은 아무것도 기대해선 안 된다고, 어차피 사
흘 뒤에 막이 내리는 순간 완벽한 남이 되는 사람이라고, 끊임없이
스스로를 다그쳤다.

"절대 혼자 두지 않을 거예요."

하지만 도 회장에게서 시선을 돌린 그녀가 일렁이는 하언의 눈
을 마주하며 흘려보낸 말은, 이미 알고 있는 거짓조차 무색하게 만
들어 버릴 만큼 간절해서.

"함께해 준다는 건 그런 의미니까."

그는 결국 마지막 한 마디를 마음에 담고 말았다.

마치 무대 위 여배우에게 진심이 되어 버린 남자 주인공처럼.

아무도 없는 호텔 주차장 옆 한적한 벤치.

도 회장과의 불편한 자리에서 겨우 빠져나온 여울은 지금 몹시
곤란한 처지에 놓여 있다.

"저기…… 도하언 씨?"

"왜."

"아뇨, 그게……."

레스토랑에서 벗어난 지 한참이 지났는데도 그녀를 놓아주지 않
는 하언의 손.

맞잡고 있는 시간만큼 손의 온도는 뜨끈뜨끈해졌다.

눈치를 주기 위해 손가락을 몇 번 움직여도 봤지만 그는 힘을 풀기미조차 보이지 않았다.

"있잖아요, 도하언 씨."

"왜 자꾸 부르는데."

"이제 손을 놓아도 되지 않을까 해서……."

"아."

여울이 직접적으로 말하고 나서야 하언은 붙잡고 있는 손으로 시선을 두었다. 그러나 곧바로 떼어 내지는 않았다. 그저 계속 바라보고만 있을 뿐.

"저, 저기요?"

당황한 여울은 먼저 손을 빼내려 했다. 하지만 그는 더욱 힘을 불어넣었고 서늘한 눈동자를 그녀에게로 옮겨두었다.

"할 말이 있어."

"네?"

"그거 끝날 때까지 잠깐만 이대로 있어."

새어 나오는 하언의 목소리는 사뭇 진지했다. 더 이상 불안해 보이지도 않았고, 그녀를 밀어낼 때처럼 사납지도 않았다.

하지만 어쩐지 묘한 긴장감이 감돌았다. 무슨 이야기가 나올지도 모르면서 여울의 심장은 묵직하게 조여들었다.

"아까 했던 말들 마음에 담아두지 마."

"……."

"필요 없다느니, 걸리적거린다느니, 짜증 난다느니, 꺼지라느니…… 뭐 이런 것들 전부 다."

자신의 실수를 되새기는 하언의 눈빛이 옅게 떨려 왔다. 다시 돌이켜봐도 괘씸하고 못된 말들은 여울을 상처 입히기에 충분했다.

"미안해."

그는 진심을 다한 사과를 건넸고 정말 하고 싶었던 말을 덧붙였다.

"전부 다 거짓말이었어."

그러고 나서야 겨우 붙잡고 있던 손을 풀어내자, 그녀는 달아오른 손을 매만지며 하언을 마주한다.

커다란 그녀의 눈동자는 너무나도 잔잔해서 무슨 생각을 하고 있는지 좀처럼 들여다볼 수가 없다.

그래서 더욱 대답을 애태우던 그때.

"알아요. 거짓말인 거."

웃음기 어린 여울의 목소리가 그의 귓가에 흘러들었다. 다행히도 편안하고 밝은 느낌이었다.

"물론 우리가 진짜 사랑하는 사이는 아니지만 그래도 일단은 연인관계잖아요."

"……."

"그 정도 투정을 누가 곧이곧대로 믿어. 그냥 오늘 이 사람한테 기분 안 좋은 일이 있었구나 하지."

그리 말하는 여울의 눈초리가 곱게 휘었다. 일말의 부정적인 감정도 없어 보이는 그녀의 얼굴은 하언을 안심하게 만들었다.

"……그래."

안 하느니만 못한 대꾸를 내뱉는 하언은 지금 당장 그녀에게 묻고 싶은 말이 있다.

'절대 혼자 두지 않을 거예요.'

아까 도 회장의 앞에서 했던 그 말은 계약관계로써 내뱉은 거짓말이었는지, 아니면 연인 사이로서 내뱉은 진심이었는지.

'함께해 준다는 건 그런 의미니까.'

내가 일방적으로 곁에 묶어 두고 있었던 너는 지금 정말 나와 함께해 주고 있는 건지.

하지만 입술은 쉽사리 떨어지지 않았다. 질문을 하는 건 쉬운 일이었으나 그녀의 대답을 들을 자신이 없었다.

"그래도 한 번만 더 나한테 화풀이하면 얄짤없어요. 알았죠?"

여울은 그에게 장난스러운 엄포를 놓으며 어깨를 툭 부딪쳤다. 거기에 순순히 대답하기엔 기분이 묘해서, 하언은 애써 화두를 돌렸다.

"너희 집 양아치, 정말 누구한테 등쳐 먹히고 있는 건 아닌지 확인이나 해 봐."

"우리 오빠가 왜?"

"도선웅 그 인간은 남 걱정 절대 안 해. 어디서 당하고 다니지만 않으면 다행이라는 말 아마도 현재진행형일걸."

하언의 건조한 조언에 여울은 푸핫 웃음을 터트렸다. 마치 허무맹랑한 소리라도 들은 사람처럼 가벼이 넘기는 태도였다.

"하하! 차시울은 어디서 남의 등을 쳐 먹었으면 쳐 먹었지, 절대 등쳐 먹히고 다닐 놈은 아니야. 물어보더라도 엄청 비웃을 걸요?"

여울은 그동안 여심이고 남심이고 제 장난감처럼 자유자재로 갖고 놀았던 시울을 떠올리며 대꾸했다.

순간 하언은 경계심이 전혀 없는 여울에게 한 번 더 도 회장의 위험성을 강조할까 했지만.

'내가 올해까지 꼭 이 집을 여울이 명의로 돌려야 해서 순순히 도와주긴 하겠지만 말이야……'

'나 옵타티움 도선옹 비리 꽤 많이 알고 있는데.'

'빌려 간 내 동생 털끝 하나라도 다치면 확! 잡아 먹어버린다?'

여울 몰래 하언과 계약하던 그가 특유의 능글맞은 미소로 건넨 협박이 새삼 떠올랐다. 충분히 위협적이었던 그는 하언이 생각해 봐도 누군가에게 당할 인물이 아니었다.

"하긴."

짧은 동의를 내비친 하언은 앉아 있던 벤치에서 일어섰다. 그러곤 살며시 뒤를 돌아 여울의 눈앞에 손을 내밀었다.

"집에 가자."

건네진 그의 손을 물끄러미 바라보던 여울은 넌지시 물었다.

"잡으라고?"

"일으켜 주는 건데."

"아아."

"원하면 차 있는 데까지 잡고 가든가."

장난기 어린 그 말은 꼭 진짜 연인 같았다.

잠깐 망설이던 여울은 이제 며칠 남지도 않은 관계에 장단을 맞추기 위해 씨익, 미소 지으며 손을 건넸다.

"그래, 사흘 동안 실컷 잡아야지."

또 한 번 부드러운 온기가 맞닿았다.

처음엔 불쾌했고, 그다음엔 어려웠고, 최근 들어선 듬직해진 하언의 손은 오늘따라 새삼스레 다정했다.

아직 그에 대해서는 아는 게 없지만 어쩌면 그는 아주 괜찮은 남자일 수도 있겠다. 훗날 진짜 연인이 생긴다면 그는 아마도 최선을 다해 사랑해 줄 것이다.

한 때 강태가 그녀에게 그런 연인이었듯이.

생각이 흐르는 대로 내버려 두었더니 불현듯 머릿속에 계강태의 존재가 떠올랐다. 순박한 그 얼굴은 얼마 전까지만 해도 그녀의 억장을 무너트렸었는데, 어느새 추억 속에 파묻힌 사람처럼 까마득히 흐려져 있었다.

마음에 남았던 커다란 빈자리가 어느 틈엔가 메워져 버렸나 보다. 그녀는 지금 8년의 연인 계강태가 조금도 그립지 않다.

이렇게 되는 데까지는 분명 누군가의 공이 컸다. 하지만 여울은 확실히 하지 않기로 했다. 그 사람에게 느껴지는 감정은 어차피 사흘 내로 접어둬야 할 것이었으니까.

*　　　*　　　*

햇살 좋은 금요일 낮.

"응? 그게 무슨 소리야?"

법원 흡연실에서 담배를 꺼내 문 시울이 휴대폰 속 여울에게 되물었다.

그는 함께 있던 사법연수원 동기 현규에게 눈짓으로 불을 청했고, 필터를 깊이 빨아들이며 능청스레 대꾸했다.

"오빠는 남의 등을 쳐 먹었으면 쳐 먹었지, 어디서 쳐 먹히고 다니진 않는단다. 동생아."

─그건 잘 알지. 그런데 그 쓰레기 같은 인성에 대해 잘 모르는 사람들 눈에는 오빠가 덜떨어져 보이나 봐.

"후우, 자존심 상하네. 더 분발해야겠어."

예상했던 것보다 더욱 뻔뻔한 시울의 반응에 여울은 허탈한 웃음을 터트렸다. 그러다 곧바로 목소리를 낮추고는 엄포를 놓았다.

─또 카드 물 쓰듯 쓰기만 해 봐라.

"오, 무서운데."

─진심이야. 손모가지 분질러 버릴 줄 알아.

시울은 여울의 반응이 재밌는지 키득키득 거렸다. 그건 여울이 가장 싫어하는 태도였지만 그는 늘 상관하지 않았다.

"그럼 남은 파견근무 성실히 잘 수행하고 이틀 뒤에 오천만 원과 함께 금의환향하도록."

─넌 돈 밖에 뵈는 게 없지? 진짜 얄미워.

"다 집 대출금 갚으려고 그러는 거 아니겠니."

─그럼 한 번에 삼백만 원씩 긁고 다니지나 말든가!

"엇, 부장판사님이 나 찾는대! 안녕!"

─거짓말하지 마! 지 불리한 얘기만 하면 꼭……!

뚝─

그녀와의 통화를 일방적으로 끝마친 시울은 휴대폰을 정장 재킷 안주머니에 집어넣었다. 언제나 그래 왔듯 참 제멋대로인 성격이다.

그런 시울을 가장 한심스럽게 여겨오던 현규는 동정이 가득 담긴 표정으로 질책했다.

"난 니 동생이 세상에서 제일 착한 것 같아."

"왜?"

"너 같은 새끼도 오빠랍시고 어디서 등쳐 먹히고 다닐까 봐 걱정해 주잖아."

"니 새끼 착하지. 나한테민 빼고."

시울은 짓궂은 대답을 하며 가볍게 웃었다.

현규는 시종일관 장난스러운 그를 향해 혀를 끌끌 차다가, 이내 옆구리에 들고 있던 파일을 내밀었다.

"여기, 옵타티움 관련 사건 추려온 거."

"월요일까지 달라니까 왜 이제 가져와."

"법원 올 날이 오늘밖에 없었는데 어떡하라고. 판사나 좀 한가하지 검사는 죽어나, 인마."

핀잔과 함께 파일을 넘겨받은 시울은 담배를 입에 문 채 내용물을 대충 훑어보았다.

지난 일요일에 부탁했던 옵타티움 관련 공판기록들은 죄다 명예훼손, 영업방해와 같이 사소한 것들뿐이었다.

"명예훼손죄는 내용이 세네. 옵타티움이 살인청부 했다는 구설수에 휘말렸었나?"

"어, 그 사건 피고인이 의사인데 조현증을 앓던 모양이야. 그게 공판 중에 발견돼서 자격 박탈당했어."

"흐음…… 이쪽에서 소송 제기한 건 이거 한 건이고, 나머지는 다 고소당했던 거구만."

"대부분 영업방해, 저작권 관련 문제야. 유죄 판결 난 건 없고. 그냥 다른 기업에서 견제한 거지, 뭐."

시울은 고개를 끄덕이며 파일을 덮었다. 그가 꽤나 간절히 기다린 자료에 건질 만한 내용은 없었지만 눈가에 어린 웃음기는 의미심장했다.

그건 분명 심상찮은 꿍꿍이가 있어 보였기에 현규는 그에게 타이르듯 말했다.

"무슨 일 때문에 그러는 건지 모르겠지만, 옵타티움은 요즘 기업답지 않게 청렴결백한 편이야."

"내가 아직 안 털어서 그래."

"털어서 먼지 안 나오는 곳 없다, 이거냐?"

"그런 곳이야 있겠지. 하지만 필요하면 없던 먼지도 가져다 묻혀 버릴 거야."

시울은 자욱한 연기를 뱉으며 대답했다. 내용은 살벌했으나 곧이곧대로 받아들이기엔 그의 말투가 너무 장난스러웠다.

그래서 헛웃음으로 때우려 하니 시울은 반쯤 타들어 간 담배꽁초를 지져 끄곤 너스레를 떨었다.

"그때가 되면 잘 부탁합니다. 나현규 검사님."

잔정이 많아 시울에게 곧잘 휩쓸려왔던 현규는 탐탁지 않은 표정으로 되받아쳤다.

"나 이용해 먹지 말고 차라리 니가 검사를 해, 미친 새끼야."

"일 빡세다며. 난 고생하는 거 싫단 말이야."

시울은 애교 섞인 표정으로 찡긋 윙크를 날렸다. 그건 여자에게 백발백중이었지만 늘 그렇듯 남자에겐 씨알도 먹히지 않았다.

"어디서 애교질이야."

현규는 거친 손을 뻗어 그의 머리채를 잡으려 했고, 시울은 그런 현규에게 황급히 사탕처럼 달콤한 제안을 건넸다.

"아! 대신 주말에 클럽 가자! 내가 한탕 제대로 쏠게!"

"클립이라고 해 봤자 입상료밖에 더 있냐! 이 구두쇠 새끼야!"

"칵테일도 한 잔 산다. 그리고 내가 소개팅도 시켜 줄게."

"소개팅?"

분에 찬 현규의 마음이 소개팅이라는 단어에 녹아들었다. 그는 시울의 지인으로 지내는 여자들의 미모에 별다른 이의가 없었다.

"소개팅은 뭐 조만간 받는다 치고, 여울이 여행 갔다가 주말에 온다며. 집 대청소해야 한다고 하지 않았어?"

"괜찮아, 막 굴리다가 배신해도 찍소리 못 할 노예 한 명 구해 놨어."

"어휴, 여울이도 참. 이런 니가 등쳐 먹힐 걱정을 하다니."

"그러게 말이야. 웃기네, 하하."

시울은 어느새 미간의 주름이 없어진 현규에게 적당히 맞장구를 쳐주며 그의 등을 흡연실 밖으로 떠밀었다.

잠시 타인에게서 시선이 벗어난 순간 시울의 장난스러운 미소도, 능글맞기만 했던 눈빛도 싸늘하게 식어 버렸으나 그건 어느 누구도 눈치채지 못할 것이었다.

'오빠, 어디서 누구한테 당하고 사는 건 아니지?'

오늘 여울은 새삼스러운 걱정을 했고, 그건 사실 충분히 신경에 거슬린다.

미련한 그 인간들이 괜한 짓으로 여울의 의심을 샀을 수도 있지만, 돈에 환장하는 그들이 얼토당토않은 요구를 들어주는 조건으로 내걸었던 당부를 잊었을 것 같지는 않다.

하긴. 바로 저번 달에는 지 딸 취직 명목으로 쇼핑을 삼백오십만 원어치나 질러놓고서 이렇게 금방 뒤통수를 칠 리 없지.

마음을 정리하고 내려갔던 입꼬리를 억지로 끌어올렸다.

"아아, 이대로 확 그냥 째 버리고 싶다."

그러고는 실없는 농담을 중얼거리자 억지로 흡연실 밖으로 밀려났던 현규가 시울을 노려보며 타박했다.

"오빠면 오빠답게, 판사면 판사답게, 인간성 좀 챙겨라."

"왜? 나 지금은 별로야? 이렇게 똑똑하고 능력 있고 잘생겼는데?"

"겉으로 번듯하면 뭐해. 속이 쓰레기구만."

말투는 거칠었지만 마지막 욕은 마음에 들었다. 겉으로 비치는 모습은 쓰레기 정도 수준이 딱 좋았다.

그래야 그 인간들이 달려들어 까만 때를 묻혀놓아도, 원래 내 것이었던 것처럼 우길 수 있잖아.

너의 세상은 티 하나 없이 깨끗하고, 나의 세상은 시궁창처럼 더러운 게 여울이 너에게는 죄책감조차 들지 않을 만큼 당연한 일이었으면 좋겠어.

          *   *   *

"왜 그렇게 쳐다봐요?"

샴푸 향기 그윽한 머리를 말리던 여울이 고갤 돌려 물었다. 그제야 그녀에게 머물렀던 눈동자를 깨달은 하언은 일부러 미간을 좁히며 까칠하게 대꾸했다.

"쳐다본 적 없는데."

"거짓말. 아까부터 눈빛이 아주 이글이글 하구만."

"안 쳐다봤다고."

하언은 말이 끝나기가 무섭게 애먼 곳으로 고갤 돌렸다. 여울은 피식, 미소를 지었고 다시 긴 머리를 말리기 시작했다.

물기를 머금은 채 늘어진 머리카락이 그녀의 손가락 사이에서 흐트러진다. 따뜻한 바람을 타고 온 샴푸 향기는 어김없이 그의 코끝을 자극한다.

그건 억지스레 붙들어둔 이성을 도로 아득하게 만들었다. 결국 하언의 시선은 향기를 따라 흘러, 또다시 여울의 곁에 도착한다.

벌써 세 번을 반복했던 비밀스러운 일. 지금까지는 한 번도 들킨 적이 없었지만.

"봐, 또 보잖아."

이번엔 제대로 맞닿고 말았다. 언제나 서늘하기만 했던 하언의 눈동자가 당황한 빛으로 물들었다.

"진짜 왜 그래? 나한테 하고 싶은 말 있어요?"

"……."

"이보세요, 왜 자꾸 신경 쓰이게 쳐다보냐구요."

"……서."

순간 하언의 입술이 살며시 움직였다. 하지만 소리는 제대로 들려오지 않았다. 여울은 의아한 표정으로 똑바로 되물어보려 했다.

"방금 뭐라고……."

하지만 질문이 끝나기도 전에 하언의 고개는 다른 쪽으로 틀어져 버렸다. 무엇을 묻든 대답해 주지 않을 모양이었다.

"치, 내가 초능력자도 아니고. 눈만 보고 어떻게 알아."

여울은 입술을 삐죽이며 투정을 늘어놓았다.

그래도 하언에게서 별다른 반응이 돌아오지 않자, 그녀는 헤어드라이어를 끄고 콘센트 옆에서 일어섰다.

"나 옷 갈아입을 거예요. 들어오지 마요."

"……."

"알았지?"

"……어."

드륵—

기어이 대답을 듣고 나서야 여울은 무거운 드레스 룸 문 너머로 사라졌다.

갈 곳을 찾지 못하고 헤매던 하언의 눈동자는 그제야 어느 한 곳에 가만히 멈춰 섰다. 방금 전까지 그녀가 머물던 자리였다.

상태가 이상하다는 건 그 스스로도 알고 있다. 아직 이유를 찾지 못해서 멀쩡하게 행동하지 못할 뿐이다.

언제부터 모든 의식이 그 여자만 쫓아다녔는지 돌이켜 보면 시작점은 명확했다.

오늘 아침, 오랜만에 깊은 잠을 자고 일어난 하언은 그녀의 방과 다름없는 드레스 룸 문을 열었고.

'차여울, 밥 사 줄 테니까 일어나.'

아직 꿈결을 헤매고 있는 그녀를 나직한 목소리로 깨웠다. 하지만 그녀는 살짝 미간을 찡그렸으면서도 일어나려 하지 않았다.

그래서 그는 서슴없는 발걸음으로 다가가 이불 속에 파묻힌 그녀의 어깨를 흔들며 조금 더 선명히 말했다.

'얼른 일어나라고. 확 굶겨버린다.'

새어 나온 말은 불친절했지만 그녀는 잠결에도 배시시 웃었다. 그리고 머지않아 지그시 감겨 있던 눈꺼풀을 느리게 치켜떴다. 고양이처럼 동그란 그녀의 눈동자가 아침 햇살에 비쳐 유독 밝게 빛났다.

'좋은 아침.'

바로 그 순간. 그녀의 도톰한 입술 새로 푹 잠긴 아침 인사가 흘러나왔을 때.

하언의 머릿속에는 간밤 사이에 흐릿해져 있던 어제의 기억들이 주마등처럼 스쳐 지나갔다.

심장이 덜컥 내려앉을 만큼 잘 어울렸던 하얀 원피스부터, 일방적으로 쏟아지던 못된 말들을 가만히 들어주던 작은 귀, 도 회장의 눈앞에서 스스럼없이 닿아왔던 따뜻한 손까지.

그를 설레게 만들었던 모든 것들이 하나도 남김없이 전부.

그와 동시에 하언의 머릿속은 까마득히 멈췄고 지금까지도 돌아갈 기미를 보이지 않고 있다. 하언은 언제나 반듯하던 자신이 그녀 때문에 흐트러지는 것 같아 심히 혼란스럽다.

그런 마음을 아는지 모르는지. 금세 옷을 갈아입고 드레스 룸 밖으로 나온 여울은 긴 머리를 하나로 모으며 툴툴거렸다.

"아, 오늘따라 제대로 왜 이렇게 안 묶이지?"

손가락에 걸린 고무줄이 한 번 더 머리카락을 휘어 감았다. 하지만 울퉁불퉁하게 묶인 정수리 부분이 마음에 들지 않는지, 그녀는 다시 머리를 푸르며 신경질을 냈다.

"흐음, 역시 손으로 빗는 건 안 되나."

"……."

"하언 씨 빗 어디 있어요? 사이즈 좀 큰 거."

그리 묻는 여울의 눈동자는 갑작스레 하언을 향했다. 한눈에 담긴 이목구비는 평소에 보던 것보다 오밀조밀했다.

지금 저 여자는 어제의 원피스도 안 입었는데 어째서 자꾸 예쁘게만 보이는 건지. 원래 저 얼굴이었던 건지, 아니면 지금 내 눈이 잘못된 건지.

하언은 복잡한 생각을 정리하느라 대답할 타이밍을 놓쳐버렸다. 그 침묵에 빈정이 상한 여울은 하언을 흘겨보았다.

"아직 잠이 덜 깬 거야 뭐야. 자기가 먼저 깨워놓고서."

"……자기?"

"뭐가?"

"아, 잘못 들었어."

이젠 이상하다는 표현으로도 부족한 하언의 상태.

여울은 실없는 그를 추궁할까 했지만 관두었다. 그냥 하는 대꾸도 변변찮은 마당에 되물어봤자 별 소용도 없을 것 같았다.

그녀는 다시 머리끈을 풀었고 심기일전한 손가락으로 머리카락을 빗었다. 그 와중에도 옆통수에 닿은 하언의 시선은 지나치게 노골적이어서, 여울은 이내 다른 대화거리를 찾아 꺼냈다.

"있잖아요. 하언 씨도 로맨스 영화 같은 거 봐요?"

"딱히."

"그럴 줄 알았어. 예전에 봤던 로맨스 영화에서 남자 주인공이 여자주인공 머리를 묶어 줬거든요? 그게 너무 예뻐 보이는 거야."

"그래서."

"한창 강태랑 사귀었을 때니까 걔한테 묶어달라고 했었지, 뭐."

"……."

"그랬더니 얘가 머리를 정수리까지 끌어올려서……."

딱 거기까지 얘기했을 때.

"차여울."

그녀를 부르는 하언의 목소리가 들렸다. 멀찌감치 떨어져 있던 그는 어느새 여울의 뒤로 다가와 있었다. 여울은 다른 무엇보다 그의 눈이 갑자기 날카로워진 것 같아 신경 쓰였다.

"으, 응?"

그래서 떨리는 목소리로 대꾸했더니 하언은 거울을 통해 그녀와 눈을 맞추며 묻는다.

"머리 묶어 줄까."

허락을 요하는 질문 뒤에는 고개를 끄덕일 틈조차 주어지지 않았다. 손가락에 걸려 있던 고무줄을 가져가 버린 하언은 이내 여울의 긴 머리카락을 쓸어내렸다. 혹시나 엉키진 않을까 조심스러운 손길이었다.

이 남자는 대체 왜 이러는 걸까. 무슨 영문일까. 나에게 뭘 원하는 걸까.

머릿속에 떠오르는 물음표들은 셀 수도 없이 많아서, 그녀는 도저히 간결한 질문으로 정리하기 힘들었다. 하지만 그런 혼란마저도 전부 꿰뚫어 보듯 그는 입술을 열어 대답한다.

"지금 니 애인은 나잖아."

"……."

"그때 그 새끼가 아니라."

그건 꼭 질투와 같이 비쳐졌다. 괜히 가슴 설레게.

그가 자신의 머리카락을 매만지는 광경을 도저히 지켜볼 자신이 없었던 여울은 거울을 피해 애먼 곳으로 눈길을 돌렸다.

오늘 그녀가 그토록 이상하게 여겼던 도하언의 설렘과 꼭 닮아 있었다.

아직 해가 지지 않은 오후.

몸 평계를 대며 휴가를 낸 유현은 집 근처 카페에서 홀로 시간을 때우고 있었다.

테이블 위엔 노트북이 놓여 있었지만 딱히 할 일은 없었고, 잡지 책을 몇 권 골라두었지만 흥미 있는 분야는 아니었다.

오랜만에 찾아온 혼자만의 시간을 이렇게 무료하게 보내고 싶진 않았지만, 언제나 누군가에게 묶여 있기만 했던 그는 자유를 즐기는 법을 잊어버렸다.

그나마 마음에 드는 건 커피 잔 내려놓는 것도 조심해야 할 만큼 고요한 카페의 분위기였다.

내 하루도 딱 이만큼만 조용하면 좋을 텐데.

남몰래 허망한 바람을 품어보던 그 순간.

"계속 밥 얻어먹는 것도 미안하니까 커피는 내가 살게."

"됐어. 푼돈 넣어둬."

"참나, 나 그렇게 거지 아니거든요?"

입구 쪽에서부터 소란스러운 목소리가 들려왔다.

유현은 인기척을 향해 고개를 들어 올렸고, 카페 안으로 들어서는 두 사람을 발견했다. 오늘따라 머리가 유독 삐뚤게 묶인 여울과 평소 카페를 즐겨 가지 않는 하언이었다.

"안녕하세요. 음, 나 뭐 마시지?"

"난 물."

"안 돼. 그런 거 말고 음료나 커피 종류 시켜요."

"싫어. 물 마신다고 했잖아."

"아, 진짜. 카페가 옹달샘도 아니고 어느 누가 물만 먹고 가."

토닥거리는 대화 내용과 달리 두 사람은 묘하게 상기되어 있었다.

하언은 시종일관 까칠하게 굴면서도 눈빛만큼은 부드러웠고, 여울은 눈을 흘기며 툴툴대면서도 제법 즐거워 보였다.

처음엔 연인 사이라고는 믿을 수 없을 만큼 안 어울렸던 것 같은데, 언제 저리도 비슷해져 버린 건지.

유현은 그들을 물끄러미 바라보기만 할 뿐 쉽사리 인사를 건네지 못했다. 애초부터 그런 걸 나눌 사이가 아니기도 했지만 비밀스럽게 받은 휴가이니 하언의 눈도 조심해야 했다.

"난 카페라떼 마실 거니까 하언 씨는 커피 싫으면 루이보스 티 마셔요. 물이랑 비슷할 거야."

"넌 너무 제멋대로야."

"우리 커피 받고 2층으로 올라가자."

"사람 말도 똑바로 안 듣고."

다행히 그들은 카페 2층으로 향할 모양이었다. 이대로라면 같은 공간에 있어도 마주칠 확률이 적었다.

마음을 놓은 유현은 책상 위에 놓인 잡지로 자연스럽게 얼굴을 가렸다. 그럴 필요도 없이 두 사람은 서로에게 집중하느라 유현이 있는 방향으로는 눈길 한 번 주지 않았다.

"얼마죠? 잠시만, 현금이……."

"이 카드로 계산해 줘요."

"앗, 내가 산다니까."

"됐어. 주머니에서 구겨진 지폐 꺼내는 꼴 짠해 죽겠네."

"거지 취급하지 마요. 이틀 뒤에 우리 계약 끝내고 나면 나도 부자야."

그때 도저히 외면할 수 없는 한 마디가 유현의 귓가를 사로잡았다. 잡지로 향했던 유현의 시선이 다시 그들에게로 되돌아갔다.

"생각해 보니까 페이가 너무 세지 않나? 일주일 동안 연애하고 오천만 원이나 가져가는 거잖아."

"페이가 세긴 뭐가 세. 무시무시한 하언 씨 집에 눌러앉아 있는 게 쉬운 일인 줄 알아요?"

대화가 이어지면 이어질수록 애매한 그들의 관계.

진실을 엿보게 된 유현의 눈동자가 옅게 떨려 왔다. 도저히 이성적으로 이해되지 않았던 하언의 의도가 명확해지는 순간이었다.

지이이잉— 지이이잉

클러치에 넣어뒀던 설아의 휴대폰이 진동했다.

카페테라스에 앉아 커피를 마시던 설아는 손목시계를 확인했고 유현이 한창 바쁠 시간이라는 걸 깨달았다.

그렇다면 굳이 받을 필요 없는 전화였다. 그녀의 눈동자에 잠시나마 어렸던 흥미가 사라졌다.

설아는 울어 대는 휴대폰을 무시한 채 커피잔을 들었다. 한 모금을 삼켜 넘길 때쯤 끊기는가 싶었던 전화는 잔을 내려놓기 무섭게 또 한 번 요란한 소리를 흘려보냈다.

"누구야, 대체."

귀찮은 것보다 웅웅대는 진동소리가 더욱 거슬렸던 설아는 하는 수 없이 클러치 속 휴대폰을 꺼냈다.

액정에 떠오른 발신자는 역시 유현이 아니었지만 그만큼 중요한 인물이었다. 설아는 이제까지의 불쾌감을 모두 지우고 통화버튼을 눌렀다.

"늦게 받아서 죄송합니다, 작은아버님."

도 회장 앞에서의 설아는 다른 이들을 대할 때보다 부드러웠다.

―통화 가능하니?

그러나 그녀를 대하는 도 회장은 다른 이들에게 내비치는 모습 그대로 딱딱하고 차가웠다. 극명한 차이를 띠는 두 사람의 분위기에선 강자와 약자가 자연스레 구별 지어졌다.

"네, 말씀하세요."

설아는 본격적인 대화에 앞서 자세를 고쳐 앉으며 대답했다. 그러기가 무섭게 꺼내지는 본론은 그녀가 내심 기다려오던 것이었다.

―어제 하언이가 데려온 그 앨 만났다.

순간 설아의 뇌리에 여울의 얼굴이 스쳐 지나갔다. 체구도 자그마한 주제에 상대도 못 가리고 덤벼들던 여자였다.

설아는 기만이 가득한 미소를 입가에 머금은 채 말했다.

"아, 그런 자리라면 저도 참석하게 해 주시지 그러셨어요."

―누구의 방해도 받지 않고 확인해 보고 싶은 게 있었어.

"확인이라…… 그래서 원하는 건 얻으셨나요?"

―얻었고말고.

휴대폰 너머에서 도 회장의 미소가 전해졌다. 뒷말이 기대될 만큼 만족스러운 반응이었다.

―도하언과 차여울, 진짜 연인관계는 아니더구나.

"……."

―차여울 그 아이가 제법 당돌하게 구는 바람에 속을 뻔했지만 하언이가 지나치게 동요했어.

그러나 정작 그가 꺼내놓은 이야기는 새삼스러울 것도 없었다.

타인을 받아들이지 못하는 도하언의 성격을 알고 있는 설아는 대수롭지 않다는 반응을 내비쳤다.

"그 사람, 연기를 어지간히도 못 했나 보네요."

하지만 도 회장이 정작 꺼내놓고 싶은 본론은 따로 있었다.

—그래서 말인데 설아야.

그는 진중한 목소리로 운을 떼었고.

—이대로 밀어붙여 보는 게 어떨까 싶구나.

의미심장한 한 마디를 흘려보냈다.

"밀어붙이다니요?"

—하언이도 그저 그런 각오로 일을 벌이진 않았을 게다. 거칠기는 해도 충동에 따라 움직이는 성격은 아니니까.

"네, 그렇죠."

—그걸 알고 있는 이상 무턱대고 막아설 수도 없는 노릇이구나. 한창 끓어오르고 있는 젊은 혈기를 내가 무슨 수로 가라앉히겠니.

도 회장의 말에선 짙은 회의감이 느껴졌다. 가만히 귀를 기울이고 있던 설아의 눈빛이 날카로워졌다.

"그럼 가만히 놔두시겠다는 말씀이신가요?"

그녀의 물음 뒤에 이어지는 도 회장의 목소리는 등골이 서늘해질 만큼 한기가 서려 있었다.

—목적지도 없이 달리기만 하는 전차가 어디에 부딪힐지, 궁금하지 않니?

비유적인 질문 안에 숨겨진 악의가 예리한 칼날을 드러낸다. 미처 따라가지 못했던 도 회장의 계획이 드디어 설아의 머릿속에도 선명하게 펼쳐진다.

'역시 차원이 다르게 영악한 양반이네.'

설아는 도 회장을 적으로 두지 않은 것에 안도하며 기분 좋은 웃음을 흘렸다.

"작은아버님 덕분에 즐거운 구경하겠네요."

─널 마음고생 시키고 있는데 이 정도 재미는 줘야 하지 않겠니.

서로 다른 것을 욕망하는 그들에게는 공통된 걸림돌이 있다. 하지만 간단히 뽑아 버리기에는 뿌리가 너무 깊이 박혀 있으니 차라리 산산조각 내버리기로 한다.

그 끝은 충분히 잔혹하겠지만 가능하다면 너무 비참하지는 않았으면 좋겠다.

죄는 그저 자신들의 욕망일 뿐, 그 사람의 존재 자체가 아니라는 건 딱히 신경 쓰고 있진 않아도 잘 아는 사실이니까.

카페 2층에 자리를 잡은 지 5분 정도 지났을까.

"가자."

루이보스 티를 단숨에 비워버린 하언이 컵을 내려놓으며 말했다. 이제 막 두 모금째였던 여울의 눈썹이 확 구겨졌다.

"왜 이렇게 빨리 마셔요? 우리 이제 막 앉았다."

"마시라고 준 건 마셔야지. 그럼 너처럼 앞에 놔두고 고사라도 지낼까?"

"참나, 카페에 목만 축이러 오나. 느긋이 앉아서 여유도 즐기고 대화도 하고 그러는 거지."

여울의 핀잔을 들은 하언은 마음에 안 든다는 듯 시선을 어긋냈다. 덕분에 마음이 불편해진 여울은 뜨거운 카페라떼를 성급하게 들이켰다.

"으앗, 뜨거!"

커피의 온도를 참지 못한 목구멍이 따가워졌다. 그 고통은 식도를 타고 내려가 가슴까지 전해졌다.

"으으…… 속 다 데이겠네."

여울은 가슴을 문지르며 신음을 흘렸다. 어느새 나시 놀아온 하언의 눈동자는 미세한 걱정이 어려 있었지만, 여울의 원망 어린 시선과 맞닿는 순간 돌연 까칠해졌다.

"뜨거우면 천천히 마셨어야지."

"앞에서 자꾸만 재촉하니까 그렇잖아!"

"뭘 자꾸만 재촉해. 딱 한 번 했는데."

"아, 진짜 어디서 얄밉게 말하는 법 배워오나 봐! 확 그냥!"

여울은 하언을 향해 입술을 비틀어 올렸다. 도톰한 입술 안에 숨어 있던 작은 송곳니가 빠끔히 모습을 드러냈다.

그녀는 엄연히 성질을 부리는 중이었지만 하언은 피식, 실웃음을 터트렸다.

그는 테이블 위에 두 손을 올려놓았고 그녀 쪽으로 상체를 가까이 숙였다.

"그럼 우리도 대화할까?"

그리 묻는 하언은 지금 여울을 어르고 달래는 중이다. 그건 기만

하는 것 같으면서도 한 편으로는 장단 맞춰 주는 느낌이라서, 가시 돋쳤던 여울의 기분은 내심 가라앉았다.

"치, 뭐 물어봐도 대답 잘 안 해 주면서."

"이번엔 할게. 물어볼 거 있으면 물어봐."

"그렇게 갑자기 허락해 봤자 딱히 질문할 게 없긴 한데……."

여울이 고민하는 동안 하언은 가만히 눈빛을 건네주고 있었다. 옅은 미소가 서린 하언의 눈매는 처음 만났을 때의 살벌함이 착각이었다고 느껴질 만큼 부드러웠다.

그걸 가만히 마주하고 있자니 습관처럼 작은 떨림이 일었다. 혹시나 겉으로 티가 날까 싶었던 여울은 곧 아무 질문이나 되는 대로 뱉어냈다.

"일 끝내면 하와이로 간다고 했죠?"

"어."

"거긴 왜 가는 거예요?"

작정하고 물어본 건 아니었지만 하언은 잠시 대답을 망설였다. 하지만 정작 흘러나오는 한 마디는 고민의 깊이에 비해 간결했다.

"싸울 기력 충전하러."

단번에 이해하지 못한 여울은 의아한 눈동자를 깜빡였다. 그러다 이내 머릿속에 스치는 그 사람의 이름을 넌지시 꺼내놓았다.

"도선웅 회장?"

하언의 고개가 가볍게 끄덕여졌다. 지금도 그 사람과 충분히 싸우고 있으면서 훗날 기력까지 충전한 후에 또 한판 벌일 모양이었다.

여울은 문득 그가 왜 이토록 집안을 상대로 고군분투하는지 궁금해졌다.

공격적으로 부딪힐수록 피해를 입는 건 도하언 본인인 것 같은데, 무엇을 위해 이러는 걸까. 그에게는 도대체 어떤 비밀이 감춰져 있는 걸까.

"차여울."

"응?"

"가서 연락할게. 하와이 놀러 와."

하지만 모든 호기심은 예상치 못한 하언의 초대에 흔적도 없이 수그러들었다. 지금껏 하언을 이틀 뒤 끊어질 인연이라고 생각해 온 그녀는 그 후에 있을 만남에 대해 이야기하는 것이 갑작스러웠다.

"내가 하와이를?"

"어."

"왜?"

그래서 의아함을 가득 담아 되묻자 하언은 지나치게 솔직한 그녀의 반응에 불만스러운 기색을 내비쳤다.

"왜냐는 말을 꼭 물어야 돼?"

"아니, 하언 씨가 거길 언제 갈지는 모르겠지만……."

"모르겠지만 뭐."

"그때까지 우리가 연락을 할까? 계약은 이틀 뒤면 끝나는데."

여울에게서 그 말이 터져 나온 순간, 하언의 마음을 가득 채우는 건 말 못할 서운함이었다.

계약으로 묶인 관계라는 건 익히 알고 있지만 여울이 그걸 굳이 이 타이밍에 상기시키는 건 몹시 매정하게 느껴졌다.

하지만 뒤따라오는 감정은 그런 자신에 대한 혼란스러움이었다.

뒤탈 없이 깔끔한 계약은 그 역시 원하던 것이었다. 칼같이 정확한 끝맺음은 언제나 하언이 추구해오던 일 처리 방식이었으니까.

그런데 나와의 계약을 깔끔하고 정확하게 끝내려는 그녀의 태도는 어쩐지 마음에 들지 않는다. 내 감정의 흐름과 전혀 상관없이 구는 그녀는 짜증이 솟구칠 만큼 싫다.

그녀의 속마음이 뭐길래. 아니, 그 전에.

……이런 내 마음은 대체 뭐길래.

머릿속이 복잡해진 하언은 미간을 구겼다. 그 탐탁지 않은 태도에 당황한 여울은 서둘러 변명을 이어 붙였다.

"아, 하지 말라는 얘기는 아니구요! 나는 그냥……!"

그러나 제대로 마치지는 못했다.

"나는 니가 하지 말래도 할 거야."

"예?"

여전히 감정이 상한 눈빛을 띠고 그리 말하는 하언은.

"내가 원할 땐 언제든."

마치 그녀를 진심으로 원하는 사람 같아서.

"너는 받든가 말든가, 너 알아서 해."

"……."

"니 말대로 우리 계약은 이틀 뒤에 끝이니까."

여울은 그 모습에 의미를 두어야 할지, 뒤따라온 '계약'이라는 단어에 의미를 두어야 할지 쉽게 판단 내릴 수 없었다.

그저 벌어졌던 입술을 살며시 닫고 마른침만 삼켜 넘길 뿐.

부드럽던 분위기가 한순간에 어색해졌다. 옅게 떨리던 여울의 눈동자는 테이블 위 찻잔으로 내려앉았고, 머지않아 하언 역시 옆으로 고갤 돌렸다.

그리고 한동안 서로 아무 말도 하지 않았다. 꼭 사소한 애정 문제로 다툰 평범한 연인들처럼.

"나, 나 화장실 좀 다녀와야겠다."

이대로 있다간 기분만 너 묘해질 것 같아서, 여울은 서둘러 자리에서 일어났다.

"……여자화장실 1층에 있더라."

빈 컵을 매만지며 대답하는 하언 역시 자신의 과민반응을 후회하는 듯했다.

"휴지는……."

"휴지를 왜 나한테서 찾아. 카운터 가서 물어봐."

"아, 그렇지. 참."

불편함을 모면해 보려 억지스레 잇는 말들조차 평범한 연인들의 화해방법이었다.

여울은 자꾸만 그녀를 혼란스럽게 하는 그에게서 발걸음을 떼어냈다. 혹시라도 하언의 시선이 따라오고 있을까 봐 긴장했던 그녀의 등은 1층으로 내려오면서부터 한결 느슨해졌다.

그제야 여울은 손등으로 제 얼굴을 만져보았다. 어쩐지 아까부터 마음이 간질간질해지는가 싶더니만 역시 두 뺨에서 느껴지는 온

도는 평소보다 높았다.

'여기서 같이 동요해 버리면 어쩌자는 거야.'

여울은 뜨거워진 얼굴을 식히기 위해 카페 정문 쪽으로 몸을 틀었다. 바깥 공기를 쐬며 울렁대는 심장을 가라앉히는 김에 도하언으로 복잡해진 머릿속도 정리해볼 생각이었다.

하지만 그때.

"가짜 애인 놔두고 어디 가요?"

미처 보지 못한 방향에서 들려오는 목소리는 그녀를 다른 의미로 긴장하게 만들었다.

화들짝 놀란 표정으로 고개를 돌리자 곧바로 마주보게 된 사람은 같은 공간에 있는 줄도 몰랐던 유현이었다.

"부, 불륜⋯⋯."

"그거 말고."

"네, 네?"

"도유현이라고 불러 주면 안 돼요?"

조심스레 묻는 유현의 입가엔 부드러운 미소가 얹혀 있었다. 어떠한 악의도 없이 다정하고 선하기만 한 모습이었다.

그러니 분명 아까 은근슬쩍 들려온 단어는 잘못 들은 말일 것이다. 그렇게 스스로를 달래며 움츠러들었던 어깨를 당당하게 펴보려는데.

"가짜 애인은 하언 씨라고 잘 불러 주면서."

유현은 그녀의 희망을 끊어 놓는 문제의 단어를 또 한 번 꺼내놓는다. 이번에는 외면할 수도 없을 만큼 정확하고 또렷한 발음이었다.

"무, 무슨 말인지…….."

이성이 아득해진 여울은 일단 발뺌부터 했다. 그러나 그와 눈도 제대로 못 마주치고 있는 그녀는 속아주기 힘들 만큼 어색했다. 그런 여울에게 유현은 부드럽게 물었다.

"그쪽 계약 연애는 어때요?"

"……."

"진짜 연애하는 것처럼 재미있어 보이던데."

흘리니오는 밀들은 둘러뻴 빈멍조자 려오브시 않을 성도로 의미심장해서.

여울은 곧이곧대로 대답해 버릴 뻔했다. 솔직히 아까까진 재미있었는데 이제부터는 재미없을 것 같아요, 라고.

저택 근처의 조용한 골목.

"후우……."

하언보다 한 걸음 느리게 걷고 있던 여울이 작은 한숨을 내쉬었다. 벌써 다섯 번째 들려오는 한숨이었다.

하언은 미간을 좁혔고 잠시 걸음을 멈추었다.

"대체 왜 그러는 건데."

그러고 나서 그녀의 눈을 마주하자 여울은 화들짝 놀라 대답했다.

"예? 아무것도 안 했는데요?"

"아무것도 안 하긴 뭘 안 해. 계속 죽을상이잖아."

"에이, 죽을상은 무슨……."

아니라고 부인하긴 했지만 사실 여울의 머릿속은 복잡했다. 카페에서 예상치 못하게 유현을 마주쳤던 순간부터였다.

'그쪽 계약연애는 어때요?'

'예?'

'진짜 연애하는 것처럼 재미있어 보이던데.'

존재 자체만으로도 어렵고 불편한 그 사람은 하언과의 계약관계에 대해서 알고 있었다.

'예? 계약연애라니 그게 무슨…….'

'아까 여울 씨가 카운터 앞에서 했던 말 들었어요.'

'…….'

'오천만 원 짜리 계약이라면서요.'

모르쇠로 일관하려 했지만 퇴로는 보이지 않았다. 늘 가라앉아 있던 그의 눈이 또렷한 빛을 품고 있는 이상, 어영부영 넘어가 줄 것 같지도 않았다.

결국 여울은 더 이상 그에게 아니라는 말을 할 수가 없었고 인정과 다름없는 질문을 던졌다.

'그래서…… 뭘 어떡하겠다는 건데요?'

그러자 여울의 손에 들려 있던 휴대폰을 가져간 유현은 어딘가로 전화를 걸며 의미심장한 대답을 흘려보냈다.

'그건 차차 생각해 보고 알려 줄게요.'

머지않아 그의 재킷 안주머니에선 단조로운 벨소리가 울렸다. 순간 이성이 아찔해진 여울은 휴대폰을 돌려준 후 유유히 카페를 빠져나가는 유현을 붙잡지도 못했다.

"무슨 일인지 똑바로 말해."

하언은 재차 물어보고 있지만 여울은 그에게 이 모든 일을 고백할 수 없었다. 계약관계를 들켜버린 게 조심성 없이 굴었던 자신의 탓인 것만 같아 마음이 좋지 않았다.

그래서 한 번 더 하언의 두 눈을 똑바로 마주하고 별일 아니라며 넘겨 버리려던 그때.

"팔자 좋게 데이트하고 오는 거야?"

지뎍 대문 쪽에서 등글을 오싹하게 만느는 녹소리가 늘려왔다. 하언의 표정을 순식간에 굳어 버리게 만드는 그녀는 깔끔한 세미정장 차림의 설아였다.

"하언 씨, 그 노골적으로 싫다는 표정 좀 어떻게 해 주면 안 될까?"

"이 꼴 보기 싫으면 찾아오질 말든가."

"너무 까칠하게 굴지 마. 오늘은 내가 반가운 손님일지 어떻게 알아."

"행여나."

하언은 언제나처럼 여유로운 설아를 적대시하며 살며시 손을 뻗었다. 차가운 그의 손끝이 향하는 곳은 어김없이 여울의 손이었다.

설아는 맞잡은 그 손을 물끄러미 바라보더니 이내 입꼬리를 들어 올려 노골적인 비웃음을 지어보였다.

하언은 그런 그녀에게서 시선조차 떼어 내고 발걸음을 옮겼다. 그 뒤를 따르는 여울은 잔뜩 긴장한 상태였다.

나쁜 여자라는 걸 아는 이상 주눅 들고 싶지는 않다. 하지만 거리가 좁혀지면 좁혀질수록 그녀의 악의는 점점 짙어져서, 여울은 하언 뒤에 가만히 숨어 있을 수밖에 없다.

"앞길 막지 말고 비켜."

손을 뻗으면 닿을 만큼 가까운 거리에서 하언이 엄포를 놓았다. 하지만 설아는 물러서는 대신 나직이 입술을 떼어 냈다.

"미리 말해 둘게. 고집대로 된 거 축하해."

"뭐?"

"가끔은 무모한 방법이 통할 때도 있나 봐."

지금으로써는 쉽게 이해할 수 없지만 말의 뉘앙스는 분명 기쁜 소식을 품고 있는 듯했다. 그러나 이 순간 설아의 눈가에 어린 눈웃음이 가장 거슬렸던 하언은 날카로운 눈빛만 건넬 뿐 아무런 대꾸도 하지 않았다.

하언은 다시 걸음을 움직였고 설아의 앞을 스쳐 지나갔다. 그녀는 도어락을 해제하는 그의 뒷모습을 물끄러미 지켜보다가, 무거운 대문이 열리는 소리가 들리자 여울에게로 시선을 틀었다. 독기가 가득한 눈동자였다.

여울은 차라리 무시해 버리기 위해 하언의 곁에 바짝 몸을 붙였다.

순간, 피할 수 없을 만큼 갑작스럽게 뻗어 나온 설아의 손이 여울의 팔목을 붙잡았다. 애써 관리하고 있던 여울의 표정에 두려움이 서렸다.

"놔⋯⋯!"

"차여울. 주제도 모르고 저 안에 기어들어간 것까지는 봐줄게."

"……."

"그런데 건드려도 되는 것과 건드려선 안 되는 것 정도는 구별하는 게 좋을 거야. 남은 인생 똑바로 살고 싶으면."

"뭐?"

주어는 확실하지 않았지만 그녀가 가로막고 있는 사람은 분명했다. 여울은 서슬 퍼런 그녀의 협박에 어떤 반응을 보여야 할지 혼란스러워졌다.

바로 그때.

"유설아. 그건 지금 내가 하고 싶은 말이야."

지독히도 낮은 하언의 음성이 경고하듯 흘러나왔다. 여울을 겨냥하고 있던 설아의 눈동자가 하언에게로 비틀어졌다.

"……."

"쳐다보지 말고 손 떼."

설아에게 향한 하언의 눈빛은 사나운 짐승처럼 위협적이었다. 그러나 정작 설아는 가볍게 비웃어 줄 뿐이었다,

"하, 내가 앨 잡아먹기라도 하니?"

그러면서도 설아는 여울에게서 순순히 손을 거두어갔다. 붙잡혀 있던 하얀 팔목엔 붉은 자국이 남아 있었지만 여울은 혹시나 하언의 심기가 더 날카로워질까 싶어 재빨리 숨겨 버렸다.

그 모습을 보던 설아가 흥미롭다는 듯 입꼬리를 들어 올렸다.

"서로를 진심으로 아껴주는 것 같아서 보기 좋네."

그녀의 말은 곧이곧대로 받아들이기에 가시가 돋아있었다.

그러나 하언은 아무 대답 없이 저택 안으로 들어섰다. 그 뒤를 따르는 여울의 발걸음은 그저 무겁기만 했다.

아마도 이미 예감해 버려서 일지도 모르겠다.

'그건 차차 생각해 보고 알려 줄게요.'

설아가 경고하기도 전에 얽혀버린 그 사람과의 인연을.

불을 켜지 않아 어두컴컴한 유현의 방.

[근처 지나가다가 집 앞에 들렀는데 언제 퇴근해?]

설아의 메시지를 읽어 내려가는 유현의 눈동자가 차갑게 굳었다. 침대에 길게 누운 그는 손가락을 움직였고 단조로운 답장을 보냈다.

[일 때문에 지방에 내려왔어. 오늘은 못 올라갈 것 같아.]

그건 설아가 유현의 스케줄을 확인해 보는 순간 바로 들킬 거짓말이었다. 하지만 요즘 들어 자주 시간을 보내주었으니 오늘만큼은 넘어가 줄 거라 생각한다.

휴대폰을 침대 아래로 떨어트린 유현은 지그시 눈을 감았다. 머지않아 설아가 보낸 답장이 핸드폰 액정에 떠올랐으나 그는 일부러 확인해 보지도 않았다.

어차피 그가 집 안에 있다는 사실은 어느 누구도 알지 못한다. 우선은 무시할 수 있을 때까지 무시하다가 내일 오전쯤에 휴대폰 배터리가 없었다고 둘러대면 그만이었다.

문득 이렇게까지 구차해져야 하나 싶었지만 유현은 곧 그 생각마저도 접어버렸다.

아무것도 신경 쓰고 싶지 않았고 아무것도 걱정하고 싶지 않았다. 특히 유설아에 관한 것이라면 더더욱.

"나 화장실가서 세수 좀 하고 올게요."

때마침 2층 복도에 잔뜩 움츠르든 목소리가 울렸다. 흐트러진 그의 이성을 단번에 잡아끄는 목소리의 주인은 다름 아닌 여울이었다.

"그래. 알았어."

하언은 짧게 대꾸했고 그의 방 쪽으로 걸음을 옮겼다. 그러다가 잠시 발길을 멈춰놓고 그녀를 불리 세웠다.

"저기…… 차여울."

그 음성은 이때까지 들었던 것 중에서 가장 부드러워서 유현은 내심 놀란 기색을 감추지 못했다.

"응? 왜?"

"아깐 내가 괜히 예민하게 굴었던 거니까 신경 쓰지 마."

"뭘?"

"……연락문제."

"아……."

둘 사이에 유현은 알아듣지 못할 대화가 오고갔다.

갑작스레 침묵을 유지하는 여울의 마음은 들여다볼 수 없었지만, 그녀의 대답을 기다리고 있는 하언은 너무나도 속이 훤했다.

유현이 보아 왔던 하언은 누군가를 신경 쓰는 사람이 아니었다. 늘 혼자 지내 왔던 터라 뭐든 제 기분 내키는 대로만 되면 그만이었다.

그런 그가 상대방의 감정을 염려해 주고, 본인 때문에 불편해지지 않도록 신경 쓰고 있다. 이건 어지간히 특별한 존재가 아닌 이상 불가능한 일이었다.

"그런 걸로 신경 안 써요. 까먹고 있었는데, 뭐."

조금 늦게 새어 나온 그녀의 대답은 간결했다.

"어…… 그래."

뒤따르는 하언의 대답은 미묘하게 흐렸다.

'그건 그거대로 섭섭한가 보네.'

유현은 단번에 그의 감정을 파악할 수 있었지만 여울은 그러지 못했다.

"그럼 먼저 옷 갈아입어요."

그녀는 짧은 대꾸로 대화를 마무리 지었고 이내 욕실 쪽으로 걸음을 재촉했다. 욕실 문이 열렸다 닫히는 소리가 나고 2층 복도엔 다시금 적막이 찾아들었다.

그 고요함을 깨고.

"후우……."

하언의 긴 한숨이 흘러나왔다. 흐트러진 마음을 정돈하는 듯한 숨결이었다.

돌아가는 상황을 방 안에서 지켜보던 유현은 바닥에 떨어진 휴대폰으로 시선을 되돌렸다. 그새 휴대폰엔 설아의 부재중 전화 몇 통이 남겨져 있었다.

그녀도 처음엔 딱 지금의 하언과 같았다. 유현의 마음을 헤아려 주었고 그가 혹시라도 불편해할까 봐 매번 걱정스러워 했다.

'유현아…… 많이 힘들어?'

'내가 같이 있어줄까?'

가장 외롭고 지쳤던 순간, 구원처럼 건네졌던 그녀의 손길이 잔인한 수갑이 되는 데까지는 그리 많은 시간이 필요하지 않았다.

한쪽만 일방적으로 진심이 되어 버린 관계. 그 안에서 저항조차 못 하고 붙잡혀 있는 나의 처지.

지금 유현은 차여울이란 여자의 미래가 그와 같아질 것만 같아 걱정이다. 아무것도 모르는 그녀가 그와 같은 감옥에 갇힌 줄도 모른 채 맥없이 읽매여 살아갈 겻 같다.

하지만 절대 그리 되도록 놔두지는 않을 것이다. 이런 저주를 받는 건 나 하나면 충분하니까.

유현은 팔을 뻗어 바닥에 떨어트려두었던 휴대폰을 도로 쥐어 잡았다.

그는 유설아로 가득한 휴대폰 통화내역 사이에서 낯선 번호 하나를 찾아냈고 연락처가 아닌 메모장 안에 저장해 두었다. 한 번 연락하고 말 업체 사람들의 전화번호처럼.

훗날 이 번호의 주인이 누구인지 잊을 수도 있겠지만 유현은 차라리 그렇게 되기를 바란다.

언젠가 이곳으로 전화를 건다는 건, 그녀의 삶이 직접 나서서 구해 줘야할 만큼 위태로운 상황이라는 뜻일 테니.

4장

너희들의 결혼을 진행시키마

계약 6일째, 어김없이 찾아온 한가로운 낮.

하언의 휴대폰에 메시지 한 통이 도착했다. 발신인은 개인적으로 연락하는 일이 거의 없는 도 회장이었다.

오전 내내 문서와 씨름 중이던 하언은 잠시 미간을 좁혔고, 휴대폰을 들어 메시지를 확인했다.

[내일 점심 식사 때 그 아이와 함께 내려오너라. 긴히 할 이야기가 있으니까.]

짧은 문장이었지만 그 안에 담긴 의미는 거대했다.

주말엔 주로 집안에서 휴식을 취하는 도 회장은 좀처럼 외부인을 상대하는 법이 없었다. 물론 급한 일로 사적인 만남을 가질 때는 있었지만 절대 집 안으로 끌어들이지는 않았다.

그런 그가 여울을 식사자리로 불렀다는 것은 그녀를 집안사람으로 받아들였다는 뜻과 비슷했다.

'미리 말해 둘게. 고집대로 된 거 축하해.'

'가끔은 무모한 방법이 통할 때도 있나 봐.'

하언은 어제 설아가 했던 말을 뒤늦게 이해하며 안도의 한숨을 내쉬었다. 애초부터 일주일이라 예상했던 파혼극은 다행히도 제 시간에 막을 내릴 모양이었다.

이 기쁜 소식을 가장 먼저 전해야 할 사람은 다름 아닌 여울이었다.

하언은 앉아 있던 의자에서 몸을 일으켰고, 아까까지만 해도 여울이 주로 머물러있는 드레스 룸으로 발길을 움직였다.

하언이 업무관련 문서를 훑어보는 오전 내내 아무런 인기척도 들려오지 않던 공간이었다.

똑똑—

"차여울."

하언은 가볍게 닫힌 문을 두드리며 그녀의 이름을 불렀다. 하지만 아무런 대답이 들려오지 않자 그는 답답한 듯 인상을 구겼다.

"넌 하루 종일 잠만 잘 생각이야?"

"……."

"차여울, 대답 안 하니까 그냥 문 연다."

인내심이 그리 좋지 않은 하언은 일방적인 통보와 함께 드레스 룸 문을 열었다.

당연히 이불 사이에 파묻힌 채 늘어져 있을 줄 알았는데, 그녀는 드레스 룸 한가운데 꼿꼿이 허릴 펴고 앉아 바삐 가방을 뒤적이는 중이었다.

"뭐해?"

그녀를 바라보던 하언이 나직이 물었다.

그래도 여울은 아무 반응도 하지 않았고 하언은 반복되는 무시가 슬슬 짜증나기 시작했다.

"사람 말이 말 같지도 않나?"

그래서 퉁명스레 말하며 그녀의 바로 곁에 주저앉아 어깨를 툭 긴드리니.

"응?"

여울은 눈을 동그랗게 뜬 채 하언 쪽으로 고개를 돌렸다. 최근 들어 그의 마음을 싱숭생숭하게 만들었던 오밀조밀한 이목구비가 가까운 거리에서 한눈에 들어왔다.

"아, 나 불렀어요? 라디오 듣고 있어서 몰랐어."

여울은 구불구불한 머리카락 속에 숨어 있던 이어폰을 서둘러 빼냈다.

"이번엔 또 무슨 일인데 그래요?"

그러고는 웃음기 어린 얼굴로 그에게 되묻자 하언의 머릿속은 순간적으로 홀리듯 아득해졌다.

탐스럽게 올라간 입꼬리 때문일까. 아니면 달콤하게 휘어진 눈웃음 때문일까.

마음이 자꾸 간지럽다. 꼭 봄바람이라도 살랑살랑 불어드는 것처럼.

"웃지 마."

혼란스러운 감정을 정리하지 못한 하언은 까칠하게 대꾸했다. 그 한 마디에 곧바로 심통이 나버린 여울은 멈추었던 손을 다시 움직이며 투덜거렸다.

"치, 라디오 재밌어서 웃는 거지 자기 좋아서 웃나."

"자기라고도 부르지 말고."

"그 자기 아니거든요?"

묘하게 흘러갈 뻔했던 분위기가 평소처럼 수선스러워졌다. 차라리 투닥거리는 게 나았던 하언은 그제야 마음의 안정을 되찾았다.

"넌 지금 뭐하고 있는데."

그래서 한결 차분해진 목소리로 그녀에게 물었더니 미처 예상하지 못했던 대답이 되돌아왔다.

"내일 집으로 돌아가니까 짐 챙겨 두려고요."

쿵―

그의 심장이 내려앉았다. 밖으로 소리가 들렸을까 걱정스러울 만큼 거세게.

이미 하언에게서 시선을 돌린 여울은 그의 굳은 눈동자를 알아보지 못했다. 그래서 그녀는 답답한 저택을 빠져나간다는 것에 대한 후련한 마음을 가감 없이 드러냈다.

"다행히 바리바리 싸온 게 아니라서 챙길 게 많진 않네요."

"……."

"첫날엔 진짜 불편할 것 같았는데 의외로 편하게 있다가 가요. 막상 집에 가면 이 드레스 룸이 그리워질 거야."

"……."

하지만 곁에 있는 하언은 이상하리만큼 조용했다.

이상한 기운을 느낀 여울은 다시 그를 바라보았고 뒤늦게 심상찮은 표정을 읽어냈다.

문득 불안함을 느낀 여울은 조심스러운 목소리로 물었다.

"저기…… 혹시 일 잘못된 거 아니죠?"

간절한 바람이 담긴 그녀의 눈빛은 제발 내일이 되면 모든 일이 끝나길 바라는 기색이 가득했다.

그 당연한 태도가 괜히 덤덤치 않게 느껴졌던 하언은 사실과 다른 어긋난 대답을 내뱉을 뻔했다.

그러나 그는 짧은 한숨과 함께 마음을 가라앉히고 결국 여울이 바라는 소식을 전해 주었다.

"아니. 내일이면 다 끝날 것 같아."

떨리던 그녀의 눈빛이 다시금 해맑아졌다.

"휴, 다행이다. 심각하게 앉아 있길래 큰일이라도 난 줄 알았잖아."

큰일이야 났지. 지금 내 감정이 혼자 미친 듯이 날뛰고 있으니까.

하고 싶은 말을 꾹 삼켜낸 하언은 다시 짐을 챙기는 여울을 물끄러미 바라보았다. 하언의 복잡한 심정을 모르는 그녀에게선 콧노래까지 흘러나오고 있었다.

하필 이 와중에 소리도 곱다. 내가 좋아하는 노래들도 잘 부를까.

찰나의 호기심은 설레는 마음과 맞물려 실천으로 옮겨졌다.

"……오늘 나랑 술 먹을래?"

갑작스러운 하언의 제안.

놀란 여울의 눈동자가 가방으로부터 떨어져 그와 맞닿았다.

일렁이는 시선에는 알 수 없는 감정이 가득해서 그녀는 감히 어제처럼 왜 그래야 하냐고 되물어볼 수가 없었다.

"하언 씨는 친구들이랑 이런 데서 술 먹어요?"

고급스러운 룸 주점.

노래방 기기가 구비되어 있는 선명한 브라운관과 으리으리한 인테리어를 살펴보며 여울이 물었다.

친구들과는 아니었지만 업체 사람들을 접대할 땐 주로 이곳을 찾았던 하언은 'ㄷ'자 모양 소파에 한쪽에 자리를 잡으며 무심하게 대답했다.

"시끄러운 술집은 싫어."

"그건 그렇지만…… 그래도 여긴 너무 비싸 보인다."

"너한테 사달라는 소리 안 할 테니까 좀 앉지 그래?"

하언은 제 맞은편을 턱짓으로 가리켰다. 여울은 입술을 삐죽이면서도 순순히 그의 맞은편에 자리를 잡았고 반짝이는 눈빛으로 물었다.

"우리 뭐 먹을까?"

"배고파?"

"당연하지. 저녁 먹을 시간 다 됐잖아."

언제 봐도 참 위대한 먹성이다, 라고 생각하며 하언은 웨이터를 호출했다. 그러자 기다렸다는 듯 룸의 문이 열렸고 단정한 정장을 차려입은 웨이터가 곧바로 공손한 인사를 올렸다.

"안녕하십니까, 도 이사님. 오랜만에 뵙습니다."

"저번에 킵해 뒀던 술이 뭐였지?"

"조니워커 골드라벨입니다."

"그거 괜찮았던가."

또다시 보게 된 금수저로서의 모습이었다.

어느새 하언을 만만하고 편한 상대로 생각해 버린 여울은 이름도 처음 들어 본 술을 능숙하게 주문하는 그가 마냥 신기했다.

맞아, 저 사람 가끔 신문 기사에도 언급될 만큼 대단한 인물이었지.

저 사람뿐만이 아니라 방금까지 머물렀던 집안도, 마주쳤던 사람들도 원래 같았으면 옷깃도 못 스쳤을 사람들이었어.

"너 위스키 괜찮아?"

그의 위치를 새삼 실감하고 있는 여울에게 하언이 물었다. 여울은 위스키의 맛도 알지 못했지만 우선은 고개를 끄덕였다.

"그럼 그걸로 줘. 안주는 위스키랑 어울리는 거 적당히, 식사 될 만한 거 적당히."

"예, 평소에 선호하시던 메뉴 위주로 준비해드리겠습니다."

주문을 받은 웨이터는 끝까지 예의 바른 태도를 유지하며 룸 밖으로 사라졌다. 하언은 앞에 놓인 컵을 들어 목을 축이려다 문득 노골적인 시선을 느끼고 고갤 돌렸다.

초롱초롱한 여울의 눈동자가 그와 정통으로 마주쳤다.

"뭘 그렇게 쳐다 봐."

하언은 그녀에게 까칠하게 물었다. 그러자 여울은 배시시 웃어 보였고 솔직하게 대답했다.

"갑자기 하언 씨가 어렵게 느껴져요."

"내가 왜."

"역시 일상으로 돌아가면 잘 만나진 못할 것 같아."

이젠 섭섭해지는 게 버릇이 되어 버린 걸까.

하언은 그녀의 말 한마디에 시들어 버리려 하는 마음을 가까스로 붙잡았다. 그러고는 불만이 적나라하게 드러난 목소리로 투정하듯 되물었다.

"내일이면 연락 다 끊어버리겠다고 예고하는 건가?"

"내가 굳이 끊어버리지 않아도 끊어지게 될걸? 하언 씨랑 나는 사는 세계부터가 너무 다르잖아요."

그리 대답하는 여울의 표정은 침착하고 부드러웠다. 하언은 여전히 이해하지 못한 표정이었지만 그녀는 담담하게 말을 이어 나갔다.

"하늘을 나는 새는 땅에 내려올 수 있어도, 땅에 발붙이고 사는 짐승은 하늘로 못 올라가요."

"……."

"그동안 나한테는 하언 씨랑 같이 한 일주일이 하늘이었고, 아마 내일 일상으로 돌아가면 지금처럼 자연스럽게 어울리지는 못할 거야."

대체 너랑 내가 뭘 그렇게 대단한 걸 했다고 그래.

지금까지 잘 지내오다가 내일부터 갑자기 불편한 사이가 되어 버리는 게 더 이상하잖아.

되받아치고 싶은 말은 많았다. 하지만 그럴 수는 없었다.

여울에게서 일말의 아쉬움이라도 느껴진다면 모를까, 이미 굿바이 인사와 비슷한 얘길 꺼내는 그녀는 남아 있는 미련마저 털어 내려는 것처럼 보였다.

"……그래. 너 내키는 대로 해."

하언은 낮은 목소리로 체념 어린 대답을 흘려보냈다. 그리고 몇 번이나 되새겼지만 몇 번이나 시워섰던 나심을 내뱉었다.

"어차피 계약은 내일이면 모두 종료되니까 그 이상 너한테 관여할 생각은 없어."

그러니 제발 내 마음도 계약관계에 충실한 너에게 일일이 서운해하지 않는다면 좋을 텐데.

정작 꺼내고 싶은 본심을 삼키려다 보니 대화는 더 이상 이어지지 않았다. 여울이 가장 기피하는 묘한 공기가 둘 사이를 가득 메웠다.

그녀는 어제 카페에서 그랬던 것처럼 사이가 어색해질까 싶어, 재빨리 다른 방향으로 화제를 돌렸다.

"자, 그럼 우리 노래방 기계도 있으니까 노래 한 곡 뽑을까?"

"……."

"하언 씨 좋아하는 노래 있어요? 내가 불러줄게."

여울은 재차 물었지만 굳은 표정의 하언은 별다른 반응을 보이지 않았다. 그래서 테이블 위에 놓인 노래 책자를 뒤적이며 애창곡

하나를 선곡하려던 그때.

"에델바이스."

하언이 입술 새로 뜻밖의 곡명이 새어 나왔다. 노래 책자를 훑던 여울의 눈동자가 다시 하언에게로 옮겨 붙었다.

"네? 어떤 거요?"

"에델바이스 불러 줘. 영어 되면 영어가사로."

생긴 건 재즈나 클래식만 듣게 생겨서는 초등학교 때 배웠던 동요라니.

여울은 그의 주문이 의아했으나 묘하게 가라앉은 분위기만 풀어볼 수만 있다면 뭐든 불러줄 생각이었다.

"내가 영문학과 나온 거 모르는구나?"

그녀는 어깨를 으쓱거리며 리모컨을 들었고 '에델바이스' 노래를 검색했다. 그리고 곧바로 시작 버튼을 누르자 이내 고급스러운 주점과 전혀 안 어울리는 전주가 잔잔하게 흘러나왔다.

"큼큼!"

목을 가다듬는 여울의 표정은 꽤나 비장했다.

하언은 그런 여울을 물끄러미 바라보았고 이어질 목소리에 온 신경을 기울였다. 바래진 기억 속에서 이따금씩 떠오르던 노랫소리를 회상하며.

"Edelweiss, Edelweiss."

그녀는 마이크를 두 손으로 꼭 쥔 채 조심스레 첫 소절을 시작했고.

"Every morning you greet me."

두 번째 소절을 마친 후에 혀끝으로 이미 촉촉한 입술을 적셨다.

"Small and white, clean and bright."

그녀의 하얀 얼굴은 은은한 조명 아래 더욱 투명한 빛을 냈고, 하언의 이성은 노랫소리를 따라 아득해져만 갔다.

"You look happy to meet me."

순간 그녀의 눈동자가 하언에게 다가와 머물렀다.

지금 그녀는 단순히 화면에 떠오르는 노래 가사를 따라 부르고 있다는 걸 알지만.

'넌 나를 만나서 행복해 보여.'

때마침 들려온 그 소절은 습관처럼 일렁이는 하언의 마음을 알아채고 하는 말 같아서.

그는 결국 애먼 곳으로 고개를 돌려 버렸다. 은밀한 충동이 드는 입술을 지그시 깨물며.

"Edelweiss, Edelweiss."

미치고 팔짝 뛸 일이 생겼다.

"Every morning you greet me."

이것으로 벌써 열두 번째 에델바이스.

하언은 노래가 끝나기가 무섭게 재시작 버튼을 눌러댔고, 그것도 귀찮았는지 이제 아예 이 곡 하나만 끝도 없이 예약해 두었다.

처음엔 죽도록 좋아하는 노래이겠거니, 생각했지만 테이블 위에 음식이 세팅되고 나서도 이런 상황이 계속 되자 슬슬 짜증 나는 건 어쩔 수 없었다.

"Small and⋯⋯ 아! 이제 그만! 그만 부를래!"

결국 성질이 머리끝까지 뻗친 여울은 마이크에 대고 빼액 소릴 질렀다.

삐이이이—

천장 스피커에서 날카로운 소음이 울렸다. 사과 한 조각을 입으로 가져가던 하언이 잔뜩 미간을 찡그렸다.

"귀먹게 하려고 작정했어?"

"하언 씨야말로 내 목 나가게 하려고 작정했어요?"

"니가 그랬잖아. 내가 좋아하는 노래 불러 주겠다고."

"한 곡을 이렇게 많이 반복할 줄은 몰랐지. 어쨌든 나 이제 더 이상은 안 해."

여울은 마이크를 소파 저 멀리 던져놓고 테이블 위에 놓인 포크를 잡아 쥐었다. 하언은 탐탁지 않은 표정으로 위스키 병을 들어 그녀에게 내밀었다.

"잔 가져 와. 채워 줄게."

"세상에, 혼자 반이나 마셨어요? 이러려고 계속 노래시켰지?"

"이제 꽤 똑똑해졌네."

여울은 장난스럽게 대꾸하는 하언을 흘겨보면서도 위스키 병 아래로 잔을 가져갔다. 보리차와 비슷한 색감의 액체가 흘러나오기 시작하자 심통난 여울의 얼굴에 금세 기대감이 번졌다.

"와, 나 이거 처음 마셔 봐요. 많이 쓴가?"

"난 개인적으로 소주보다 위스키가 좋던데."

그녀의 잔을 채워준 하언은 직접 얼음까지 챙겨 넣어 주는 친절을 베풀었다. 여울은 차가워진 위스키 잔을 제 앞에 내려놓았고, 이내 문득 궁금해졌다는 듯 물었다.

"그런데 에델바이스에는 왜 그렇게 집착해요?"

"……그건 왜."

"그냥, 평범한 애창곡은 아니니까."

하언은 대답을 들려주는 대신 술잔을 들이켰다. 술을 삼키는 건지, 할 말을 삼키는 건지, 잔은 금세 밑바닥을 드러냈다.

"뭐야, 왜 갑자기 원샷을 때리고 그래."

"한 잔 더."

"예?"

"아직은 제정신이라서 대답 못 하니까 한 잔 더."

하언은 빈 잔을 여울에게로 뻗었다. 가슴에 무슨 사연을 품고 있는지는 몰라도 정신을 반쯤 놓아야지만 겨우 꺼낼 수 있는 이야기인 모양이었다.

"힘들면 꼭 안 들려줘도 돼요."

여울은 지난번, 떠오르는 과거를 피하기 위해 안간힘을 쓰던 하언의 모습을 떠올리며 말했다. 그러나 하언은 고집을 부리듯 고갤 저었고 오기 섞인 대답을 했다.

"내일이면 끝날 인연이라며."

"그런 뜻 아니라니까……."

"도와준 대가로 알려 줄게."

"……."

"내가 왜 이러고 사는지."

단순히 에델바이스에 대해서만 물었을 뿐인데, 그는 보다 깊숙한 곳에서부터 이야기를 꺼내려한다.

과거를 들여다보지도 못하게 밀쳐댔던 게 불과 이틀 전이건만, 그새 무슨 심경변화가 일었는지 그는 베일을 직접 벗겨내려 하고 있다.

비록 계약만료를 하루 앞둔 지금, 그의 상처에 대해 알게 된다고 해도 해 줄 수 있는 일은 없었다. 떠나는 순간 마음의 짐이나 안 되면 다행이라고 생각한다.

그래도 여울은 알고 싶었다. 일주일간 연애했던 남자가 어떤 사람이었는지 정도는.

"그래, 그럼 좀 더 취해요."

여울은 하언의 잔에 또다시 술을 채웠다. 그리고 그의 입가를 향해 가는 술잔을 따라 호기심 어린 시선을 옮겼다. 하지만 그는 곧바로 머금지 않았다. 그저 물끄러미 그녀를 마주볼 뿐.

"왜 그렇게 봐요?"

의미심장한 눈빛을 느낀 여울이 물었다.

"나도 묻고 싶은 게 있어."

그러자 조심스레 말문을 연 하언은 이내 묵혀두었던 질문을 꺼냈다.

"넌 대체 왜 계강태를 8년이나 사랑했어?"

그 사람은 왜 8년이나 너에게 사랑을 받았어?

라고 묻고 싶었지만 그건 여울을 아쉬워하는 마음이 너무 드러나는 것 같아 그만두었다.

그러나 이리 묻든 저리 묻든 여울이 꺼려하는 질문이라는 사실은 변하지 않았다. 난데없이 꺼내진 강태의 얘기에 당황한 여울은 시선을 피했다.

"그걸 갑자기 왜 물어보고 그래요? 내 연애사 알아서 뭐하게."

"너도 뭐 해 보려고 내 과거 궁금해하는 거 아니잖아."

"그거야 그렇지만……."

"나도 그래. 그냥 알고 싶어."

그러니까 내 전 남자 친구에 대해서 도대체 왜 알고 싶은 건데. 무슨 얘기를 듣고 싶은 건데.

혼란스러워진 여울은 얕은 한숨을 내쉬었다. 어느새 난처한 기색이 가득한 얼굴이었다.

그녀를 보고 있던 하언은 오히려 눈동자를 날카롭게 빛냈고, 또렷한 목소리를 꺼내놓았다.

"제정신으로 대답 못 하겠으면 너도 잔 비워."

그렇게 반강제적으로 시작되어 버린 진실게임.

내 비밀은 밝히고 싶지 않지만 상대방의 비밀은 알고 싶었던 그들은 결국 동시에 술잔을 비워냈다.

40도가량의 위스키가 몇 잔이나 흘러들어 갔을까.

확실한 건 열 잔은 넘지 않았을 거다. 하지만 이정도면 겨우 취기가 돌 소주와 달리 위스키의 위력은 강력했다.

여울은 흐릿한 시야를 바로잡기 위해 눈을 치켜떴지만 여전히 세상은 빙글빙글 돌았다.

"어, 나 제정신 아닌 것 같아!"

여울은 오른손을 들어 발표하듯 말했다. 맞은편에 앉아 있던 하언은 고개를 들었고 옅은 미소를 머금은 채 물었다.

"그럼 대답할 수 있겠어? 왜 계강태랑 8년이나 사귀었는지."

"우리 강태?"

"아니. 니네 강태 말고 그냥 계강태."

이상하게도 하언의 목소리는 흐트러진 구석 하나 없이 멀쩡했다. 분명 그녀와 같이 술잔을 입에 가져다댔을 텐데, 원래 술이 센 건지 아니면 여울의 눈을 피해 물로 바꿔 마셨던 건지.

함께 마신 것에 비해 별로 줄지 않은 위스키의 양을 보면 답은 뻔했으나, 그녀는 그런 걸 생각할 정신이 아니었다.

여울은 평소보다 헤벌쭉한 미소를 지어 보였고 아주 오래된 기억의 틈바구니에서 추억 하나를 끄집어냈다.

"대학교 신입생 때 말이에요. 비가 엄청 오던 날이 있었는데요."

"어."

"그때 같은 수업 듣는 애가 자기 우산은 바닥에 내려놓고 가만히 서 있는 거예요. 옷이 흠뻑 젖도록 비를 맞으면서."

8년 전을 회상하는 여울의 눈앞에 그날의 강태가 떠올랐다. 강의실로 향하던 여울은 안쓰러운 그의 뒷모습을 외면하지 못하고 조심스레 다가가서 물었다.

'너 여기서 뭐해?'

'어? 아…….'

'우산 고장났어?'

'아니, 그건 아니고…… 그냥…….'

커다란 덩치가 무색할 정도로 우물쭈물 대답하는 그는 꼭 바보 같았다.

여울은 뭔가 참 모자란 아이구나, 라고 생각하며 손목시계를 확인했다. 그리고 여유로운 그를 다그치듯 재촉했다.

'너 나랑 같은 수업 듣잖아. 출석부를 때 다 됐으니까 빨리 들어와.'

'응. 그럴게. 알려줘서 고마워.'

대답은 들었지만 들어오지 못할 거라는 건 알고 있었다. 이미 푹 젖어 버린 그의 옷은 노서히 강의실에 앉아 있을 수 있는 상태가 아니었다.

그래서 미련 없이 뒤를 돌아 먼저 강의실로 향하려던 그때.

'야옹—'

작은 고양이 울음소리가 귓가를 파고들었다.

'앗, 우산 밖으로 나오지 마. 비 맞으면 감기 걸린단 말이야.'

이어지는 목소리는 바보 같은 그 아이의 것이었다. 여울은 순간 걸음을 멈추었고 다시 그에게로 시선을 돌렸다.

'알았어. 형아 어디 안 갈게. 우쭈쭈쭈.'

때마침 손바닥만 한 새끼고양이를 쓰다듬던 그 아이가 지어 보이던 미소. 그건 빗물에 젖어 든 얼굴이 무색할 만큼 참 해맑아서, 여울은 그대로 시선을 빼앗겨버렸다.

꼭 첫눈에 반해 버린 사람처럼.

"그렇게 웃는 사람 정말 처음 봤어요. 어린아이도 아마 강태처럼은 못 웃을 거야."

"……."

"좋아하기 시작한 건 그때부터고 뒷얘기는 남들처럼 평범해요. 그날 수업 땡땡이 치고 걔 우산 씌워 주다가 친해져서 얼마 안 있다가 사귀었을걸?"

"아아."

"내가 먼저 고백했어요. 순수하게 웃는 게 자꾸 설레서."

그날을 되새기는 여울의 얼굴엔 미소가 어려 있었다.

그건 하언이 내심 좋아하는 표정이었지만 오늘따라 그 안에선 자꾸 계강태의 흔적이 느껴졌다.

"순수한 게 아니라 모자란 거겠지."

그래서 잔뜩 엇나간 대꾸만 내뱉었더니, 술에 취한 와중에도 분위기 하나는 기가 막히게 읽어내는 여울이 투정하듯 중얼거렸다.

"기껏 첫사랑 얘기해 줬더니 깎아내리기는."

"깎을 것도 없이 형편없는 얘기였어."

"그럼 이제 하언 씨가 제정신으로 못 할 얘기 꺼내 봐요. 그건 얼마나 형편이 좋은가 보자."

별안간 진실게임의 화살이 하언에게로 향했다. 그동안 마음의 준비는 실컷 해두었지만 막상 풀어내려하자 입술은 다시 무거워졌다.

그는 떨리는 눈빛으로 잠시 마른침을 삼켜 넘겼고 이내 조심스러운 말문을 열었다.

"그냥…… 별일은 아니야."

시작은 정말 별일 아닌 얘길 들려주려는 듯 가벼웠다.

"20년 전에 교통사고가 났고……."

"……."

"나 혼자 살아남았어."

하지만 이어지는 내용에는 절망이 가득했다. 마주한 여울의 시선에 놀란 빛이 어렸다.

"에델바이스는 어릴 때 가장 많이 들었던 자장가였는데, 딱히 그 이유 때문이 아니라 그냥 좋아해."

"아……."

"노래가 산산하고 익숙하잖아."

그럴수록 그는 더욱 담담했다. 마치 완전한 타인의 이야기를 전달하는 사람처럼.

"원래는 부모님이랑 형이 하나 있었던 것 같은데 기억은 잘 안 나."

"……."

"하도 시간이 지나서 잊었어."

마지막 말은 거짓이었다. 그들에 관한 기억은 시간이 지나도 잊혀지지 않아서 그는 애를 쓰고 잊어버리려 노력했다.

그러나 그 진실만큼은 입에 담고 싶지 않았다. 일부러 잊은 것이 아니라 자연스레 잊혀진 거라고 믿고 싶어 하는 자신을 위해서라도.

"내 고백은 이게 끝."

하언의 이야기는 여울이 들려준 것에 비해 불친절하리만큼 간결했다.

그러나 끝을 말한 그는 테이블 아래로 시선을 떨어트렸고 더 이상 입술을 열지 않았다.

뒷이야기를 보채지 않는 건 여울 역시 마찬가지였다. 마치 모든 비극이 꿈이었던 것처럼, 그 후에도 삶은 무탈하게 잘 굴러갔을 거라는 건 그녀 역시도 충분히 짐작할 수 있는 사실이었다.

"하아……."

머지않아 여울에게선 긴 한숨이 흘러나왔다. 그 안엔 그를 향한 동정이 잔뜩 묻어 있었다.

그런 반응이 제일 싫었던 하언은 다시 고갤 들어 받은 동정을 단호하게 거절하려 했다.

그러나 미간을 채 좁히기도 전에.

"안아 줄까?"

여울이 물었다. 금방이라도 눈물을 쏟아낼 것처럼 일렁이는 눈빛으로.

"……뭐?"

하언은 똑똑히 들었으면서도 제 귀를 의심했다. 예상치 못한 상황으로부터의 현실도피였다.

그러자 비틀대며 일어선 여울은 한 걸음 한 걸음 그에게로 가까워졌고 살며시 그의 곁에 몸을 내려앉혔다.

맞은편에선 느끼지 못했던 온기가 뭉근하게 전해졌다.

"안겨요. 등 토닥토닥 해 줄게."

그녀의 두 팔이 양쪽으로 벌어진다. 안기고 싶은 작은 품이 그의 눈앞에 펼쳐진다.

이것도 분명 동정이라는 것은 알고 있다. 술기운에 젖은 그녀는 진심조차 없을 것이다. 하지만 그녀의 마음이 어떻든지, 이 순간 숨도 못 쉬게 떨려오는 하언의 마음은 진심이었다.

"얼른 오라니까요."

그래서 하언은 다가오길 보채는 여울을 향해 선이 고운 턱을 날렵하게 비틀었다.

"……니가 먼저 오라고 했다."

그러고는 달아오른 입술을 곧바로 밀어붙였다. 갑자기 닿아온 말캉함에 놀란 여울의 눈동자가 휘둥그레졌다.

1초, 2초, 3초.

짧은 시간 동안 세계가 멈춘 듯한 느낌이 들었다.

입술에 지그시 닿은 감촉은 뜨거웠고 코끝을 스치는 향기는 달콤했다. 심장의 떨림은 감당하기 힘들 수준이었으나 혼미해진 이성은 아찔하게 전율했다.

순간 잠자코 머물러있던 하언의 혀끝에 한 번도 가져본 적 없던 욕심이 일었다.

조금 더 가까이 다가가고 싶어. 조금 더 깊숙이 파고들고 싶어.

그러나 그걸 느끼기가 무섭게, 하언은 스스로 입맞춤을 멈추어버렸다. 촉촉하게 맞닿아 있던 입술이 떨어지며 자극적인 소리를 냈다.

"아……."

아직 하언의 입술을 실감하지 못한 여울은 흐린 목소리를 흘려보냈다. 술이 달아올라서인지, 아니면 감정이 달아올라서인지. 그녀의 두 뺨엔 불에 데인 듯 뜨거운 홍조가 피어올랐다.

"지금…… 뭐하는 거예요?"

혼란스러운 표정을 띠고 여울은 물었다.

"입 맞춰 봤어."

이어지는 하언의 대답은 간단하지만 정확했다. 그렇지만 여울의 머릿속은 더욱 복잡해졌다.

사랑하는 것처럼 연기해야하는 관계라곤 해도 입을 맞추게 될 거라 예상하진 못했는데.

방금 내겐 무슨 일이 일어났던 것일까. 이 남자는 대체 내게 왜 이러는 것일까.

여울은 떨리는 눈빛으로 마른침을 삼켰다. 묘한 감정으로 젖어 든 하언의 시선이 작게 움직이는 그녀의 입술 위에 맺혔다. 다시 키스를 건넨다고 해도 이상하지 않을 분위기였다.

"또…… 하게?"

여울은 불쑥 떠오르는 예감을 조심스레 물었다.

그 말에 하언은 일렁이는 눈동자를 끌어올렸고 그녀와 다시 눈빛을 마주하며 대답했다.

"글쎄…… 어떻게 할까."

이도 저도 아닌 대답은 여울의 신경을 더욱 곤두서게 만들었다. 그가 자신을 기만하는 중이라고 확신한 여울은 거친 숨을 들이쉬며 오른손을 들어 올렸다.

놀란 와중에도 감정적으로 동요했던 그녀는 억울한 마음만큼 힘주어 그의 뺨을 내리칠 작정이었다. 하지만 손끝을 휘두르기도 전에.

"입술 깨물지 마."

"……."

"빨개져서 더 예쁘잖아."

예상치 못하게 이어진 그 남자의 목소리는 어김없이 여울을 설레게 만들어서.

"어떡해…… 나 설레."

오감이 아찔하게 달아올라 버린 여울은 느슨해져 버린 오른손으로 그의 뒷목을 붙잡았다. 이내 두 사람 사이에 좁은 틈새가 흔적도 없이 메워졌다.

자각한 상태에서 머금은 그의 입술에선 알코올의 단 맛이 느껴졌다. 서늘한 이목구비의 생김새와 달리 새어 나오는 숨결은 하염없이 따듯했다.

매사에 솔직한 여울은 애타는 손길로 그의 목덜미를 끌어당겼다. 이렇게 되어 버린 이상, 될 대로 되라는 뜻이었다.

그러자 멈춰있던 하언의 손은 그녀의 작은 얼굴을 붙잡았고 좀 더 집요하게 아랫입술을 물었다.

잠깐 벌어진 틈새로 그의 혀끝이 밀려들어 왔다. 이성은 금방이라도 달아나버릴 듯 아득해졌지만, 그가 주는 말캉한 감촉은 그녀의 온 신경을 예민해지게 만들었다.

우리는 지금 무엇을 하고 있는 걸까, 되짚어본다면 그건 연인들 간의 농밀한 키스였다.

우리는 서로 사랑하는 사이일까, 생각해 본다면 그건 또 절대 아니었다.

'그렇다면 우리 이대로 괜찮은 걸까?'

이어지는 의문에는 어떠한 결론도 내리지 못했다. 아니, 어차피 내릴 필요가 없었다. 훗날 일까지 걱정하기에는 관계의 끝이 너무나도 가까웠다.

일주일의 기한을 둔 계약연애.

우리는 일주일 동안 사랑하는 척을 했고, 서로를 원하는 척을 했고, 내 모든 걸 바쳐 지켜 주는 척을 했다.

한때는 진심으로 가슴 떨려하기도 하고, 또 어떤 순간에는 잠시 잠깐 진심이 될 뻔하기도 했지만.

어쨌든 우리는 내일 남남이 된다.

그리고 오늘은 그 마지막이니 우리는 마음껏 키스를 한다.

삐삐— 삐삐—

날카로운 알람소리가 귀청을 찔렀다.

이불에 파묻혀 있던 여울은 미간을 찡그렸고 품 안에 껴안고 있는 따듯한 무언가를 힘껏 끌어안았다.

"으음…….”

낮은 신음이 그녀의 정수리 위로 새어 나왔다. 비록 푹 잠겨 있긴 하지만 그래서 더욱 듣기 좋은 목소리였다.

덕분에 조금 정신이 깨어나자, 머리가 깨질 듯한 두통이 여울을 덮쳤다.

"아아…….”

아픔을 호소하는 그녀의 입술 사이로 술 냄새가 진동을 했다. 체질적으로 숙취가 심한 여울은 잠에 취해 있는 와중에도 후회를 했다.

많이 마시지 말걸. 숙취음료 좀 마셔둘걸.

'입술 깨물지 마. 빨개져서 더 예쁘잖아.'

'어떡해…… 나 설레.'

그리고 아무리 취했더라도 그런 짓은 하지 말걸.

"아—"

날카롭게 스쳐 지나간 기억에 여울의 두 눈이 번쩍 뜨였다. 갑작스러운 빛을 받아들이지 못한 시야가 잠시 뿌옇게 흐려졌다가, 이내 선명함을 되찾았다.

부은 눈에 가장 먼저 들어온 건 다름 아닌 단단한 가슴팍이었다. 그것도 살색이 만연해 있는 남자의 맨가슴.

감당할 수 없는 현실을 마주한 이성이 더 이상의 사고능력을 거부했다.

이것이 누구의 가슴일지, 지금 내가 꽉 끌어안고 있는 이 허리가 누구의 허리일지.

단번에 파악할 수는 있었지만 차마 인정하고 싶지는 않았다. 그래서 아주 천천히 시선을 들어 올려 함께 침대에 누워 있는 사람의 정체를 확인해 보니.

"……."

세상 편한 표정으로 새근새근 자고 있는 도하언의 얼굴이 한눈에 들어왔다. 아연실색이 된 여울의 눈에 경악이 맺혔다.

"꺄악!"

놀란 여울은 경기하듯 소리를 내지르며 하언을 밀어냈다.

"아……!"

꿈도 꾸지 않고 딥슬립 중이었던 하언의 몸이 그대로 굴러 떨어졌다.

"으…… 뭐야……."

하언은 바닥에 부딪힌 얼굴을 감싸 쥐고 신음을 흘렸다. 넓은 어깨와 듬직한 등짝이 햇살 아래 더욱 자극적으로 드러났지만, 문제는 역시 실오라기 하나 걸치지 않았다는 점이었다.

"미쳤나 봐! 옷을…… 옷을 왜 벗고 있어!"

여울이 버럭 소리를 지르며 서둘러 제 옷차림을 확인했다. 다행히도 무슨 일이 있었던 건 아니었는지 그녀는 점퍼부터 양말까지 제대로 껴입은 모습이었다.

이제 보니 하언 역시 상반신만 나체일 뿐, 어제 입었던 까만 바지는 벨트까지 그대로인 상태.

"난 원래 술 먹으면 윗옷 벗어."

아직 잠결을 벗어나지 못한 하언은 무심한 대답을 했다. 그리고 여울에게로 짜증스러운 시선을 돌렸다. 제 침대 위에서 이불을 방패삼아 움츠려 있는 그녀의 모습이 한눈에 들어왔다.

"너…… 왜 거기 있어?"

한 템포 늦게 상황을 파악한 하언의 시선이 옅게 떨려 왔다. 이미 혼란에 빠진 여울은 아무 대꾸 없이 그를 쳐다보고만 있었다.

순간 약속이라도 한 것처럼, 두 사람의 머릿속에 어젯밤 기억들이 차례로 쏟아져 나왔다. 어쩌다 했는지도 모를 갑작스러운 키스

뒤에 찾아온 어색함.

그게 끔찍이도 싫었던 두 사람은 나란히 앉아 술만 들이켜다가 결국 각자의 주량을 훌쩍 넘겨버렸다. 그러나 보니 어느새 제정신은 달아나고 남은 것이라곤 감정에 충실한 본능뿐.

'도하언, 있잖아아. 내가 첫키스야?'

'제대로 된 건 아마도.'

'어땠어? 무슨 느낌이야?'

'한 번 가지고 어떻게 알아.'

'키……'

'이리 와, 더 해 보게.'

연인 사이에도 민망해서 안 할 법할 대화들이 오고 갔다. 브레이크를 잃어버린 입술도 부르트도록 오고 갔다.

드문드문 이어지는 기억 속에서 입 맞췄던 장소만 떠올려 봐도 계산대 앞, 주점 건물 엘리베이터, 빨간 불이 반짝이던 횡단보도, 아이스크림을 부르짖는 여울을 위해 잠시 들렀던 편의점…….

그냥 룸 주점에서 집까지 오며 거쳤던 모든 장소 전부.

'졸려…….'

'차여울, 비켜. 넌 저쪽에서 자야 되잖아.'

'옷장은 싫어…… 그냥 오늘만 여기서 자면 안 돼?'

'그게 말이 된다고 생각해?'

'음, 그럼 한 번 더 뽀뽀해 줄게. 열두시는 지났지만.'

그리고 마지막 대미는 침대에서 장식했던 걸로 기억한다.

불 꺼진 방 안과 푹신한 매트리스, 그리고 부드러운 이불의 감촉에 맞물려, 마지막으로 나눈 키스는 유달리 깊고 야릇했다.

만약 도하언의 술버릇이 눕자마자 기절하듯 잠드는 게 아니었다면 넘지 말아야 할 선을 넘어 버렸을 지도 모른다. 그만큼 짜릿하고도 위험한 어젯밤이었다.

"저…… 어제 말이야."

회상을 마친 하언이 욱신대는 머리를 감싸 쥔 채 말문을 열었다. 그러자 여울은 곧바로 손바닥을 펼쳐 보이며 이어질 말을 가로막았다.

"어제 일은 무덤에 들어가는 순간까지 입 밖으로 꺼내지 않는 걸로 합시다."

"아, 그래."

계약이 종료되는 마당에 또 다른 계약이 체결되었다. 그건 두 사람 모두 바라던 바였다.

마지막까지 정말 가지가지 한다, 라고 생각하며 여울은 침대를 벗어났다.

그런 그녀에게 하언이 말했다.

"삼십 분 안에 씻고 준비해. 오늘은 내려가서 점심 먹어야 하니까."

"왜 내려가서 먹어?"

"도 회장한테 직접 파혼 승낙 받아야지."

상대하기 까다로운 사람의 이름이 튀어나오자 여울의 얼굴에 긴장감이 어렸다. 걱정스러워진 그녀는 묻고 싶은 게 많았으나 정작 신경 쓰이는 건 붉게 부르튼 하언의 입술이었다.

"아…… 그럴게요."

결국 여울은 어색한 대답과 함께 고개를 돌려 버렸다. 그녀는 피신하듯 드레스 룸으로 들어섰고 머지않아 갈아입을 옷과 세면도구를 주섬주섬 챙겨든 채 아예 방을 나섰다.

쾅—

문 닫히는 소리는 이상하리만큼 크게 들렸다. 방에 혼자 남은 하언은 머리를 흩트리며 긴 한숨을 내쉬었다.

"하아…… 돌겠네."

교자 한 시간 앞으로 다가온 파혼극의 엔딩. 일주일 전엔 축포라도 터트리고 싶을 만큼 이 순간이 기쁠 줄 알았는데 어쩐지 그의 마음은 결혼식 전날보다 착잡해졌다.

차갑게 식어 버린 분위기는 어제의 달콤함마저 모두 거짓이었던 것처럼 만들어 버렸다.

괜히 시작했다.

괜히 휘둘려 다녔다.

괜히…… 키스했다.

하언은 밀려드는 후회를 억지로 삼켜내며 앉아 있던 몸을 일으켜 세웠다.

흐트러진 이부자리를 정리하기 위해 이불을 들어 올리자, 그녀의 향기가 온 방 안에 꽃가루처럼 흩날렸다.

순간 재생버튼이라도 누른 것처럼 생생하게 떠오르는 어젯밤의 기억. 목덜미를 감싸 안던 손길, 품 안에 담았던 온기, 마음을 울리던 목소리. 그를 지치도록 두근거리게 만들었던 그 여자의 존재감.

그건 마치 영원히 리플레이 되려는 듯 끊임없이 흘러나와서.

"차라리 다행인가……."

하언은 오늘로써 그녀와의 인연은 전부 끝이라는 사실에 안도해 버렸다.

같은 시간, 욕실에서 터질 듯한 왼쪽 가슴을 부여잡은 채.

"괜찮아. 괜찮아. 내일부터 지나가다가도 마주칠 일 없는 남남이야."

연락이고 뭐고 그를 인생에서 아예 몰아내버리기로 결심한 여울이 그랬듯이.

평창동 저택의 1층 다이닝 룸.

드륵─

진수성찬이 차려진 화려한 식탁 앞에 의자를 당겨 앉는 여울은 질식하기 일보직전이었다.

도 회장의 부름으로 참석하게 된 이 집안의 점심 식사.

바로 맞은편에 앉은 켈리박의 살벌한 시선이 무서워서 왼쪽으로 고갤 틀면 숟가락을 꽉 쥐어든 도혜수가 보이고, 그게 날아올까 무서워서 오른쪽으로 고갤 틀면 저승사자처럼 앉아 있는 도 회장이 보였다.

게다가 여울의 왼쪽 곁엔 도유현, 오른쪽 곁엔 도하언이 버티고 있으니 그녀의 심장은 쫄아들다 못해 없어져 버릴 기세였다.

그래서 하는 수 없이 제 밥그릇 위로 시선을 떨구어버리자 분에 겨워하던 혜수는 거친 욕설을 퍼부었다.

"이 나쁜 년! 어디서 겸상을 하려 들어!"

그러게 말이다. 나 왜 여기에 앉아 있니.

"아버지가 부르신 거니까 진정해, 혜수야."

유현은 차분한 목소리로 혜수를 진정시켰다. 그건 분명 여울을 향한 배려였지만 상대가 상대이다 보니 마음이 편치는 않았다.

"회장님, 애 낯짝 보면서는 한 술도 못 뜨겠으니까 하실 말씀 시작하세요."

켈리 박은 날카롭게 여울을 노려보며 짜증 가득한 말을 뱉어 냈다. 그리자 인 그래도 숙취 때문에 상태가 좋지 않았던 하언이 인상을 확 구긴 채 사납게 대답했다.

"그럼 수저를 아예 치워버리지 그러세요."

"뭐? 너 계속 그렇게 싸가지 없이 굴 거니?!"

"저는 제 사람한테만 잘하는 스타일이거든요. 작은어머니처럼."

"어머, 어머! 회장님! 가만히 보고만 있지 마시고 한소리 해 주세요!"

다른 집에선 그저 평온하기만 할 주말 낮 점심 식사. 하지만 이곳은 칼만 안 들었다 뿐이지 치열한 전쟁터와 다름없었다.

서로 못 물어뜯어 안달인 이 집 식구들 틈에서 여울은 멀쩡한 정신을 유지하기도 힘들었다.

이런 게 바로 고래 싸움에 새우 등 터진다는 소리일까.

그래도 이번만 버티면 된다는 것이 희망이라면 희망이었다.

그녀는 원수 같은 차시울이 있긴 해도 마음만큼은 편안한 집을 생각하며 불안한 마음을 잠재웠다.

"오늘이 일주일째인가."

드디어 지독히도 차가운 도 회장의 목소리가 식탁 위로 꺼내졌다. 움츠러든 여울도, 으르렁대던 하언도, 미묘한 신경전을 계속하던 집안 식구들도 모두 도 회장을 향해 시선을 옮겼다.

"시간 참 빠르구나. 워낙 큰 소란이 폭풍처럼 지나가서 한 주가 흐른 지도 몰랐어."

"……."

"혹시 지내기 불편하진 않았니?"

도 회장은 여울에게 물었지만 그건 딱히 진심으로 걱정하는 기색이 아니었다.

"아, 네. 나름대로……."

그래서 적당히 어물쩍 넘겨버리자 혜수가 득달같이 달려들어 말꼬리를 붙잡았다.

"그래, 편했겠지. 그러니까 온 식구들 불편하게 만들어놓고 팔자 좋게 싸돌아다녔겠지."

"입에 독 풀었냐? 말 그딴 식으로 하지 마."

"하언아. 니가 우리 혜수한테 할 말은 아니지 않니?"

순식간에 조용하던 분위기가 다시 수선스러워졌다. 작은 불꽃에도 맹렬하게 타오르는 그들은 마치 다이너마이트의 도화선과 같았다.

여울은 그들의 인내심이 끝나는 순간 잔혹하게 터져 버리는 게 자신이 될 것만 같아 두려웠다.

물론 이 사태와 가장 관련이 없긴 하지만 파혼극에서 맡은 배역은 모든 분쟁의 원인이 되는 내연녀였으니까.

"혜수야, 대화 중간에 끼어드는 모습이 보기 좋진 않구나."

"하지만……!"

"더 이상 아무 소리 안 냈으면 한다. 당신도 마찬가지야."

"……."

다행히도 도 회장은 격해지는 감정싸움을 엄중한 목소리로 저지했다. 그러고는 까만 시선을 하언에게 옮겨두며 넌지시 입을 열었다.

"그럼 이세 하언이 네가 얘기해 보거라."

"……."

"대체 뭘 원하는지, 그리고 앞으로 어떻게 할 생각인지."

그에 대한 답변은 준비해 둔 대본 안에 있는 내용이었다. 하언은 흐트러짐 없는 표정으로 그를 마주했고, 조금의 망설임도 없이 대답했다.

"유설아와 파혼하고 싶습니다."

"……."

"어떤 계약이 걸려 있는지는 알지만 회사의 이익과 사랑하는 사람을 맞바꾸진 않을 겁니다. 무슨 일이 있어도 저는 이 사람과 인생을 함께할 거예요."

함께 하는 우리의 인생.

그것은 영원히 함께할 것처럼 보이는 단어였으나 실제로는 두 사람이 각자 원하는 삶으로 돌아간다는 것을 뜻했다.

"그러니까 괜한 욕심을 거두고…… 저희를 놓아주시길 바랍니다, 회장님."

그래요, 집에 좀 가게 제발 저를 놓아주세요.

여울은 간절함이 담긴 눈빛으로 도 회장의 표정을 살폈다.

하지만 인위적인 미소를 띤 그의 얼굴에서는 도무지 감정을 읽어
낼 수 없었다. 그래서 혹시나 계획이 가로막혀 버린 건 아닐까 걱정
하고 있던 그때.

"그래, 사람은 사랑하는 사람이랑 살아야지."

"……."

"항상 혼자였던 모습보다 지금이 훨씬 보기 좋구나."

도 회장의 입에서 긍정적인 반응이 새어 나왔다. 기만이라고 보
기에는 아무런 악의도 느껴지지 않았다.

그러나 하언의 눈빛은 여전히 날카로웠다. 저 여유로운 태도 뒤
에 감춰진 잔혹함에 관해서는 이미 질리도록 겪어봤다.

"나도 하언이 네가 누군가를 사랑할 수 있는 사람인 줄 알았다면
설아와의 결혼을 밀어붙이진 않았을 게다."

도 회장은 희망적인 뒷말을 이었고 천천히 여울에게로 시선을
돌렸다. 맹수 앞 초식동물처럼 떨리는 그녀의 눈동자는 이 상황에
서 벗어나고 싶어 하는 기색이 가득했다.

"그렇게 겁먹지 마라. 조금 더 떳떳해져도 괜찮아."

도 회장은 그런 그녀를 부드럽게 달랬고.

"너희들의 결혼을 진행시키마."

자비로운 목소리로 축복을 건넸다.

"아버지……."

"회장님! 무슨 소릴 하는 거예요!"

"지, 지금 농담하는 거죠?! 아버지! 저년을 왜 받아들여요!"

순식간에 혼란스러워진 다이닝 룸.

그중에서도 가장 커다란 패닉에 빠진 건.

"……예?"

"아."

다름 아닌 오늘이 질긴 인연의 끝일 거라 믿었던 하언과 여울이었다.

"아버지……."

"회장님! 무슨 소릴 하는 거예요!"

"지, 지금 농담하는 거죠?! 아버지! 저년을 왜 받아들여요!"

집안을 순식간에 쑥대밭으로 만들어놓은 도 회장이 태연한 표정으로 여울을 주시했다.

"새아가가 집안에 적응할 시간도 필요하니 예식은 서너 달 뒤로 잡자꾸나."

그리고 차마 소화할 수 없는 이야기를 이어나갔다. 놀란 여울은 두 눈만 깜빡거릴 뿐 어떠한 대꾸도 하지 못했다.

"하지만 지금처럼 남의 집이라고 생각할 필요는 없어. 나는 오늘부로 너희를 진짜 부부로 받아들일 테니, 새아가 너도 좀 더 편하게 있거라."

지금 뭔가 족쇄 같은 소리를 한 것 같은데, 설마 아니겠지. 잘못 들은 것이겠지.

"지금…… 여울 씨를 이 집에 머물도록 하시겠다는 말씀인가요?"

현실로부터 필사적으로 도망치고 있는 여울을 대신해 유현이 물었다. 여울은 떨리는 시선으로 도 회장의 입을 주시하며 제발 부정적인 반응이 나오기를 바랐다.

그러나 도 회장은 입꼬리를 부드럽게 끌어 올렸고 그녀의 바람을 산산조각 내는 대답을 흘려보냈다.

"가업을 위해서라도 분가는 천천히 했으면 좋겠구나. 게다가 새아가는 우리 집안의 문화도 잘 모르잖니."

"……."

"게다가 아무리 안사람이라도 어느 정도 회사에 대해선 알아 둬야 한다고 생각한다. 관련된 고위 인사들과 안면을 트는 건 당연하고."

"……."

"그러려면 몇 년간은 이 집안에 머무는 게 가장 현명한 해결책이라고 본다. 내 의견에 문제 있니?"

네, 문제 있습니다. 심지어 하나부터 열까지 문제밖에 없습니다.

여울은 당장이라도 벌떡 일어나 소리치고 싶었지만 그럴 수 있는 상황이 아니었다.

그래서 애원 섞인 시선으로 하언을 바라보자, 만만찮게 혼란에 빠져 있던 그는 싸늘하게 가라앉은 목소리로 물었다.

"우리 여울이가…… 왜 그래야 하죠?"

순간 도 회장의 눈빛이 날카롭게 빛났다.

"설아도 그러기로 했던 거 잊었니?"

"하지만……."

"그리고 하언아, 넌 이미 회사 운영에 중요한 의미를 지닌 결혼을 네 멋대로 파투내고 다른 여자를 집안으로 끌어들였어."

"……."

"나야 당찬 새아가가 마음에 든다만…… 집안 어른들이나 회사의 대주주들은 어쩌면 너의 후계자 자질을 의심할 수도 있다는 생각이 드는구나."

이제야 하언에게도 보인다. 도 회장이 겨누고 있는 서슬 퍼런 칼날이.

"이 상황에 분가까지 한다면 그분들의 심기는 최악으로 치달아 버릴 게다."

"……."

"하지만 내가 직접 너희들을 집안으로 품겠다고 나선다면 비난의 여론도 금방 수그러들지 않겠어?"

또다시 저에게 뻗친 도 회장의 손아귀에 하언은 조소를 흘렸다.

"그런 식의 배려, 부탁드린 적 없습니다."

도 회장은 그런 그를 소름 끼치도록 처연한 시선으로 마주했고 기만이 가득한 눈가를 가늘게 휘어보였다.

"나는 너의 반응이 이해 안 가는구나. 너희를 받아들이고 앞으로 손가락질 받는 일 없도록 지켜 주겠다는데……."

"……."

"왜 기뻐하지 않는 거니?"

빠져나갈 수 없는 덫에 걸린 하언은 더 이상의 연극을 때려치우고 저 늙은 악마의 목을 조르고 싶었지만.

"어머, 이걸 어쩌면 좋니. 어머머머."

"엄마! 괜찮아?! 아줌마! 여기 혈압약 좀 가져와요!"

그러기엔 돌아가는 상황이 진실이라 믿고 패닉에 빠진 미련한 사람들과.

"하언 씨……."

이 자리에서 차마 울지도 못하고 바들바들 떠는 여울이 미칠 만큼 마음에 걸려서.

"지금도 충분히…… 기뻐하는 중입니다."

그는 일단 도 회장에게 숨통을 내주고 말았다.

"안 돼……."

절망 어린 유현의 시선이 본능적으로 여울을 향했다.

똑똑―

설아의 집무실에 노크 소리가 울렸다. 전면 유리창을 통해 빽빽한 빌딩들을 내려다보고 있던 그녀는 살며시 고갤 틀었다.

"누구?"

물어보긴 했으나 대답은 뻔했다. 여기까지 검문도 없이 올라와 놓고서, 막상 문을 열기 전엔 조심스럽게 노크를 하는 사람.

"나야."

역시 그 사람이었다. 설아의 눈동자가 밝은 빛을 띠었다.

"들어와."

설아는 머리를 정리하며 문 쪽으로 몸을 돌려세웠다.

머지않아 열린 문틈 새로 다른 때보다 경직된 표정의 유현이 들어섰다. 설아가 별로 선호하지 않는 단조로운 니트에 면바지 차림이었다.

"급하게 왔나 보네?"

설아는 뼈가 있는 질문과 함께 발끝에서부터 머리끝까지 유현을 훑어보았다. 그러자 유현의 눈동자는 잠시 흔들리는가 싶더니 이내 전혀 다른 말을 건넸다.

"어떻게 된 일이야?"

많은 것이 축약된 질문이었다. 하지만 도 회장의 의도를 모두 알고 있는 설이는 충분히 이해할 수 있었나.

설아는 곧바로 대답하는 대신 유현의 눈동자를 가만히 들여다보았다. 항상 다 시든 안개꽃처럼 메마르고 나약하던 눈빛은 오늘따라 잔뜩 곤두서 있었다.

설아의 입꼬리가 부드럽게 말려 올라갔다. 그녀는 책상에 비스듬히 걸터앉았고 고개를 살짝 틀며 물었다.

"왜? 무슨 문제 생겼어?"

"넌 이미 알고 있잖아."

"그러니까 내가 뭘."

"하언이랑 파혼하겠다며. 오늘 아버지한테 들었어."

유현은 알고도 모르는 척하는 설아에게 단호한 어조로 말했다. 꽉 쥐어진 주먹에선 요동치는 그의 감정이 적나라하게 드러났다.

설아는 가볍게 웃었고 흥미롭다는 듯 되물었다.

"이상하다. 난 유현 씨가 좋아할 줄 알았는데."

"……."

"날 그렇게 다른 남자랑 결혼시키고 싶어?"

그녀의 질문에 유현의 가슴이 철렁 내려앉았다. 말투와 표정으로 봐선 농담이 분명했지만 그에게는 들켜선 안 될 진심이었다.

유현은 그녀를 직시하던 눈동자를 바닥으로 내려두었고 보다 흐린 목소리로 대답했다.

"……그렇게 말하지 마."

상처받은 짐승처럼 안쓰러운 그의 모습에 설아는 기쁜 미소를 지어 보였다.

그녀는 하이힐을 또각거리며 유현에게 다가섰고 그의 하얀 뺨을 부드럽게 어루만졌다. 그를 바라보는 시선은 애정보다 욕망에 더욱 가까웠다.

"그래도 나랑 한 집에서 마주치는 거 내심 기다렸었나 보네? 결혼식 가까워질수록 무미건조해지길래 아닌 줄 알았는데."

설아의 해석은 정반대로 흘러가고 있었지만 유현은 굳이 반박하지 않았다. 애초부터 존재하지도 않았던 마음, 그녀가 원하는 대로 연기해 주는 건 더 이상 어렵지 않았으니까.

그는 그저 무슨 일이 일어나고 있는지 제대로 알고 싶을 뿐이다.

절대 그럴 리 없는 그 사람이 왜 순순히 물러나려는 건지. 나를 소유하지 못해 안달내던 너는 왜 그리고 쉽게 나를 포기했는지.

도저히 납득할 수 없는 전개 속에서 가장 무고하게 희생되는 사람은 누구인지.

"지금…… 우리 어떻게 되어 가는 거야?"

어쩌면 그녀가 쉽게 밝히지 못할 답이었다. 도 회장과 함께 벌이고 있는 일이라면 더더욱.

유현은 애타는 손길로 그녀를 끌어안았고, 그녀가 가장 좋아하는 애절한 목소리를 귓가에 속삭였다.

"나한테는 말해도 돼."

"……."

"불안하니까 알려줘……."

그러자 잠시 침묵을 지키는가 싶었던 그녀는 곧 긴 한숨을 흘려보냈다. 처음엔 아쉬움이 섞여 있는 줄 알았지만 이어지는 웃음소리는 선명한 희열이있나.

"유현 씨, 이제 정말 나 없인 못 살게 됐나 봐……."

유현의 허리를 끌어안으며 설아가 말했다. 거미줄처럼 끈적한 그녀의 팔은 벗어날 엄두도 나지 않을 만큼 단단하게 얽혀 들어왔다.

"걱정하지 마. 나는 너한테서 멀어지지 않아. 혹시라도 이물질이 끼어들면 스스로 떨어져 나가게끔 만들 거니까."

"……."

"차여울은 얼마 못 버티고 도망쳐 버릴 거야."

서늘한 엄포 뒤에 여울의 이름이 섞여 나왔다.

유현은 지금껏 보아 왔던 사람들 중에서 그를 가장 투명하게 대했던 여울을 머릿속으로 떠올리며 물었다.

"그 사람을…… 어떻게 할 생각인데?"

언뜻 공모하는 것처럼 비칠 수도 있는 그 질문 안엔 제발 그 사람이 무탈하길 바라는 진심이 간절히 배어 있었다.

외부인의 신분으로 그 집안의 일원이 된다는 건 그 사람들이 만들어 놓은 틀에 맞춰 찢기고 잘라져나가야 한다는 뜻이라는 걸, 그는 누구보다 잘 알고 있었다.

하지만 그렇게 만신창이를 되고 나서도 물에 떨어진 한 방울의 기름처럼 전혀 섞일 수 없다는 절망.

그것은 유현의 과거이자 여울의 미래였다.

"흠, 그건 천천히 생각해 보려고 했는데…… 유현 씨는 어떻게 했으면 좋겠어?"

이미 뒤틀린 과거는 되돌이킬 수 없지만 아직 다가오지 않은 미래는 얼마든지 바로잡을 수 있다고 생각한다.

"아무 일도 일어나지 않았으면 좋겠어."

그러니 아무 일도 일어나지 않았으면 한다.

제발…… 아무런 일도.

하지만 유현의 말을 새겨들은 설아는 옅은 미소를 머금었고.

"나도 그랬으면 좋겠네……."

의미를 전혀 파악하지 못할 대답을 내보냈다.

해결책을 찾기 위해선 조금 더 깊이 들여다보아야 했다. 유현은 끌어안고 있던 설아의 몸을 품에서 놓았고 보다 깊은 대화를 하기 위해 그녀를 마주 보았다.

"설아야."

"키스해."

순간, 부드럽지만 단호한 그녀의 명령이 떨어졌다. 시선 끝에 들어온 얼굴은 번져 있는 미소가 무색할 정도로 싸늘했다.

유현의 속눈썹이 가늘게 떨려 왔다. 그는 마른침을 삼키며 머뭇거렸고 고집스럽게라도 말문을 열기 위해 입술을 떼어 냈다.

"잠깐만 설아……."

하지만 첫 마디를 끝낼 시간도 주지 않고 그녀는 호흡을 가로막았다. 은밀한 혀끝이 그를 달아나지 못하도록 포박했다.

욕심 어린 붉은 입술에선 립스틱의 맛이 느껴졌다. 그건 밀어내고 싶을 만큼 인조적이었으나 그리할 권한은 유현에게 있지 않았다.

"히아…… 사랑해."

호흡을 고르기 위해 잠시 떨어트린 입술 새로 흘러나오는 고백. 그리고 처음부터 마음에 들지 않았던 니트를 거칠게 벗겨내는 손길.

분위기는 뜨거워졌지만 그의 심장은 차갑게 얼어붙었다. 나락으로 추락하는 감정으로는 도무지 그녀가 원하는 화답을 건넬 수가 없었다.

그래서 유현은 사랑 따위 지녀본 적도 없는 빈껍데기를 그녀에게 바치기로 했다.

'지금 난 살아 있는 걸까.'

그녀의 성급한 손에 의해 옷가지들이 거의 벗겨져나갈 때쯤, 그는 잠시 고민했지만 이내 지워 버렸다.

멈추지 않는 심장으로 감정까지 분명하게 느끼며 살아 있는 그는, 어차피 누구에게도 사람이 아니었기에.

번잡한 강남역 주변, 시끄러운 카페.

수많은 사람들의 시선이 일제히 한 테이블 쪽으로 향했다.

"으어어엉."

"그만 울어."

"누가 울렸는데! 으어엉."

서럽게 오열하는 여자와 난처한 듯 미간을 구긴 남자.

좀처럼 보기 힘든 광경을 연출하고 있는 그들은 사형선고와도 같은 결혼허락을 받은 하언과 여울이었다.

"으으…… 니가 내 인생 다 망쳤어!"

"진정해. 운다고 해서 해결될 일도 아니잖아."

"우리 오빠한테는 어떻게 말할래?! 보기엔 멍청한 것 같아도 화나면 무섭단 말이야!"

"내일 너희 집에 가서 내가 얘기할게."

"뭐라고! 돌이킬 수 없는 짓을 덜컥 저질렀다고?!"

그들의 대화에는 일방적인 원망과 회유가 수차례 오고갔다. 그러나 엉망이 된 분위기는 좀처럼 나아지지 않았고 오히려 주변의 호기심만 가중시켰다.

"어머, 저 여자가 임신을 했나 봐."

"아기가 생겼는데 왜 저렇게 울어?"

"으이그, 대화 들어보면 몰라? 결혼 전이잖아!"

"아! 그러네! 혼전임신이네!"

그건 명백한 오해였지만 혼란에 빠진 두 사람은 주변 상황을 신경 쓸 겨를이 없었다. 여울은 이미 하도 울어서 빨개진 눈으로 하언을 노려보았고.

"……나쁜 새끼."

대뜸 욕을 했다. '너'까지는 참아주고 있었던 하언의 눈빛이 까칠해졌다.

"새끼는 너무하지 않나?"

"못된 새끼! 원수 같은 새끼! 차시울 같은 새끼!"

"차시울 그 양아치는……!"

하언은 만만찮게 심란한 마음도 모르고 어깃장을 내는 그녀를 매섭게 디그치려 했다.

그러자 화난 얼굴에서 다시 울상으로 돌아온 여울은 닭똥 같은 눈물을 뚝뚝 흘리기 시작했다.

"으으……."

"아, 그만. 울지 마."

"지가 나 이렇게 만들어놓고…… 맨날 나한테만 뭐라 그러고……."

"알았어. 내가 다 미안하니까 뚝 하라고, 뚝."

하언은 그녀를 달래기 위해 재킷 안에서 손수건을 꺼내주었다.

여울은 심통이 난 와중에도 그걸 받아 들었고, 팽ㅡ! 코를 풀었다. 그 모습을 바라보는 하언의 눈썹이 확 구겨졌다.

"그 표정 뭐야?"

"뭐가."

"지금 이 상황에도 니 손수건 아까워하는 거야?"

눈치 빠른 여울이 쏘아붙이듯 물었다. 하언은 '아니, 더러워하는 거야'라는 말이 목까지 차올랐지만 심호흡과 함께 애써 삼켜냈다.

"아니, 안 더러워."

"뭐?! 더럽다고 생각했어?!"

"아…… 절대. 안 아깝고 안 더러워."

"으으…… 난 서러워."

감당할 수 없는 패닉에 빠져 버린 여울은 감정 기복이 심했다. 무슨 말을 해도 제대로 들을 수 없는 상태였고 작은 자극에도 극단적으로 반응했다.

"……미치겠네."

난처해진 하언은 카페 의자에 등을 기대고 관자놀이를 문질렀다.

자유를 찾아 도망치려다 더욱 깊은 늪에 빠져 버린 지금. 정신이라도 똑바로 붙잡지 않으면 잡아먹히는 건 시간 문제였다.

마음의 평정심을 찾기 위해선 눈앞의 여울부터 가라앉혀야 했다.

"후우……."

가슴 안쪽에서부터 끌어올린 한숨으로 심신을 재정비한 그는 다시 그녀에게로 시선을 두었다.

오열하다가, 화를 내다가, 방금 전엔 서러움 모드로 돌입했던 그녀는 속상하고 억울해 죽겠다는 표정이었다.

그 얼굴을 보며 고민하던 하언은 믿음직한 말을 꺼내놓았다.

"그렇게 걱정할 거 없어. 내가 다 해결할게."

"뭘 어떻게 해결할 건데요."

"지금까지 해 왔던 대로. 내가 할 수 있는 건 전부 다 해볼 거야."

"그럼 계속 내 옆에 딱 붙어서 지켜줄 거예요?"

하지만 여울이 불쑥 꺼낸 질문엔 곧바로 대답하지 못했다. 그동안엔 시위를 핑계로 미뤄놓았던 회사출근을 당장 다음 주부터는 다시 시작해야 했기에.

"회사 일 때문에는 나가야……."

"봐 봐! 그럴 줄 알았어! 내동댕이치겠다는 소리잖아!"

여울은 득달같이 화를 냈다. 기껏 달래놓았던 게 무색할 정도로 흥분한 모습이었다.

하언은 그녀의 울음이 되풀이될까 싶어 또 다른 위로를 건넸다.

"도 회장이 한 말 때문이라도 집안사람들이 너한테 해코지 못해."

"그걸 어떻게 알아요."

"생판 남이든, 꼴 보기 싫은 원수든, 도 회장이 받아들인 사람은 군말 없이 인정해야하는 게 그 집안 룰이야."

그건 단순히 여울을 어르고 달래려 하는 말이 아니었다. 받아들일 이유도 없고 그러기도 싫은 사람을 받아들이게 만드는 도 회장의 권력.

다름 아닌 도유현이 그 증거였다. 자존심이 하늘을 찌르는 켈리박조차 그가 보육원에서 상의도 없이 데려온 도유현을 꼼짝없이 호적에 올려야했으니까.

"생판 남?"

그의 말을 들은 여울의 눈이 별안간 반짝 빛났다. 하언은 드디어

너희들의 결혼을 진행시키마 333

그녀가 희망을 되찾았나 기대했지만 이어지는 반응은 더 최악이었다.

"그래, 우리는 생판 남이잖아."

"뭐?"

"도하언 씨랑 나는 말 그대로 아무 연고도 없는 생판 남이에요. 그러니까 오천만 원 그깟 거 안 받고 이쯤에서 난 발 빼버리면 돼."

"차여울, 너 지금 무슨 소리를……."

하언의 말이 끝나기도 전에 여울은 자리에서 벌떡 일어났다. 그녀는 젖은 눈가를 소매 끝으로 문질렀고 옆에 놓아두었던 가방을 챙겼다.

"뭐해. 어디 가려고."

"집에."

불안해진 하언의 물음에 이어지는 대답은 간단했다. 하언은 그게 무슨 뜻인지 알면서도 설마하며 되물었다.

"평창동 집?"

"아니, 경기도 고양시 덕양구에 있는 우리 집."

"뭐?"

단호한 말을 마친 여울은 걸음을 옮겼다. 정말 이대로 떠나버릴 것처럼 야무진 뒷모습이었다. 뒤따라 일어선 하언은 긴 다리로 걸음을 재촉했고, 멀어지는 그녀를 덥석 붙잡았다.

"앗! 놔요, 이거!"

여울은 하언을 뿌리치려 했으나 그럴수록 그의 손아귀에는 더욱 힘이 더해졌다.

"차여울!"

그는 그녀의 이름을 소리 높여 불렀고, 그 덕에 사람들의 시선은 송사리 떼처럼 몰려들었다. 슈퍼스타 부럽지 않은 주목도였다. 그러나 하언은 주변 시선 따위 조금도 개의치 않고 비장한 목소리를 이어 나갔다.

"내가 책임질게!"

"……뭐?"

"니 인생은 내가 목숨 걸고 책임질게. 무슨 일이 생기든, 무슨 욕을 얻어먹든, 넌 조금도 싱숭생숭 않게 내가 시켜줄게."

아까 내 입으로 말했듯이 당신은 그저 생판 남인데. 이렇게 버려두고 간다고 해도 할 말 없는 사이인데.

"그러니까 도망가지 말고 나한테 와."

왜 미련스러운 발길은 떨어지지 않는 건지.

"……나를 믿어 줘."

왜 한심한 손은 당신을 뿌리치지 못하는 건지.

"그 말 하지 마."

"……."

"진짜로 믿어지잖아…… 으으……."

또다시 눈물샘이 터져 버린 여울은 그대로 주저앉았고, 푹 젖은 얼굴을 무릎 사이에 파묻었다.

지금 그녀를 서럽게 만드는 건 한 치 앞조차 안 보이는 캄캄한 앞날, 제 뜻대로 모질어지지 못하는 묘한 마음.

그리고 분위기 파악 못 하고 마냥 따뜻한 도하언의 손.

"으어어엉"

결국 대성통곡으로 이어져 버린 그녀의 울음소리 뒤에.

짝짝짝—!

"축하해요! 멋진 프러포즈였어!"

"와, 좋은 남편감이네요! 행복하세요!"

"애기한테 안 좋으니까 그만 우세요! 기쁜 날이잖아요!"

난데없는 박수 소리와 환호성이 터져 나왔다.

"으어어엉. 뭐라는 거야. 으어어엉."

그렇게 영문을 모를 축복 속에서 여울은 한참 동안 울었고, 하언은 한참 동안 그녀를 붙잡아 주었다.

오늘은 그토록 바라오던 계약의 마지막 날. 그동안의 인연이 모두 끝을 맺는 날.

그러나 끝은커녕 새로운 시작을 맞이하고 만 그들은 더 이상 앞일에 대해 걱정하지 않았다. 그저 이렇게 될 줄 알았으면 더더욱 키스하지 말 걸 그랬다, 하는 같은 후회만 반복할 뿐.

점심때가 다 된 시각, 부은 눈을 뜬 여울의 표정이 곧바로 굳었다.

오늘이야말로 안락한 내 방 침대에서 하루를 시작할 줄 알았는데, 아직도 도하언의 옷장 신세라니. 이제는 유일한 희망이었던 기약마저 없어져 버렸다니.

억울해진 여울의 마음이 울컥! 달아올랐다. 어제 하도 울어서 퉁퉁 부어 버린 눈이 다시 뜨거워지려 했다.

하지만 계속 힘없이 울기만 하는 것도 자존심이 상하는 일이었다.

그녀는 손바닥으로 두 눈을 꾹 누르며 울음기를 진정시켰고 마음이 정돈되자 이부자리 위에서 몸을 일으켰다.

원래는 이부자리까지 말끔하게 개놓던 여울이었으나, 심술보가 가득 찬 그녀는 도하언에게 미뤄버리기로 다짐했다.

어제 그렇게 절절한 목소리로 책임지겠다고 맹세했으니 이 정도는 당연히 해 주겠지.

여울은 미닫이문을 열고 드레스 룸 밖으로 나섰다. 이 시간대쯤이면 책상 앞에 앉아서 세상 바쁜 척 혼자 다하던 도하언은 방에 없었다.

"아, 일어났어요?"

대신 예상치도 못했던 존재가 그녀를 반겼다.

원래도 마주치기 싫었지만 막 자다가 일어난 꼴로는 더더욱 마주치고 싶지 않은 도유현이었다.

"아침식사도 거른 것 같아서 토스트 만들어왔어요."

그는 노릇노릇 구워진 토스트와 우유 한 잔이 올려진 브런치 접시를 내밀었다. 방 안에 고소한 버터 향기가 감돌았지만 여울의 표정은 그리 밝지 않았다.

그녀의 눈치를 살피던 유현은 잠시 머뭇거리다가 이내 조심스러운 목소리를 꺼냈다.

"하언이는 잠깐 다녀올 데가 있다고 했어요."

순간, 그를 무시하려 애쓰던 여울의 눈이 휘둥그레졌다.

"네? 어디를요?"

"그건 저도 잘 모르겠어요. 그 애가 일일이 말해 주는 편이 아니라서……."

"언제 오는데요?"

"아……."

그 질문을 유현도 묻긴 했으나 눈을 마주쳐 놓고서도 쌩하니 집을 나섰던 하언은 어떤 대꾸도 해 주지 않았다.

하지만 솔직하게 털어놓기엔 여울의 눈동자가 지나치게 혼란스러워 보여서 그는 선의의 거짓말을 지어내기로 했다.

"금방 돌아온다고 했어요. 그러니까 너무 걱정하지 마요."

유현의 입가에 그녀를 위한 편안한 미소가 어렸다. 그녀는 그 미소마저도 경계했지만, 불안한 마음이 잦아드는 건 어쩔 수 없었다.

"그럼 식사 편하게 해요. 더 필요한 거 있으면 언제든 부르고요."

유현은 브런치 접시를 책상 위에 올려놓으며 다정히 말했다. 그 접시를 바라보던 여울은 문득 눈썹을 구겼고 그에게 삐딱한 반응을 내비쳤다.

"이런 거 필요 없어요."

"……."

"고맙지도 않고 불편하기만 하니까."

쏘아붙이는 목소리는 회유할 틈도 없이 단호했다. 눈빛에 세운 칼날도 충분히 적대적이었다.

그런 그녀를 가만히 바라보던 유현은 곧 시비로 느껴질 만큼 어긋난 대답을 뱉어 냈다.

"여울 씨가 날 불편해해도 상관없어요. 나도 여울 씨 마음 달래 주려고 이러는 건 아니거든요."

안 그래도 예민해져 있던 여울의 신경에 날이 섰다.

"그럼 나한테 대체 왜 이래요?"

"……."

"설마 지켜 주기라도 하겠다는 거예요?"

여울은 가시 돋친 목소리로 재차 따져 물으며 유현을 노려보았다. 그러자 그는 잠시 입을 닫은 채 호흡을 가다듬었고, 조심스러운 목소리를 흘러보냈다.

"지켜 주는 건 하언이가 더 잘할 거예요. 아버지는 몰라도 어머니랑 혜수는 하언이 쉽게 못 건드리니까."

"그럼 그쪽 도움은 더더욱 필요 없겠네요."

"아니요, 여울 씨가 벼랑 끝에 몰렸을 땐 꼭 나를 찾아와요."

"왜요? 구해 주기라도 하게요?"

비아냥대는 여울의 대꾸에는 그 어떤 상황에도 유현을 찾진 않을 거라는 확신이 담겨 있었다. 하지만 유현은 그 뜻을 알고도 모르는 척, 짧은 호흡 끝에 말을 이었다.

"대신 떨어져 줄게요."

지켜 주는 하언의 역할과 전혀 다른, 벼랑 끝에서 대신 떨어지는 역할.

"고마움이나 죄책감 같은 거 하나도 안 가져도 괜찮아요. 여울 씨한테 원하는 것도 없고, 앞으로도 대가를 바라진 않을 거예요."

"……."

"그러니까 벼랑 끝에 몰리면 꼭 나한테 와서⋯⋯."

"⋯⋯."

"나를 밀어요."

그것이 그가 주고자하는 도움이었다. 그 안엔 보답을 바라는 기색조차 없어보여서, 여울의 귀에는 꼭 자신을 함부로 쓰고 매정히 버리라는 소리처럼 들렸다.

"왜 이렇게 나를 도와주려는 거예요?"

그런 관계를 이해할 수도, 납득할 수도 없었던 여울은 일렁이는 눈빛을 띠고 물었다. 질문의 내용은 아까와 같았으나 진심의 깊이는 전혀 달랐다.

유현은 그런 그녀를 가만히 내려다보다가 쓰라린 미소를 머금었다. 그리고 나직한 목소리로 대답했다.

"누군가의 도움을⋯⋯ 내가 필요로 해봤으니까."

의미심장한 대답은 여울의 감정을 쓰라리게 만들었다.

분명 유현에 관해선 이름과 얼굴밖에 알지 못했지만 그가 꺼내지 않은 많은 이야기들이 가슴에서 가슴으로 전해지는 듯했다.

여울은 뒤늦게 물어보고 싶은 게 많아졌다.

당신은 왜 도움을 바랐었는지, 나에게서 당신의 어떤 모습을 찾고 있는 건지, 지금의 당신은 대체 어떤 삶을 살고 있는 건지.

그러나 유현은 곧바로 그녀에게서 등을 돌렸고 문고리를 붙잡았다. 느껴지는 어둠과 달리 처연한 뒷모습은 어쩐지 이전의 불친절함까지 미안해지게 만들었다.

"⋯⋯나 그렇게 나쁜 사람 아니에요."

그가 문 너머로 모습을 감추기 직전, 마지막으로 흘려보낸 말은 이전에도 한 번 들었던 말이었다.

처음엔 변명처럼 들릴 뿐이었는데 이제는 그 뒤에 이어질 진심이 전해진다.

'그러니까 무서워하지 않아도 돼요.'

탁—

방문이 그의 기척만큼이나 조심스럽게 닫히고, 방 안엔 혼란스러워하는 여울만 덩그러니 남았다.

그토록 기다려있던 순간인데 기분은 모래알이라도 낀 것처럼 까끌까끌하기만 했다.

대체 도유현이 어떤 사람인지 모르겠다. 착한 사람인지, 나쁜 사람인지, 적인지, 아군인지, 기본적인 판가름조차 되지 않는다.

하언은 그를 어떻게 대했더라.

짧게 고민해봤지만 떠오르는 건 누구에게나 공평하게 까칠하던 하언의 모습뿐이었다.

결론 내리기를 포기한 여울은 이왕 하언을 떠올린 김에 연락이라도 해 보려 휴대폰을 찾아 들었다.

하지만 액정을 켠 순간 어젯밤 보다 잠들었던 SNS 타임라인이 그녀의 눈길을 붙들었다.

'사랑스러운 속도위반 커플의 공개 프러포즈♥ 여자 친구 감동받아서 우는 거 봐♥'

심상치 않은 내용과 함께 자동재생 되는 동영상은 너무 멀리 찍어서 얼굴도 잘 보이지 않았다. 그럼에도 불구하고 여울은 또렷하게 알아볼 수 있었다.

─나를 믿어 줘.

─으어어엉. 뭐라는 거야. 으어어엉.

주변 사람들의 축하 속에서 망해가는 인생을 한탄하고 있는 하언과 자신을.

"이, 이걸 누가 어느 틈에……."

당황한 여울은 말도 제대로 잇지 못할 만큼 커다란 혼란에 빠졌다. 그러나 댓글 분위기는 자신의 처지와 상관없이 밝기만 했고 그녀는 서러움에 치를 떨었다.

그 순간 결코 용납할 수 없는 활동내역 하나가 눈에 띄었다.

[차시울 님이 좋아합니다.]

"아니, 이 미친놈은 상황파악 됐으면 날 구하러 와야지! 왜 좋아하고 난리야!"

여울은 아무것도 모른 채 속 편하게만 구는 시울을 향해 거친 원망을 쏟아 냈다.

하지만 지금 누구보다 속 편하게 굴고 있는 사람은, 집안에서 어마어마한 삼자대면이 이뤄지고 있다는 사실도 모르는 여울 본인이었다.

서울 외곽에 위치한 여울의 집 거실.

"커피 한 잔 드릴게요. 뜨거우니까 조심하세요. 앗, 뜨거!"

홀로 시울과 대면하러 온 하언은 전혀 예상치 못했던 하인의 정체에 인상을 구겼다.

내 기억이 틀리지 않았다면, 커피잔 하나 제대로 못 내려놓는 이 모자란 놈은 여울의 전 남친 계강태가 맞을 텐데.

"너 왜 여기 있어."

하언은 잔뜩 날이 선 목소리로 물었다. 그러자 강태는 눈에 띄게 당황한 표정으로 우물쭈물 거리기 시작했다.

"어, 저요? 아, 그게……."

"휴우, 시원하다."

때마침 화장실에 갔던 시울이 배를 문지르며 거실로 돌아왔다. 초조해하던 강태는 주인을 맞기는 강아지처럼 그의 곁에 따라붙었다.

"형, 있잖아요. 그거 오늘 말할 거죠?"

"그거 뭐?"

"형이 저 사람한테 해야 하는 얘기요! 오늘 이불빨래도 싹 해놨으니까……."

"아아, 그거? 당연히 얘기해야지. 걱정 말고 이제 집에 가 봐."

돌아가는 대화의 내용을 듣자 하니 저 양아치랑 모자란 놈이 무슨 짓을 벌이려나 본데…… 둘 다 상상 이상으로 미친놈들이라 짐작조차 안 되네.

"예! 부탁드려요! 형! 그럼 내일 아침에 아침 밥 차려드리러 들릴게요!"

만족스러운 답변을 얻었는지, 강태는 얼굴 가득 순수한 미소를 퍼트렸다. 순간 여울이 저거에 반했었다는 사실을 떠올린 하언은 울컥 솟구치는 분노에 어금니를 꽉 깨물었다.

그는 서슬 퍼런 두 눈을 시울에게로 옮겼고 살벌하게 내리깐 목소리로 따져 물었다.

"이게 뭐하는 짓이야."

"아아, 우리 계 서방?"

"……계 서방?"

"여울이랑 다시 이어지도록 도와주는 대신 날 지극정성 보필해 주기로 했어."

그걸 지금 말이라고 하냐.

터무니없는 대답을 들은 하언의 눈빛이 더욱 거칠어졌다. 겁을 먹은 강태는 그의 시선을 은근슬쩍 피했으나 입가에 번지는 기쁨을 감추지는 못했다.

"계 서방, 형이 좀 더 단호하게 얘기해야 하는데 자리 좀 비켜 줄래?"

"네, 네! 지금 갈 겁니다!"

"아, 그리고 내일 아침엔 나 김치찌개 끓여 줘."

"알겠습니다! 안녕히 계세요! 형님!"

시울의 명령이 떨어지기가 무섭게 서둘러 현관으로 향하는 강태는 기대감에 부풀어 있었다. 그 꼴이 더욱 마음에 들지 않았던 하언은 본격적으로 시울을 몰아붙이기 시작했다.

"넌 니 여동생을 대체 뭐라고 생각하는 거지?"

"여동생을 여동생이라고 생각하지 뭐라고 생각하겠어."

"그런데 저 덜떨어진 놈한테 넘기겠다고? 고작 니 수발 들어줄 사람 필요해서?"

하언의 목소리에는 점차 열이 피어올랐지만 시울은 장난스레 웃고 있을 뿐이었다. 그건 무시나 회피와 비슷해 보였으나.

쾅―!

마침 현관문이 닫히자마자 터져 나오는 대답은 아까와 전혀 다른 태도였다.

"내가 미쳤어? 우리 여울이를 감히 누구한테 줘."

"뭐?"

"실컷 부려먹다가 여울이 돌아올 때쯤 내다버릴 거야. 그런데 개강대 잎에서 자꾸 이껏서섯 개불으면 어떡해."

"……."

"휴, 눈치 없어라."

순식간에 역전된 상황은 하언을 당황하게 만들었다. 그는 자신을 향해 혀를 차는 시울을 멍하니 바라보다가 이내 흥분기가 가라앉은 목소리로 되물었다.

"그럼…… 차여울이랑 안 엮겠다는 거지?"

"우리 여울이는 어떤 남자와도 안 엮어 줄 건데요. 이 오빠가 늙어 죽을 때까지 옆에 두고 살 건데요."

그건 그거대로 마음에 안 들었지만 그나마 처음 대답보다는 나았다.

그제야 하언은 불안했던 마음을 내려놓았으나, 괜한 일에 열을 올렸다는 민망함은 어쩌지 못했다.

"모자란 사람 뒤통수치는 거 양심에 찔리지도 않나?"

그래서 괜히 시비를 걸고넘어지니 시울은 조금도 망설이지 않고 뻔뻔하게 대답했다.

"난 양심 없어. 나한테 일확천금을 갖다 바치면서 뒤통수치지 말라고 부탁해도, 난 알겠다고 약속하자마자 바로 쳐버릴 거야."

"쓰레기네."

"응, 미리 알려 줬으니까 넌 속지 마."

여울과 쏙 빼닮은 시울의 눈초리가 곱게 휘었다. 그걸 바라보던 하언은 습관처럼 마음이 동요해 버릴까 싶어, 애먼 곳으로 시선을 돌렸다.

"그래서…… 여울이는 어쩌고 너만 왔어?"

그런 하언에게 시울이 꺼내놓은 질문은 제법 날카로운 본론이었다. 미묘하게 낮아진 온도를 느낀 하언은 다시 고개를 들어 올렸지만 시울은 여전히 웃는 낯으로 앉아 있을 뿐이었다.

하언은 마른침을 삼키며 목소리를 가다듬었고 준비해 둔 말을 담담하게 흘려보냈다.

"문제가 생겨서 일주일 안에는 계획대로 못 끝내게 됐어."

"아하, 그래?"

"최대한 빠른 시일 내에 수습해놓을 예정이야. 앞으로 상황은 그때그때 보고할 테니 걱정 마."

구구절절한 설명은 믿음직스러워 보이지 않을까 봐 최대한 생략했다. 조용히 입술을 닫고 시울의 반응을 살피자 그는 짧은 한숨을 내쉰 뒤 뜻 모를 질문을 던졌다.

"하아…… 혹시 형법 제31조 내용 알아?"

난데없는 법 얘기에 하언의 미간이 살짝 구겨졌다.

"내가 그딴 걸 어떻게 알아."

"모르는구나. 그거 꽤 무시무시한 조항인데, 옵타티움이랑 끼워 맞추자면 끼워맞출 수도 있을 것 같아서 말이야."

"……뭐?"

"10년 전에 무죄판결 난 사건이긴 하지만, 뭐 어때. 난 무죄도 유죄로 만들 수 있는 쓰레기인걸."

회사를 들먹이며 꺼내놓는 이야기들은 분명한 협박이었다. 이런 상황은 그동안 숱한 기업들을 상대하며 겪을 만큼 겪어보았지만 이번만큼은 섬뜩함의 정도가 남달랐다.

딱히 판사라는 직업이 주는 위압감 때문은 아니었다. 하언은 차시울을 단 두 번 밖에 만나보지 못했으나 그가 무슨 짓을 저질러도 이상하지 않을 인간이란 것쯤은 파악하고 있었다.

"협박해도 소용없어. 내가 안 보내 주는 게 아니잖아."

하언은 그럴수록 침착함을 유지하며 대답했다. 한 번 휘말리면 끝도 없이 끌려가게 되어 버리는 건 차 씨 남매의 공통점이었다.

하지만 이어지는 시울의 반응은 뜻밖에도 의아함을 띠고 있었다.

"응? 나 협박하는 거 아니야."

"……."

"계약 얘기하는 거야. 일주일 뒤에 주겠다는 게 여울이 말고 또 있었잖아."

그리 말하며 시울은 엄지와 검지를 살짝 맞부딪혔다. 그가 은근 슬쩍 내비치는 본심을 파악한 하언은 입꼬리를 비틀었다.

아, 이제 알겠다.

결국 가족이 아니라 돈이구나. 차시울이 원하는 건.

협상의 여지는 하언이 충분히 들어줄 수 있는 것이었다. 그는 재킷 안주머니 안에서 지갑을 꺼냈고 그 안의 명함을 내밀었다.

"여기에 계좌 적어. 약속한 잔금은 오늘 내로 보내 줄게."

"앞으로 연장되는 기간 동안의 계산은?"

"지금처럼 일주일에 오천만 원 씩은 무리야. 상황 봐서 천천히 얘기하지."

"흐음, 그건 좀 애매한데."

"섭섭하진 않게 지불할 거야. 조만간 계약서 다시 써."

회의감 가득했던 시울의 눈빛은 그제야 만족스럽다는 듯 반짝였다. 그는 거실 테이블 위에 굴러다니던 볼펜을 들었고, 재빨리 계좌번호를 적었다.

"하아, 이제 빚쟁이 생활 청산이다. 사천오백 만원 보내주는 거 맞지?"

"전에 칠백 줬으니까 사천삼백 아닌가."

"아니지, 이백만 원은 내 인센티브인데."

"대체 니가 뭘 했다고."

"꼭 사천오백 보내. 안 그러면 형법 31조랑 확 엮어버린다."

시울은 장난스러운 미소를 띤 채 글자들이 휘갈겨진 하언의 명함을 돌려주었다.

하언은 탐탁지 않은 표정으로 받아 들었고 얼마 전 도 회장이 그에 대해 지껄이던 말들을 떠올렸다.

'너희 오빠가 판사라고는 하지만 널 책임질 만큼 현명하고 굳센 사람은 못 되더구나.'

'지금도 교활한 사람들에게 농락이나 당하고 있지 않으면 다행이라고 본다.'

이 세상 그 누구보다 교활한 놈을 대체 누가 농락한다고.

그래도 시울이 돈에 휘둘리는 타입이라 다행이었다. 생각보다 간단하게 끝나버린 협상에 하언은 가벼운 비웃음을 흘렸다.

그러나 이 순간, 정작 그가 기억해내야 할 것은 따로 있었다.

'니힌데 일획친금을 줬다 마지넌서 뉘통수지지 말라고 부탁해도, 난 알겠다고 약속하자마자 바로 쳐버릴 거야.'

5분 전, 시울이 하언의 눈을 똑바로 바라보며 하언을 향해 내뱉었던 친절한 뒤통수 타격 예고.

'응, 미리 알려줬으니까 넌 속지 마.'

그리고 자신의 타겟이 된 줄도 모르는 안타까운 영혼을 향한 신신당부.

하지만 이 모든 걸 이미 흘려 넘긴지 오래인 하언은 감히 진심 어린 충고를 했다.

"인생 좀 똑바로 살아."

시울은 까칠한 하언의 눈을 마주하며 실없이 웃었고 똑같이 진심을 담아 대답했다.

"나한텐 삐딱한 게 똑바른 거야."

저녁때가 다 된 시간.

"나 왔다."

드디어 열린 방문틈 사이로 하언이 들어섰다.

침대에 누워 하언의 영어 원서를 읽고 있었던 여울은 벌떡 몸을 일으켰고, 잔뜩 뾰로통해진 목소리로 툴툴거렸다.

"나한테 말도 안 하고 어디 갔다 와요?"

"너 깨기 전엔 다녀올 수 있을 줄 알았는데 생각보다 늦어졌어."

"지금 그걸 변명이라고 하지? 쪽지라도 남겨놔야 할 거 아니야."

"안 돼. 넌 그거 보자마자 따라왔을걸."

하언은 재킷을 벗으며 의미심장한 대답을 했다.

그가 혼자 가야하는 곳 중, 여울이 찾아갈 수 있는 곳은 그리 많지 않았기에 그녀는 단번에 정답을 알아맞혔다.

"설마 우리 집 혼자 갔다 왔어?!"

"어."

"나도 같이 가지! 내가 우리 집 얼마나 그리워하는지 알면서!"

"협상하러 가는 건데 넌 옆에서 울고 있을 거 아니야. 그럼 차시울이 순순히 허락해 주겠어?"

"걘 허락해! 돈만 쥐어 주면!"

여울은 한 치의 망설임도 없이 확신에 찬 말투로 소리쳤다. 이제 보니 그건 충분히 일리가 있는 말이라서 하언은 더 이상 반박하지 않았다.

"방금 잔금 보냈어."

그 대신 첫 번째 계약의 무사 거래를 알리자 여울의 미간이 확 구겨졌다.

"나는 안 보내주고요?"

"그 부분은 조만간 다시 조율할 거야."

"차시울이 또 날 개똥밭에 팔아먹었나보네."

"개똥밭이라니. 그냥 계약이 잘 성사되었다고 말해 주지?"

하언은 원망 어린 여울의 반응이 마음에 들지 않는 듯 까칠하게 대꾸했다. 하지만 그녀는 씩씩거림을 멈추지 않았고 그대로 휴대폰을 들어 시울의 번호를 눌렀다.

"뭐하게."

"하긴 뭘 해. 낭상 나 데려가라고 해야지."

"그 얘긴 끝났다니까."

"나는 안 끝났어요. 차시울 사고치는 거 무서워서라도 집에 돌아갈 거야."

그리 말하는 여울의 목소리는 단호했다. 만약 시울이 데려가 주지 않는다면 제발로라도 걸어서 갈 기세였다.

사고라면 차시울이 계강태에게 종노릇을 시킨 시점부터 이미 발생한 것 같은데, 그걸 말해 줘야 하나 말아야 하나.

"차시울! 너 니 동생 안 찾아가나!"

잠시 고민하던 하언의 귀에 날카로운 여울의 고함이 들려왔다. 오빠에 대한 원망은 이미 극에 치달아 있는 것 같아서, 하언은 강태의 얘기를 굳이 꺼내지는 않기로 했다.

"어쩔 수 없긴 개뿔! 그렇게 대출금을 걱정 했으면 진작 돈을 아껴 쓰던가!"

그는 여울이 통화를 하는 동안 드레스 룸으로 향했고 옷걸이에 재킷을 걸어놓았다. 눈길은 그녀를 떠나있었지만 귀는 들려오는 내용을 놓치지 않고 따라갔다.

"다 필요 없고 당장 와서 날 구출해."

"……."

"뭐? 짐을 챙겨다주겠다고? 넌 그걸 말이라고 하지?"

이어지는 전개는 제법 마음에 들었다. 오겠다는 여울도 가로막는 시울은 생각보다 충실하게 계약대로 이행해 주고 있었다.

"몰라. 갈아입을 옷 좀 더 챙겨오든가 말든가."

"……."

"아, 목소리도 듣기 싫어. 끊어."

결국 대화를 포기했는지, 여울은 체념 섞인 말을 끝으로 전화를 끊었다. 원하는 대로 마무리된 상황에 하언은 안도감 섞인 미소를 띠었다.

이제 급한 문제들은 해결했으니 최대한 이성적으로 그리고 침착하게 꼬여버린 파혼극을 풀어내는 일만 남았다.

그렇게 생각하며 드레스 룸에서 걸어 나왔는데.

"하아……."

허망한 표정으로 침대에 앉아 있는 여울은 편안해진 마음을 다시 들쑤셔놓았다. 축 내려앉은 어깨는 눈 뜨고 볼 수 없을 만큼 안타까웠다.

물론 그녀가 기뻐하는 것까진 바라지 않는다. 하지만 그렇다고 해서 절망에 빠진 모습을 보고 싶진 않다.

그건 꼭 나를 믿지 못하고 있는 것처럼 보이니까.

"차여울."

하언은 낮은 목소리로 그녀의 이름을 불렀다. 힘없이 떨어져 있던 여울의 고개가 살며시 들어 올려졌다.

그는 느린 발걸음으로 다가왔고 그녀 곁에 걸터앉았다. 어느새 익숙해진 머스크 향이 그의 존재감을 더욱 강렬하게 만들었다.

"내가 널 못 지켜줄 것 같아?"

하언은 나직한 목소리로 첫 질문을 꺼냈다.

잠시 고민하던 여울은 시선도 마주하지 않은 채 고개를 저었다. 지금까지 그의 뒤에 숨어 보호만 받아왔던 저지이니 앞으로도 잘 지켜줄 거라는 데에는 한 치의 의심도 없었다.

"그럼 날 못 믿는 건가."

이어지는 질문은 살짝 고민스러웠다.

믿음이라는 감정을 쌓기에는 그와 함께한 시간도, 그와의 관계도 그리 안정적인 편이 못 되었다.

그렇다고 해서 전혀 믿지 못하는 것도 아니고, 애초부터 마음이 울적한 이유가 도하언 탓도 아니고.

"그냥…… 이대로 있는 게 무슨 의미일까 싶네요."

여울은 아직 정리하지 못한 혼란스러운 감정을 그대로 꺼내놓았다. 하언의 시선이 그녀에게로 내려앉았다.

"나 때문에 이 집은 쑥대밭이 되고, 하언 씨는 미운털만 박히고……."

"……."

"그런데도 난 아직 뭘 해야 할지 모르겠어요. 지금까지 별 도움도 안 되었던 것 같아요."

솔직하게 털어놓다보니 하소연이 되어 버렸다. 지금껏 하언이 자신을 위해 얼마나 고군분투해 왔는지 알고 있는 여울은 앞으로의 나날들이 두렵기보다는 미안했다.

도와 달라고 부탁한 건 이 사람인데, 어쩐지 내가 의존하고 있는 꼴이잖아.

역시 이런 이야기는 해 봤자 무력감만 느껴질 뿐이었다. 그녀는 짧은 한숨을 내쉬었고 씻겠다는 핑계로 자리를 뜨려 했다.

하지만 침대를 짚고 일어서기도 전에 부드러운 손길이 그녀의 머리카락을 쓰다듬었다. 기분 좋은 간지러움이 정수리에서부터 가슴까지 파도처럼 넘실거리며 흘러왔다.

"괜찮아."

손길만큼이나 따뜻한 목소리로 하언이 말했다. 고갤 돌려 마주한 그의 눈은 여전히 서늘했지만 더 이상 거칠지는 않았다.

"집은 원래 쑥대밭이었고, 나는 미움 받은 지 한참 됐어."

"……."

"너 오고 나서 악화된 건 단 하나도 없으니까 괜한 신경 쓰지 마."

위로해 주는 건가, 싶을 때쯤 그의 손길이 살며시 떨어졌다. 여울의 눈동자는 계속 하언을 향하고 있었으나 그는 다른 곳으로 시선을 돌려 버렸다.

그리고 끊어진 줄만 알았던 말을 이었다.

"……그냥 내 옆에 있어."

그건 부탁이었다.

자꾸만 떠나려는 그녀의 마음을 붙잡아보기 위해 건네는 부탁.

뻔뻔하다고 생각한다. 고집스럽다고 생각한다. 사람 난처하게 만드는데 일가견이 있다고 생각한다.

그런데 이상하게도 마음은 사르르 녹아든다.

지금 곁에 있어달라는 말은 나를 원한다는 뜻이 절대 아닌데 고백이라도 들은 것처럼 가슴이 두근두근 거리고 만다.

"대답 좀 하지."

다시 시선을 마주한 하인이 잠잠한 여울에게 물었다. 순간 그녀는 냉큼 알았다고 말할 뻔했지만 입술에 꾹 힘을 주고 버텨냈다.

대답해 주는 게 어려운 것도 아니었고 그의 옆에 있는 게 싫다는 것도 아니었다.

그저 여울은 지금 하는 대답이 진심이 되어 버릴까 봐, 도하언의 마음을 진심으로 받아들여버릴까 봐.

이 남자와 사랑에 빠져 버릴까 봐 그게 가장 걱정스럽다.

여울은 십 년이 다 되어가도록 발길을 끊었던 곳. 하지만 시울은 십 년이 다 되어가도록 홀로 드나들었던 곳.

목동 고모네 집은 남매가 전혀 공유하지 않는 유일한 장소였다.

여울은 제 오빠도 인연을 정리한 줄 알고 있지만 사실 시울에게는 동생을 속이면서까지 이곳을 찾아야 할 이유가 있었다.

"사천칠백만원 입금했습니다. 통장 확인해 보시면 알겠지만 고모부 명의로 된 아파트 대출금은 오늘부로 제가 다 청산했어요."

하지만 이제 더 이상 그럴 필요가 없어졌다.

그들이 지치도록 우려먹었던 레파토리를 다신 꺼낼 수도 없게끔 무력화시켜버린 참이니까.

"뭐? 이억오천만원을 벌써?"

당황한 고모의 눈빛이 눈에 띄게 흔들렸다. 그녀는 믿을 수 없다는 듯 시울이 내민 통장을 확인해 보았지만 말 그대로 깔끔하게 정리된 빛에 아무 말도 잇지 못했다.

"그렇게나 박봉이라더니 이 돈은 다 어디서 난 거냐?"

그녀를 대신해 곁에 있던 고모부가 날카롭게 물어 왔다.

시울은 자꾸만 경직되려 하는 입꼬리를 들어 올렸고 차분한 목소리로 대답했다.

"제 이름으로 대출 받아서 넣은 게 삼분의 일이고, 나머지는 아시다시피 월급 타는 족족 갖다 바쳤습니다."

"오늘 보냈다던 사천칠백은. 목돈 좀 생긴 모양이지?"

"제가 그 부분까지 말씀드릴 이유는 없죠."

호시탐탐 시울의 주머니 사정만 확인하려 드는 고모부의 속내는 안 봐도 훤했다. 그를 가볍게 무시해 버린 시울은 가벼운 심호흡을 했고 이내 가장 중요한 본론을 꺼내놓았다.

"이제 저희 아파트 소유권, 여울이 앞으로 이전해 주세요."

그것이 바로 빛을 청산했다는 소식을 들은 순간, 이들이 기뻐하긴커녕 난처해했던 이유였다. 안절부절못하던 고모의 입이 조심스레 열렸다.

"시울이 너도 알다시피 우리 재형이가 내년 초에 결혼을 하잖니."

"네, 그래서 제가 악착같이 올해 안에 갚아드렸잖아요."

"그래, 그런데 말이야. 재형이 이것이 직업이 변변찮아서 결혼준비를 하나도 못했어."

"……."

"그러니까 걔가 자리 잡을 때까지는 그 집을 좀……."

그녀가 꺼내려는 요구는 역시 예상했던 것과 조금도 다르지 않았다.

그동안 시울은 지 시꺼민 속을 실천으로 옮길까 봐 혼자서 전전 긍긍해 왔고 스스로가 비참하게 느껴질 만큼 온갖 비위를 맞춰왔다.

"그래서 내쫓으시겠다?"

하지만 이제 더 이상 그럴 필요가 없어진 시울은 날카롭게 되물었다.

"물론 오늘부로 그 집은 니가 산 거랑 마찬가지라는 거 알아. 하지만 우리 재형이가 집도 없이 살림을 차릴 순 없으니까……."

이제 더 이상 시울을 제멋대로 휘두를 수 없어진 고모는 간신히 맘에도 없는 미안한 표정을 지어 보였다.

"알고 계시면 대화가 더 쉽게 끝나겠네요."

그러나 시울은 조금의 동요도 없이 겉옷 주머니에서 종이 한 장을 꺼냈다. 이 집 사람들은 옷장 한구석에 처박아둔 채 까맣게 잊고 있었던 소유권 이전 각서였다.

"공증된 각서인 건 아시죠? 여기서 더 이상하게 말 바꾸시면 법

대로 진행할 겁니다."

"시, 시울아……."

"다시 말씀드리지만 저는 해야 할 의무를 다 했어요. 고모님 댁
도 이번 달 안에 각서대로 이행해 주세요."

단호한 시울의 태도는 그들이 빠져나갈 틈을 주지 않았다. 궁지
에 몰린 고모부는 꽉 쥔 주먹을 부르르 떨었고, 시울이 자리에서 일
어나려하자 버럭 언성을 높였다.

"이 독한 놈! 그동안 부모도 없이 사는 게 가여워서 먹여 주고 입
혀 주고 재워 줬더니, 이제 와서 뭘 달라는 거야!"

"……."

"내 새끼도 아닌 너희 남매 키우느라 얼마나 내 허리가 휘었는지
알아?! 판사 좀 됐다고 오냐오냐해 줬더니 은혜도 모르고!"

질리도록 들은 저 멘트는 귀에 딱지가 없을 지경이었다.

이럴 때마다 시울은 고모부의 심기를 달래 주기 위해 별짓을 다
해 왔지만, 오늘부터는 그러지 않아도 괜찮았다.

"입 좀 닥쳐."

"……뭐, 뭐?!"

그는 거친 욕설로 분노에 찬 고모부의 말문을 막아버렸고.

"부모님 보험금만 니들한테 안 뺏겼어도 십 년 동안 개고생할 필
요 없었어."

십 년 동안 꾹 참아왔던 말을 드디어 입 밖으로 내뱉었다. 얼음이
라도 집어삼킨 것처럼 바짝 타들어 가던 마음이 시원해졌다.

"차시울! 너 고모부한테 말버릇이 그게 뭐야! 오빠가 그렇게 키웠

니?!"

"저 새끼를 내가 오늘 확 그냥⋯⋯!"

시울은 소란스러운 그들을 뒤로하고 발걸음을 옮겼다.

지옥의 출구로 향하는 동안 더 심한 욕설이 그를 향해 터져 나왔으나 더 이상 아무런 대꾸도 하지 않고 무시해 버렸다.

현관문 앞에 선 시울은 낡은 운동화를 신으며 얼마 전 이 집 딸에게 사 주었던 명품 구두를 바라보았다.

다른 시간들은 그럭저럭 버틸만 했지만 저걸 사 줄 땐 조금 많이 속이 상했다. 그날은 동생의 생일이었고, 저 구두는 동생이 부러운 시선으로 구경하곤 했던 그 구두였으니까.

순순히 카드를 내주면서도 작은 사이즈로 바꿔달라고, 생일선물이니까 예쁘게 포장해 달라고 얼마나 말하고 싶었는지 모른다.

"⋯⋯쓸데없이 발만 커가지고."

시울은 훔쳐가도 신기지 못할 구두를 사뿐히 짓밟았다. 그의 몇 달치 월급을 쏟아 부어야만 살 수 있는 명품 구두의 높은 굽이 뚝— 하고 부러졌다.

피식, 그는 오랜만에 진심을 담아 웃으며 현관문을 열었다.

언제나 싸늘하기만 했던 복도의 공기가 이상하게도 오늘은 유달리 시원했다.

이튿날 정오를 막 넘긴 시각.

평창동 저택 1층에 여울이 홀로 모습을 드러냈다. 이곳에 입성한 이후 처음 있는 일이었다. 이른 아침부터 출근했던 하언은 방을 나서기 전 여울에게 조언했다.

'일찍 못 올지도 몰라.'

'급한 일 생기면 낮에 다녀 와. 아무도 없으니까.'

급한 일이라면 있었다. 오늘 시울은 여울이 미처 챙겨오지 못한 짐을 친히 가져다주겠다고 했고 그녀는 그걸 받으러 나가야 했다.

처음엔 하언과 함께 나설 생각이었으나 그의 곁에는 도 회장이 서 있어서 그러지 못했다.

그래서 오전 내내 2층에서 귀를 쫑긋 세우고 있다가 켈리 박이 집을 나서는 순간을 틈타 여기까지 재빨리 걸어 내려왔다.

다행히도 현관문 앞에 도달하는 동안에는 아무도 마주하지 않았다. 신발을 신는 그녀의 표정에 안도감이 어렸다.

"좋아. 이제 정원만 빠져나가면 돼."

여울은 최대한 소리가 나지 않도록 조심하며 현관문을 열었다. 넓은 저택의 크기만큼 드넓은 정원이 눈앞에 펼쳐졌다.

그것은 여울이 헤쳐 나가야 할 시련의 크기였다. 심호흡으로 긴장된 마음을 정리한 그녀는 용감한 한 걸음을 내디뎠다.

밖에 나가는 일이 이렇게도 힘들 줄이야. 들어올 때는 또 어떻게 들어온담.

속으로 이런저런 걱정과 신세 한탄을 하며 정원을 가로질러가던 그때.

"넌 어디 가니?"

가시 돋친 목소리가 뒤통수에 내리꽂혔다. 바짝 움츠러든 그녀의 몸이 로봇처럼 부자연스럽게 뒤를 돌았다.

"허구안날 방구석에 숨어 있기만 하더니, 결혼 승낙 받았다고 이젠 뻔뻔하게 돌아다니는구나."

아예 밖으로 나간 줄로만 알고 있었던 켈리 박이었다.

당황한 여울은 눈빛을 파르르 떨었고 금붕어처럼 입을 뻐끔거렸다. 분명 타이밍은 딱 대답을 해야 할 타이밍인데 머릿속에는 어떤 말도 떠오르지 않았다.

하지만 애초부터 별 대답을 기대하진 않았는지, 켈리 박은 제 할 말을 이어 나갔다.

"싸돌아다닐 시간 있으면 딩장 들어가서 가숙소파나 닦아."

"예?"

"들어가서 소파 닦으라고. 말귀 못 알아듣니?"

가정 관리사들에게나 내리는 일거리가 여울에게 주어졌다. 어차피 상황이 이렇게 된 이상 실컷 부려먹어 보겠다는 심보였다.

여울은 저도 모르게 그녀의 턱짓을 따라 저택 안으로 돌아가려다가, 문득 밖에서 기다리고 있는 시울을 떠올렸다.

"저기…… 오빠가 짐을 가져왔다고 하는데……."

"짐? 무슨 짐."

"올 때 옷을 많이 못 챙겨 와서……."

원래부터 말끝을 흐지부지 하는 편은 아니었는데 목소리는 도무지 똑바로 맺어지지 않았다. 자신이 하는 모든 말들이 켈리 박의 심기를 건드린다는 사실을 너무나도 잘 알고 있기 때문이었다.

"하, 가지가지 하는구나."

"……"

"니네 집 식구들 끌어들이지 말고 나가서 받아 와."

아니나 다를까. 켈리 박은 보다 짜증이 밴 표정으로 그녀에게 핀잔을 주었다.

여울은 허릴 숙여 인사했고 그대로 몸을 돌려 대문까지 직행했다. 몰래 빠져나갈 때보다 더 긴장한 발걸음이었다.

"곧바로 와! 알았니?!"

그녀가 대문을 열기 전, 켈리 박이 날카롭게 외쳤다.

여울은 자신이 왜 단 한 번도 앉아보지 못한 소파를 닦아야하는지 전혀 이해하지 못했지만 켈리 박만큼이나 높은 목소리로 대답했다.

"네, 네!"

그렇다고 해서 켈리 박의 시선은 고와지지 않았다. 여울은 그녀의 분노 어린 눈초리를 모르는 척 외면하며 겨우 밖으로 빠져나왔다.

쿵―

무거운 대문이 닫히자마자 다리가 풀린 여울은 그 자리에 주저앉아 버렸다. 아주 짧은 시간 동안 짧은 대화를 나눴을 뿐인데 이마에는 식은땀이 한 바가지였다.

이제 돌아가서 뭘 어떻게 해야 할지 모르겠다. 하언이 퇴근할 때까지 어떻게 버텨야 할지도 모르겠다.

그냥 이대로 도망치고 싶다, 라고 생각할 때쯤.

빵빵―!

조금 떨어진 거리에서 요란한 클랙션 소리가 울렸다. 고개를 돌리자 눈에 들어오는 건 묘하게 익숙한 낯선 차였다.

"저거 현규 오빠 차 아닌가……."

현규는 시울의 사법연수원 동기였지만 그가 이곳에 올 리는 없었다.

여울은 힘겹게 몸을 일으켰고 기운 없는 걸음으로 차 앞까지 걸어갔다. 어느 정도 가까워지자 조수석 창문이 내려가며 예상했던 그 인간이 모습을 드러냈다.

"여울아! 잘 있었어?"

"너 같으면 길 있있겠나?!"

여울은 분위기 파악 못하고 반가워하는 시울에게 사납게 대꾸했다. 그러자 시울은 서운하다는 듯 입술을 삐죽였다.

"너무해. 내가 여기 오려고 현규 차까지 빌려왔는데."

"빌려 온 게 아니라 그냥 뺏어온 거겠지."

"돌려주기만 하면 빌리는 거랑 마찬가지야."

"너 인생 그딴 식으로 살면 언제 한 번 철창신세 진다."

여울은 진심 어린 충고를 건네며 조수석 문을 열었다.

당연히 차 안에는 짐이 한가득 실려 있을 줄 알았는데 조수석도 뒷좌석도 텅 비어 있을 뿐이었다.

"내 짐은 어디 있어?"

"없어."

"트렁크에 있어?"

"없다니까."

이해되지 않는 시울의 대답은 여울의 심기를 거슬렀다. 미간을 확 구긴 여울은 급한 마음만큼 손을 까딱이며 독촉했다.

"아, 장난할 때 아니니까 빨리……."

그 순간, 시울이 그녀의 손을 낚아채듯 붙잡아 끌어당겼다.

"악!"

아무런 준비도 되어 있지 않던 여울의 몸이 그대로 차 안으로 끌려 들어갔다.

"뭐하는 거야!"

"안전벨트! 안전벨트!"

"뭐?!"

"아, 일단 그냥 출발한다! 차 문 닫아!"

여울을 억지로 앉혀둔 시울은 무턱대고 액셀을 밟았다. 놀란 여울은 급히 문을 닫았고 부랴부랴 안전벨트를 맸다.

"대체 어디 가는 건데!"

그러면서도 매섭게 따져 물으니 시울은 신이 난 표정으로 대답했다.

"가긴 어딜 가! 집에 가지!"

"집?! 집에는 갑자기 왜?!"

"일주일은 지났고 오천만 원은 받았으니까!"

"뭐, 뭐?!"

불현듯 여울의 머릿속에 무언가 떠오르기 시작했다.

어쩐지 알 것만 같은 시울의 의도는 그녀가 늘 가지고 있었지만 감히 실천으로는 옮기지 못했던 금단의 생각이었다.

여울은 긴장한 숨을 들이마셨고.

"너…… 설마 나 데리고 도망치는 중이니?"

들어맞는다면 후환이 두려워질 예상과 함께 내뱉었다. 정면을 향한 시울의 눈동자가 자랑스럽다는 기색으로 반짝였다.

"아니, 구해 주러 왔어! 오빠 멋지지!"

"차시울! 무턱대고 일을 저지르면 어떡해!"

그동안 눈물 나게 그리워했던 집이었다. 돌아오고 싶어서 애가 닳았던 그녀의 보금자리였다.

하지만 돌아온 여울의 기분은 조금도 밝지 않았다. 시울에게 이끌려 강제 이송되긴 했으나 그 누구에게도 통보하지 않은 모양새는 가출과 다름없었다.

"대체 왜 그렇게 화를 내는지 모르겠네."

시울은 열을 내는 여울이 전혀 이해되지 않는다는 듯 말했다. 그러자 여울은 눈빛에 더욱 날을 세우며 거칠게 되물었다.

"모르겠다고? 제정신이야?!"

"응. 나는 널 구해 준 거잖아."

"구해 주긴 무슨……!"

여울은 말도 안 되는 짓을 저질러놓고도 당당하기만 한 시울을 닦달하려 했다. 하지만 말문이 제대로 트이기도 전에 그는 표정 하나 바꾸지 않고 태연스레 대답했다.

"나한테는 널 그 집에서 빼낼 수 있는 방법이 이 방법밖에 없었어."

"뭐?!"

"이거 아니면 어떻게 그 집에서 나올 생각이었는데?"

낮게 질문하는 시울의 눈동자는 평소처럼 장난스럽지 않았다. 여울은 갑작스럽게 진지해진 그에게 흥분기를 가라앉히고 대답했다.

"그, 그거야 도하언이……."

"도하언이 뭐."

"도하언이……."

여울은 하언의 이름을 언급했지만 시울이 만족할 만한 답은 들려줄 순 없었다. 그가 곁에 있어 줄 거라는 건 알고 있어도 그가 뭘 해 줄지에 대해서는 제대로 확신하지 못했다.

시울은 그럴 줄 알았다는 표정으로 짧게 한숨을 내쉬었다. 그리고 불안해하는 여울에게 단호한 어조로 말했다.

"거봐, 이게 가장 최선이잖아."

순간 여울은 자신도 모르게 수긍할 뻔했다.

어차피 집을 나서며 잠깐 마주쳤던 켈리 박도 당당히 상대하지 못했으니 그 안에 더 머물러본다 한들 그녀가 할 수 있는 역할은 아무것도 없었다.

허나 이성적으로는 그 사실을 납득해도 가슴은 무거운 돌이라도 얹힌 듯 영 불편하기만 하다. 마땅히 다른 해결책도 없으면서 그냥 이렇게 떠나선 안 될 것 같다는 생각만 자꾸 든다.

"하아…… 진짜……."

혼란스러운 감정은 입술 새로 내쉬는 한숨에 그대로 드러났다. 그런 그녀에게 시울이 다가왔고 정수리 위에 가만히 손을 올려놓았다.

그리고 달래는 듯한 목소리를 흘려보냈다.

"원래부터 계약은 일주일이었고 오천만 원은 그 일주일에 대한 대가였어."

"……."

"니가 죄책감 가질 건 하나도 없으니까 하나도 신경 쓰지 마."

너의 잘못이 아니라는 말. 괜찮으니까 신경 쓰지 말라는 말. 어제의 하언도 그녀의 정수리를 매만지며 그렇게 말했었다. 그러니까 자신의 옆에 있어 달라고 부탁했었다.

그때 난 뭐라고 대답했더라.

아마 아무런 말도 하지 않았던 것 같다. 마치 상황이 이렇게 될 줄 예상하고 있었던 사람처럼.

그가 바라는 대답을 끝내 들려주지 못했다.

'정말 이대로 끝내면 되는 걸까?'

자연스럽게 드는 마음은 이대로 모든 짐을 내려놓아 버리겠다는 뜻과 비슷했다.

첫 만남과 동시에 바라 왔던 이별.

언젠가는 올 줄 알았지만 이런 모습일 줄은 상상도 하지 못했다. 그래서 후련하기는커녕, 그 사람의 얼굴이 자꾸만 어른거린다.

아직 해야 할 일이 남아 있는데도 불구하고 퇴근을 했다. 늦지 않은 시간임에도 불구하고 발길을 서둘렀다.

꽉 막힌 도로 위에서 저물어가는 하늘을 바라보며 초조해했고 도착하자마자 모든 사람들을 무시한 채 방 안으로 향했다.

하지만 문을 열었을 때.

'왜 이렇게 늦게 와요!'

잔소리로나마 반겨줄 줄 알았던 그녀는 온데간데없었다. 방 이외에 드나드는 유일한 곳인 2층 화장실도 마찬가지였다.

의아해하던 하언은 어제 여울의 통화내용을 떠올렸다.

'뭐? 짐을 챙겨다 주겠다고? 넌 그걸 말이라고 하지?'

'몰라. 갈아입을 옷 좀 더 챙겨오든가 말든가.'

아, 차시울한테 짐 받으러 갔나 보네. 이 집안사람들한테 해코지 안 당하고 잘 나간 건가.

하언은 재킷을 벗으며 드레스 룸으로 향했다. 오늘 아침에 그녀가 입었던 박스티가 정리되지 않은 이불 위에 떨어져 있었다.

그는 군말 없이 그녀의 옷을 개어주었고 이부자리를 제대로 정돈했다. 별다른 게 들어 있지 않은 가방은 벽걸이에 고이 걸어놓았다.

그렇게 모든 정리를 끝마치고 나니까 시간은 여덟 시.

창밖의 해는 이미 사라지고 없었다. 잠시 고민하던 하언은 휴대폰을 꺼내 들었고 그녀의 번호로 전화를 걸었다. 신호음은 끝도 모르고 이어졌지만 그녀는 받지 않았다.

아직 차시울이랑 있나 보네. 저녁은 먹고 들어오는 건가.

문득 걱정이 된 하언은 그녀에게 짧은 메시지를 적어 보냈다.

[언제 와. 밥은 어쩌고.]

하지만 전송 버튼을 누르고 보니 문득 너무 삐딱한 말투였나 싶어졌다. 그렇게나 걱정하던 제 오빠를 만나고 있는데 빨리 돌아오라고 독촉하는 것처럼 보여선 안 됐다.

[데리러 간 데니까 출발할 때 말해. 늦어도 상관없어.]

하언은 수습하기 위한 메시지를 한 통 더 보내놓고 컴퓨터 앞에 몸을 앉혔다. 쓸데없이 일찍 퇴근해 버린 탓에 아직 처리하지 못한 업무가 많았다.

"아…… 이건 또 어디서부터 꼬인 거야."

하지만 이상하게도 뭐 하나 제대로 풀리는 게 없었다.

높은 집중력과 꼼꼼한 일 처리 능력은 회사에서도 알아주는 하언이었지만, 오늘은 왠지 글씨도 내용도 눈에 들어오지 않았다.

하언은 애써 외면하고 있던 휴대폰을 확인했다. 벌써 아홉 시를 넘긴 시간이었으나 여전히 그녀로부터 연락은 없었다.

"여태 뭘 하고 있는 건지."

그는 미간을 좁힌 채 또 한 번 전화를 걸었다. 이번에도 그녀는 받을 기미조차 없었다.

혹시 벨소리를 못 들은 건가 싶어 곧바로 통화버튼을 눌러도 결과는 역시 마찬가지.

하언의 마음이 점차 불안해지기 시작했다. 마음 같아서는 받을 때까지 계속 걸고 싶었지만 그는 가까스로 이성을 붙잡았다.

앞으로 자정까지 남은 시간은 두 시간 반가량이니, 그때까진 최대한 참고 있다가 자정이 넘으면 다시 연락해 봐야지.

하루가 지나도록 연락이 안 되는 건 본인도 너무했다고 인정할 테니까.

하언은 정신만 산만해지는 컴퓨터 앞을 떠나 침대에 걸터앉았다. 매 1초, 1초가 하나도 빠짐없이 그를 스쳐 지나갔다.

순간.

'그래, 우리는 생판 남이잖아.'

초초함을 더욱 부추기는 여울의 목소리가 그의 머릿속을 울렸다.

'도하언 씨랑 나는 말 그대로 아무 연고도 없는 생판 남이에요. 그러니까 오천만 원 그깟 거 안 받고 이쯤에서 난 발 빼버리면 돼.'

뒤이어 싹을 틔우는 건 외면하고 있었던 일말의 의심이었다.

'아니. 절대 아닐 거야.'

하지만 그는 부정적인 생각들을 모조리 지워냈다.

비록 돌아가겠다는 말을 밥 먹듯이 하던 그녀였지만 정말로 그럴 수 있을 만큼 매정한 사람은 못 되었다.

게다가 나쁜 말로 밀어냈던 나를 끝까지 붙잡아준 것도 차여울이었잖아.

'저는 회장님이 걱정하시는 험한 꼴, 같이 휘말려 주려고 여기 있는 거에요.'

'절대 혼자 두지 않을 거예요.'

함께 있어 주겠다고, 절대 혼자 내버려 두지 않겠다고 먼저 약속
한 건 내가 아니라 너였잖아.

"후우……."

가까스로 마음을 가라앉힌 하언은 마른세수를 했다.

요동치던 가슴은 거짓말처럼 잠잠해졌고, 흔들릴 뻔했던 믿음은
다시금 되살아났다.

짧은 시간 동안 산전수전을 다 겪어온 만큼 두텁게 쌓인 신뢰 관
계. 이제 부디 해야 할 일은 조만간 돌아올 그녀를 기다리는 일뿐.

그렇게 생각하며 휴대폰을 내려놓으려던 그때.

'난 양심 없어. 나한테 일확천금을 갖다 바치면서 뒤통수치지 말라
고 부탁해도, 난 알겠다고 약속하자마자 바로 쳐버릴 거야.'

교활한 차시울의 목소리가 뇌리를 스쳐 지나갔다.

신뢰가 두터운 여울과 달리 믿을 만 한구석이 하나도 없는, 지금
당장 뒤통수를 세게 후려쳐도 이상할 게 없는 인간이었다.

억눌러놓았던 불안감이 다시 휘몰아치기 시작했다. 그녀를 상대
로는 떠올리는 것조차 미안했던 의심이 그를 상대로는 확신처럼 강
렬해졌다.

"설마 차시울이……."

그는 휴대폰을 들었고 여울이 아닌 시울에게로 전화를 걸었다.
만약 받지 않는다면 하언은 직접 찾으러 나설 기세였다.

뚜루루루. 뚜루루루.

—여보세요?

하지만 예상과는 달리 시울의 목소리는 단 두 번의 신호음 끝에 들려왔다.

하언은 몰아치는 분노를 잠시 진정시켜두고 낮게 물었다.

"너 어디야."

—저요? 집인데요.

"차여울도 거기 있어?"

—그쪽은 누구신데 여울이를 찾아요?

하, 이 새끼가 감히 내 번호도 지워놨나 보네.

"도하언."

—아아.

발신자의 이름을 들은 시울은 괜히 받았다는 듯 낮은 탄식을 내뱉었다. 하언은 어금니를 꽉 물었고 같은 질문을 또 한 번 던졌다.

"차여울 거기 있냐고."

—응, 여울이 우리 집에 있어. 왜?

"왜냐니. 지금 시간이 몇 신데 연락도 안 받고······."

—받기 싫어서 안 받았나 보지. 계약된 일주일도 끝났으니까 이젠 굳이 널 상대할 이유가 없잖아.

"······뭐?"

하지만 휴대폰 너머로 들려오는 시울의 냉소적인 반응은 하언을 당혹스럽게 만들기 충분했다.

상황이 이상하게 돌아가고 있다는 걸 확신한 하언의 눈빛이 매서워졌다.

"이게 뭐하는 짓이야. 끝내긴 누구 마음대로 끝내."

―계약관계라는 게 원래 둘 중 하나만 관둬도 끝나 버리는 거 아닌가.

"미쳤어? 어제랑 얘기가 다르잖아."

―미쳤으면 돈 더 받겠다고 계속 그 집에 내버려 뒀겠지. 그리고 난 못 믿을 놈이라고 몇 번을 더 말해야 해.

그리 대답하는 시울은 한 치의 물러섬도 없었다. 말투는 언제나처럼 가벼웠지만 느껴지는 분위기는 미묘하게 달랐다.

그는 지금 여울에게 다가가는 하언을 막아서고 있다. 마치 아무리 두드려도 무너지지 않을 섯난 같은 거대한 방벽처럼.

"정신 나간 소리 하지 말고 당장 차여울 데려와."

하언은 폭발하기 직전인 화를 애써 억누르며 명령했다.

―싫어. 못 데려가.

그러나 시울은 조금도 망설이지 않고 곧바로 거절했다. 하언의 입술 새로 옅은 비웃음이 샜다.

"하, 급한 빚 다 갚았다 이건가."

―…….

"그럼 더 통화할 필요 없겠네."

머지않아 이어진 하언의 대답은 얼핏 체념과 비슷했지만 눈동자에 어린 분노는 조금도 수그러들지 않았다. 오히려 이전보다 더한 집념을 띤 채 이글이글 타오르는 중이었다.

그는 침대에서 몸을 일으켰고 드레스 룸에 걸어둔 재킷을 다시 꺼내 들었다.

"나와. 너희 집 앞으로 갈 테니까."

살벌한 선전포고 뒤엔 이어지는 건 시울의 흐린 한숨이었다. 반겨주지도, 그렇다고 해서 딱히 막아 내지도 않는 무관심한 태도는 하언을 상대하고 싶지 않다는 기색이 역력했다.

이런 취급을 받고 있자니 꼭 눈치 없이 끼어드는 불청객이 되어 버린 것 같다.

하지만 그걸 알면서도 하언은 통화를 끊자마자 차키를 챙겨 들었다.

벌써부터 느껴지는 팽팽한 긴장감에 그의 숨통이 질식할 듯 조여들었다.

자정에 가까운 시간.

하언의 까만 세단이 여울의 아파트 단지 앞에 멈춰 섰다. 그는 비장한 표정으로 몸을 내렸고 주머니에 들어 있던 휴대폰을 꺼냈다.

통화목록을 확인하자마자 떠오르는 번호가 마음을 무겁게 가라앉혔다.

하지만 전화를 거는 손끝은 일말의 주저함도 없었다. 여기까지 온 이상 그의 머릿속에는 더 늦기 전에 담판을 지어야겠다는 생각뿐이었다.

♩ ♪ ♬ ♩ ♪ ♬―

그때, 요란한 벨소리가 신호음과 딱 맞춰 터져 나왔다. 근원지는 다름 아닌 열 발자국쯤 떨어진 놀이터였다.

누군지 알 것 같아서 매서운 시선을 옮겨두니.

"엄청 빨리 왔네. 그냥 막 밟았나 봐?"

아니나 다를까. 기대를 저버리지 않는 얼굴이 가로등 불 아래 걸려 들어왔다.

여유로운 표정도, 가벼운 말투도 하언의 뒤통수를 치기 전과 너무 똑같아서 더욱 뻔뻔하게 느껴지는 차시울이었다.

"……차시울."

하언은 화를 꾹꾹 눌러 담은 목소리로 그의 이름을 불렀다. 마주한 시선은 금방이라도 폭발해 버릴 기세로 불타오르고 있었다.

그러나 그 위협적인 분위기가 전혀 신경 쓰이지 않는지 시울은 스스럼없이 그의 앞까지 나아왔다.

"그래서, 무슨 할 말이 있다는 건데?"

그리고 뻔뻔한 질문을 던졌다. 하언의 입가에서 헛웃음이 샜다.

"그걸 몰라서 물어? 당장 어제 약속한 대로 이행해."

"무슨 약속?"

"일이 다 해결될 때까지 내가 차여울 데리고 있겠다고 했잖아."

순간 시울의 입꼬리가 부드럽게 휘어 올라갔다. 재밌지도 않은 상황에 띠우는 미소는 기만과 비슷했다.

마침내 분노가 한계점까지 치달은 하언은 그의 멱살을 거친 손길로 틀어쥐었다.

"니 눈엔 지금 내가 소꿉질하고 있는 것처럼 보여?"

"……"

"이건 내 인생이 걸린 문제야. 니가 멋대로 끼어들어서 난동 부려도 되는 삼류연극판이 아니라고."

"……"

"그러니까 좋게 말할 때 이쯤에서 개수작 관둬."

틀어막힌 목덜미가 답답할 법도 한데 시울은 조금의 미동도 없었다. 그는 얼굴에 번져 있던 미소를 지워냈고 차갑게 되물었다.

"이쯤에서 관둬야 할 사람은 너 아니야?"

"……뭐?"

"처음에 니가 얘기했던 것보다 상황이 복잡하고 위험해졌잖아. 그럼 애꿎은 여울이는 이쯤에서 빠지게 해 줘야 하는 거 아니냐고."

그건 충분히 일리 있는 말이었다. 상황이 더 복잡하고 어려워진 것도, 그러니 이쯤에서 그녀를 놓아주어야 한다는 것도 딱히 반박할 거리가 없었다.

만약 하언이 홧김에 무작정 그를 찾아온 길이었다면 순순히 고개를 끄덕였을 것이다.

하지만 그에게는 무슨 수를 써서든 그녀를 지켜내겠다는 생각밖에 없어서, 단호한 목소리로 대답했다.

"그럴 필요 없어. 차여울은 내가 털끝 하나 다치는 일 없게 할 거야."

"……."

"복잡해지든 난잡해지든 내가 책임지고 정리해서 돌려보낼 테니까, 이렇게 미리 도망치지 않아도 돼."

그 말이 모두 진심이라는 건 눈동자에 어린 확신만 보고도 알 수 있었다. 그러나 시울은 여전히 굳은 표정으로 하언을 직시했고 이내 짧은 되물음을 던졌다.

"어떻게?"

"뭐……?"

"도대체 뭘 어떻게 책임지고 정리하겠다는 건데?"

그건 할 수 있는 대답도 쉽게 꺼내지 못할 만큼 선명한 불신이었다. 시울의 멱살을 붙잡고 있던 하언의 손이 저도 모르게 느슨해졌다.

"너야말로 지금 여울이랑 소꿉장난한다고 생각하는 거 아니야?"

뒤따라온 질문은 정곡을 날카롭게 파고들었다.

여기까지 오면서 준비했던 많은 말들이 있었지만 그중 그의 추궁에 답이 될 수 있을 만한 말은 없었다.

확실한 대책도 없으면서 무턱대고 지켜 주겠다고 나서는 자신의 모습은 스스로 돌이켜봐도 안일하게 느껴졌으니까.

"나는 차여울을 어떻게든……."

하언은 이대로 물러서면 안 된다는 생각만으로 목소리를 이어보려 했다.

"어느 누구도 손끝 하나 못 건드리게 어떻게든……."

그러나 말끝은 금세 흐려지고 말았다. 지금 꺼내놓으려는 말들이 그저 이 순간을 모면하기 위한 핑계라는 걸 너무나도 잘 알고 있기 때문이었다.

그런 하언을 바라보며 시울은 흐트러진 옷깃을 정리했고 한 번 더 진지하게 입술을 떼어 냈다.

"우리 솔직해지자."

"……."

"넌 니 인생밖에 신경 안 쓰지?"

그의 짧은 질문은 하언의 마음을 날카롭게 베어 버렸다.

처음엔 그저 말귀를 알아듣지 못한 사람처럼 머리가 멍하다가, 질문의 의도가 선명해지면 선명해질수록 가슴이 욱신거리기 시작했다.

단 한 번도 나만 생각하고 살겠다고 마음먹은 적은 없다. 하지만 살아오면서 내 자신 외에 다른 사람을 생각해 본 적도 없다.

그건 그녀에게도 마찬가지였다. 한 번이라도 그녀를 신경 써주었더라면 시련밖에 없는 공간으로 다시 데려오려 하진 않았을 텐데.

……나는 지금 뭘 하고 있는 거지.

시울은 대답을 들려줄 기미조차 보이지 않는 하언에게 무거운 뒷말을 이었다.

"나도 그래."

"……."

"나도 내 동생밖에 신경 안 써."

짧은 한마디에서 느껴지는 짙은 감정은 언제나 가볍게만 비쳤던 시울을 한없이 어려운 사람으로 만들었다.

그래서 하언은 떨어지는 그의 발걸음을 보면서도 더는 붙잡아둘 수가 없었다.

"프러포즈 꽤 절절하게 하던데, 앞으로는 마음 약한 애한테 그런 말 하지 마."

코너를 돌아 사라지기 전, 시울이 단호하게 내뱉은 충고는 마치 마지막 인사 같았다.

하언은 조금의 미련도 없이 멀어지는 그의 뒷모습을 바라보았고 그가 시야에서 사라진 후에도 한참 동안이나 그 자리를 벗어나지 못했다.

그저 시간이 멈춘 듯 정지된 채, 끊임없이 되새기고 있는 질문은.

'넌 니 인생밖에 신경 안 쓰지?'

그건 마치 지금까지 살아온 인생 자체를 잘못되었다 손가락질하는 것만 같은 기분이었다. 이제까지 그 누구도 물어보지 않아서 스스로 깨닫지도 못했다.

"나도 나 하나만 신경 쓰고 사는 거 지겹다……."

그런데 곁에 아무도 없는 걸 어떡하라고. 아무리 둘러봐도 내 세상엔 나 혼자뿐인 걸 어떻게 하라고.

뒤늦게 흘려보는 변명은 역시 내뱉지 않길 잘했다. 만약 시울이 들었다면 마음을 돌리기는커녕 더욱 자신의 선택에 확신만 가질 게 분명했으니까.

다리가 뻐근할 정도로 가만히 굳어 있던 하언은 한참이 지나서야 휴대폰을 꺼내 들었다.

그리고 통화목록에 적힌 그녀의 전화번호를 한참 동안 들여다보다가, 또 한참 동안 망설이다가, 겨우 손가락을 움직여 메시지를 적었다.

고민한 시간에 비해 너무나도 간단히 전해진 그 남자의 진심.

이것으로 되었다.

마지막으로 내가 할 수 있는 건 너에게 보낸 그 한 마디가 전부였다.

그리운 냄새가 잔뜩 묻은 편안한 침대.

베개 옆에 놓아둔 휴대폰 액정이 반짝 빛을 냈다. 눈보다 가슴이 먼저 반응하는 발신자는 어김없이 하언이었다.

여울은 자동적으로 움직이려는 손을 멈추고 억지로 눈을 감았다. 그에게 연락이 올 때마다 어김없이 반복하던 일이었다.

원망하는 내용이라면 차라리 낫겠다. 허나 붙잡는 내용일까 봐 도저히 확인하지 못하겠다.

감당하지 못할 짐들로부터 벗어날 수 있는 마지막 기회, 그가 내민 손을 내 눈으로 확인한다면 붙잡혀주고 싶어질 게 뻔했으니까.

하지만 그녀가 질리도록 되풀이해 온 또 다른 짓은 끝내 미련을 버리지 못하고 그의 마음을 확인하는 일이었다.

그녀는 휴대폰을 꼭 잡아 쥐었고 이기적인 소원을 빌었다.

"하아…… 제발 욕을 해라."

밥은 먹었냐는 말 말고, 데리러 오겠다는 말 말고, 나를 걱정하는 마음으로 걸어보는 전화 말고.

"그냥 성질머리대로 해, 도하언……."

여울은 짧은 숨을 들이마시며 마음을 다잡았다. 그리고 떨리는 손끝으로 메시지함을 열었다.

밝은 빛에 적응하지 못한 눈동자가 잠깐 동안 뿌옇다가 이내 선명해졌다. 그리고 몇 글자 되지 않는 그의 마지막 말을 담아내 버렸다.

[그동안 고마웠어.]

그토록 바라던 끝을 먼저 말해 준 그 사람.

그녀의 마음이 철렁 내려앉았다.

출근하는 시울도 아직 잠에서 깨지 못한 이른 새벽.

끼이익—

낡은 문이 우는 소리와 함께 하루 종일 잠잠하던 여울의 방문이 열렸다.

작은 등과 양손 가득 커다란 짐 가방을 챙겨 든 그녀는 잔뜩 긴장한 표정으로 한 발을 내디뎠고, 시울의 방에서 들려오는 기척을 각별히 살폈다.

"코도 안 고니까 아직 자는지, 일어났는지 알 수가 없네."

작게 중얼거린 여울은 살금살금 발을 움직여 거실을 가로질렀다. 평소에는 들리는 줄도 몰랐던 냉장고 소리가 오늘따라 더욱 요란하게 느껴졌다.

하지만 무사히 신발장 앞까지 다다른 그녀는 편한 운동화를 꺼내놓았다. 그리고 자주 신는 구두들을 들고 있던 가방 안에 마구잡이로 집어넣기 시작했다.

"좋아, 이제 신발까지 다 챙겼고……."

여울은 한 번 더 빠트린 물건은 없는지 머릿속으로 점검해 보고는 짧게 고개를 끄덕였다. 그리고 운동화에 발을 집어넣기 전 살짝 몸을 틀었다.

잠잠한 시울의 방이 그녀의 시선을 붙잡았다.

비록 내가 뭘 하고 돌아다니든 아무런 신경도 안 써주는 오빠이

긴 하지만, 그래도 말도 없이 사라져 버리면 많이 놀랄 텐데…….

"오빠, 미안. 그동안엔 오빠만 사고치고 돌아다녔으니까 이번만 내가 쳐볼게."

짧은 사과를 마친 여울은 훨씬 미련 없는 표정으로 신발을 신었다.

현관문 잠금장치를 여는 순간 들려온 철컥, 소리는 고요한 집 안에 비해 너무나도 커서 온 신경이 바짝 곤두섰다.

그럴수록 더 빨리 집 밖으로 몸을 빼낸 여울은 서둘러 엘리베이터 버튼을 눌렀다.

지금 뭐하는 짓인가 누군가 물어본다면 대답은 못 하겠다. 왜냐하면 그녀 역시도 자신이 왜 이러는지 도무지 이해할 수 없었으니까.

하지만 한 가지 확실한 건 그녀는 지금 도망치려 한다는 것이었다. 그녀와 상관없는 시련을 잔뜩 얹어 줄 하언이 아닌, 그런 자신을 미리 걱정하고 구해 준 시울로부터.

아마 후회하겠지. 그래, 그 집에 도착하자마자 오빠가 엄청 보고 싶어질 거야.

여울은 자신에게 닥쳐올 미래를 정확하게 알고 있다. 그럼에도 불구하고 엘리베이터에 오르는 걸음엔 망설임이 없다.

'그동안 고마웠어.'

아마 그 남자의 마지막 인사 때문인 것 같다. 바라 왔던 것처럼 군더더기 없이 깔끔했지만 그래서 더 외면할 수 없었던.

'당신 혼자 정말 괜찮겠어요?' 라고 자꾸만 되물어보고 싶어지던 그 말.

새벽 내내 여울을 괴롭히던 마음의 짐은 이대로 있다간 흉터로 남아버릴 것 같았다. 그래서 이렇게 대책 없이 출발해버리니 우습게도 욱신거리는 통증이 수그러들었다.

겨우 빠져나온 덫으로 되돌아가는 길.

앞으로의 나날들도, 숨통을 조여 오는 사람들도 걱정되지만 그 중에서도 가장 마주하기 두려운 건 따로 있었다.

지난밤 끊어질 뻔했던 우리의 관계도 지금 이 발걸음처럼 돌이킬 수 있으면 좋을 텐데. 혹시 간밤 새에 너무 늦어 버리지 않았을까. 그래서 떠나는 날 선서 놓아 버린 게 아닐까.

다른 무엇보다 그게 가장 신경 쓰인다.

지금 그녀는 너무나도 깔끔하게 떠나간 그의 마음이 자꾸만 불안하다.

옵타티움 총회가 열리는 날.

올블랙 쓰리피스 정장을 차려입은 하언은 굳은 표정으로 거울을 확인했다.

지난 밤 한숨도 자지 못한 탓에 잔뜩 지쳐 있는 얼굴은 스스로 보기에도 좋지 않았다.

그건 아무리 머리를 매만져 봐도 고급 시계로 잔뜩 힘을 주어 봐도 수습이 불가능했다.

공허한 눈동자는 그가 원래 지니고 있던 강한 기운마저 무색해지게 만들었다.

"후우······."

하언은 깊은숨을 내쉬었고 생기 없는 표정으로 방문을 열었다. 때마침 총회에 참석할 준비를 끝낸 유현이 제 방에서부터 걸어 나왔다.

"일찍 나왔네."

"……."

"오늘은 회장님이랑 같이 출발해?"

유현은 목적지가 같아도 좀처럼 함께 움직이지 않으려 했던 하언이 의아한 듯 물었다.

사실 그녀의 흔적이 남아 있는 방에서 벗어나고 싶을 뿐이었던 하언은 아무 말 않고 걸음을 옮겼다. 그리고 계단을 청소 중이던 가정관리사에게 짧은 명령을 내렸다.

"드레스 룸 안에 있는 짐 가방, 전부 치워 주세요."

그 말을 들은 유현의 눈빛이 크게 흔들렸다.

아직 여울의 부재를 모르고 있었던 그는 그제야 쥐죽은 듯 고요한 하언의 방을 눈치챘다.

"여울 씨는?"

유현은 조심스러운 질문을 던졌다. 하언은 잠시 마른침을 삼켜 넘기며 시간을 끌었고 이내 터무니없이 짧은 대답을 내뱉었다.

"갔어."

"어딜?"

"……."

"혹시 집으로 돌아간 거야?"

그리 묻는 유현의 말투는 묘하게 기뻐 보였다. 그게 신경에 거슬렸던 하언은 날 선 눈동자를 그에게 고정시켰다.

"좋아?"

"아······."

"너도 차여울 사라지니까 속이 시원해?"

삐딱한 질문엔 호기심보다 불쾌감이 가득했다. 그러나 유현은
물러서지 않고 곧바로 대답했다.

"응. 좋아."

영원히 갇혀버리기 전에 이곳을 무사히 빠져나가서. 모든 것이
망가지기 전에 그 사람들의 손아귀에서 벗어나서.

"······정말 다행이라고 생각해."

그리 대답하는 유현의 목소리에는 진심 어린 안도감이 섞여 있
었다. 아마도 줄곧 그녀를 걱정해 오던 그는 그녀를 위한 선택이 무
엇이었는지 진작부터 알고 있던 모양이었다.

하지만 하언의 눈빛은 더욱 무겁게 가라앉았다.

다행이라는 말에 동의하는 척하고는 있지만 사실 지금 그가 느
끼는 감정은 후회에 가까웠으니까.

"먼저 내려간다."

하언은 혹시나 이기적인 마음이 들켜버릴까 싶어 서둘러 1층으
로 발길을 이끌었다. 유현은 멀어지는 그를 물끄러미 바라보고 서
있다가 가정 관리사에 조용히 요청했다.

"죄송하지만 드레스 룸 안에 있는 짐들 좀 보관해 주시겠어요?"

"예? 그런데 아까 도하언 이사님은 버려달라고······."

"아, 제가 보내 주려고요. 그거 주인 있는 물건이거든요."

"알겠습니다. 그렇게 할게요."

한편, 1층 현관 앞에선 켈리 박이 볼멘소리를 내뱉는 중이었다.

"아유, 벌써부터 외박하는 거 보면 어떤 애인지 딱 견적 나오지 않아요?"

딱딱한 표정으로 정원을 가로지르는 도 회장에게 그녀가 쉴 새 없이 험담하는 사람은 다름 아닌 어젯밤 집에 돌아오지 않은 여울이었다.

"심부름 좀 시켰다고 내뺀 건지, 아니면 누구 빽 믿고 시위라도 하는 건지."

"……."

"대답만 해 놓고 오지를 않았어요. 어쩜 이렇게 무례할 수가 있어요?"

곁에서 그걸 듣고 있는 하언은 자신도 모르게 표정을 일그러트렸다.

이젠 누가 무슨 욕을 하든 그녀에게는 들리지 않을 텐데 괜히 신경이 쓰이고 듣고 있기가 불편했다.

"들어오면 단단히 주의시켜 주세요. 근본 없는 거 티 내는 것도 아니고 정말……."

"작은어머니."

결국 참다못한 하언은 낮은 목소리로 켈리 박의 말을 끊었다. 이렇게 반응할 줄 알았다는 듯 켈리 박은 곧바로 날 선 목소리로 되물었다.

"왜? 내가 없는 말 했니?"

"이제 그런 일로 흥분하실 필요 없습니다."

"그건 또 무슨 소리야?"

"어쩌다 보니 작은어머니가 원하시는 대로 되었거든요."

하언의 대답은 직접적이지 않았으나 켈리 박이 알아듣기엔 부족함이 없었다.

잠시 무언가를 생각하던 켈리 박은 이내 기대감 섞인 표정으로 입을 열었다.

"설마 걔…… 아예 집 나가 버린 거니?"

드디어 찾아왔다.

가장 인정하고 싶지 않은 현실을 가장 드러내고 싶지 않은 상대에게 털어놓아야하는 시간.

해야 할 대답은 간단했지만 하언의 입술은 좀처럼 움직이지 않았다. 억지로라도 태연하게 유지하려던 눈빛은 조금씩 떨리기 시작했다.

"어머, 나갔네. 나갔어. 내 말이 맞지? 어쩌다 그렇게 된 거야?"

확신을 얻은 켈리 박은 화색을 도는 얼굴로 꼬치꼬치 캐물었다. 심상치 않은 낌새를 느낀 도 회장의 시선이 그에게 머물렀다.

더 이상 지체했다간 꼴만 더 우스워질 것 같아서, 하언은 미처 가다듬지 못한 목소리를 낮게 흘려보냈다.

"원래 사람 일이라는 게……."

바로 그때.

끼이익—

무거운 대문이 열리는 소리가 들려왔다. 저택 앞에서 대기 중이던 비서를 따라 익숙한 실루엣 하나가 머뭇머뭇 걸어 들어왔다.

작은 체구로도 모든 사람들의 시선을 사로잡아 버리는 사람.

잔뜩 주눅 들어 있는 모습으로도 이 공간의 분위기를 뒤바꾸어 놓는 사람.

하언의 흐린 두 눈동자에 점차 짙은 기운이 번졌다.

믿기지는 않지만 그녀였다. 손에서 떠나보내기가 무섭게 부메랑처럼 되돌아온.

"차여울……."

하언의 흐린 목소리는 여울의 귀에 들리지 않았다.

잔뜩 긴장한 그녀는 하필 온 집안사람들과 정면으로 마주친 상황이 난처하고 혼란스러울 뿐이었다.

"다, 다녀왔습니다."

무턱대고 인사를 건네 보았지만 화답해 주는 사람은 없었다. 그건 정확하게 그녀를 마주 보고 있는 하언도 마찬가지였다.

'역시 많이 화나 버린 건가.'

여울은 도 회장의 살벌한 눈동자보다, 켈리 박의 구겨진 미간보다, 싸늘하게 얼어붙어 있는 도하언의 표정이 가장 신경 쓰였다.

화를 내도 괜찮으니 제발 외면하지만 않기를 바랐는데, 아무런 반응도 하지 않는 그는 마치 벌써 정을 떼어 낸 사람처럼 보였다.

"하, 그럼 그렇지……."

정적을 깨고 켈리 박의 실망스러운 한탄이 새어 나왔다. 뒤이어 이어지는 목소리는 다른 때보다도 어두운 기운을 띤 도 회장의 것이었다.

"말도 없이 외박하는 모습이 보기 좋진 않구나."

"죄송합니다……."

"앞으로 영영 사라질 게 아니라면 말 한마디는 해 주거라."

"네, 정말 죄송합니다……."

그의 말엔 날카로운 뼈가 심어져 있었지만 그런 걸 알아챌 정신이 없었던 여울은 연신 사과만 반복했다.

그 모습이 더욱 마음에 들지 않았는지, 켈리 박은 가시 돋친 언성을 높였다.

"죄송하디는 말만 하면 나야?! 내가 어제 일찍 들어와서 집안 정리 좀 도와 달라고 했잖아!"

"아……."

"너 내 말 무시하니?!"

"네? 아, 아니요! 지금 들어가서 도와 드릴게요!"

여울은 무거운 가방 탓에 뒤뚱거리는 걸음을 현관 쪽으로 재촉했다.

하언을 스쳐 지나는 순간 그녀의 눈은 자동적으로 그를 살폈으나 하언의 고개는 정면에 고정된 채 움직이지도 않았다.

원래 같았으면 방금 전 켈리 박의 다그침도 거칠게 막아줬을 사람이었다.

하지만 얼마나 미움을 사버린 건지, 그는 겁먹은 눈동자를 똑바로 보고 있으면서도 외면할 뿐이었다.

물론 지켜 주길 바라고 돌아온 건 아니었다. 그래도 밀려드는 서운함은 어쩔 도리가 없다.

여울은 하언에게서 슬그머니 시선을 거둬내고 두 발을 더욱 빨리 움직였다.

코끝이 찡해지는 걸 보니 금방이라도 눈물이 후두둑 떨어질 것 같은데, 그 전에 어딘가로 숨어야 했다.

그때, 기다렸다는 듯 열린 현관문 안에서.

"……여울 씨?"

다소 놀란 표정의 유현이 나타났다.

흔들리는 그의 눈동자 역시 반가운 기색은 아니었지만 적어도 다른 사람들처럼 차갑지는 않았다.

"돌아온 거예요?"

"……."

"왜 그랬어요……."

유현은 금방이라도 울 것 같은 여울을 내려다보며 흐린 목소리로 물었다.

예전부터 이곳에 머무는 그녀를 걱정해 주던 사람이니 저 말 역시 걱정 어린 마음에서 꺼내는 말이라는 걸 알고 있는데.

"그럼 곁에 있어 줘야 할 것처럼 굴지나 말든가."

지금 난 왜 이렇게 삐딱한 대답만 내뱉는 걸까.

"왜 돌아와 줘도 뭐라 그래……."

누구에게 하고 싶은 원망을 쏟아 내고 있는 걸까.

마음이 혼란스러워진 여울은 유현이 붙잡고 있는 문틈으로 무작정 몸을 집어넣었다. 뒤에선 그녀를 부르는 유현의 목소리가 들려왔지만 뒤도 돌아보지 않았다.

그저 여울은 이곳에 마련된 유일한 보금자리로 향하고 있다. 그 안에선 복잡한 감정도, 염치없는 서러움도 차분히 가라앉힐 수 있을 것만 같다.

그녀는 2층까지 단숨에 올랐고 이젠 제 방보다 편안해진 하언의 방 앞에 다다랐다. 팔이 떨어져 나갈 만큼 무거운 짐 가방 두 개가 드디어 바닥에 내려놓아 졌다.

하지만 문고리를 잡으려던 여울은 차마 손을 뻗지 못하고 그 자리에 굳어버리고 말았다.

하언의 방과 제법 멀어신 2층 복도 구석에 버릴 물건처럼 쌓여 있는 여울의 짐들.

그건 꼭 하언조차 그녀가 돌아오길 바라지 않았던 것만 같아서 서러워진다.

"아⋯⋯."

입술을 비집고 흘러나오는 흐린 신음과 함께 그녀의 눈가는 점점 뜨거워지기 시작했다. 소리 없는 울음이 목 너머로 꾸역꾸역 밀려 나왔다.

어떻게 하루아침에 이럴 수가 있어?

내가 그 정도로 하찮은 존재였으면서 그동안 절실한 척은 왜 했어?

그러게 차시울은 왜 나를 무작정 데려가서⋯⋯.

어째서 하언을 원망하던 마음이 시울에게로 넘어가 버리는지 참 알다가도 모를 일이었다.

머무를 수 있는 유일한 공간마저 사라져 버린 지금.

사실 뭐가 뭔지, 이제부터 어떻게 해야 하는 건지, 그냥 하나도 모르겠다.

그 순간.

"……차여울!"

다급하게 그녀의 이름을 부르는 목소리가 계단을 타고 올라왔다.

굳이 돌아보지도 않아도 알 것 같은 그 사람은 세상 누구보다 야속하기 짝이 없는 도하언이었다.

여울은 황급히 벽 쪽으로 돌아섰고 소매 끝으로 젖은 눈을 꾸욱 눌렀다. 그리고 최대한 아무렇지 않은 척 말하려 했다.

"사람이 어쩜 그렇게…… 모질고…… 못됐고…….”

그러나 참고 있던 울음은 이미 감추지도 못할 지경이었다. 결국 자포자기해 버린 여울은 하언을 향해 몸을 돌리며 서운한 감정을 폭발시켰다.

"아무리 그래도 그렇지! 내 물건을 다……!"

하지만 끝맺을 수는 없었다.

마주하기가 무섭게 그녀를 벽에 몰아세우고 입술을 맞부딪혀오는 하언 때문에.

뜨거운 입술 사이로 성급한 혀끝이 밀려들어 왔다. 그녀의 어깨를 붙잡고 있던 그의 손은 점차 얼굴로 옮겨갔고 거친 호흡은 조금 더 깊숙이 얽혀왔다.

이 순간, 온갖 생각들이 엉켜있던 머릿속은 깔끔하게 비워지고 오직 두근대는 심장박동만 선명해진다.

그 설렘을 따라 살며시 그의 등을 끌어안으니, 잠시 숨을 고르느라 떨어졌던 입술은 다시 한 번 그녀를 집어삼켰다.

이미 첫사랑을 겪었던 그녀조차도 경험해 본 적 없었던 간절한 키스.

온몸이 녹아내릴 것 같았던 그녀는 어느새 하언에게 매달리고 있었다. 파고드는 농밀한 그의 혀는 여울의 모든 감각을 일깨우는 듯했다.

그렇게 얼마 동안 서로의 존재감을 확인했을까.

붉게 달아오른 입술을 떼어 낸 하언은 낮은 목소리로 물었다.

"이제, 왜 내 전화 안 받았어?"

그러자 여울은 그와 같은 온도로 뜨거워진 입술을 애써 무시하며 시선을 피했다.

"그래서 벌써부터 내 짐 갖다버리려고 한 거야?"

"내가 묻는 말에 대답이나 해."

"싫어. 안 해. 너나 대답해."

"나한테 너라고 하지 마."

"그럼 화났는데 뭐라고 할까."

하룻밤 동안 애간장을 태웠던 두 사람은 서로를 붙잡고 있는 손끝이 무색할 정도로 날 선 대화를 나눴다.

하지만 원래 조금 더 좋아하는 사람이 약자라고 했던가.

투정기가 가득한 여울의 표정을 내려다보던 하언은 이내 먼저 눈빛을 일렁이기 시작했다.

"내 이름 불러."

"……."

"정말 나한테 돌아온 거 맞나 확인하게……."

애타는 목소리는 그가 얼마나 그녀를 그리워했는지 절실히 느껴지게 만들었다.

저항할 새도 없이 사르르 마음이 녹아버린 여울은 물기 어린 눈동자로 그를 마주하며 순순히 이름을 불러 주었다.

"도하언……."

그리고 정말 하고 싶었던 말을 덧붙였다.

"혼자 두려고 해서 내가 미안해……."

그건 저주처럼 번져 있던 하언의 불안감을 한순간에 잠재워버리는 주문이었다.

그제야 편한 숨을 내쉴 수 있게 된 하언은 여울의 몸을 힘주어 끌어안았다. 맞닿은 가슴에서는 기분 좋은 압박감과 함께 따듯한 온기가 전해졌다.

"알면 가지 마."

그의 짧은 대답은 여기까지 오는 내내 걱정만 한가득이었던 여울을 다정하게 달래 주었다.

비록 그녀의 짐은 버리려 했지만 그녀의 존재는 아직 버리지 못했나 보다.

겨우 안심이 된 여울은 하언의 품에 안긴 채 고개를 끄덕였고 작은 목소리로 속삭였다.

"알았으니까 다시 내 자리 만들어 놔……."

당신과 가장 가까운 곳에. 당신을 그리워하지 않아도 될 만한 곳에.

그냥 바로 너의 곁에 다시 내가 있었으면 좋겠어.

하루 동안 무슨 일이 벌어졌는지 모르겠다.

시울의 손에 이끌려 잠시 집을 나갔었고, 그러다 가출하듯 되돌아왔고, 스물네 시간도 채 되지 않아 하언과 다시 재회했다.

그래, 거기까진 이해가 되는데…….

우린 왜 갑자기 키스를 한 거지?

여울은 몇 시간 전의 상황을 떠올리며 얼굴을 붉혔다.

절절한 입맞춤을 끝낸 하언은 여울을 품에서 놓아주었고 미안함이 가득 담긴 목소리로 말했다.

'오늘 중요한 회의가 있어. 일단은 가 봐야 할 것 같아.'

마주한 그의 눈은 불안감으로 떨려오고 있었다. 그동안 곧잘 자리를 비워오던 그였는데, 이젠 그사이 또 여울이 사라져 버리기라도 할까 봐 걱정되는 모양이었다.

그를 노심초사하게 만든 사람은 다름 아닌 여울이었다. 하언의 불안감을 책임져야겠다고 생각한 여울은 흐트러진 그의 넥타이를 정리해 주며 또렷이 대답했다.

'다녀와요. 기다리고 있을게.'

그러자 하언의 흔들리는 눈동자가 그녀의 얼굴 위로 가만히 고정되었다. 그가 무슨 생각을 하는지는 좀처럼 파악하기 어려웠다.

'왜요? 기다리지 말까?'

그래서 장난스러운 질문으로 그의 마음을 떠보니 하언은 급히 시선을 돌리며 예상치 못한 말을 흘려보냈다.

'그냥…… 진짜 결혼이라도 한 것 같아서.'

순간 멀쩡히 뛰고 있던 여울의 심장이 돌연 요동치기 시작했다. 태연한 미소가 어려 있던 얼굴엔 분홍빛 열꽃이 번졌다.

'무, 무슨 소리야!'

당황한 여울은 그의 넥타이에서 재빨리 손을 떼어 냈다. 그리고 복도에 놓여 있던 제 짐 가방을 주섬주섬 챙겨 들기 시작했다.

그 모습을 지켜보던 하언은 조심스러운 걸음으로 다가왔고, 그녀의 짐 가방을 낚아채듯 가져갔다.

'이리 줘. 무겁잖아.'

가까워진 그에게서 새어 나오는 향기는 유독 코끝을 기분 좋게 만들었다.

그녀에게는 바위보다 무거웠던 가방을 가뿐하게 방 안으로 실어다 나르는 뒷모습은 정말 사랑이라도 빠진 것처럼 가슴 설레었다.

그렇게 생겨난 이상한 감정은 그가 출근하고 나면 잠잠해질 줄 알았는데.

이게 웬걸.

기다리는 시간 동안 도하언의 존재감은 점점 커져만 간다. 이 공간을 잠시 떠난 그 사람이 자꾸만 그리워진다.

"미쳤나 봐. 진짜 연애라도 하는 줄 아나……."

여울은 뛰는 가슴을 가까스로 진정시켰다. 그리고 바리바리 챙겨온 짐을 다시 풀어보려던 순간.

벌컥—!

하언의 방문이 열렸다. 놀란 그녀의 눈앞에 나타난 사람은 애타는 표정의 유현이었다.

"하아, 하아……."

거친 숨을 몰아쉬는 그는 굉장히 다급하게 달려온 듯 보였다.

여울은 어떤 말도 하지 못하고 유현을 물끄러미 바라보기만 했다.

그러자 호흡을 어느 정도 정리한 유현은 저벅저벅 그녀의 앞으로 다가왔다. 절박한 손끝으로 붙잡는 건 여울의 가는 팔목이었다.

"왜, 왜 이래요!"

"지금 가요."

"네……?"

"지금 아무도 없으니까 나가자구요."

유현은 알아들을 수 없는 말과 함께 그녀의 몸을 끌어당겼다. 당혹스러운 마음에 맥없이 따라가던 그녀는 문 앞에 다다라서야 두 발로 버텨 섰다.

"어딜 나가요! 이거 놔요!"

힘주어 뿌리친 유현의 손은 허공에 내버려졌다. 혼란스러운 그의 눈동자가 여울에게로 내려앉았다.

그녀는 화를 내고 있다.

다른 사람이 아닌 유현에게.

그제야 여울의 진심을 알아차린 그는 떨리는 목소리로 물었다.

"붙잡혀 온 거 아니었어요?"

"네?"

"붙잡혀 온 줄 알았는데……."

"······."

"아니었구나······."

여울은 대답 대신 그가 붙잡으려 했던 손을 제 등 뒤로 감춰 버렸다. 그 경계 어린 모습을 보며 유현은 이내 다른 곳으로 시선을 피했다.

그리고 금방이라도 꺼질 듯 흐린 사과를 흘려보냈다.

"놀라게 해서 미안해요. 내가 오해했어요······."

그제야 여울은 그가 무슨 생각으로 이곳에 찾아왔는지 알 것 같았다.

이제껏 그 누구보다 여울의 앞날을 더욱 걱정해 주던 그는 그녀가 강제로 끌려온 것일까 봐 노심초사한 모양이다.

"붙잡혀 온 거 아니에요."

"······."

"내가 내 발로 돌아왔어요."

여울은 흔들림 없이 단호한 목소리로 말했다. 선하고 투명한 유현의 눈빛이 파르르 떨려오기 시작했다.

그는 지금 이해하지 못하고 있다. 겨우 벗어난 이 공간으로 다시 돌아왔다는 그녀의 마음은 도무지 이성적으로 납득이 되지 않는다.

"······왜 그랬어요?"

그래서 부질없는 질문을 건네자 여울은 조금도 망설이지 않고 대답했다.

"날 필요로 하는 사람이 있으니까."

"......."

"그런 사람을 두고 어떻게 혼자 도망가요? 들어갈 때 같이 들어갔으니까 빠져나올 때도 같이 빠져나와야지."

그녀의 말은 그동안 유현이 겪었던 많은 감정들을 다시 되살아나게 만들었다.

처음 이 집에 들어왔던 순간의 낯섦. 아무리 도망치려 해도 번번이 잡혀 오던 순간의 무기력함. 차라리 죽으려고도 해봤지만 그마저도 실패했던 순간의 절망감.

그것들은 이제 모두 당신들을 넘쳐올 텐데. 나는 이미 겪어봐서 아는데. 당신은 이제부터 죽고 싶을 만큼 많이 힘들어질 텐데.

왜 돌아왔어요. 이대로 떠났어야지, 왜 다시 이곳으로 찾아 왔어요…….

유현이 그녀에게 하고 싶은 말들은 하나같이 그녀의 선택을 책망하는 말들뿐이었다.

아직 그의 입술이 열리지 않아도 그 마음을 충분히 알아차린 여울은 보다 단호한 표정으로 말했다.

"나를 많이 걱정하고 있다는 건 아는데, 정말 괜찮으니까 신경 쓰지 않아도 돼요."

한 치 앞도 모르는 그녀이기에 괜찮을 거라 믿을 수 있다고 생각한다. 시간이 조금만 흐르면 그녀는 오늘의 발걸음을 죽을 만큼 후회할 것이다.

하지만 유현은 차마 뻔한 절망을 예고할 수 없었다. 티 없이 맑은 눈빛을 띤 그녀는 꼭 이곳으로 오기 전에 아무것도 모르던 자신의 모습 같았으니까.

"하아……."

긴 한숨을 내쉰 유현은 정장 재킷 안주머니에서 지갑을 꺼내 들었고 그녀에게 각기 다른 명함 세 장을 내밀었다.

"받아요."

"이게 뭐예요?"

"하나는 내 휴대폰 번호, 하나는 내 사무실 번호, 그리고 다른 하나는 개인비서 번호예요."

"……."

"내 도움이 필요하면 순서대로 연락해요. 그럼 어디에 있든지 여울 씨한테 달려올게요."

아무리 조심해야 할 상대라도 그 말이 진심이라는 건 의심조차 불가능했다.

따지고 보면 지금 유현이 모든 일을 제쳐 두고 달려온 이유도 오직 그녀를 돕기 위해서였으니까.

여울은 순순히 그의 명함을 받아 들었고 발길을 되돌리는 유현의 뒷모습을 물끄러미 바라보았다.

그러다가 이내 한결 누그러진 목소리를 흘려보냈다.

"저번에…… 벼랑 끝에 몰렸을 때 찾아오라고 그랬죠? 대신 떨어져 주겠다고."

"……."

"나는 그런 거 싫어요. 그러니까 내가 위험해졌을 때 대신 떨어져 주러 오지 말고 하소연 들어 주러 와요."

"......."

"나한테 정말 필요한 사람은 하언 씨한테도 못 하는 불평불만을 들어줄 친구니까."

기대조차 하지 않았던 단어에 유현의 시선이 다시 여울에게로 내려앉았다.

"......친구요?"

"그건 싫어요?"

"아니요, 싫은 건 아니고……."

많이 놀랐다. 언제나 누군가의 도구일 뿐이었던 그는 처음으로 사람 냄새 나는 관계를 쌓는 일이 낯설다.

"그럼 됐네, 뭐."

그런 유현에게 가볍게 대꾸한 여울은 처음으로 입가에 미소를 머금었다. 그리고 작은 손을 내밀며 말했다.

"나는 정식으로 소개한 적 없죠? 내 이름은 차여울이에요. 유현 씨도 알다시피 지옥의 구렁텅이로 되돌아온 사람."

"......."

"악수 안 해 줘요?"

여울이 허공에 멈춰있는 손을 가볍게 흔들어 보이자, 유현은 당황한 눈빛으로 서둘러 그녀의 손을 맞잡았다. 그리고 벌써 몇 번이나 건넸던 자신의 이름을 한 번 더 흘려보냈다.

"난 도유현이에요."

"알아요."

"그리고……."

"그리고 좋은 사람이라는 것도 이젠 알겠어요."

이곳에 온 이후로 늘 나약한 취급만 받아왔던 유현은 그 칭찬이 익숙하고도 어색해서.

"……알아줘서 고마워요."

그녀에 대한 걱정도, 자신에 대한 회의감도 모두 잊은 채 웃고 말았다.

꼭 22년 전, 그리운 자신의 모습으로 되돌아온 것처럼.

"진짜 얘가 미쳤나 보네."

법원 휴게실에 앉아 있던 시울은 오늘따라 저기압이었다.

이 세상에서 유일하게 믿고 있는 사람에게 배신당한 그는 아직까지도 현실을 받아들이지 못하는 중이었다.

내가 그 계집애 때문에 얼마나 마음고생을 했는데. 기껏 데리고 와 줬더니 가출을 해?

시울은 여울의 휴대폰으로 다시 전화를 걸었다. 벌써 그녀의 휴대폰에 찍혀 있을 부재중 전화만 해도 스무 통이 넘을 텐데 이번에도 그녀는 받지 않았다.

시울은 짜증스러운 표정으로 휴대폰을 내려놓았고, 긴 한숨과 함께 얼굴을 감싸 쥐었다.

"후우…… 뭘 어쩌자는 건지."

배신감 뒤에 파도처럼 밀려오는 건 대책 없어 보이는 그녀에 대한 걱정이었다.

이렇게 사람한테 잘 휘둘리는 타입인 줄 알았다면 애초부터 여

울을 휘말리게 하는 게 아니었다. 집을 빼앗길 때 빼앗기더라도 동
정할 구석이 많은 도하언에게 그녀를 보내선 안 됐다.

여러 생각들이 그를 어지럽게 만들었지만 이제 와서는 다 늦은
후회들일 뿐이었다.

시울은 아무리 애를 써도 이해할 수 없는 여울을 어떻게 해야 할
지 고민스러워졌다.

그때, 시울의 법원 동료가 휴게실 커피머신으로 다가오며 말을
걸었다.

"어, 치 판사 거기 있었어?"

누군가의 얘기를 들을 정신이 아니었던 시울은 건성으로 대답했
다.

"어어."

하지만 평소에도 남의 말을 귀 기울여 듣지 않았던 시울은 동료
가 보기에 조금의 이질감도 없었다.

원두커피 한 잔을 뽑아 든 그는 시울의 옆자리에 은근슬쩍 엉덩
이를 붙이며 본론을 꺼냈다.

"있잖아, 딱히 사귀는 여자 없다 그랬지?"

"응."

"여자 만날 생각은 있고?"

"으응."

"아, 그럼 말이야. 나랑 친한 동생이 어쩌다 니 사진을 봤는데, 마
음에 든다고 소개시켜 달라네."

"어어."

"소개받을 생각 있어?"

그리 물어봐놓고서도 동료는 시울에게 큰 기대를 걸진 않았다. 주변에 여자를 쌓아 놓고서도 딱히 진지한 만남을 갖지 않는 그를 알고 있기 때문이었다.

"어, 그래그래."

그러나 시울은 의외로 단번에 수락했다. 물론 제정신으로 하는 말은 아니었다.

하지만 그 사실을 알 리 없는 동료는 화색이 도는 얼굴로 그의 휴대폰을 집어 들었다.

"어쩐 일이야? 부장 판사님 선 자리도 거부하던 놈이."

"몰라, 정신 사나우니까 저리 좀 가."

"그럼 너 휴대폰으로 걔한테 전화 걸어둘게. 이 번호가 애 번호니까 저장해 둬. 이름은 도혜……."

"알았으니까 혼자 있게 내버려 둬라. 좀."

시울은 동료에게서 휴대폰을 낚아챈 뒤, 그의 몸을 휴게실 입구 쪽으로 떠밀었다.

그가 했던 말들은 무시해선 안 될 만큼 중요했지만 동생 문제로 머릿속이 가득 찬 시울은 되짚어보지 않았다.

"야! 걔한테 연락 오면 꼭 받아라! 알았지?!"

받긴 무슨 연락을 받아. 지금 당장 차여울도 내 연락을 안 받는 판국에.

난데없는 연락 타령에 다시 열이 올라 버린 시울은 휴대폰 통화 목록을 눌렀다. 이번에도 받지 않는다면 쫓아가겠다는 협박문자라도 보내둘 생각이었다.

그러나 통화목록을 여는 순간, 그의 눈동자에 가장 먼저 걸려들어 오는 건 자신이 발신한 것으로 되어 있는 낯선 전화번호였다.

시울은 뒤늦게 자신의 휴대폰을 매만졌던 동료를 떠올렸고 그가 했던 말들도 기억해내려 애썼다.

뭘 시켜준다고 했는데. 그게 뭐였더라.

"아, 몰라. 쓸데없는 거 시킨 거면 환불해 버리면 되지."

여울의 문제로도 머릿속이 복잡했던 시울은 낯선 번호에 대해 더는 생각하지 않고 넘겨버렸다.

그 번호를 수신 거부 해놓지 않은 건 조만간 그의 인생에서 가장 큰 후회로 자리매김할 예정이었지만, 미래는 알 수 없는 것이었기에 시울은 여울에게 덮쳐올 후회만 걱정하는 중이었다.

조금 늦은 저녁.

바쁜 일정을 마친 하언이 서둘러 저택으로 돌아왔다.

몸은 회의실에 갇혀 있어도 마음은 하루 종일 제 방에 있었던 하언은 현관문을 열고 들어서기가 무섭게 계단으로 향했다.

여울이 잘 머물러 있는지 확인하기 위해서였다.

"어? 하언 씨 왔어요?"

그러나 예상치 못하게도 그녀의 목소리는 1층 주방 쪽에서부터 들려왔다. 급한 걸음을 거실 한복판에 우뚝 멈춘 하언이 미간을 의아한 눈빛으로 물었다.

"너 왜 거기서 나와?"

"아, 싱크대 좀 닦느라고요."

"그걸 니가 왜 닦는데."

"아, 그야……."

여울은 누군가의 눈치를 살피는 듯 대답하기를 망설였다. 그때,
하언의 등 뒤편에서 도도한 목소리 하나가 불쑥 끼어들었다.

"왜 닦냐니. 더러워졌으니까 닦겠지."

"……."

"얘, 다 끝났어?"

"아, 네!"

돌아가는 상황을 확인한 하언의 미간이 심상치 않은 기운으로
구겨졌다. 그는 켈리 박에게로 날 선 시선을 틀었고 매섭게 따져 물
었다.

"이 집에 일하는 사람이 몇 명인데, 왜 이 사람한테 애꿎은 일거
리를 주고 그러십니까?"

"애꿎은 일거리라니. 누가 들으면 못할 짓이라도 시킨 줄 알겠
다."

"할 짓이든 못할 짓이든 앞으로 여울이 시키지 마세요. 그러라고
데려온 거 아닙니다."

하언은 괜한 시비에도 아무 말 않던 오전과 전혀 다른 태도였다.
둘 사이가 벌어진 거라 짐작했던 켈리 박은 돌아온 그의 성질머리
에 잠시 당황했으나 이내 특유의 뻔뻔함을 담아 되받아쳤다.

"원래 시집오면 집안일 도와주는 건 당연한 거야. 그렇게 감싸주
기만 하면 쟤만 더 욕먹는다?"

"그럼 혜수나 시집가서 허드렛일 하라고 하세요. 저는 싫습니다."

"뭐?! 너 또 삐딱하게 나올 거니?!"

언제나 도화선이 놓여 있었던 두 사람 사이에 영락없는 불꽃이 튀었다.

본의 아니게 불씨가 되어 버린 여울은 당황한 채 서 있다가 재빨리 하언에게로 다가가 그의 팔을 붙잡았다.

"하, 하언 씨! 위에 가서 옷 갈아입어야죠!"

"이거 놔 봐. 넌 왜 시키는 대로 가만히……."

"지자! 빙으로 올라가사! 삭은어머님, 나머지는 금방 내려와서 다시 닦을게요!"

하언에게는 아직 할 말이 남아 있었지만 여울은 그의 몸을 막무가내로 밀어붙였다.

어느새 켈리 박에 대한 짜증보다 돌변한 여울의 태도가 더 신경 쓰이기 시작한 하언은 인상을 구기면서도 그녀의 손길에 이끌렸다.

그렇게 도착한 하언의 방 안. 방문이 닫히자마자 하언은 답답해진 심정만큼 거세게 화를 냈다.

"지금 뭐하고 있는 거야. 저 인간들 장단 맞추다 보면 한도 끝도 없다는 거 몰라?"

그러자 여울은 달래듯이 부드러운 목소리로 말했다.

"장단 맞추는 게 아니라 도와 달라고 하셔서 도와 드린 것뿐이에요."

"그러니까 그걸 니가 왜 돕고 앉아 있냐고."

"그럼 나오라는 말에 대꾸도 안 하고 방에서 하언 씨만 기다리고 있을까?"

하언은 당하는 줄도 모르는 듯한 그녀가 답답한지 미간을 구겼다. 그리고 켈리 박에게 쏟아 내지 못한 불쾌함을 그대로 담아 단호하게 말했다.

"난 니가 저 사람들한테 휘둘리고 있는 꼴 보기 싫어."

"……."

"그러려고 데려온 거 아니야."

하지만 여울은 조금도 물러서지 않고 곧바로 대답했다.

"난 하언 씨가 데려온 거 아니야. 내가 내 발로 되돌아온 거야."

"뭐?"

불안한 하언의 시선과 달리 그녀의 눈동자는 차분하게 정돈되어 있었다.

늘 겁에 질려 있던 이전과 전혀 다른 분위기였다.

그 태도를 어떻게 받아들여야 할지 몰랐던 하언은 잠시 말을 멈추고 그녀만 내려다보았다. 머지않아 여울의 굳건한 대답을 이어졌다.

"사실 그게 옳은 선택이었는지는 모르겠어요. 아까 두 시간 동안 혼자 주방 청소하면서 괜히 왔다는 생각 수십 번도 더 했어요."

그건 여울을 걱정하는 다른 사람들도 마찬가지였다.

휴대폰이 터지도록 전화를 해 대는 시울도, 도착하기가 무섭게 달려와 준 유현도, 그녀의 선택이 잘못되었다고 확신하고 있었다.

하지만 그걸 알고 있음에도 불구하고 여울이 굳이 돌아오는 길을 선택한 이유는 단 하나였다.

"그래도 나는 하언 씨 곁에 있어 주고 싶어요."

"……"

"힘든 일들이 다 정리될 때까지만이라도 혼자 두고 싶지 않아요."

그럼 무슨 일이 벌어지든 오늘의 선택을 후회하지 않을 자신 있으니까.

"난 이곳에서 어떻게든 적응해 볼 거예요. 그래야 조금이라도 오래 하언 씨 곁에 남아 있지."

흔들리지 않는 여울의 눈빛엔 굳은 나심이 남겨 있었다.

하언은 그녀가 자신을 지켜 주는 것도, 그러느라 이 집안의 비위를 맞춰 주려는 것도 원하지 않았으나, 그녀의 진심을 알아 버린 이상 더 이상 만류할 수만은 없었다.

"그렇게 무리하다가 또 도망가고 싶어지면."

그래서 지금 그를 가장 불안하게 만드는 걱정을 짧게 내비치니 여울은 장난스러운 웃음기를 머금으며 대답했다.

"그럼 하언 씨가 붙잡아요. 멀리 안 도망가게."

마주한 시선에선 강한 신뢰가 느껴졌다.

정말 그런 순간이 오더라도 붙잡고만 있다면 영영 멀어지지 않을 것처럼.

이제야 겨우 여울에 대해 온전히 안도한 하언은 가라앉은 숨을 내쉬었다. 그러고는 살짝 끝이 올라간 입술을 움직여 짧은 대꾸를 했다.

"너 하는 거 봐서."

서툰 말로 감정을 숨기고는 있지만 그는 지금 진심으로 기뻐하는 중이다.

여울은 그게 표정으로 드러나는 줄도 모르고 괜히 미간을 좁히는 그가 순수해 보여서 꼭 안아주고 싶을 지경이었다.

또 다른 날의 아침이 밝았다.

오전부터 급한 미팅이 잡혀 있었던 하언은 미간을 잔뜩 구긴 채 정장 단추를 채웠다.

"도유현은 오늘도 별 스케줄 없는 것 같던데, 나만 일주일 내내 바쁘네."

그러면서 늘어놓는 불평불만들은 쉽게 말해 출근하고 싶지 않다는 얘기였다.

하언의 알람소리에 같이 눈을 떴던 여울은 거울 앞에서 머리를 정돈하며 대꾸했다.

"빨리 일 끝내고 오면 되지 뭘 그래."

"그게 말처럼 쉬운 일인 줄 알아?"

"그럼 어떡해. 내가 대신 출근해 줘?"

여울은 피할 수 없으면 그냥 받아들이라는 뜻에서 던진 말이었다. 하지만 그 말을 잠시 곱씹어보던 하언은 제법 진지하게 입을 열었다.

"너도 나랑 같이 가든가."

"어딜 같이 가요?"

"업체미팅."

"미쳤나 봐. 거기가 어디라고 따라 가."

여울은 헛웃음과 함께 그의 제안을 농담처럼 넘겨버렸다. 그러나 하언은 물러서지 않고 한 번 더 그녀를 붙잡았다.

"근처 카페에 있으면 되잖아."

"참나, 나 신경 쓰느라 회의나 제대로 하겠어요?"

"난 공과 사는 제대로 구별해."

"도 이사님, 지금이나 제대로 구별하고 그런 말을 하세요. 오늘따라 왜 이렇게 투정이야?"

하언을 어르고 달래는 여울의 목소리는 떠나보내는 사람의 안타까움조차 없었다.

그게 아쉬워진 하언은 까칠한 눈빛으로 그녀를 추궁했다.

"왜 자꾸 날 못 보내서 안달이야?"

"내가 뭘 어쨌다고."

"꼭 나 없는 사이에 도망칠 사람 같네."

'도망'이라는 단어의 언급은 분명 고의였다.

아직 그를 두고 사라져 버리려 했다는 죄책감을 지우지 못한 여울은 그 얘기만 꺼내면 하언에게 온 신경을 기울여주곤 했으니까.

"왜 또 의심하고 그래요? 의처증이야?"

아니나 다를까.

지금껏 거울에만 집중하고 있던 여울의 눈동자가 곧바로 하언에게 옮겨 붙었다.

아직 약발이 먹힌다고 생각한 하언은 입꼬리를 들어 올린 채, 그날의 사건을 언급하기 시작했다.

"한 번 버렸는데 두 번은 못 버리겠나."

"아, 이젠 다 잊어버렸으면서 괜히 그래."

"잊어버렸다니. 난 아직도 그날 밤만 떠올리면 억장이 무너져."

"그래서 뭐 어쩌라고!"

그녀의 언성이 괜히 높아졌다는 건 더 이상 할 말이 없어졌다는 뜻이었다. 이 틈을 타서 하언은 한 번 더 본론을 꺼내놓았다.

"나랑 같이 가."

"허참⋯⋯."

"어차피 미팅 장소도 레스토랑이야. 옆 테이블에 코스요리 시켜줄 테니까 그거 먹으면서 나 회의하는 거 구경해."

죄책감을 느끼고 있는 여울에게 음식 미끼까지 던져졌다. 이것은 그녀를 마음대로 움직일 수 있는 마법 같은 콤보였다.

하언을 바라보는 여울의 눈빛에 점차 고민하는 흔적이 어렸다. 아마 그녀는 머지않아 못 이기는 척 '그럴까?'라고 되물을 것이다.

하지만 그때.

"차여울! 오늘 오전 중에 장 봐오라는 거 어떻게 됐니?!"

2층 복도에서 켈리 박의 날카로운 목소리가 울려 퍼졌다. 하언에게 향했던 여울의 신경이 모조리 그녀에게로 옮겨갔다.

"아! 네! 지금 가려고요!"

그 말은 즉 하언을 따라오지 않겠다는 대답과 같았다.

하언은 다 된 밥에 재를 뿌린 켈리 박을 용서할 수 없다는 듯 사나운 눈동자를 번뜩였다.

이대로 뛰쳐나가서 지금까지 그래왔던 것처럼 닦달이라도 할 기세였다.

"내가 아무것도 시키지 말라니까……."

"아, 도하언! 이리 와!"

여울은 문을 박차고 내려가 하는 그를 서둘러 붙잡았다. 이미 잔뜩 열이 받은 하언은 매달리는 여울도 아랑곳 않고 성큼성큼 걸음을 옮겼다.

"이거 놔. 내가 알아서 처리할게."

"뭘 처리해? 목숨을 처리해?"

"감히 누구한테 잔심부름을……."

"저거 아니라도 난 하언 씨 안 따라갈 거야! 그러니까 괜히 성질내지 마!"

여울은 질질 끌려가며 한 템포 늦은 거절의 말을 내뱉었다. 그 대답을 차마 받아들이지 못한 하언의 두 발이 그 자리에 우뚝 멈춰 섰다.

"왜 안 따라오겠다는 건데."

"회사 일에 방해되긴 싫으니까요."

"괜찮다고 했잖아."

"내 마음이 안 괜찮아. 사람이 낄 데가 있고 안 낄 데가 있지."

여울은 보다 단호한 목소리로 말했다.

물론 하언도 그녀의 말이 구구절절 옳다는 건 알고 있지만.

그래도 혼자만 출근하기 싫은 걸 어떡하나. 지금 집을 나서면 해가 저물 때까진 못 보는데, 나는 그게 마음에 안 든다고.

더 이상 고집을 부릴 수가 없어진 하언은 짜증 어린 표정으로 입을 꾹 닫았다.

그때, 그를 바라보던 그녀의 머릿속에 문득 어떤 생각 하나가 스쳤다.

"아…… 혹시 나랑 떨어지기 싫어서 그러는 거예요?"

그걸 그대로 꺼내 물었더니 하언의 눈빛이 혼란을 가득 담아 떨려오기 시작했다. 그건 하언 본인도 알아채지 못하고 있었던 정답이었다.

"……나는 혼자 잘 있는데?"

"겨우 열 몇 시간 떠나있었던 일을 아직까지 마음에 담아두는 걸 보면 아닌 것 같던데."

"그거야 나한테 신경 좀 쓰라고 꺼내는 거고."

"어머, 내 관심이 멀어지는 것도 싫어요?"

여울은 하언이 자주 이용해먹던 덫을 역으로 사용했다.

그 안에 꼼짝없이 갇혀 할 말을 잃어버린 하언은 서둘러 그녀에게서 시선을 떼어 냈고, 미리 챙겨놓았던 가죽 가방을 멨다.

"나 간다. 오늘 늦게 들어올 거야."

일부러 엇나간 대답을 하는 그는 더 이상 여울에게 휘말리지 않겠다는 뜻이 다분했다.

여울은 매정해 보이려 애쓰는 그의 뒷모습을 가만히 바라보았고 그가 문밖으로 나서기 직전 살며시 불러 세웠다.

"하언 씨, 뭐 놔두고 간 거 없어요?"

"없으니까 신경 꺼."

그는 일부러 딱딱하게 반응하며 마지막으로 그녀에게 시선을 두었다. 그러자 여울은 기다렸다는 듯, 장난스러운 미소를 띠운 채 두 팔을 양옆으로 벌렸다.

"자, 아쉬우면 안아보고 가든가."

그건 본인의 마음을 애써 부정하는 하언에게 던지는 미끼가 분명했다. 하지만 이미 안아본 그녀의 몸은 거부할 수 없을 만큼 탐이 났다.

"아쉬워서 안는 거 아니다."

결국 하언은 퉁겨 내는 대답을 하면서도 그녀에게 순순히 다가섰다.

그리고 그녀의 작은 몸을 넓은 가슴에 가득히 끌어안았다. 머스크 향이 밴 그의 정장이 그녀의 코끝을 간지럽게 만들었다.

"그럼 왜 안는 건데요?"

여울은 진심을 감추려 애쓰는 하언을 떠보듯 물었다. 그러자 하언은 다정한 손길과 반대되는 무심한 말투로 망설임 없이 대답했다.

"니가 안기고 싶어하니까."

그 말은 사실과 크게 다르지 않았다.

그래서 수줍음이 많아 마음을 자꾸 숨기려고 드는 하언과 달리 매사에 솔직한 여울은 살짝 고개를 끄덕거렸다.

그 작은 움직임을 느낀 하언의 심장이 빠르게 뛰기 시작했다.

이젠 진정시킬 때가 되었는데, 어쩐지 점점 더 쉽게 반응하고 있는 것 같아 큰일이었다.

"흠, 분명 번호를 알려줬다고 했는데 왜 연락이 없지?"

제 방 침대에 길게 널브러진 혜수가 휴대폰을 뚫어져라 바라보며 중얼거렸다.

친한 오빠의 SNS에서 마음에 쏙 드는 판사님을 발견한 게 벌써 한 달 전.

주변에 판검사는 많았지만 그렇게 곱상한 판사는 처음이었다. 주변에 그보다 잘생긴 사람은 많았지만 그렇게 매력적으로 웃는 사람은 처음이었다.

그중에서도 특히 마음에 들었던 건 고지식한 직업군과 어울리지 않는 자유분방함.

한 달 동안 시울의 SNS를 훔쳐본 혜수는 좀처럼 그의 매력에 빠져 나오기가 어려웠다.

법원에선 그렇게나 고고하고 격식 있던 사람이 퇴근만 하면 눈썹에 피어싱까지 박은 양아치로 변신하는데, 그건 완벽한 낮져밤이의 모습이었다.

판사 버전과 대비되는 엄청난 차이가 묘한 섹시함을 불러일으키는 것이 그 사람이라면 색다른 연애를 해볼 수도 있을 것 같았다.

"그런데 연락이 와야 뭘 하든가 말든가 하지."

그러나 그 사람은 번호를 알려주느라 딱 한 번 걸었던 전화를 빼놓고 계속 묵묵부답이었다.

슬슬 그가 야속하게 느껴지기 시작한 혜수는 괜한 메시지 창만 열고 닫기를 반복했다.

"그냥 먼저 문자를 확 보내버려?"

혜수는 벌써 수천 번째 하는 고민을 또 한 번 반복했다.

한국가자마자 소개시켜달라고 한 달 전부터 졸라왔던 처지라 이미 아쉬운 위치인데, 연락까지 먼저 해 버린다면 이 연애에선 을의 포지션이 될 게 분명했다.

그건 단 한 번도 남자에게 맞춰줘 본 역사가 없는 혜수에게 있을 수 없는 일이었다.

"아, 몰라. 하루만 더 버텨보자."

결국 자존심을 굽히지 못한 혜수는 휴대폰을 아무렇게나 던져두었디.

그렇게 계속 천장만 바라보고 있자니 문득 배가 고파져서 그녀는 지금껏 침대에 붙여두기만 했던 몸을 일으켜 세웠다.

"하아, 전화 좀 그만 해라……."

방문을 열고 나서자마자 혜수의 귀에 들려오는 건 휴대폰을 붙잡고 탄식하는 여울의 목소리였다.

안 그래도 그녀가 마음에 들지 않았던 혜수는 자신이 오지 않는 연락으로 고민하는 동안 너무 많이 오는 연락 때문에 한숨을 짓는 여울이 더더욱 얄밉게 느껴졌다.

"야, 넌 일을 하든가 휴대폰 잡고 노닥거리든가 둘 중 하나만 해."

그래서 날이 선 타박을 내뱉으니 그제야 혜수의 존재를 눈치챈 여울은 화들짝 놀라며 휴대폰을 집어넣었다.

"미, 미안. 오빠한테 자꾸 전화가 와서."

"미안?"

"응?"

"말이 짧다?"

혜수의 삐딱한 되물음에 여울은 심히 혼란스러워졌다. 아무리 봐도 자신보다 나이가 어려보이는 그녀는 누가 봐도 반말을 써야 할 상대였다.

물론 시누이한테는 존댓말을 하긴 하지만 쟤 진짜 시누이도 아니잖아.

하지만 억울하면 뭐하겠는가. 어치피 이 집안에서 최약체는 나인 것을.

"아, 죄송해요. 아가씨. 뭐 필요하세요?"

여울은 주머니에 휴대폰을 집어넣으며 친절하게 물었다. 그래도 아니꼬아 죽겠다는 표정으로 쳐다보고 있던 혜수는 거들먹거리는 목소리로 대답했다.

"지금 딱히 할 일 없지? 나 파니니 좀 만들어 줘."

"……예?"

파니니.

카페에서 시켜먹은 적은 많았지만 그걸 집에서 만들 생각은 단한 번도 한 적 없었다. 맛은 어렴풋이 기억나지만 그 안에 무슨 재료가 들어 있는지는 짐작조차 가지 않았다.

여울은 당황한 눈동자를 정돈했고 어색한 미소를 띠며 말했다.

"저 지금 정원 청소하러 가야하는데 주방에서 일하시는 분들께 부탁드리면 안 될까요?"

그건 결코 거짓말이 아니었다. 아침부터 지금까지 온 집안을 누비고 돌아다니며 모든 것을 쓸고 닦아야 했던 여울은 앞으로도 해야 할 일이 산더미같이 쌓여 있었다.

하지만 혜수는 여울을 삐딱하게 내려다보며 코웃음을 쳤다.

"아줌마들 니가 고용했냐? 왜 너 편할 대로 시켜먹으려 그래?"

"아, 그건 아니지만……."

여울은 단번에 혜수와는 말이 통하지 않을 거라는 걸 깨달았다. 상대해 봤자 깨지는 건 내 멘탈이고 터지는 건 내 복장일 게 뻔했다.

인 그래도 비친 듯이 연락을 해오는 시울 때문에 머리가 복잡한 상태였다. 되도록 감정싸움은 피하고 싶었던 여울은 일단 순순히 고개부터 끄덕이려 했다.

"네, 그럼 지금……."

"아, 여울 씨. 여기 있었네요."

그때, 두 여자 사이로 유현이 불쑥 끼어들었다.

"지금 시간 되죠? 우체국에 택배 좀 부쳐줘요."

잘못 들은 게 아니라면 그가 꺼내놓는 말은 또 다른 일거리 부탁이었다.

나한테 시간 맡겨 놨어? 다들 왜 이래?

게다가 도유현 넌 날 도와주겠다고 했잖아.

여울은 말과 행동이 다른 유현을 야속한 눈빛으로 바라보았다. 그가 시키는 심부름 하나는 혜수나 켈리 박에게서 받은 수많은 심부름보다 더욱 괘씸하게 느껴졌다.

"저 지금 할 일 많은데요."

여울은 배신감이 그대로 드러낸 목소리로 삐딱하게 대답했다. 그러자 유현보다 혜수가 먼저 버럭 성질을 냈다.

"넌 우리 오빠가 만만하냐! 말투 싸가지 없는 거 봐!"

쾅―!

벽을 내리치는 그녀의 손은 충분히 위협적이었다. 그녀가 있는 이상, 아무리 억울하고 분해도 이 집안에선 저항이 불가능했다.

결국 여울은 한숨을 푹 내쉬었고 체념뿐인 목소리로 물었다.

"하아…… 뭘 보내야 되는데요?"

그러자 유현은 미안한 기색 하나 없는 미소를 띠었고, 나직하게 대답했다.

"차 트렁크에 있어요. 밖으로 나와요."

결국 씩씩대는 표정으로 유현을 따라 나선 대문 밖.

"차를 어디에 세워놨는데요."

그리 묻는 여울의 말투는 조금도 곱지 않았다. 까칠한 가시가 돋쳐 있는 눈빛은 그를 상종하고 싶지 않다는 기색이 역력했다.

유현은 대답대신 집에서 좀 떨어진 골목까지 발걸음을 이끌었고 코너에 다다라서야 멈춰 섰다. 그러고서 꺼내놓는 말은 굉장히 뜻밖이었다.

"뭐 먹고 싶은 거 없어요?"

"뜬금없이 무슨 소리예요?"

"아니면 보고 싶은 영화라든가."

여울은 자신의 처지와 상관없이 태평하게 구는 유현을 까칠하게 노려보았다. 그러고는 불평 가득한 목소리로 투덜거렸다.

"지금 안 그래도 바빠 죽겠는데 뭐하는 거예요? 택배 부칠 거나 빨리 줘요."

그러자 유현은 살며시 몸을 돌려 그녀를 마주했다. 그의 입가엔 언제나 그랬듯 부드러운 미소가 얹혀 있었다.

"그런 거 없어요."

"네?"

"계속 저 안에 있으면 쉴 틈도 없을 것 같아서 데리고 나온 거예요. 하언이 올 때까지 잠깐 나른 데 가 있어요."

뒤늦게 파악한 그의 의도는 여울을 향한 배려심이었다.

그제야 가시 돋쳤던 마음을 진정시킨 여울은 잔뜩 구겼던 미간을 스르륵 풀어냈다.

"그럼 우체국 심부름은 거짓말이었어요?"

"난 여울 씨한테 그런 거 안 시켜요."

"미리 귀띔이라도 해 주지. 괜히 성질만 냈잖아요."

"뭘 하든 믿어 줄 줄 알았죠. 나한테 좋은 사람이라고 했으니까."

유현은 민망해하는 여울을 장난스럽게 타박했다. 그러자 여울은 미안한 눈빛으로 그의 눈치를 살피다가 조심스럽게 감사 인사를 꺼냈다.

"구출해 줘서 고마워요. 점심도 제대로 못 먹고 청소만 했는데, 이제야 살겠네."

바깥으로 나온 여울은 확실히 편안해진 기색이었다.

이젠 그녀를 매의 눈으로 감시하는 시선도, 언제 날아들지 모르는 불호령도 피할 수 있으니 조여오던 숨통이 드디어 트이는 듯했다.

그런 여울을 보며 함께 마음을 내려놓은 유현은 다정한 목소리로 물었다.

"혹시 어머님이 부탁하신 일 중에 꼭 해야 되는 거 있어요?"

"시킨 일이 워낙 많아서…… 그건 왜요?"

"급한 거면 내가 대신 처리해 줄게요. 여울 씨 얘기는 적당히 둘러댈 테니까 걱정하지 마요."

그 사람은 '대신'이라는 단어를 참 자주 쓴다. 꺼내는 얘기의 대부분이 무거운 짐을 그녀 대신 떠맡아 주겠다는 뜻이다.

유현의 친절이 항상 일방적인 희생처럼 여겨졌던 여울은 곧바로 호의를 받아들이기 망설여졌다. 잠깐의 고민 끝에 그녀는 조심스럽게 입을 열었다.

"굳이 나대신 뭘 해 줄 필요 없어요."

그 첫마디는 얼핏 다가오길 바라지 않는다는 의미처럼 비춰졌다. 유현은 그 말에 자신의 친절이 부담이 된 건 아닐까, 걱정하며 살짝 고개를 떨어트렸지만.

"심심한데 같이 시간 때워주면 또 모를까."

이어지는 제안에 두 눈동자를 다시 그녀에게로 고정시켰다. 당연히 피해 줘야할 줄 알았던 그녀의 옆자리는 이제 유현에게도 허락되는 모양이었다.

그는 물끄러미 여울의 눈동자를 내려다보았고 조심스러운 목소리로 되물었다.

"······같이 있어도 돼요?"

그러자 늘 자신을 외면하기 바쁘던 여울의 고개가 가볍게 끄덕여졌다.

"안 될 게 뭐 있어요. 우리 이제 친하게 지내기로 했잖아요."

순간 유현의 마음에 시원한 바람이 불어들었다. 그녀를 구해주겠다고 나선 그가 구원받고 있는 것처럼.

그 언젠가 하언과 들른 적이 있었던 한적한 골목의 카페.

테이블 위에 놓인 카페라떼 잔을 매만지던 여울이 긴 한숨을 내쉬었다. 맞은편에 앉은 유현은 시름 가득한 그녀의 표정을 바라보며 넌지시 물었다.

"무슨 걱정 있어요?"

"아뇨, 뭐 걱정이라기보단 마음에 걸리는 사람이 있어서······."

"마음에 걸리는 사람?"

"우리 오빠요. 이래 봬도 제가 가출하다시피 나왔거든요."

지금껏 시울 때문에 마음고생만 해 왔던 여울은 그를 마음고생시키는 현재의 상황이 어색했다.

가출한 아침부터 그에게서 전화가 끊이질 않고 걸려왔지만, 아직 설득할 자신이 없어서 받지 못했다.

덕분에 매 순간순간 돌덩이라도 내려앉은 것처럼 무겁고 착잡해지는 여울의 마음.

유현은 그런 그녀를 향해 부드러운 목소리를 내보냈다.

"그렇게 걱정되면 제대로 얼굴 마주 보고 대화해 보는 게 어때요?"

"무서워서 전화도 못 받고 있는데 어떻게 얼굴을 마주 보겠어요."

"오빠가 많이 엄해요?"

"아뇨, 엄하다기보다는 그냥 제정신이 아닌 사람이라 어떻게 나올지 모르겠어서……."

여울은 쉽게 불안이 가라앉지 않는 듯 심각하게 말했다. 하지만 그 말을 들은 유현은 입가에 부드러운 미소를 띠었다.

"그래도 여울 씨는 오빠를 제일 아끼나 보네요."

"왜요?"

"보통은 이런 일 있을 때 부모님 걱정부터 하잖아요."

아직 그녀에 대해 잘 모르는 유현은 서슴없이 부모님을 언급했다.

여울은 잠시 망설이는가 싶더니 이젠 덤덤해진 얘기를 아무렇지 않게 꺼냈다.

"나한테는 오빠밖에 없어요. 부모님은 오래전에 돌아가셨거든요."

순간 유현의 눈동자가 당황한 빛으로 떨려 왔다.

그는 본의 아니게 건드려버린 상처를 무슨 말로 수습해야 할지 고민스러워졌다.

하지만 사과의 첫마디를 꺼내기도 전에 그녀는 태연하게 말을 이었다.

"누전 때문에 일어난 화재였대요. 하필 새벽에 난 불이라 온 식구들이 다 각자 방에서 자고 있었는데, 불보다는 연기 때문에 질식할 것 같았어요."

"……."

"그래서 이렇게 죽는구나, 싶었을 때쯤 오빠가 들어와서 당장 쓰러질 것 같은 몸으로 날 업고 나가더라구요."

모든 비극이 그렇듯, 그날은 예고도 없이 그녀를 찾아왔다.

벌써 십여 년도 더 지난 일이지만, 여울은 아직까지도 어느 때보다 필사적이었던 시울의 등을 기억한다. 까만 연기가 자욱한 집안을 내달리던 그의 두 다리를 기억한다.

그날 시울 덕에 무사히 목숨을 건진 여울은 몽롱한 정신으로 그만 못된 말을 하고 말았다.

"밖으로 나오자마자 가장 먼저 했던 말이, 엄마아빠도 빨리 구해 달라는 거였어요."

"……."

"원래 화재는 불이 아니라 연기가 무서운 건데, 아직 크게 안 번졌으니까 빨리 구해 달라고…… 오빠 등을 떠밀면서 막 울었던 것 같아요."

그때 그녀가 시울에게 내질렀던 목소리는 아직도 악몽 속에 나올 만큼 생생하다.

'아직 살아계서! 내가 목소리 들었단 말이야!'

'…….'

'그럼 내가 들어갈 테니까 이 손이라도 놔줘! 오빠, 제발!'

악을 쓰는 그녀를 힘주어 붙잡고 있던 시울의 표정 역시도 떠올릴 때마다 가슴이 시릴 만큼 선명하다.

'*미안.*'

'*오빠…….*'

'*미안해, 여울아…….*'

흐린 목소리로 미안하다는 대답만 반복하는 그는 그녀 앞에서 울지도 못하는 중이었다.

"그런 때는 쓰지 말걸, 아직도 많이 후회해요. 반쯤 정신을 놓았던 나도 들은 목소리를 오빠라고 해서 못 들었을 리가 없잖아요."

시울아, 시울아, 그들이 목이 터져라 부르짖던 이름.

그걸 들으면서도 발길을 돌이키지 못한 그의 마음은 굳이 짐을 더 얹어주지 않아도 충분히 고통스러웠을 거라고 생각한다.

하지만 그땐 그 마음을 넘겨짚지 못해서 여울은 한동안 제 오빠와 말을 섞지 않았다.

대놓고 원망하는 것보다 더 나쁜 침묵이었다.

"우울증 유발하던 고모네랑 인연 끊고 나서부터는 다시 사이가 좋아지긴 했는데, 사춘기까지 한 번에 겹친 나 때문에 아마 우리 오빠 마음고생 많이 했을걸요."

"아……."

"그래서 지금 온갖 사고를 치고 돌아다녀도 최대한 봐주는 중이에요. 물론 얼마 전에 삼백만 원어치 쇼핑 지른 건 못 참았지만……."

여울의 얼굴에 오랜 시간 동안 묵혀온 죄책감이 비쳤다. 유현의 눈동자가 그녀를 따라 짙게 가라앉았다. 그제야 어두워진 분위기를 의식한 여울은 장난스러운 미소를 지어 보였다.

"아, 이건 비밀이었는데 어쩌다 이 얘기까지 나왔지? 그래도 누군가한테 말하니까 후련하네요."

그리 말하는 여울의 목소리는 흐린 기운 하나 없이 밝았다. 억지스러운 느낌은 전혀 아니었다.

그녀는 늘 그랬다. 시련과는 담을 쌓은 사람처럼 언제나 맑게 개어 있었다. 그래서 유현은 짐작도 하지 못했다. 여울의 삶에도 먹구름이 떠다니고 있을 줄은.

유현은 조심스럽게 입술을 떼어 냈다.

"그래도 여울 씨는 오빠가 있어서 그렇게 씩씩한가 봐요."

"흐음, 내가 씩씩해요?"

"내가 볼 때는요. 가족들한테 사랑 많이 받고 자란 게 느껴져요."

"에이, 유현 씨도 귀하게 자랐을 것 같은데?"

여울의 말은 유현이 해 준 칭찬을 되갚기 위한 것이었지만, 순간 그는 할 말이 없어졌다.

태어났을 때부터 보육원 신세였던 근본 없는 삶.

어느 날 갑자기 이 집으로 입양되어왔지만 가족으로 받아들여지진 않았다.

어떻게든 끼어보려고 지금까지도 별의별 짓을 다 하고 있지만 결국엔 혼자 남겨질 뿐이었다.

"별로 그렇지도 않아요."

많은 이야기를 전부 털어놓을 수 없었던 유현은 흐지부지한 대답만 흘려보냈다. 그러자 눈을 가늘게 뜨고 그를 흘겨보는 여울은 딱히 믿는 눈치가 아니었다.

"하는 행동이나 생긴 걸로 봐서는 딱 동화 속 왕자님인데, 뭐."

"……네?"

"나는 맨날 구박만 받고 고생만 죽어라 하니까 왕자님 근처에 머무는 시녀쯤 되려나."

여울은 한숨 섞인 목소리로 제 처지를 한탄했다. 그 목소리를 가만히 듣고 있던 유현은 이내 귀띔하듯 말했다.

"……신데렐라."

"웬 신데렐라?"

"신데렐라도 있잖아요. 시녀 같은 거 말고."

왜 이런 이야기를 꺼내는지 모르겠다. 충동적으로 던져놓긴 했지만 유현 스스로도 의미는 찾지 못하고 있다. 하지만 그 말을 들은 여울은 씨익 입꼬리를 들어 올렸다.

"어머, 나도 공주님 취급해 주는 거예요?"

"아……."

"나는 공주님, 그쪽은 왕자님?"

순간 유현의 얼굴이 눈에 띄게 붉어졌다. 그런 뜻을 품고 있었던 건 아니었으나 어쩐지 반박은 나오지 않았다.

그래서 괜한 커피잔만 입가로 가져가니 여울은 즐거운 표정으로 말을 이었다.

"그럼 도하언은 뭐 시켜줘야 하나. 유현 씨가 보기에 도하언은 뭐랑 어울려요?"

"글쎄요……."

"아, 춘향전에 나오는 변 사또 시켜주자! 왜냐하면 죄 없는 나를 잡아다가 가둬놨으니까!"

푸핫, 그녀의 농담을 참지 못한 유현이 소리 내어 웃었다. 여울은 처음 보는 밝은 미소가 그의 하얀 얼굴에 생기를 더했다.

그 반응에 더욱 신이 난 여울은 넉살 좋은 말을 계속 덧붙여나갔다.

"우리 오빠는 이몽룡으로 해야겠다. 사실 잠깐 여기서 탈출했던 것도 오빠가 막무가내로 납치하듯이 빼돌린 거였거든요."

"그래요? 난 여울 씨가 스스로 도망친 줄 알았는데."

"그 징도 배짱은 없어요. 겁이 얼마나 많은데요."

"눈이 커서 그런가 봐요. 원래 눈 큰 사람이 겁이 많잖아요."

"오, 유현 씨는 칭찬이 되게 후하네요? 예쁘다는 말도 해 주고."

"아직 예쁘다는 말은 안 했는데……."

"치, 그거나 그거나."

편안한 대화를 나누는 두 사람의 사이는 얼마 전까진 쉬이 상상할 수 없던 모습이었다.

지금 들려오는 카페 음악이 좋아서 그런지, 아니면 테이블 위에 놓인 커피 향이 부드러워서 그런지. 말을 거는 여울도, 그 말에 대답하는 유현도 현실의 짐은 모두 내려놓고 진심으로 이 시간을 즐기고 있었다.

"여울 씨랑은 얘기만 하고 있어도 즐겁네요."

한참 동안 시답잖은 농담과 소소한 잡담을 나누던 중, 유현은 지금껏 아무에게도 한 적 없었던 고백을 했다.

늘 그의 곁에서 빈껍데기 같은 모습만 보아 왔던 누군가는 사랑

한다는 말보다 더욱 간절하게 원해오던 말이었다.

그러나 그 사실을 알 리 없는 여울은 그저 가볍게 반응했다.

"알아요. 다들 나랑 있는 거 좋아하거든요."

티 없이 맑은 미소가 그녀의 얼굴에 번졌다.

순간, 유현의 마음에는 그녀가 먼저 손을 내밀어 주었을 때와 같은 온도의 바람이 불어 들었다.

"그럴 것 같아요."

유현은 그 온기를 거부감 없이 받아들였다.

그러자 마음은 달아오르기 시작했고, 기분 좋은 뭉클함이 그의 심장에 번져왔다.

처음 느껴보는 감정이었다.

그래서 거부할 생각도 하지 못했다.

물론 그 감정을 살면서 질리도록 느껴왔다고 해도, 그래서 단 한 번에 그것이 무엇인지 알아차렸다고 해도, 그는 끝내 뿌리칠 수 없었을 것이다.

그동안 유현의 삶에 눈처럼 차곡차곡 쌓여온 외로움과 아픔들은 마음이 아리도록 차가워서.

"저도 여울 씨랑 같이 있는 게 좋아요."

그는 맥없이 녹아들 수밖에 없었다. 그녀로부터 피워낸 미약한 사랑에.

까만 세단이 저택과 가까워지자, 하언의 미간이 더더욱 구겨졌다.

짧게 끝날 줄 알았던 회의가 대책 없이 길어진 지금, 손목시계의 시침은 벌써 열 시를 가리키고 있었다.

애초부터 떠나고 싶지 않았던 집을 떠난 지 열두 시간도 넘겨버 렸다.

"이러다 차여울 굶어 죽겠네……."

그의 입술 새로 흘러나오는 혼잣말은 오직 홀로 저택에 남아 있 을 여울에 대한 걱정뿐이었다.

하언은 저택 근처에 차를 세웠고 거치대에 놓여 있던 휴대폰을 뽑아 들었다. 그리고 연락처에 저장된 그녀의 번호를 망설임 없이 누르려는데.

"와, 동화 속 왕자님 덕분에 오늘 제대로 얻어먹었네요. 커피도, 저녁밥도 맛있었어요."

"그래요? 마음에 들어하니 다행이네요. 앞으로도 종종 구출해 줄 게요."

어디서 많이 들어 본 익숙한 음성 두 개가 그의 귀를 사로잡았다.

하나는 곧바로 고갤 돌리고 싶을 만큼 반가운 목소리였지만, 나 머지 하나는 외면하고 싶을 만큼 달갑지 않은 목소리였다.

"……도유현?"

하언은 신경에 거슬리는 이름을 언급하며 백미러를 확인했다.

예상했던 것과 한 치의 어긋남도 없이 골목 끝에서부터 나란히 걸어오는 여울과 유현의 모습이 보였다.

분명 얼마 전까지만 해도 차여울은 도유현을 불편해했던 것 같 은데, 지금은 왜 웃는 낯으로 마주 보고 있는 건지.

게다가 방금 전엔 저 새끼를 뭐라고…….

"저게 뭐하자는 짓이야."

하언은 두 눈을 번뜩이며 곧바로 운전석을 박차고 나왔다.

쾅—!

가슴에 휘몰아치는 분노만큼이나 힘주어 차 문을 닫으니, 유현에게 향했던 여울의 눈동자가 단번에 그에게로 따라붙었다.

"어? 지금 퇴근해요?"

하언을 알아본 여울의 첫 마디는 정말 아무렇지도 않았다. 마치 지인을 만나고 있다가 다른 지인을 우연히 발견한 것처럼 유현의 곁에 붙여둔 몸을 떼어낼 기미도 없었다.

"너 거기서 뭐 해."

그런 여울에게 내뱉은 하언의 목소리는 몹시 살벌했다. 그의 분위기를 알아챈 유현은 알아서 걸음을 멈추었고 여울과 거리를 두기 시작했다.

그러나 여울은 눈 하나 깜짝하지 않고 하언의 질문에 대답했다.

"집에 가는 중인데요?"

"그러니까 어디서 누구랑 뭐하다가 지금 집에 들어가냐고."

"카페에서 커피 마시다가 샌드위치 먹고 지금 유현 씨랑 집에 들어가요."

"내가 지금 그걸 물어보는 게 아니잖아."

"응? 그럼 뭘 물어보는 건데요?"

하늘을 우러러 한 점 부끄러움 없는 여울은 당당했다. 하지만 그녀에게 솔직함을 바라는 것이 아니었던 하언은 부글부글 속이 끓어

올랐다.

당장 나에게로 오라는 뜻인데 말귀를 못 알아듣는 건지, 아니면 나를 거부하는 건지.

대체 왜 같이 있는 건지 해명이라도 하라고.

하언의 눈빛이 답답한 심정만큼 험악해져 갔다. 그걸 두고 볼 수 없었던 유현은 그녀를 대신해 그가 바라는 대답을 꺼내주었다.

"여울 씨가 고민이 있다고 해서, 잠깐 얘기 들어 줬어."

"무슨 고민."

"오빠한테 말도 안 하고 나온 게 많이 걱정되나 봐. 그런데 괜히 너한테 죄책감 줄까 봐 말도 못하고 끙끙 앓았던 모양이더라고."

그 말을 들은 여울은 의아한 표정으로 유현을 올려다보았다.

애초부터 고민 상담을 위해 나온 게 아니었을뿐더러, 오빠에 대한 걱정은 아주 잠깐이었고 대부분의 시간을 소소한 잡담으로 때웠으니까.

게다가 도하언의 죄책감은 생각해 본 적도 없는데 지금 이 사람은 무슨 얘기를 하는 거지.

살짝 시선을 마주친 유현이 입꼬리를 들어 올렸다. 그건 아무 말 말라는 뜻 같아서 여울은 입을 꾹 다물고 있을 수밖에 없었다.

"차시울이 왜."

"……."

"차여울, 걔가 왜 걱정되냐고."

"예?"

여울은 다그치는 듯한 하언의 질문에 다시 고개를 돌렸다. 서둘러 유현의 해명과 말을 맞춰야 하는 상황.

그녀는 갑작스러운 거짓말에 약했지만 다행히도 차시울에 대한 걱정은 사실이었다.

여울은 오늘따라 더 매서운 하언의 눈을 마주했고 지금의 고민을 웅얼거리듯 꺼내놓았다.

"그야 당연히 가출하듯이 나온 거니까……."

"그래서."

"오빠한테 자꾸 연락은 오는데……."

"오는데 뭐."

"받을 용기도 없고, 뭐라고 해야 할지도 모르겠고…… 그냥 무서워서……."

찔리는 건 없었지만 하언의 추궁은 여울의 목소리를 기어들어가게 만들었다.

그건 어찌 보면 당황한 마음을 적나라하게 드러내는 태도였으나 다행히도 하언에게는 마냥 전전긍긍하는 모습으로만 비춰졌다.

"후우……."

하언은 깊은숨을 내쉬었고 잔뜩 날 세웠던 눈빛을 가라앉혔다.

"그럼 내일 나랑 같이 만나러 가."

그리고 꺼내놓는 말은 뜻밖에도 해결책이었다. 그녀의 걱정을 진심으로 심각하게 받아들인 모양이었다.

"같이 가서…… 뭘 하게요?"

"나 때문에 나온 거잖아. 그러니까 내가 가서 설득시켜야지."

"……."

"그래도 무서우면 나 혼자 다녀오든가."

"아, 아니요! 무서운 게 아니라……."

도하언 씨처럼 무심한 사람이 내 고민을 같이 떠안아줄 줄 몰랐어요.

이어질 뒷말은 준비되어 있었다. 그러나 이어붙이지 못했다.

저벅저벅 규칙적인 걸음으로 다가 유현과 가까이 놓여 있는 그녀의 손을 붙잡아버리는 하언은 여울의 머릿속을 비워 버리기에 충분했다.

"그럼 같이 가면 되겠네."

하언은 단호한 목소리와 함께 그녀를 저택 쪽으로 이끌었다.

유현을 두고 멀어지는 그의 걸음은 여전히 격한 감정을 띤 상태였다.

그제야 여울은 하언이 화를 내고 있는 걸까, 어렴풋이 생각했다.

아무리 생각해도 딱히 화를 낼 이유는 없었지만 굳이 찾는다면 그녀의 곁에 함께 있던 유현이었다. 처음부터 유현을 견제해오던 그였으니까.

'위험한 사람이 아니라고 대신 해명해 주면 오해가 풀리겠지.'

하언의 마음을 쉽게 생각한 그녀는 쉽게 결론지으며 순순히 저택 안으로 이끌려갔다.

"너는 하루 종일 뭐하다가 이제 들어오니!"

저택 안으로 들어서자마자 들려온 켈리 박의 호통은 거칠었다.

여울은 어깨를 움츠렸고 낮에 유현이 시켰던 대로 우체국 얘기를 꺼내보려 했다.

비록 시간이 너무 늦어서 말도 안 되는 변명 취급할 게 뻔하지만 그래도 다른 수는 없었다.

하지만 그럴 필요도 없이.

"그건 왜요. 하루 종일 애 못 부려먹어서 아쉽습니까?"

하언은 사나운 목소리로 켈리 박에게 되물었다. 그렇다고 대답했다가는 큰 사단이라도 날듯한 위압감이 그에게서 풍겨져 나왔다.

"그, 급하게 시켜야 할 일이 있으니까 그렇지! 내가 뭐 잔심부름 못 시켜서 이러니?!"

"급한 일은 본인이 알아서 하세요. 예순이 다 되어 가시는데, 제 앞가림 정도는 스스로 하셔야죠."

"뭐?! 너, 너 지금 그게 무슨 소리야!"

"앞으로 차여울 함부로 부리지 말라는 소립니다. 똑바로 말씀드렸으니까 제대로 처신하세요."

원래 켈리 박과 으르렁대던 하언이었지만 오늘따라 공격성은 더욱 거셌다. 그건 편을 들어준다기보단 마치 화풀이하는 느낌이었다.

여울은 문득 그가 이토록 날카로워진 게 어쩌면 유현이 아니라 자신의 탓일지도 모른다고 생각했다.

유현에게 내는 화였다면 언제나 그에게 직접 내고 그가 없는 자리에선 풀어버리는 하언의 성격을 알고 있기 때문이었다.

"어휴, 내가 저 꼴을 얼마나 더 보고 살아야 돼!"

"엄마! 또 무슨 일이야! 그 계집애 들어왔어?!"

그때부턴 분노 어린 한탄을 내뱉는 켈리 박도, 한발 늦게 사태를 파악하러 달려온 도혜수도 눈에 들어오지 않았다.

여울은 오직 자신의 손을 붙잡고 2층으로 멈춰둔 발길을 재촉하는 하언이 미치도록 신경 쓰였다.

지금껏 성질부리는 모습은 많이 봐왔지만 이렇게 화가 난 모습은 처음이라 대상이 자신일지도 모른다는 추측만으로도 수습할 길이 막막했다.

"들어와 봐."

"앗!"

방 앞에 도착한 하언은 그녀를 밀어 넣었고 문을 굳게 걸어 잠갔다. 막혀 버린 퇴로에 당황한 여울은 자신의 어떤 점이 그의 분노를 자극했는지 필사적으로 고민했다.

늦은 시간까지 말 한마디 없이 밖에 있었던 거?

그 늦은 시간까지 도유현이랑 함께 있었던 거?

도하언을 보고도 전혀 반가워하지 않았던 거?

처음엔 분명 하나도 없었는데 세세하게 따지고 들어가니 너무나도 많은 것들이 마음에 걸려왔다.

추측을 포기한 여울은 하언의 시선을 가만히 마주했다.

안 그래도 서늘한 그의 두 눈동자는 성난 야수가 따로 없었다.

"왜……."

그녀를 노려보고 있던 그가 천천히 입술을 열었다.

"왜 늦은 밤에 나한테 말도 없이 밖으로 나가서, 내 얼굴을 봐도 데면데면하게 굴고, 도유현 그 새끼를……."

뒤이어 이어지는 내용들은 그녀의 모든 추측들을 더한 총체적 난국이었다.

여울은 마른침을 꿀꺽 삼키며 하언의 말이 마저 끝나기를 기다렸다.

유현과 함께 있었던 것도, 시간이 늦었던 것도, 다 납득할 만한 이유가 있으니 말만 똑바로 잘하면 쉽게 풀릴 문제였다.

"……왕자님이라고 불러?"

"네?"

하지만 정작 꺼내진 질문의 내용은 너무나도 난데없고 유치했다.

준비해 둔 모든 대답들이 무용지물이 되어 버린 여울은 다른 의미로 유구무언이었다.

무슨 대답을 해야 할지 곤란해진 여울은 잠시 애먼 곳으로 시선을 돌렸다. 애초부터 별 뜻이 없었을뿐더러, 그런 걸로 화를 내는 하언은 참 이상하게 느껴졌다.

"대답해. 왜 그딴 식으로 부르냐고."

하지만 하언은 그녀에게서 꼭 대답을 들어야겠다는 듯 한 번 더 추궁했다. 당황한 여울은 혼란스러운 정신으로 모든 정황을 솔직하게 털어놓았다.

"아니, 이유가 딱히 있는 건 아닌데……."

"……."

"아까 유현 씨가 나한테 사랑받고 자란 것 같다고 그래서, 나는 유현 씨야말로 왕자님처럼 귀하게 자란 것 같다고 대답했고……."

"도유현 그렇게 안 자랐어."

"예?"

"왕자 그딴 거 아니라고. 그러니까 하던 말 계속해."

아, 그사이에 깨알같이 태클을 건 거니?

여울은 평소보다 예민하게 빛나는 하언의 표정을 살폈다. 더 이상 할 말은 없었지만 아직 하언은 성에 찬 느낌이 아니었다.

결국 그녀는 너무 구구절절한 건 아닌가 싶을 만큼 상세한 뒷일을 고해야 했다.

"나는 맨날 고생만 하니까 시녀라고 했더니, 유현 씨가……."

그러나 딱 거기서 하던 말을 멈출 수밖에 없었다.

그 한탄을 들은 유현은 그녀에게 '신데렐라'라는 낯부끄러운 별명을 붙여 줬는데, 그 사실을 하언이 알게 된다면 그의 목숨은 이승을 떠날 지도 모를 일이었다.

"유, 유현 씨가……."

"도유현이 뭐."

"……시녀가 맞다고 그랬답니다!"

여울은 되는 대로 뱉어버렸다. 굉장히 어색한 미소가 그녀의 입꼬리를 들어 올렸다.

마주한 하언의 눈동자는 여전히 흉흉했다.

하지만 이것이 최선이었던 여울은 불리한 만큼 막무가내로 밀어붙이기로 했다.

"아, 쉽게 말해서 그런 이야기가 오고 간 다음이라 장난치듯이 왕자님이라고 부른 거예요."

"……."

"아니면 뭐! 유현 씨는 왕자님! 나, 나는 고, 공주님! 이렇게 애칭이라도 붙인 줄 알았나?!"

"공주는 무슨. 어디에 누굴 갖다 붙여."

짜증 가득한 하언은 양심에 가책을 느끼느라 살짝 떨려온 그녀의 목소리에 신경도 쓰지 않았다. 그저 그녀의 얼굴을 불만스럽게 내려다보다가 잠시 고개를 돌리더니.

"그럼 나는."

"하언 씨 뭐?"

"나는 너한테 뭔데."

그 상태 그대로 이해 못 할 두 번째 질문을 던졌다.

"사또……."

여울은 너무 긴장해 버린 나머지 곧바로 떠오른 단어를 입술 밖으로 내뱉었다.

"사또?"

그 목소리를 듣자마자 하언의 시선이 다시 그녀에게로 달라붙었다.

유현과 문화권 자체가 다른 그의 별명을 전혀 납득하지 못하겠다는 기색이었다.

차마 거기에 솔직한 설명을 덧붙일 수 없었던 여울은 마른침을 꿀꺽 삼켜 넘겼고 좋게 포장하려 애썼다.

"그 뭐냐…… 변 사또 이런 거 말고 마을의 원님 있잖아요."

"……."

"현대식으로 세련되게 표현하자면 감사? 왜냐하면 하언 씨는 회사에서도 높은 사람이니까⋯⋯."

순간 하언의 한쪽 입꼬리가 비틀려 올라갔다. 무엇이 그리도 마음에 들었는지는 몰라도 충분히 만족스러운 표정이었다.

그렇게 영문 모를 반응을 보이고선 이어붙이는 말은 정말 의미심장했다.

"그럼 너는 콩쥐네."

"콩⋯⋯ 뭐요?"

"고생하는 여자주인공들 중에 원님이 구해 주는 건 콩쥐밖에 없잖아."

콩쥐. 유현이 붙여 준 신데렐라라는 별명과 비슷한 의미를 지닌 인물.

그러나 상대역은 전혀 달랐다. 콩쥐팥쥐 설화의 내용대로라면 마을의 원님에게 구원받은 그녀는 그 원님과 함께 혼인을 치르는 것으로 해피엔딩을 맞이했다.

하언을 물끄러미 바라보고 있던 여울의 얼굴이 곧바로 불그스름해졌다.

지금 여유로운 미소만 머금고 있는 그가 여울이 느낀 감정을 그대로 담아 얘기했는지는 확신할 수 없었으나 그녀의 가슴은 설레발치듯 떨려오기 시작했다.

"콩쥐는 싫어! 시, 신데렐라나 백설 공주 같은 거 할래!"

여울은 부끄러운 마음을 숨기려 일부러 뻐딱하게 대꾸했다.

하지만 하언은 막 풀었던 미간까지 도로 구기며 단호하게 말했다.

"안 돼. 그건 왕자랑 잘되는 애들이잖아."

"……."

"널 구하는 건 나야. 내가 원님이면 넌 빼도 박도 못하게 콩쥐야."

일부러 흘리는 건지, 아니면 그냥 내뱉는 건지 구분도 안 가는 그 말에 여울의 가슴이 일렁거렸다.

여울을 자신만의 여주인공으로 만들려 하는 하언의 속은 언뜻 보면 질투처럼 느껴졌다.

"지금 질투해요?"

농락당하고만 있을 수 없었던 여울은 대놓고 물었다. 그러자 하언은 괜히 드레스 룸 쪽으로 발길을 움직이기 시작했고, 딱딱한 목소리로 대답했다.

"질투 아닌데."

"질투 맞는데?"

"아니야. 질투."

"그거 질투 맞아. 하언 씨는 별걸 다 샘내는구나?"

여울은 그를 능숙하게 궁지로 몰아넣었다. 진심에 가까워지면 가까워질수록 피하려 애쓰는 그를 익히 알고 있기 때문이었다.

이러다 정말 휘말리겠다 싶었는지, 하언은 아예 다른 쪽으로 화제를 돌렸다.

"내일 차시울한테 미리 연락해 둘 테니까 나랑 같이 허락받으러 갈 준비나 해."

"무슨 허락?"

"같이 살게 해달라는……."

그러다가 돌연 말을 멈췄다. 정말 결혼 허락이라도 받으러 가는 것 같은 이 상황은 하언이 느끼기에도 참 이상했다.

"어쨌든 마음의 준비해 둬. 나 씻고 온다."

결국 하언은 시작한 말을 제대로 마무리 짓지 못하고, 갈아입을 옷가지를 챙겨 방을 나섰다.

언뜻 보기에는 쌀쌀맞은 뒷모습이었지만 이미 그에게 익숙해진 여울의 눈엔 수줍어하는 걸로 비칠 뿐이었다.

"도대체 뭘 어쩔 생각인 건지……."

방에 홀로 남은 여울은 보다 가라앉은 정신으로 당장 내일 있을 시울과의 삼자대면을 떠올렸다.

하지만 하언과 시울이 서로 얼굴을 마주하고 있는 걸 상상하는 것만으로도 숨통이 막혀와서 결국 그녀는 대책 세우기를 관두어버렸다.

모든 건 먼저 나서 준 하언이 알아서 하겠지, 하는 안일한 마음으로.

"뭐가 그렇게 재미있어?"

서울 한복판의 고급 레스토랑.

갑작스러운 설아의 질문에 유현은 그제야 자신이 미소를 짓고 있었음을 깨달았다.

유현은 들고 있던 포크를 고쳐 쥐었고 살며시 고개를 저었다.

"아무것도 아니야."

"아무것도 아니긴. 어렵게 잡은 점심 약속인데 다른 생각하기 있어?"

설아는 스테이크를 마저 썰며 서운한 심정을 내비쳤다.

한 번 거슬린 문제는 끝까지 물고 늘어지는 그녀의 성격을 잘 아는 유현은 잠깐의 고민 끝에 그녀가 좋아할 법한 해명을 꺼내놓았다.

"그냥 갑자기 우리 고등학교 때 생각나서."

"고등학교 때?"

"응, 그때 항상 같이 붙어 다녔잖아. 혹시 기억나?"

그 시절 그들의 모습은 설아가 아직까지도 기쁘게 회상하곤 하는 추억거리였다.

물론 그녀라는 덫에 걸린 유현에게는 떠올리고 싶지 않은 악몽이었지만 장단을 맞춰 주기 위해서라면 몇 번이든 아름답게 포장해 줄 수 있었다.

아니나 다를까, 살짝 경직되었던 설아의 목소리가 한결 부드러워졌다.

"그때를 어떻게 잊겠어. 널 처음 본 순간도 아직까지 꿈에 나올 만큼 선명한데."

"그래?"

"아마 음악실이었을 거야. 나는 혼자 피아노를 치고 있었고 넌 내 연주가 끝날 때까지 가만히 들어 줬어."

"……."

"마지막 음표까지 완벽하게 쳐냈을 때, 니가 뭐라고 했는지 기억나?"

정확히 기억난다. 수백 번도 넘게 후회했던 그 말을 잊었을 리 없다. 하지만 유현은 가만히 고개를 저었다. 설아는 그때의 대사를 되새기는 걸 좋아하니까.

"피아노 치는 손이 참 예쁘다고 말했어."

"……"

"한 번 잡으면 놓지 못할 것 같다고 했던 거, 기억하지?"

설아의 말은 쉽게 말해 그가 한 말에 책임을 지라는 뜻이었다. 그러나 굳이 책임을 묻지 않더라도 어차피 유현은 그녀를 버릴 수 없는 처지였다.

언제나 혼자였던 그녀에게 다가간 것도, 너무 긴 손가락이 콤플렉스였던 그녀에게 하필 손을 칭찬해 준 것도.

모두 신우 그룹 외동딸을 꾀어내라는 도 회장의 철저한 지시 아래 이뤄진 일이었으니까.

애초부터 그에게는 일말의 진심도 없었다.

'니가 운명이라고 믿는 시간들이 전부 다 거짓이었다고 말하면, 너의 추억 속 내 모습도 의미를 잃어버릴 수 있을까.'

유현은 문득 떠오른 유혹을 애써 뿌리쳤다. 이제 와서 식혀본다고 해서 식혀질 마음도 아니었고 아직 자신의 가치를 잃어서도 안 될 상황이었다.

"다 지난 얘기 꺼내니까 부끄럽다."

유현은 다정한 미소를 띤 채 물을 한 모금 들이켰다.

그러자 함께 따라 웃는가 싶었던 설아는 곧 대답하기 곤란한 질문을 던졌다.

"내 첫인상은 어땠어?"

"첫인상……?"

"그때 음악실에서 본 게 처음이었나?"

아니, 아버지께 받은 사진 속에서 너의 얼굴을 처음 봤어.

그땐 아무 생각 없었는데, 내가 말을 건네는 순간 두 손을 감추며 얼굴을 붉히던 너를 보고 불쌍하다고 생각했어.

그가 털어놓아야 할 고백은 늘 그렇듯 설아에게는 하지 못할 말들뿐이었다.

결국 이번에도 거짓을 고해야 하는 그는 머릿속으로 애써 첫인상이 좋았던 다른 사람들을 생각해 냈다.

'내가 니 결혼 파투낸 여자다!'

'가자! 내 사랑!'

그러자 놀랍게도 여울의 얼굴이 가장 먼저 떠올랐다. 온전히 설아에게 집중해야 하는 순간에도 자꾸만 아른거려서 미소 짓게 만들던 얼굴이었다.

어땠더라. 날 기분 좋게 만드는 당신의 첫인상은.

"……같이 있어 주고 싶었어."

불안에 떨고 있는 모습이 꼭 버려진 새끼 고양이 같아서.

"나처럼 외로워지기 전에 내가 곁을 지켜 주고 싶었어."

물론 그럴 때마다 여울은 지켜 주려 하는 유현의 노력을 몇 번이나 차갑게 거절했다.

그러나 순순히 돌아설 수는 없었다. 살기가 감도는 저택 안에서 영문도 모른 채 떨고 있을 그녀가 매 순간 눈에 밟혔다.

"그런데 같이 있어 보니까 내 외로움이 채워지는 느낌이더라."

"……."

"앞으로도 계속 함께하고 싶다는 생각이 들 만큼."

그런 마음이 비밀스럽게 자리 잡은 건 바로 어제의 일이었다.

겨우 하루 동안이었지만 그녀와 대화하는 동안 스쳐 지나갔던 수많은 감정들이 다시금 그의 마음속에 되살아났다.

그때.

"지금 누구 얘길 하는 거야?"

유현의 입가에 번진 미소를 물끄러미 바라보고 있던 설아가 물었다. 꿈에서 깨어나듯, 여울에게서 떠나온 정신이 곧바로 설아에게 따라붙었다.

"……어?"

"이제껏 이런 질문엔 얼버무렸던 것 같은데, 오늘은 너무 솔직하네."

"아, 그냥……."

"요즘 기분 좋은 일이라도 있나 봐? 골치 아파하던 계약 잘 끝냈어?"

다행히도 설아의 의심은 뚜렷한 목표가 정해져 있던 게 아니었다. 남몰래 안도의 한숨을 내쉰 유현은 최대한 태연하게 입꼬리를 들어 올리며 대답했다.

"너랑 오랜만에 만나서 그런가 봐."

하지만 굳이 거울로 확인하지 않아도 지금의 표정이 급격하게 어색해졌다는 건 단번에 알아차릴 수 있었다. 유현은 그녀가 부자연스러움을 느끼기 전에 다시 한 번 여울을 떠올렸다.

'알아요. 다들 나랑 있는 거 좋아하거든요.'

장난기 어린 그녀의 목소리가 머릿속에 들려오자마자 수그러들려 했던 생기가 되살아났다.

무리해서 올리지 않아도 그의 입꼬리는 자연스럽게 휘어 올라갔다.

정말 다행이었다. 생각만 해도 기뻐지는 존재가 생긴 건.

앞으로 억지로 웃어야 할 매 순간들이 한결 편안해질 것만 같다.

해가 저물기 시작한 저녁.

집에 도착한 시울의 분위기는 싸늘하기 그지없었다.

여동생이 남자 하나 때문에 전쟁터로 돌아간 지가 벌써 며칠째. 이제껏 연락을 해도 받지 않고 감감무소식이었던 그녀는 오늘에서야 그의 눈앞에 나타날 모양이었다.

'여보세요.'

—차시울, 오늘 일곱 시까지 너희 집으로 갈게.

'너 도하언이냐! 여울이 역시 거기 있는 거 맞지! 내 동생 안 데려오냐!'

—차여울도 같이 갈 거야. 그러니까 일곱 시까지는 집에 붙어 있으라고.

'어디서 명령이야! 너는 우리 집에 발도 못 붙일 줄 알아!'

—그렇게 사납게 굴지 말지? 차여울 불안해하잖아.

'니가 무슨 낯짝으로 여울이 불안을 걱정해! 니가 화근이면서 왜!'

그것도 본인이 직접 전한 게 아닌 하언으로부터 간접적으로 통보받은 소식이었다. 짧게 진행된 통화는 맞닥뜨리기만 하면 대판 싸울 분위기였다.

눈앞에 나타나기만 해 봐. 이 집에 들어올 땐 둘일지 몰라도 나가는 사람은 단 하나란다.

어느덧 시간은 약속한 일곱 시와 가까워지고 있었다.

시울은 냉수 한 잔으로 정신을 단단히 붙들어놓기 위해 부엌으로 걸음을 옮겼다.

비로 그때.

띵동―

초인종 소리가 집안을 가득 메웠다. 시울은 곧바로 눈을 번뜩이며 공격태세를 갖췄다.

"왔구나, 도하언."

순식간에 현관을 향해 몸을 트는 그는 오직 문밖의 상대를 쫓아낼 생각밖에 없었다.

그래서 누구보다 성급하게 현관문 잠금장치를 풀어내고.

"여기가 어디라고 기어와!"

격분한 고함을 내질렀다. 그때까지 시울의 눈동자는 다소 흥분한 기색은 있었어도 다부지기만 했다.

"아하하, 내 신혼집이니까 왔지 뭣하러 기어왔겠어."

그러나 그의 눈앞에 나타난 건 기대하던 그 사람보다 더욱 반갑지 않은 손님이었다.

"차……재형?"

여울과는 절대 만나선 안 되는 존재. 고모네 집안 첫째 아들.

"시울이 형, 너무 섭섭한 소식을 들었는데…… 그거 농담이지?"

그가 특유의 기만 가득한 눈빛을 띠며 묻는다. 시울은 순간 입술 조차 움직이지 못할 만큼 얼어붙었다.

그저 돌아오기만을 간절히 바랐던 동생이 제발 오지 않기를, 오랜 시간 감춰온 이 시궁창 같은 현실이 그녀의 앞에 드러나지 않기를 간절히 바랄 뿐.

여울의 아파트 단지 앞.

결코 환영받지 못할 까만 세단에서 하언과 여울이 동시에 몸을 내렸다. 하언의 표정은 평소와 다름없이 무심했지만 여울은 어깨까지 움츠린 채 잔뜩 긴장한 상태였다.

"나 준비 안 된 것 같아. 그냥 다음에 올까?"

"내가 준비됐으니까 그냥 따라와."

"자, 잠깐만! 오빠 만나면 대체 뭐라고 할 생각인데요?"

"너를 순순히 넘겨달라고."

"무슨 인질극 벌일 일 있어요?!"

여울은 아무래도 본전도 못 찾을 듯한 하언을 불안한 마음으로 다그쳤다.

그러자 짧은 한숨을 내쉰 그는 트렁크 쪽으로 다가섰고, 그 안에서 제법 부피가 큰 상자 하나를 꺼내 들었다. 상자 겉면에 찍혀 있는 선명한 로고는 다름 아닌 하언의 회사 '옵타티움'의 것이었다.

"그게 뭐예요?"

"이번에 한정판매 되는 몬스터 스펙 데스크탑."

"뇌물 바치는 거예요?"

"어. 그럼 허락받으러 오는데 그냥 빈손으로 와?"

확실히 물량 공세는 시울의 커다란 약점이었다. 여울은 한때 얼리어답터 놀이에 빠져 있었던 시울을 떠올리며 고개를 끄덕였다.

"잘하면 넘어올지도 모르겠다."

"확실히 넘어와. 넌 아무 생각하지 말고 그냥 내 뒤에 숨어 있기만 해."

호인징팀을 마친 하언은 무거운 데스크탑을 끌어안은 채 여울의 아파트 걸음을 옮겼다.

그 뒷모습은 어쩐지 믿음직스러워서 여울의 두려움도 차차 가라앉는 듯했다. 하지만 그 순간, 단지 근처에서 익숙한 차 한 대가 눈에 띄었다.

한때는 그녀의 아빠가 타고 다녔었던 하얀색 SUV. 지금 그 차의 주인은 다름 아닌 고모네 집 식구들이었다.

"저 차가 왜……"

여울은 흔들리는 눈동자를 시울이 있을 아파트 베란다로 옮겼다. 환한 불이 켜진 거실에서 실루엣 두 개가 어른거렸다.

"설마……"

여울의 얼굴이 그 즉시 하얗게 질려버렸다. 그녀는 혼란이 가득 담긴 눈빛을 파르르 떨었고, 망설이던 걸음을 다급히 재촉했다.

"오, 오빠!"

갑자기 시울을 부르며 계단을 뛰어올라가는 여울의 모습. 그걸 보고 누구보다 당황한 사람은.

"……뭐야, 왜 저래?"

유일하게 사태를 파악하지 못한 도하언이었다.

엘리베이터를 기다릴 정신도 없어서 7층이나 되는 계단을 단숨에 뛰어올라 왔다.

숨은 이미 턱 끝까지 차올랐지만 그녀는 제집 현관문 앞에 서자마자 거친 소리를 내질렀다.

"차시울! 문 열어! 차시울!"

여울이 누르는 초인종 소리는 집 안을 쟁쟁하게 메웠다. 그러나 안에서는 한동안 아무런 기척도 나지 않았다. 마음이 급해진 여울은 온 힘을 다해 현관문을 두드리기 시작했다.

쾅쾅쾅—!

"고모네 왔잖아! 문 열라고!"

쾅쾅쾅쾅—!

"집에 있는 거 다 알아! 얼른!"

그렇게 얼마나 더 소란을 피웠을까.

안쪽에서 운동화가 질질 끌려오는가 싶더니, 현관문 잠금장치가 철컥거리며 풀렸다.

두 뼘 정도 크기의 열린 문틈 사이로 드디어 시울의 얼굴이 비쳤다.

"어, 여울이 왔네?"

"차시울……."

여울의 걱정과 달리 그는 평소처럼 태연했다. 눈웃음 어린 얼굴은 여전히 장난스러웠고 목소리는 들떠 있는 사람처럼 텐션이 높았다.

"방금 내 친구가 저녁을 얻어먹으러 와서 도하언이랑 얘기할 분위기는 아닌 것 같은데."

"……."

"다음에 올래? 아니면 이따가 쟤 가고 나서 연락 줄까?"

아마 아무 뜻 없이 집에 들렀던 거라면 시울이 하는 말들을 그대로 믿었을 것이나. 그는 친구들과 시시덕거리며 어울릴 때 저렇게 들떠있곤 했으니까.

"……왜 웃는 거야?"

하지만 지금 시울은 여울을 웃으며 반겨줄 상황이 아니었다.

며칠 동안 잠수까지 타면서 그의 연락을 피해왔던 여울은 그를 만나자마자 머리채나 안 잡히면 다행이라고 생각했었다.

그러니 여울의 눈에 비치는 시울은 분명 억지스러운 연기를 하고 있다. 그녀가 절대 봐선 안 되는 일들이 벌어지고 있는 게 틀림없다.

"지금 그 안에서 무슨 짓거리들을 하고 있길래……!"

답답한 마음만큼 그녀의 고함도 커지려는 순간, 1층에서부터 올라오던 엘리베이터의 문이 열렸다.

"차여울, 너 누가 혼자 가래."

그 안에서 짜증스러운 표정을 지으며 나타난 건 데스크탑 박스를 품에 끌어안은 하언이었다.

시울은 그를 발견하자마자 살짝 미간을 좁혔다. 차마 숨길 수 없는 울분이 살짝 비쳐 나왔다.

그러나 이내 능숙하게 표정을 정돈한 시울은 여울을 대할 때처럼 태연하게 말했다.

"친구가 왔으니까 이따가 다시 와 줘."

"싫어."

짧게 대답하는 하언은 여울보다 가차 없었다. 시울은 내심 당황했으나 여울의 눈치를 살피며 한 번 더 부탁했다.

"정말 얘기할 분위기가 아니라서 그래. 그러니까……."

"난 니가 친구들이랑 마저 놀 때까지 기다려줄 만큼 한가하지 않아. 개네들이야 말로 나중에 다시 오라고 해."

하언은 시울의 말을 들은 시늉도 하지 않았다. 그는 문틈으로 구둣발을 집어넣었고 시울을 똑바로 내려다보며 명령했다.

"당장 이 문 열어. 팔 떨어지겠으니까."

그 순간.

"여울이 왔나 보네? 모르는 사이도 아닌데 뭘 가리고 그래, 형."

하언은 난생처음 들어보는 목소리가 여울의 이름을 친근히 불렀다. 초조한 시울의 눈동자와 의아함이 어린 하언의 눈동자가 동시에 그녀에게로 향했다.

"최재형……."

낯선 이름 석 자를 입에 담는 그녀의 표정에 절망이 어렸다.

여울은 제 앞을 가로막고 있는 하언의 몸을 밀어냈고 시울이 붙잡고 있는 문마저 막무가내로 열어젖혔다.

"아, 잠깐만 여울아……!"

필사적인 시울의 만류에도 불구하고 결국 허망하게 드러나 버린 집안.

"여울이 오랜만이네?"

거실 한 복판에서 여울을 맞이하는 건 예상했던 대로 고모네 집 안사람이었다.

그들 중에서도 여울이 특히나 기피하는 장남, 최재형.

"그동안 잘 지냈어?"

그가 뻔뻔하게 안부를 묻는다. 여울은 두 주먹을 다부지게 쥐며 사납게 대답했다.

"당장 우리 집에서 꺼져."

그러자 재형은 기가 차다는 듯 웃었고 이내 똑바로 듣고도 이해할 수 없는 말을 내뱉었다.

"시울이 형한테 아직도 못 들었나 보네? 여기 내 명의로 된 내 집이야."

"그게 무슨……."

"8년 전에 갑자기 형이 독립하겠다고 해서 우리 아버지가 내 명의로 이 집 마련해준 거거든. 그때 내걸었던 조건이 뭔 줄 알아?"

"……."

"우리 집안은 너랑 더 이상 연락하지 않기. 차시울은 인간적인 도리로 너의 몫까지 최선을 다하기."

생전 처음 듣는 이야기였다. 혼란스러운 그녀의 눈이 시울에게로 향했다.

"그래서 그동안 니 근처도 안 갔잖아. 그런데 이제 와서 명의를 바꿔달라는 건 말이 안 되지."

하지만 시울은 그 시선을 피해버렸다. 마치 지금 최재형이 하는 말이 다 맞다고 인정하는 것처럼.

'너희 남매 때문에 내 등골 휘는 건 알고 있니?'

'……'

'여울이는 외가 쪽으로 가면 되겠구만, 왜 굳이 여동생이랑 붙어있겠다고 고집을 부려서…….'

고모네 집안에서 얹혀산 시간은 고작 몇 년이었다.

하지만 그동안 받았던 온갖 핍박들은, 한평생 나눠 받아도 감당하기 힘들 만큼 많았다.

'하하, 고모도 아시다시피 우리 여울이가 외로움이 많잖아요.'

'그 감당을 왜 우리 집안에서 해야 하는데?'

'아…… 대신 제가 더 많이 도와드릴게요. 기분 푸세요.'

대부분의 화살은 오빠인 시울에게로 향했고, 그때마다 그는 살갑게 웃으며 비난을 무마했다. 꼭 웃기만 하는 병이라도 걸린 사람 같았다.

그건 여동생에게까지 불똥이 튀지 않게 하기 위한 필사적인 노력이었지만, 그 사실을 이해하기엔 여울의 나이가 너무 어렸다.

'오빠는 뭘 잘못했다고 그러고 있어?!'

'여울아, 별일 아니니까 방에…….'

'비켜! 이 집 도움 필요 없어! 당장 우리 부모님 보험금 돌려주세요!'

그래서 어느 날 딱 한 번, 시울을 대신해 참아왔던 감정을 분출시켰더니 집안은 그야말로 쑥대밭이 되어버렸다.

험악한 욕설이 여기저기에서 터져 나오고, 각종 물건들이 그녀를 향해 내던져졌다.

'저, 저년이 맞아야 정신을 차리지!'

'고모부! 진정하세요!'

'니 새끼 때문이잖아! 외가에서 보내라고 했을 때 보냈으면 될 거 아니야! 왜 집안 어른들 앞에서 고집을 부려서!'

하지만 미지않아 그들은 늘어말리는 시울에게 분노의 화살을 넘겼다.

그날, 시울은 몸이 바스러지지 않은 게 용할 정도로 두들겨 맞았다. 여울은 제 오빠의 몸으로 내리꽂히는 몽둥이를 도저히 막을 수가 없었다.

그러다 깨달은 사실 하나는, 힘이 없는 사람은 저항도 해선 안 된다는 것.

여울은 엉망이 된 몰골로 그녀의 이부자리를 정리해주는 시울을 보며 결심했다. 앞으로 절대 저항하지 않겠다고.

적어도 오빠를 지킬 힘이 생길 때까지는 모든 걸 혼자 버텨내 보기로 했다.

'쟤가 우리 엄마 돈벌레 취급한 년이야.'

'얼마 전에 전학 온 애잖아.'

'어, 집 없어서 우리 집에 얹혀살거든. 집에선 저년 친오빠가 하고 감싸고도는 바람에 뭘 제대로 할 수가 없어.'

'그럼 뭔 짓이든 학교에서 하면 되지 무슨 걱정이냐?'

그 후에 여울을 기다리고 있던 건 같은 학교, 같은 반이었던 재형의 끔찍한 만행들이었다.

그는 어울리는 무리들과 한꺼번에 찾아와 갖은 욕을 퍼부었고, 가끔 컨디션이 안 좋을 때면 물리적인 공격도 서슴지 않았다.

여울의 곁에 어느 누구도 다가오지 못하도록 하는 건 물론이고, 원래 친하게 지내던 사람들까지 모조리 뿌리 뽑아버렸다.

여울의 학창시절은 최재형으로 인해 지옥이 되었지만, 시울에게는 전혀 내색하지 않았다. 말해봤자 짐만 될 게 뻔하니 어떻게든 숨기려고 애를 썼다.

'여울아, 왜 그렇게 붙잡혀 있어?'

그래서 아직도 모르겠다. 그날, 시울은 어떻게 학교까지 찾아온 건지.

'오······빠?'

'재형아, 넌 친구를 그렇게 머리채 잡고 끌고 가?'

그것도 하필 최재형을 노려봤다는 죄로 개처럼 질질 끌려가던 타이밍에.

'그게 어디서 배워먹은 매너야.'

시울은 그 순간조차도 웃고 있었다. 당황하던 재형은 그 미소에 마음을 놓았는지, 급히 여울과 어깨동무를 하며 변명했다.

'아······ 레, 레슬링 하고 있었어! 곧 수행평가 있어서!'

'······.'

'연습이잖아! 연습! 여울아!'

여울은 억지로 고개를 끄덕였다. 속은 답답해 미칠 것 같았지만 그녀에겐 오직 시울에게 짐이 되선 안 된다는 오기밖에 없었다.

하지만 언제나 속아주던 시울은 더 이상 빤히 보이는 진실을 외면하지 않았다.

그는 성큼성큼 여울에게로 다가왔고, 그녀 붙어있는 재형을 거칠게 떼어냈다. 그리고 잔뜩 움츠러든 여울의 손을 부드럽게 잡아 쥐며.

'가자, 여울아.'

그녀의 발길을 지속 밖으로 이끌었다. 정말 영원히 데리고 나가줄 것처럼 단호한 걸음이었다.

고모네 집으로 돌아가기 전, 놀이터 그네에서 시울은 말했다.

'여울아, 이제 고모 집에서 나와야겠다. 그치?'

여울은 그가 우울해진 분위기를 달래보려 농담하는 거라고 생각했다.

오빠라고 해봤자 겨우 두 살 터울. 가진 것 없는 스물한 살 어린 청년이 하루아침에 독립할 수 있을 리 만무했다.

'집을 사야 나가지, 바보야.'

'사면 되지.'

'돈은 있고?'

'만들면 되지.'

'어디서 도깨비방망이라도 훔쳤어? 원하는 건 다 나올 것처럼 말하네.'

그녀의 비웃음에 시울은 평소처럼 실없이 미소 지었다. 그래서 여울은 더더욱 그날의 말이 농담일 거라 생각하고 넘겨버렸다.

하지만 얼마 지나지 않아 그는 정말 집을 구했다. 고모네로부터 제법 떨어진 곳에 위치한 좁은 아파트였다.

언젠간 벗어날 거라 예상은 했지만 이렇게 빠를 줄은 몰랐다.

놀란 여울은 이사 첫날, 어떻게 구했느냐는 같은 질문만 수도 없이 반복했고, 그럴 때마다 시울이 들려준 대답은 매번 달랐다.

'훔쳤어.'

'은행 털었어.'

'돈 많은 아줌마 꼬셨어.'

전부 다 농담이었다. 그래서 여울은 이날 이때껏 이 집의 출처를 알 수가 없었다. 그저 고모에게 들통나지 않은 돈이 조금 있었나 보다, 라고 예상할 뿐.

그런데 8년이 지나서야 최재형의 입을 통해 밝혀진 진실은 차마 듣지 못할 만큼 잔혹하다.

"8년 동안 그 많은 빚 갚느라 수고한 건 인정해. 판사는 월급도 작다면서 얼마나 힘들었겠어?"

"……."

"얼마 전에 여동생 취직 선물 거하게 해준 것도 고마워. 이것도 내 진심이야."

모든 시련은 끝났다고 혼자만 마음 놓았던 시간들은 죄가 되고, 오빠의 삶을 비난했던 말들은 돌이킬 수 없는 후회가 된다.

여울은 그동안 많은 짐을 홀로 떠안고 있던 시울에게 어떤 말도 할 수가 없다.

"그래도 내가 당장 이 집이 필요한 시점에 홱 가져가려고 하면 안 되지."

"……."

"그건 인간적인 도리를 안 하는 거잖아, 시울이 형."

그러니까 오빠가 대신 무슨 말이라도 해 봐. 나는 하나도 모르겠단 말이야.

아직 현실을 제대로 소화시키지 못한 여울은 애타는 눈동자로 시울만 바라보았다.

그리지 흰침을 침묵으로 일관하던 그가 서늘한 공기를 가르며 내뱉은 한 마디는.

"내 동생 앞에서 지난 얘기 하지 마."

그마저도 여울을 지키기 위한 말이었다. 결국 이성이 끊어진 여울의 목소리가 커져 버렸다.

"지금 무슨 말을 하는 거야! 대체!"

갑작스러운 여울의 고함. 극에 다다른 갈등.

하언은 돌아가는 상황이 심상치 않다는 걸 단번에 깨달았다.

그러나 끼어들 수는 없었다. 그들의 얘기를 전혀 모르는 지금, 그는 철저한 제삼자였다.

"아직 이해 못 한 거 같은데 쉽게 설명해 줄게. 난 이 집 명의 바꿔 줄 생각 없으니까 정리해서 나가라고."

재형은 너무나도 뻔뻔스러워서 화가 나는 말들을 계속 이어나갔다.

그걸 들은 여울은 분노 가득한 눈빛을 띠었고 이내 막무가내로 재형을 밀어내기 시작했다.

"누구더러 나가래! 오빠가 빚도 다 갚았다면서! 그러니까 니가 나가!"

"아, 왜 이래."

"우리 집에서 꺼지라고!"

"이게 미쳤나! 저리 안 가?!"

"악!"

재형은 체구가 작은 여울을 인정사정없이 떠밀었다. 뒤로 넘어 갈 뻔했던 그녀의 몸을 뒤에 서 있던 하언이 받아냈다.

"저 새끼가……."

하언의 두 눈에 살기가 어렸다.

그는 여울을 똑바로 세워주었고 재형에게 달려들 준비를 했다. 자세한 내막은 여전히 모르지만 여울에게 해를 입혔다는 이유 하나 만으로도 그에게 재형을 응징할 권리는 충분했다.

그러나 한 걸음 가까이 다가서기도 전에 시울은 낮게 가라앉은 목소리를 꺼내놓았다.

"최재형, 법적으로 해결하면 내가 이겨."

"뭐?"

"8년 전 썼던 각서가 니 눈엔 평범한 노예각서처럼 보일지 몰라 도, 이래 봬도 공증된 거라 효력이 있거든."

"공증은 지랄……."

"각서 내용대로 이 집 변제 다 끝났으니까, 너야말로 더 이상 지 랄하지 말고 차여울 앞으로 소유권 이전해."

그동안 여울은 보지 못했던 냉정한 모습이었다. 하지만 여울은 그런 시울이 든든하기보단 안쓰러웠다.

'노예각서'라고 불리는 문서가 8년 동안 오빠의 숨통을 어떻게 조여 왔을지, 그녀는 감히 상상해볼 자신도 없다.

"하하, 믿을 사람을 믿고 자신만만하게 굴어야지."

이 모든 말을 들은 재형은 조금의 동요도 없이 비웃었고, 이내 품 안에서 명함 하나를 꺼냈다.

여울은 처음 보는 로펌의 명함이었지만 그걸 알아본 시울의 눈빛이 옅게 떨려왔다.

"여기지? 그때 공증 받았다는 법률사무소."

"……"

"단돈 오천만 원에 공증 관련 문서들 파기해주기로 했어. 이렇게 중요할 때 히든카드로 쓸 거였으면 믿을만한 데를 찾아가든가."

내색하지 않으려 하고는 있지만 시울의 숨소리가 급격히 흐려졌다. 정신적으로 한계에 부딪힌 게 틀림없었다.

재형은 그런 시울의 코앞까지 다가왔고 그의 어깨를 툭툭 건드렸다.

"이렇게 쓸데없이 돈 나가게 하면 삼촌 보험금이 아깝지도 않냐?"

시울의 주먹이 온 힘을 다해 쥐어졌다. 그건 버티는 게 용할 정도로 떨리고 있었으나 끝내 뻗어 나가지는 않았다.

고모네 집에서와 조금도 다르지 않은 상황. 하지만 여울은 그의 모습이 더 이상 답답하지 않다.

"형, 사람은 공부 머리만 가지고 세상 못 살아. 잔머리가 팽팽 잘 돌아가야지."

오빠는 지금 누구보다 신중한 거다. 자칫 동생까지도 위험해질 수 있는 덫이 눈앞에 던져졌으니까.

"뭐라고 말을 해봐. 나한테 뒤통수 맞고 멘탈 깨졌어?"

최대한 자존심을 박살 내는 치욕들도 가만히 견디는 중이다.

그럴수록 실감 나는 건 이번에도 아무 힘이 되어주지 못하는 여울의 처지였다.

스스로의 무기력함을 견디지 못한 그녀의 눈가가 흐리게 젖어들었다.

그때.

"이."

짧은 한마디를 툭 내뱉은 하언이 재형의 앞으로 다가섰다. 시울을 기만하던 재형의 눈동자가 그에게로 틀어졌다.

"이?"

"더 꽉."

"그게 뭔······."

빠악ㅡ!

그리고 순식간이었다. 거칠게 뻗어 나간 하언의 주먹이 재형의 턱에 직방으로 내리꽂힌 건.

"으어억!"

재형의 몸이 크게 휘청였다. 단 한 방 꽂혔을 뿐인데 그의 입술은 벌써 터져버렸다.

"피, 피……."

말릴 새도 없이 벌어진 시원스러운 훅. 재형만큼이나 당황한 건 여울과 시울도 마찬가지였다. 하지만 오직 그 사이에서 하언만이 낯빛 하나 바뀌지 않고 태연했다.

"그러니까 이 꽉 다물고 있으라고 했잖아."

"뭐, 뭐?!"

"이번엔 잘해 봐. 알았어?"

그는 재형의 멱살을 붙잡았고.

삐악   !

첫 공격의 여파가 가시기도 전에 두 번째 주먹을 휘갈겼다. 이번 엔 아까보다 강력했는지 재형의 몸이 바닥으로 나자빠졌다.

"자, 이걸로 차여울 밀치고 울린 건 계산 끝났고."

"으으…… 저 새끼는 뭐야……."

"차시울, 니 몫은 니가 직접 해. 주먹 쓸 줄 알잖아."

하언은 신음하는 재형의 몸을 시울 쪽으로 떠밀었다.

"아악!"

그의 팔심이 센 건지, 아니면 재형이 허약한 건지. 재형은 시울의 발 앞에 그대로 엎어졌다.

놀란 시울은 하언에게서 눈을 떼어내고 재형의 정수리를 내려다 보았다.

여전히 주먹은 꽉 쥐어져 있는 상태였다. 그러나 망설이기만 할 뿐, 뻗어나갈 것 같진 않았다.

"싫으면 어쩔 수 없지."

그다지 기다려줄 마음은 없었던 건지, 하언은 이내 시선을 돌리곤 허리를 굽혀 바닥에 떨어진 명함 한 장을 주워들었다.

재형이 돈으로 매수했다던 로펌의 상세정보가 그의 시선 아래 적나라하게 드러났다.

"대원 법률사무소…… 조만간 사무실 내놓게 생겼네."

건조한 한 마디를 내뱉은 하언은 휴대폰을 꺼내 어딘가로 전화를 걸었다.

곧바로 통화연결이 되었는지, 사무적인 하언의 목소리가 모두의 청각을 사로잡았다.

"법무팀장, 급한 일 없으면 내가 지금 말하는 업무부터 한 시간 내로 처리해."

"……."

"첫 번째, 강서구 대원 법률사무소에서 돈 받고 파기해주기로 한 공증문서가 있을 거야. 그걸로 헛짓거리 못 하게 해. 돈 받은 새끼는 매장시키고."

하언이 통화 상대에게 내리는 명령은 재형의 계략과 관련된 일이었다.

당황한 재형은 맞은 얼굴을 감싸 쥔 채 멍하니 하언을 올려다보았다.

"저 새끼 뭐 하는 거야……."

그러나 하언은 들은 체도 않고 더욱 살벌한 다음 말을 이었다.

"그다음 두 번째, 도 회장님 명령으로 차여울 가족관계 뒷조사 끝낸 거 알아. 그 문서 안에 차여울 고모 쪽 집안 정보도 있나?"

"뭐 하는 거냐고……."

"아, 그 집 딸이 이번에 그쪽에 입사했어? 그 여자 블랙리스트에 넣어두고 그쪽 대표에게 공지해. 앞으론 어디서 이력서도 못 내밀 게끔."

"지금 무슨 개수작을 부리자는 건데! 내가 그딴 걸 믿을 것 같아?!"

하언이 빼어든 칼날이 제 가족에게 향하자 재형은 이성을 잃고 고함을 내질렀다.

그런 재형에게 조용히 하라는 신호를 보낸 하언은 낯빛 하나 바뀌지 않은 상태로 칼질을 계속해나갔다.

"이제부터가 중요하니까 잘 들어. 그 집이 차여울 지정후견인 노릇을 어떻게 했는지 낱낱이 파헤쳐."

"이 미친 새끼가……."

"재산관리권 침해라든지, 아동학대라든지, 보험금 횡령문제라든지, 뭐 하나라도 걸리면 차시울 앞으로 법률팀 지원 보내."

"아아……."

"합의금은 파산밖에 답이 없을 정도로 부를 거야. 그래야 선택할 수 있는 엔딩이 옥살이 아니면 거지꼴이지."

하언은 재형의 집안을 그야말로 난도질하는 중이었다. 한 시간 뒤 그의 명령이 실제로 이뤄진다면, 온 집안은 그야말로 풍비박산이 날 것이 분명했다.

더는 참을 수 없어진 재형은 쓰러졌던 몸을 벌떡 일으켜 세웠다.

"죽여 버린다! 이 개새끼야!"

그리고는 거친 욕설과 함께 하언에게 달려들었다.

하언은 곧바로 멱살이 붙잡혀 버렸으나 오히려 더욱 여유로운 눈빛으로 뒷말을 덧붙였다.

"그리고 방금 난 최재형한테 폭행에 협박까지 당했으니까 고소장 제출해."

"아아……."

"어디까지 망가지나 끝장을 보는 것도 나쁘진 않지."

지옥의 문이 열렸다.

이 순간, 그 안에서 빠져나오는 건 시울과 여울이었고 새로이 입장하게 되는 건 고모네 집안 식구들이었다.

할 수 있는 게 아무것도 없어진 재형은 두 무릎을 맥없이 바닥으로 떨어트렸다.

"이 모든 일을 잘 처리하면 보상은 꼭 해 주지. 그럼 수고해."

머지않아 짧은 인사로 통화를 마무리 지은 하언은 서늘한 눈동자로 재형을 내려다보았다. 절망과 두려움으로 얼룩진 그의 몰골은 체증이 내려앉을 만큼 보기 좋았다.

"너 진짜 뭐하는 새끼야……."

"쉿, 쓸데없는 시비 걸지 말고 내가 하는 말 잘 새겨들어."

하언은 재형의 목덜미를 틀어쥐었다. 숨구멍을 움켜쥔 손길에 재형의 안색이 순식간에 창백해졌다.

그러나 하언은 아랑곳 않고 서늘한 음성을 이어나갔다.

"앞으로 인생이 불편해질 거야. 그냥 이번 생은 배드엔딩이라고 생각해."

"허억······ 억······."

"그래도 절대 이쪽으로 손 벌리거나 얼쩡대면 안 돼. 벌은 죄인 혼자 받는 거니까. 알았어?"

짓눌리는 목 근육 때문에 숨이 넘어갈 듯한 재형은 아무런 대답도 할 수 없었다. 하지만 하언은 직접 손을 움직여 그의 고개를 두어 번 끄덕이게 만들었다.

"그래, 알아들었다니 다행이네."

막무가내식 협의는 뒷일을 신경 쓰지 않는 도하언이기에 가능한 저사였다.

그러나 여울은 그런 그를 딱히 말리고 싶지 않았다. 지금 그녀는 언제나 당하기만 했던 과거들을 보상받기라도 한 것처럼 후련한 심정이었다.

"차여울."

"······예?"

"이제 이거 치워도 돼?"

하언은 여울의 올려다보며 허락을 구했고, 잠시 망설이던 그녀는 떨리는 눈을 갈무리한 채 이윽고 고개를 끄덕였다.

스스로의 능력으론 아직 제대로 된 저항은 무리지만, 내게 부족한 것은 눈앞의 이 남자가 대신 채워 줄 수 있을 것 같았다.

"들었으면 꺼져."

"아아······!"

하언은 그제야 손아귀에 힘을 풀었다. 혼비백산이 된 재형은 제법 우스운 꼴로 그녀의 집을 빠져나갔다.

흉포한 구세주가 불러일으킨 구원.

여울과 시울의 입술 사이로 답답하게 막혀있던 숨이 동시에 새어 나왔다. 이 상황이 도저히 믿기지 않아 그저 얼떨떨했지만, 이내 마음 가득히 쌓여있던 먼지가 점차 환기되는 기분이었다.

한차례 폭풍이 휩쓸고 지나간 집.

드디어 마주 보고 얘기를 나눌 수 있게 된 세 사람은 한동안 아무런 말도 하지 않았다.

시울을 설득하러 온 여울은 무슨 말을 꺼낼 생각도 없이 제 손끝만 만지작거렸고, 그런 그녀를 붙잡겠다고 벼르던 시울은 감히 눈도 못 마주치고 있다.

그 어색한 분위기에서 먼저 입을 열 수 있는 건 하언 뿐이었다.

"나가서 전화 한 통 하고 들어올게."

하언이 자리를 뜨며 건넨 말은, 남매간의 문제부터 먼저 해결하라는 그의 배려였다.

그걸 알아차린 여울의 눈동자가 시울에게로 향했다. 하지만 시울은 그와 함께 몸을 일으켜 세웠고 평소처럼 생기 있는 목소리로 말했다.

"나도 담배 사러 갈래. 여울아, 집 잘 지키고 있어."

"아, 응…….."

하언은 따라오는 시울의 몸을 어깨로 툭 건드리며 눈치를 주었다. 담배 타령하지 말고 이 분위기나 어떻게 해보라는 신호였다.

그러나 시울은 하언을 은근슬쩍 신발장 쪽으로 끌어당겼다. 할 말은 여울이 아니라 하언에게 있는 듯했다.

그렇게 서울을 따라 나온 그녀의 아파트 단지 놀이터.

"할 말이 뭔데."

하언은 그네에 걸터앉은 서울에게 단도직입적으로 물었다. 서울은 잠시 할 말을 고르는가 싶더니 이내 그네를 앞뒤로 흔들거리며 말문을 열었다.

"나도 해결할 수 있는 문제였어."

"……."

"내가 꼴은 이래도 판사거든. 매수했다는 변호사는 어떻게든 처벌했을 거야."

그건 무기력했던 자신에 대한 해명이었다. 하언은 입꼬리를 비틀어 웃으며 질문을 던졌다.

"너 판사 일 시작한 지 얼마나 됐지?"

"2년 반."

"그럼 2년 반 동안 왜 처리 안 하고 묶여 있었는데."

그 말은 서울의 정곡을 제대로 찔러왔다.

서울은 생판 남과 다름없는 하언에게 되는 대로 둘러댈까 고민했지만 딱히 그럴 이유는 없을 것 같아서 이실직고하기로 했다.

"여울이한테서 다른 가족들까지 뺏고 싶지 않았으니까."

"넌 그딴 것도 가족이라고 불러?"

"고모네만 그렇지 할아버지랑 할머니는 좋은 분이셔. 다른 친척들도 친절하고."

"……."

"그래서 아무것도 할 수가 없었어. 고모네 집안 건드렸다가 다른 사람들까지도 우릴 떠나면 어떡해."

시울이 지니고 있던 초조함은 하언을 향한 눈동자에 그대로 드러났다.

패악질을 부리는 가해자는 따로 있는데, 왜 이제까지 당해온 피해자가 미움 받을까봐 두려워하고 있는지.

"그럼 그대로 놔두려고 했어?"

그 모습이 마음에 들지 않았던 하언이 미간을 좁히며 되물었다.

그러자 시울은 한 치의 망설임도 없이 고개를 끄덕였다.

"버틸 수 있을 때까지는."

"……."

"그런데 역시 도려내 버리니까 속 시원하네. 진작 이렇게 할걸."

하지만 그 뒤에 이어지는 건 그동안 인내했던 세월에 대한 회의감이었다. 시울은 이제야 숨통이 트이는 것 같아서 오랜만에 내일이 두렵지 않다.

"그렇다면 다행이고."

하언은 짧은 대답과 함께 픽, 웃었다. 시울은 그 미소를 보며 도하언이 보기보다 괜찮은 사람일지도 모른다고 생각했다.

거만한 태도는 여전히 마음에 안 들지만 모두가 알면서도 외면해 오던 문제를 직접 나서서 해결해 준 사람이니까.

"나는 여울이 뜻대로 하라고 할 거야."

시울은 그네에서 일어서며 말했다. 그 의미를 단번에 알아들은 하언이 전혀 예상치 못한 눈으로 시울을 바라보았다.

"차여울은 야무지고 똑똑하니까, 무모한 일에 굳이 달려드는 이유가 있겠지."

"……."

"대신 여울이가 돌아오고 싶어 할 땐 언제든 보내 줘. 그것만 약속해 주면 딱히 막을 생각 없어."

하언은 시울의 마음을 돌리는 일에 자신이 없었다. 여울의 앞에서는 쉬운 일인 척 말하긴 했지만 사실 말주변 머리가 없는 그는 시울 같은 타입에 가장 약했다.

그러나 시울의 마음은 기적적으로 돌아섰고 이제 여울이 전전긍긍해오던 문제는 말끔하게 해결되었다.

"알았어. 그렇게 할게."

적지 않은 나이라 새끼손가락까지는 걸지 않았다. 하지만 그의 대답은 어느 때보다 진심이었다.

시울의 눈가에 그제야 만족스러운 눈웃음이 어렸다. 그는 아파트 쪽으로 가벼운 발걸음을 옮기며 하언을 불렀다.

"도하언."

"왜."

"온 김에 밥이나 먹고 가. 라면 끓여 줄게."

두 남자가 다시 돌아온 집.

"여울아, 밥 먹자!"

현관문이 열리자마자 시울의 씩씩한 목소리가 터져 나왔다. 그건 평소대로 생기가 넘쳤으나, 슬픈 날에도 아픈 날에도 그런 모습이라는 걸 아는 여울은 미처 화답하지 못했다.

"……응."

힘없이 대답하는 여울의 표정엔 초조한 기색이 가득했다.

아파트 베란다를 통해 그들이 머무는 놀이터를 엿보았던 여울은 둘 사이에 무슨 얘기가 오갔을지 걱정하는 중이었다.

저택을 나설 때만 해도 절대 시울의 말에 흔들리지 않겠다고 다짐한 그녀였지만 생각해보니 그건 무리였다.

오늘 최재형에게 그런 꼴을 당하는 모습을 본 이상, 시울이 조금이라도 속상해한다면 도하언을 따라나서기 망설여질 것 같았다.

"여울아, 너 멀미약 미리 먹어 놔."

"응?"

"차 타면 멀미하잖아. 아마 구급상자 안에 들어있을걸."

그런 그녀에게 시울은 꼭 떠나보낼 채비를 하듯 말했다. 예상치 못했던 전개에 여울의 눈빛이 살짝 떨려왔다.

"나…… 어디 가?"

"도하언 집에서 조금 더 있어야 된다며."

"가도 되는 거야?"

"가고 싶으면 가야지 어쩌겠어. 묶어놓을 수도 없고."

지금까지 그렇게 노발대발했으면서 갑자기 왜?

여울은 시울이 비꼬는 것일지도 모른다고 생각했다. 만만해 보여도 은근히 완강한 구석이 있는 그는 한 번 안 된다고 한 일에 대해선 결코 번복하는 법이 없었다.

그러나 소파에 앉은 하언은 혼란스러워하는 그녀에게 기대치 않았던 대답을 했다.

"차시울이랑 얘기 잘 끝내고 왔어."

"무슨 얘길 어떻게 했는데요?"

"딱히 뭘 한 건 없는데."

"혹시 협박이라도 했어요?"

"내가 사채꾼이야? 이성적으로 대화했어. 그러니까 그냥 마음
놔."

흔들림 없는 하언의 목소리는 거짓말로 둘러대는 것처럼 보이지
않았다. 여울은 고갤 돌려 싱크대 앞에 서 있는 시울의 뒷모습을 물
끄러미 바라보았다.

"냄비가 어디 있더라⋯⋯."

하언의 말을 듣고서도 별다른 반박 없이 찬장을 뒤적이는 그는
정말 순순히 허락해줬나 보다. 혼자 무슨 생각을 한 건지 몰라도.

"아, 여기에 넣어뒀네. 얘는 왜 정리를 이딴 식으로⋯⋯."

"오빠."

여울은 그런 시울의 곁으로 다가갔다. 그녀와 똑 닮아있는 시울
의 눈이 곧바로 여울을 향해 틀어졌다.

"왜?"

"⋯⋯미안해."

"뭐가 미안해?"

나 때문에 얼마나 고생하는지 모르고 있었던 거. 오빠 얘기는 들
어보지도 않고 나무라기만 했던 거. 오빠의 삶을 함부로 손가락질
했던 거.

그냥 혼자 힘들어하게 놔둔 8년이라는 세월이.

"다 미안해…… 전부 다……."

사과를 내뱉는 순간 기다렸다는 듯 눈시울이 뜨거워졌다. 그녀는 울지 않으려 눈가를 문질러 닦았지만 그럴수록 눈물은 방울방울 떨어졌다.

그 모습을 가만히 내려다보고 있던 시울은 살짝 키를 낮춰 그녀와 시선을 마주했다.

그리고 울먹이는 동생의 머리를 쓰다듬어주며 한없이 따뜻한 말을 했다.

"미안하다는 말은 잘못했을 때 하는 말이잖아."

"……."

"이럴 때는 그냥 고맙다고 해. 그게 더 듣기 좋아."

늘 장난스럽기만 하던 평소와는 다른 모습이었다. 그러나 여울에게는 그 모습이 낯설지 않았다.

고모네 집에서 빠져나오기 전까지만 해도 그는 항상 여울의 곁에서 이것저것 자상하게 챙겨주곤 했었다.

하지만 독립한 후부터 비밀이 많아지고, 부쩍 혼자 있는 시간이 많아지고, 사라진 월급에 대해서 물을 때마다 한심한 대답만 늘어놓았던 우리 오빠.

백화점에서 그렇게 쇼핑을 많이 하면서도 새 물건이라고는 하나도 없었던 그의 방을 한 번이라도 의심했더라면.

조금 더 빨리 아픔을 함께해 줄 수 있었을까.

"으으……."

결국 눈물샘이 터져버린 그녀는 시울을 두 팔로 끌어안았다. 함께 부대끼고 산지는 28년이 되었지만 이렇게 한가득 품어본 적은 없던 몸이었다.

"아이고, 다 큰 아가씨가 민망하게 왜 이래."

시울은 장난을 치면서도 그녀의 등을 토닥여 주었다. 그리고는 거실에 있는 하언에게로 고개를 틀어 괜히 약을 올린다.

"야, 애 안 간다고 하겠는데? 날 너무 좋아해."

"차여울은 너처럼 뒤통수치는 인간이 아닐걸."

"여울아, 도하인이 오빠 욕했어. 혼내 줘."

"으으…… 사람 울고 있는데 장난치지 마. 으으으……."

어긋나있던 분위기는 한순간 원래대로 돌아왔다.

비록 여울이 울고 있긴 했지만, 집안엔 기분 좋은 유쾌함이 감돌았다.

28년 만에 깨달은 사실인데 오빠의 품에선 마른 햇볕 냄새가 난다.

그건 아득히 오래전에 맡았던 아빠 냄새와 비슷해서 흉터처럼 남아있던 외로움이 싸악 가시는 기분이다.

〈다음 권에 계속〉